우주의
도망자들

인간중심주의를 벗어난 무신론자가
세상을 바라보는 이상한 방법 35

우주의 도망자들

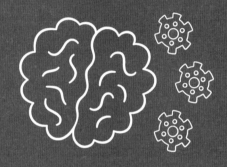

스핀드로 지음

인간중심주의를 벗어난 무신론자가

세상을 바라보는 이상한 방법 35

바른북스

회사와 집이 좀 멀리 떨어져 있다. 그래서 버스로 출퇴근하며 길에서 보내는 시간이 하루에 두 시간, 대부분 꾸벅꾸벅 존다. 하지만 가끔은 말똥말똥할 때도 있다. 그럴 때마다 한 가지 주제를 정해 생각에 빠진다.

　버스 안에서는 재미있는 생각들이 잘 떠오른다. 그 생각들이 휘발되기 전에 바로 스마트폰에 메모해 둔다. 이 에세이는 그 메모들을 정리한 것이다. 그래서 이야기의 흐름이 매끄럽지 않을 수도 있다. 출근할 때의 기분과 퇴근할 때의 기분은 꽤 다르기 때문이다.

　이 책 속의 35가지 이야기 모두 내 마음이 가는 대로 썼다. 그래서 독자들의 마음은 따라오다 멈출 수도 있다. 당연하다. 내가 봐도 내용이 좀 이상하니까.

2022년 1월
7700번 버스에서
스핀드로

PART 2

PART

01

01 스트레스로 돈 벌기

2년 전쯤, 와이프가 작은 학원을 열었다. 열심히 수업을 해서 동네에 입소문이 났는지 하루가 다르게 원생이 늘었다. 수입도 함께 느는 맛에 신나게 일하던 와이프, 그러다 코로나 사태가 터졌다. 하루건너하루 휴원을 하게 되자, 원생들이 하나둘 학원을 그만두었다. 어느 날, 와이프가 조심스레 말을 꺼냈다.

"학원 문 닫을까? 너무 스트레스야. 그만두는 애들만 생기고."

"지금 코로나로 전국이 비상 상황이야. 다른 학원도 겪는 문제니까 너무 신경 쓰지 마."

"난 학원 때문에 힘들다는데, 자기 일 아니라고 쉽게 말하네. 아… 스트레스 덜 받으면서 돈 벌고 싶다."

"원래 돈이란 스트레스에 대한 대가야. 물리 수업시간에 배웠잖아."

이어서 다음과 같이 설명을 해주었다.

○ ○ ○

$$W = F \times s$$

일(W)은 힘(F)과 변위(s)의 곱이다. 우리는 일을 해야 수입이 생긴다. 따라서 수식 속의 일(W)은 곧 수입이라고 볼 수 있다. F는 일할 때 드는 힘이다. 무언가 변화를 일으키려면 힘(F)이 필요하다. 변화를 일으킬 능력이 없다면(힘 F=0이라면), 우리는 돈을 벌 수 없다(이해가 안 되면 사장님께 물어보면 된다). 변위(s)는 일한 시간으로 대체할 수 있다(현대 물리학에서 시공간은 하나로 본다). 다시 정리하면, 얼마나 힘들게, 얼마나 오랫동안 일하느냐에 따라 우리의 수입이 결정된다.

편의점 아르바이트 점원은 근무한 시간에 비례하여 수입이 증가한다. 육체적, 정신적으로 더 힘든 아르바이트는 시급이 더 높다. 그래서 같은 시간을 일해도 수입이 더 많다. 그러니 위의 수식은 아주 당연해 보인다.

그런데 '힘이 든다'는 것은 무슨 의미일까? 농사나 공사장의 노동은 많은 힘이 소모되는데도 왜 시간당 소득이 높지 않을까? 물리 수업시간에 배운 '뉴턴의 제2 운동법칙(가속도의 법칙)'을 떠올려 본다.

$$F = m \times a$$

힘(F)은 질량(m)과 가속도(a)의 곱이다. 즉, 힘은 물체의 질량과 가속도에 비례한다는 뜻이다. 여기에 한 가지 식이 더 필요하다.

$$E = m \times c^2$$

아인슈타인의 '질량-에너지 등가원리'다. 에너지와 질량은 원래 같은 것인데 형태만 다르다. 그래서 에너지(E)는 질량(m)과 비례한다.

인간의 두뇌는 1.4kg밖에 안 된다. 하지만 인체가 소모하는 에너지의 1/4을 사용한다. 이는 근육 전체가 소모하는 에너지와 맞먹는다. 두뇌는 에너지를 소모하면서 그만큼 신경계 속에 기억을 남긴다. 그것이 곧 '정보'다. 정보의 양은 소모한 에너지에 비례한다. 따라서 정보의 양이 곧 질량(m)이라 할 수 있다(최근에는 지적재산권도 물질처럼 재산으로 인정해 준다). 반면 근육은 에너지를 소모하면 그뿐이다. 쓸모 있는 정보로 남는 게 많지 않다. 오늘 힘쓰는 일 많이 한다고 질량(m)이 증가하지는 않는다.

따라서 신경계가 보유한 '정보의 양'과 '힘'은 비례한다. 16세기 영국의 철학자 프랜시스 베이컨(Francis Bacon)은 'Scientia potentia est(아는 것이 힘이다)'라고 말했다. 정보를 많이 보유하고 적절히 사용하면 '힘'이 커진다는 뜻이다. 세종대왕이 백성들을 위해 훈민정음을 반포하려 하자 최만리를 비롯한 학자들은 이에 반대했다. 자신들이 갖고 있는 '힘'을 독점하고 싶었기 때문이다. 컴퓨터에 저장된 데이터 용량이 크면 클수록 가동 시의 전력 소모도 커진다. 모두 비슷한 현상이다.

우리는 하루에도 수없이 많은 선택의 순간을 맞이한다. 선택을 위해서는 정보가 필요하다. 유전정보, 직접 감각한 정보, 책에서 본 내용, 옆 사람에게 전해 들은 이야기, 출근길에 본 유튜브에 이르기까지…. 우리는 머릿속에 저장되어 있는 모든 정보를 동원한다. 이를 근거로 각 선택이 적중할 확률과 예상수익을 구한다. 이 둘을 곱하면 기댓값이 나온다. 우리는 당연히 가장 높은 기댓값을 보이는 선택을 한다. 이를 위해 가능한 한 많은 정보를 보유해야 한다. 그래야 미래에 일어날 일을 맞출 확률이 조금이라도 더 높아진다.

그런데 정보의 양을 늘리는 것은 쉽지 않다. 선천적으로 유전된 정보는 제한적이다. 우리의 감각은 시공간적 제약이 있다. 게다가 감각기관의 신호는 두뇌 속 정보처리 과정에서 오류나 왜곡이 발생하기도 한다. 따라서 자신의 감각정보에만 의지하면 제대로 된 선택을 하기 어렵다. 이에 과거 사람들의 경험정보도 학습을 통해 받아들인다. 이렇게 입수한 정보를 언제든 이용하려면 자신의 기억으로 저장해야 한다. 이것이 얼마나 어려운지는 시험공부를 해보면 알 수 있다.

우리가 사회의 구성원으로서 1인분의 역할을 수행하려면 보통 10년 이상 학교 교육을 받아야 한다. 의사나 변호사 같은 전문직 종사자가 되려면 대학교의 정규 과정 외에도 어려운 자격시험을 통과해야 한다. 이를 통해 계속 정보의 양을 늘려야 한다. 그 과정에서 많은 에너지를 소모할 수밖에 없다. 즉, 의사와 변호사는 $F = m \times a$에서 정보의 양(m)이 큰 사람들이다. 장인이나 고급 기술자가 되려면 오랜 숙련기간을 거쳐야 하고 노하우도 갖고 있어야 한다. 이들 또한 정보의 양(m)이 큰 사람들이다.

$F = m \times a$에서 가속도(a)의 의미는 무엇일까? 가속도(a)는 단위시

간당 의식적으로 수행하는 선택의 빈도라 할 수 있다. 즉, 신경을 얼마나 많이 쓰는지와 비례한다. 우리는 이를 '스트레스'라고도 부른다.

심각한 환경변화가 자주 발생한다면 스트레스가 커진다. 그런데 인간은 적응의 동물이다. 아무리 큰 환경변화라도 그것이 등속도나 주기적으로 발생하면 예측이 가능해진다. 따라서 체감하는 '변화의 가속도'는 감소한다. 변화에 무감각해지고 스트레스는 줄어든다. 이때 의식이 아니라 무의식이 일처리를 담당한다. 전쟁터의 군인들은 일정한 시각에 떨어지는 적의 포탄은 그냥 무시하고 웃고 떠든다. 응급실의 의료진들은 중환자가 찾아온다고 침울한 마음으로 일하지 않는다. 이처럼 환경변화에 익숙해지면 가속도(a)가 줄어든다.

다시 말해, 가속도(a)란 시시각각 변하는 환경 속에서 예측 불가능한 미래에 대해 얼마나 많은 고민을 하는가를 의미한다. 내가 이렇게 말하면 상대가 뭐라고 답할까? 저 사람이 방금 말한 것은 무슨 뜻이지? 이걸 사야 하나 말아야 하나? 내가 화내면 상대방이 나를 어떻게 생각할까? 어느 냉동만두를 사야 와이프에게 안 혼나지? 딸아이는 지금 왜 울지? 맨날 놀기만 하는 아들 녀석을 큰 소리로 꾸짖을까, 다정한 말로 달래볼까…? 이렇게 고민을 안 하다가 갑자기 할 때, 고민을 적게 하다가 갑자기 많이 할 때, 가속도(a)는 커진다.

상대방과 쉴 새 없이 두뇌싸움을 하는 변호사, 진상 고객을 상대하는 콜센터 직원, 그때그때 애드리브를 날려야 하는 희극인, 자신을 피하는 사람을 인터뷰해야 하는 기자…. 이들은 스트레스, 즉 가속도(a)의 값이 큰 직업을 가졌다. 가속도(a)가 크므로 당연히 힘(F)도 크다.

이제 $W = F \times s$의 F 대신 $m \times a$를 넣는다. 그럼 $W = m \times a \times s$가 된다. 수입(W)은 얼마나 많은 정보(m)를 갖고, 얼마나 높은 강도의 스트레스(a)를 받고, 얼마나 긴 시간(s) 동안 일하느냐에 따라 그 크기가 결정된다.

의사는 일반인들보다 훨씬 더 많은 의학 지식이 필요하다. 따라서 정보의 양(m)이 상당히 크다. 또 스트레스(a)와 근무시간(s)도 적지 않다. 따라서 수입(W)이 크기 마련이다. 변호사는 정보의 양(m)이 많을 뿐 아니라, 스트레스(a)도 크다. 그래서 근무시간(s)이 설사 적더라도 수입(W)이 클 수 있다.

콜센터에서 일하는 상담원들은 감정노동을 한다. 그래서 스트레스(a)가 상당히 크다. 하지만 상담업무에 필요한 정보의 양(m)이 의사나 변호사와 비교하면 상대적으로 적다. 그래서 스트레스(a)와 근무시간(s)이 큰데도 불구하고 수입(W)이 그다지 크지 않다.

생산 근로자들은 똑같은 업무를 하더라도 기술과 노하우의 유무, 즉 정보의 양(m)에 따라 수입에 차이가 난다. 그래서 고급 기술자의 수입은 높고 초보의 수입은 낮다. 사무직 근로자들도 비슷하다. 맨날 노는 것 같은 임원의 수입(W)은 신입 사원의 몇 배가 된다. 스트레스(a)는 신입 사원이 더 크기도 하지만 정보의 양(m)은 임원이 훨씬 더 크기 때문이다(사장님 눈에만 그렇게 보일 뿐, 정보의 양(m)도 별 차이 없을 수 있다).

혼자 라이브쇼를 진행해야 하는 개그맨은 근무시간(s)이 적다. 하지만 빠른 두뇌회전과 감정컨트롤이 필요하기에 스트레스(a) 값이 크다. 따라서 적절한 멘트를 멋지게 날릴 수 있는 경험과 개그 레퍼토리(m)를 많이 보유하고 있다면 수입(W)이 크다. 편의점 아르바이트생은 정보의 양(m), 스트레스(a), 근무시간(s) 모두 적다. 그래서 수입(W)도 크지 않기 마련이다.

이렇듯 물리학의 법칙들은 실험실뿐만 아니라 실생활에도 적용되고 있다. 학창 시절 우리의 물리 선생님들께서는 물리 법칙을 통해 인생도 가르치셨다. 그런 물리 선생님들을 '제물포(쟤 때문에 물리 포기했어)'라고 부르는 것은 도리가 아니다.

사실, 물리 법칙이 우리의 인생에 적용되는 것은 매우 당연하다. 우리 인간도 크게 확대해 보면 좀 꼼지락거릴 뿐, 뉴턴의 사과와 별로 다를 바 없는 원자로 만들어져 있다. 그리고 인간 사회는 그런 인간이 여럿 몰려 있을 뿐이다. 따라서 언젠가 물리학만으로 심리 현상과 사회 현상을 설명할 날이 온다. 그날이 오면 학교는 우리가 싫어하던 물리 선생님들로 가득 찰 것이다.

∘ ∘ ∘

"알겠니? 네가 학원에서 얻는 수입은 결국 너의 스트레스에 대한 대가야. 그러니 스트레스를 기꺼이 받아들이는 게 좋아."

이런 얘기를 TV를 보던 와이프에게 들려주었다. 와이프는 짜증 섞인 목소리로 대꾸를 했다.

"헛소리 집어치우고, 건조대에 있는 마른 옷들 정리해."

머릿속으로 옷 정리라는 일에 대해 계산을 해봤다.

'그래, $W = m \times a \times s$지…'

정리해야 할 옷의 양은 정해져 있다. 따라서 좌변의 일(W)은 고정된 값이다. 문제는 우변, 그중에서도 정보의 양(m)이다. 이 양말이 와이프 양말인지, 딸아이 양말인지 구분할 수 있는 정보가 나에게는 없다. 그럼 당연히 스트레스(a)나 일하는 시간(s)이 커진다. 스트레스 안 받고 편하게 일하려면 일하는 시간(s)이 한없이 길어진다. 그러다 와이프에게 게으름 피운다고 욕을 얻어먹을 게 뻔하다. 그렇다고 빨리 끝내자니 스트레스(a)가 커진다. 아무래도 그건 피하고 싶다.

이럴 때는 한 가지 방법밖에 없다. 옷 정리라는 일, W에 대한 대가를 돈으로 환산해서 와이프에게 줘야 한다.

"아, 이달 월급 모두 네 계좌로 송금한다. 옷도 좀 사 입고 그래. 앗, 잠깐 나갔다 와야겠다."

스트레스는 만병의 근원이다. 돈 좀 쓰더라도 오래 살아야 한다.

02 음모론자들

우리가 잘 모르는 거대한 세력이 음모를 꾸미고 있다. 그들은 세상 사람들을 속이고 조종하려 한다. 워낙 대담하고 치밀한 음모라 모두가 완벽하게 속고 있다. 남들이 뭐라고 해도 나는 반드시 진실을 밝혀낼 것이다. 그리고 그들의 거대하고 추악한 음모를 만천하에 알리고야 말 것이다.

○ ○ ○

위의 이야기는 내 이야기 같지만, 내 이야기는 아니다. 음모론자들의 주장이다. 얼토당토않아 보이는 얘기를 진지하게 하는 음모론자들, 그들은 왠지 지능이나 교육수준이 떨어지는 사람들일 것만 같다. 아니면 정보화가 더딘 저개발 국가에나 존재하는 사람들일 것만 같다.

하지만 우리나라뿐 아니라 미국, 유럽 등의 선진국에도 음모론자들은 어김없이 존재한다. 한마디로 음모론자들은 세상 어디에나 있다. 그들의 엉뚱한 주장은 계몽주의 시기 이전에나 어울릴 법한 수준이다. 이제 과학적, 합리적 정보를 손쉽게 얻을 수 있다. 그럼에도 그들은 사라지지 않는다. 평범한 사람들의 눈에는 신기하고 어이없을 따름이다.

지구는 구(球) 형태가 아니라 테이블처럼 평탄하다. 바다 끝까지 계속 가다 보면 거대한 낭떠러지가 있다. 더 나아가면 우주로 떨어지고 만다. 바로 음모론 중 하나인 '지구 평면설'이다. 지구 평면설을 주장하는 이들, 이른바 '평평이'들은 미디어를 장악하고 있는 거대 세력이 지구가 구球의 형태라고 세뇌시킨다고 주장한다. 그들은 우주선에서 찍은 둥근 지구의 사진도 거대 세력이 조작한 것이라고 말한다.

지구 평면설은 고대인들의 세계관이었다. 고대인들이 감각하여 얻을 수 있는 정보로는 지구가 평탄하다고 믿을 수밖에 없었다. 그런데 수천 년 동안의 과학기술 발전과 계몽에도 불구하고, 지금도 꽤 많은 사람들이 지구 평면설을 믿고 있다. 우리는 이런 사람들과 같이 살고 있다는 사실만으로도 분노나 연민을 느낀다.

지구 평면설을 믿는 음모론자들은 자기 마음속으로만 몰래 믿지 않는다. 국제 커뮤니티와 학회까지 만들어 나름 과학적이라는 근거를 찾아 내세운다. 그리고 확신에 찬 '포교' 활동을 한다. 그러나 그들의 '과학적 근거'는 너무나 유치하여 쉽게 무력화된다. 그럴 때마다 그들은 새로운 근거를 들이대며 음모론을 절대 굽히지 않는다.

지구 평면설을 믿는 사람들의 면면을 살펴보면 교육수준이 낮은 사람들이 절대 아니다. 그들 중에는 유명 대학 출신의 박사나 교수도 있을 정도다. 물론 그들 중 일부는 진짜 믿는 것이 아니다. 그저 겉으로만 믿는척하는 사람도 있다. 그 단체를 이용해 사적 이득을 취하려고 하는 것이다. 하지만 지구 평면설을 몸소 입증하겠다며 전 재산을 들여 사제 로켓을 만든 사람도 있다(그는 결국 로켓 사고로 목숨을 잃었다). 또 지구 평면설과 관련된 각종 물품을 사려고 큰돈을 쓰는 사람도 적지 않다. 이렇듯 진심으로 지구 평면설을 믿는 사람들이 존재한다.

세상 사람들의 손가락질에도 불구하고 꿋꿋하게 음모론을 믿는 사람들, 이들은 보편적 다수 의견을 따르지 않는다. 마치 배척받는 소수 의견을 내라는 임무를 부여받은 사람 같다. 그래도 음모론이 지구 평면설 하나뿐이라면 '그럴 수도 있지…'라고 하겠다. 하지만 이 세상에 음모론이 지구 평면설 하나만 있는 게 아니다.

우리나라에서도 음모론이 끊임없이 생겨난다. 2010년경 대한민국을 시끄럽게 했던 '타진요(타블로에게 진실을 요구하는 모임)' 사건도 음모론 자들에 의해 벌어졌다. 당시 타블로를 괴롭혔던 타진요 카페의 멤버들은 훗날 재판을 통해 실형을 선고받았다. 마침내 타진요 음모론자들은 사라지는 듯했다. 하지만 곧 유사한 성격의 인터넷 커뮤니티가 다시 생겨났다. 그래서 아직까지도 타진요 음모론이 이어지고 있다.

아폴로 11호 달 착륙 조작설, 일루미나티, 프리메이슨, 지구온난화 허구설, 코로나 백신 칩 이식설 등은 세상에 잘 알려진 음모론들이다. 이런 음모론마다 비록 소수이긴 하나, 광적으로 믿는 사람들이 세계 곳곳에 존재한다. 그들은 과학적, 합리적 근거로도 설득되지 않는 인간들이다. 그들은 자신의 감각 외에는 아무것도 믿지 않는다. 심지어 가끔은 자신의 감각조차도 믿지 않는다.

제2차 세계대전 종전 무렵 필리핀의 한 섬, 일본군 오노다 소위와 그의 부대원들은 게릴라전을 시작하라는 지시에 따라 산속으로 들어갔다. 대부분의 부대원들은 종전소식을 듣고 곧 미군에 투항했다. 하지만 오노다 소위는 종전소식은 미군의 음모라며 계속 산에 남았다. 그 후 몇 년간 오노다 소위의 동료와 가족들은 필리핀 산속을 찾아와 투항하라는 방송을 했다. 하지만 오노다 소위는 이 또한 미군의 음모라며 절대 믿지 않았다. 제2차 세계대전이 종전되고 29년이 지난 1974년, 전쟁 당시 직속상관이었던 사람이 필리핀 현지를 찾아왔다. 그리고 오노다 소위에게 투항 명령을 내렸다. 오노다 소위는 그제야 산에서 내려왔다. 그는 음모론자였다. 참고로 직속상관이었던 사람은 처음엔 필리핀에 가기 싫다고 짜증을 냈었다. 그는 보통 사람이었다.

보편성과 합리성에 대한 무조건적인 반대, 이른바 반대를 위한 반대를 하는 사람들은 언제 어디에나 존재한다. 우리는 다수에 속하길 거부하며, 내용 불문하고 무조건 반대를 하는 사람을 '청개구리'라고 부른다. 우리 주변의 음모론자들은 인간에게 청개구리 본능이 잠재되어 있다는 것을 잘 보여주는 예다.

청개구리 인간들은 인간 사회에 별 도움이 안 되는 것 같다. 그럼에도 이들은 인류의 역사 내내 보통 사람들과 함께 존재하며 사라지지 않는다. 이 사실은 이들의 존재에 무언가 중요한 의미가 숨겨져 있다는 것을 의미한다. 불순물이나 다름없는 촉매가, 그 작용 원리를 설명하긴 어려워도 무언가 중요한 기능을 하는 것처럼.

그런데 우리가 주목해야 할 사실이 하나 있다. 음모론자들의 주장이 훗날 사실로 밝혀지는 경우가 아주 드물긴 해도 존재한다는 점이다. 대표적으로 미국 닉슨 대통령의 워터게이트 사건, 에드워드 스노든의 프리즘 폭로 사건, 우리나라의 국정원 여론조작 사건 등이 그렇다. 이 사건들도 처음에는 지구 평면설과 다를 바 없는 음모론으로 시작했다. 세상 사람들은 설마 그럴 리 없을 것이라고 말했다. 그리고 이런 음모론을 주장하는 이들을 정신 나간 사람처럼 취급했다. 하지만 음모론이라고 생각했던 그 사건들은 나중에 사실로 밝혀져 세상을 놀라게 했다. 16세기의 대표적 음모론, 코페르니쿠스의 지동설처럼.

물론 여러 음모론들 중 이렇게 사실로 밝혀진 것은 아주 드물다. 하지만 나중에 사실로 밝혀질 확률이 '0.0001%'에 불과할지라도 완전한 '0%'는 아니다. 수학시험 주관식 문제의 답이 '0.0001%'인데 '0%'라고 써넣고 이 정도면 정답 아니냐고 우기면? 수학 선생님한테 한 대 맞는다. 이 우주는 수학 선생님처럼 엄격하다.

간혹 우리의 의식은 '0.0001%' 정도면 그냥 '0%'라고 간주하기도 한다. 하지만 신체를 여럿으로 쪼갤 수 없고 목숨이 단 하나밖에 없는 개체, 한번 죽으면 모든 것이 끝장나 버리는 생명체는 '0.0001%'의 리스크를 '0%'로 간주하기 쉽지 않다. 2021년 11월 기준 코로나 바이러스로 인한 전 국민 대비 사망자 비율은 0.007%다. 꽤 낮은 확률이지만 우리는 감염을 두려워하고 불안해한다. 같은 기간 로또 1등 당첨자 수를 더해보면 대략 전 국민 대비 약 0.002%다. 그래도 우리는 1등 당첨을 굳게 믿는다(혹시 나만 믿는 건가?).

인간이 다른 동물들과 확연히 구분되기 시작한 700만 년 전, 그 때부터 지금까지 인간은 생사가 걸린 중대한 선택을 수억 번쯤 강요받았을 것이다. 현대인에게는 중요한 선택이라고 해봐야 배우자, 직업, 자동차, 주택 고르는 것 정도다. 하지만 수백만 년 전 원시 인류의 선택은 자신과 집단 전체의 생사가 달린, 절대적으로 중요한 생존 문제들이었다.

사냥감이 줄어들어 부족원들이 굶주리게 되면 새로운 거주지로 이주를 할지 말지 결정해야 한다. 이는 부족원 전체의 생사가 달린 문제다. 우리 부족의 사냥터에서 몰래 사냥을 하는 이웃 부족과 전쟁을 벌일지 말지도 결정해야 한다. 이 또한 개인과 집단의 생사와 달린 문제다.

인류는 이런 생사의 갈림길에서 최선의 선택을 해야 한다. 단 한 번의 잘못된 선택은 자신뿐 아니라 집단 구성원 전체의 목숨을 앗아간다. 그래서 선택에 앞서 가능한 한 많은 정보를 습득한다. 그 정보를 바탕으로 미래에 일어날 일에 대한 '확률'과 그 경우의 '예상수익'을 계산한다. 그리고 둘을 곱해서 나온 '기댓값'이 가장 큰 쪽을 선택한다(학교에서 배운 적이 없어도 우리의 무의식은 계산할 수 있다).

그런데 기댓값이 가장 큰 선택을 따른다고 문제가 없는 것은 아니다. 습득한 정보가 부족하거나 틀릴 경우, 혹은 발생 확률이 거의 없다고 본 사건이 실제로 일어날 경우가 생긴다. 즉, 전혀 예상치 못한 변수들이 발생한다. 예를 들어 차를 운전해서 어딘가로 갈 때 목적지를 착각해서 엉뚱한 곳으로 가는 경우, 내비게이션 안내를 따랐는데 다른 차들도 같은 길로 몰려 더 막히는 경우, 갑자기 도로 앞쪽에서 교통사고가 나는 경우 등이 종종 발생한다. 인간이 그때그때 가장 합리적인 선택을 했음에도 예상치 못한 변수에 의해 위험에 처할 수 있는 것이다.

원시 부족이 거주지를 이전하는 상황을 상상해 본다. 사냥감이 부족해져 이제는 더 이상 같은 곳에 머물 수 없다. 이럴 때는 정찰대를 보내 새로운 거주지를 찾는다. 과거에 거주한 적 있는 장소나 먹을 것이 풍부하다고 알려진 장소도 후보지에 올린다. 그리고 각 후보지들에 대한 정보가 사실일 '확률'과, 그 경우 얻을 '예상수익'을 곱해 '기댓값'을 계산한다. 당연히 가장 높은 기댓값의 후보지가 새 거주지로 선정된다.

이제 최적이라고 여겨지는 장소로 모든 부족원들이 이주한다. 그런데 호전적인 부족이 야습을 해오거나, 어제까지 있던 먹잇감이 사라지거나, 다른 부족도 동시에 같은 지역으로 이주해 오는 바람에 생활이 곤란해질 수 있다. 아무도 예상치 못한 변수가 발생할 수 있는 것이다. 그래서 인간은 이런 변수에도 어떻게든 대비를 한다. 대비책이 없으면 죽기 때문이다.

주식투자라면 우리는 그 대비책을 이미 잘 알고 있다. 바로 분산투자다. 보유한 종목이 여럿이면 운 나쁘게 한두 종목이 상장폐지 되어도 별 탈이 없다. 왜냐하면 나머지 종목들이 건재하기 때문이다. 남은 종목들을 잘 활용하면 손해를 복구할 수 있다.

하지만 인간은 개체다. 몸을 n등분 하여, n곳의 후보지에, 1/n씩 보낼 수 없다. 즉, 한 사람이 여러 가지의 선택을 동시에 할 수 없다.

다행히 인간은 집단생활을 한다. 집단 구성원의 일부가 남과 다른 선택을 하도록 할 수는 있다.

스포츠 도박사들이 대결을 앞둔 두 팀 중 한 팀에게 베팅을 하려고 한다. 모든 스포츠 도박사들의 책상에는 A팀의 전력이 B팀을 압도한다는 똑같은 내용의 전력 분석 보고서가 놓여 있다. 그럼 모든 스포츠 도박사들이 A팀의 승리에 베팅을 할까? 그렇지 않다. 모두가 승리를 예상하는 A팀에 베팅을 하면 A팀이 이겨도 수익이 그리 크지 않기 때문이다.

실제로는 아무도 예상치 못한 변수로 인해 B팀이 이길 수도 있다. 그래서 소수의 스포츠 도박사들은 분석 결과와 정반대로 B팀의 승리에 베팅을 한다. 심지어 몇몇은 아주 큰 점수 차로 B팀이 이긴다는 희박한 가능성에 돈을 건다. 그리고 가끔 뉴스에 뜬다. B팀이 A팀을 이기는 대이변이 생겼다고.

2018년 러시아 월드컵 조별 예선의 마지막 경기. FIFA랭킹 57위인 우리나라의 상대는 FIFA랭킹 1위 독일이었다. 이때 수만 명이 국민체육진흥공단의 스포츠 토토에 참가했다. 이들 중 한국의 2 대 0 승리를 예상한 사람은 단 2,097명. 이들의 마음이 김영권 선수와 손흥민 선수에게 통했다. 우리나라가 2 대 0으로 독일을 이겨버린 것이다. 이는 세계 축구 역사상 최고의 이변 중 하나다. 우리나라의 2 대 0 승리에 베팅한 사람들은 베팅 금액의 60배를 벌었다(즐거운 스포츠, 즐거운 토토, 소액으로 건전하게 즐기세요).

이 우주에 100% 확실한 예측이란 존재하지 않는다. 내일 해가 동쪽에서 뜰 확률은 100%가 아니다. 단지 100%에 매우 가까울 뿐이다. 우리 선조들은 700만 년 전 지구에 등장하면서부터 미래 예측이 불가능하다는 것을 잘 알고 있었다. 원생생물들은 37억 년 전 지구에 출현한 순간부터 잘 알고 있었다(137억 년 전, 빅뱅으로 우주가 탄생한 순간 생겨난 원자들도 알고 있었을 것이다). 그래서 생물들은 미래에 무슨 일이 생기건 생존을 유지하기 위한 전략을 생각해 냈다. 바로 선택의 다양성이다.

학교 축제 날, 학생 수백 명이 운동장에 모여서 OX 퀴즈게임을 한다. 사회자가 내는 첫 번째 문제는 아주 쉬워서 누구라도 정답을 알 수 있다. 예를 들면 '미얀마의 수도는 양곤이다' 정도의 쉬운 문제다. 문제를 듣자마자 모든 학생들이 정답인 O를 향해 우르르 몰려간다. 그런데 희한하게도 몇 명은 X로 간다.

그들은 장난기 어린 표정을 지으면서 X로 간다. 하지만 내심으로는 요행을 바란다. 물론 O에 서 있는 많은 친구들의 놀림은 감수해야 한다. 대부분의 경우 X에 서 있던 소수의 학생들은 예상대로 탈락한다. 당연히 다수의 학생들로부터 손가락질을 당하기 마련이다. 그런데 뜻밖에 X가 정답으로 판명되기도 한다. 그럼 첫판에 대부분의 학생들이 탈락한다. 그리고 X를 선택한 소수의 학생들이 단번에 상품을 탄다. 이런 황당한 경우가 꽤 드물긴 하지만 발생하긴 발생한다. 참고로 미얀마의 수도는 양곤이 아니라 네피도(Naypyidaw)다.

인간 모두가 성공 확률이 가장 높은 선택을 함께했다면 인간은 우주에서 가장 합리적이고, 이성적이고, 똑똑한 존재라는 칭호를 얻었을지 모른다. 대신 인간은 그리 오래 존재하지 못하고 사라졌을 것이다.

나에게 유전자를 물려준 수백만 명의 선조 중에는 음모론자가 최소 수십 명쯤 있었다. 그들 대부분은 다수의 '멀쩡한' 사람들로부터 수모를 겪었다. 하지만 그들이 믿은 음모론 중 몇 건은 나중에 사실로 밝혀졌다. 그때 음모론자들은 대박을 터뜨리거나 부족 전체를 위기에서 구할 수 있었다(인류 전체일 수도 있다). 그들의 무모하지만 성공적인 선택 덕분에 지금 우리가 존재한다. 그래서 우리 모두에게는 음모론자의 유전자가 잠재되어 있다. 그 유전자는 숨죽이고 지낸다. 그러다 주위를 둘러보고 꼭 필요하다고 판단될 때 비로소 발현한다. 바로 모두가 만장일치를 원할 때.

잘 살펴보면 음모론자의 유전자는 인간에게만 있는 것은 아니다. 동물과 식물에게도 음모론자의 성질을 갖고 있는 개체들이 발견된다. 제철이 아닌데도 피는 꽃, 텃새가 되어버린 철새, 혼자 사는 늑대… 이렇게 상식과 다르게 살아가는 특이한 생물 개체들. 이들은 무언가 문제가 있어 보이지만 언젠간 그 종의 유일한 생존자가 될지도 모른다.

20세기에 들어서며 뉴턴적 세계관은 무너졌다. 이제 미래 예측의 불가능성이 당연하게 받아들여지는 시대다. 전 세계에는 70억 명이나 되는 인간들이 있다. 그럼에도 코로나 바이러스로 인해 전 세계가 고전하리라고는 아무도 예측하지 못했다. 바이러스로 인해 전 세계가 봉쇄될 것이라고 2019년에 주장한 사람이 있었다면, 그는 지구 평면설을 주장하는 사람들로부터 음모론자라고 비난받았을 것이다.

미래를 정확히 예측할 수 없다. 만장일치는 우리의 생존을 심각하게 위협한다. 그래서 음모론자들이 우리 주변에 존재한다. 우리는 그들의 역할을 모르는 척하지만 이미 잘 알고 있다.

회사에서 중요한 회의를 할 때, 미리 악마의 변호인(Devil's Advocate)을 최소 1명 지정한다. 악마의 변호인은 다른 사람의 의견에 무조건적인 반대를 한다. 이들은 회의시간을 쓸데없이 질질 끄는 것처럼 보인다. 하지만 토론을 활성화시켜 더 나은 결론을 이끌어 낸다. 이들이 없으면 상사의 의견이 만장일치로 그냥 통과된다. 일견 잘 돌아가는 조직처럼 보인다. 하지만 그런 회사는 오래가지 못한다. 이 사실을 알기에 오늘도 나는 회의시간에 반대 의견을 낸다(회사를 위해서라면 개인의 고과쯤은 희생해야 한다).

○   ○   ○

이런 얘기를 하는 나야말로 음모론자인가?

03 사이비 종교와 피라미드

어느 날 사이비 종교의 교주가 벌인 범죄 행각에 대한 뉴스가 TV에 나왔다. 그걸 보던 와이프가 그 종교를 믿던 한 친구가 자신에게 입교를 권한 적이 있었다고 했다. 나 또한 대학생 때, 지인 두어 명으로부터 마음이 편해지는 곳이 있으니 같이 가보지 않겠냐는 성스러운 제안을 받은 적이 있었다. 하지만 대학생 때는 항상 마음이 편했다. 그래서 굳이 그곳까지 갈 이유는 없었다(결혼 후 제안을 받았다면 갔을 것이다).

○   ○   ○

나이가 들면서 깨달은 진리 하나, 바로 사람은 죽는 날까지 마음 편해질 날이 절대 없다는 사실이다. 시험 100점 받으면, 대학 합격하면, 군대 제대하면, 대기업 취직하면, 결혼하면, 아이 낳으면, 집을 사면, 와이프가 날씬해지면 마음이 편해질 줄 알았다. 하지만 잠깐뿐이었다. 큰 걱정이 해결되면 그 뒤에 줄 서 있던 작은 걱정들이 자기 차례라고 나타난다. 그리고 몸집을 부풀려 더 큰 걱정이 된다.

간혹 깨달은 바가 있어 마음 편하게 산다는 사람들도 더러 있다. 한때 그들과 같지 못한 나를 자책하기도 했었다. 하지만 이제 그들을 부러워하지 않는다. 그 사람들은 그저 '마음 편하게 사는 척', '깨달은 척' 하는 방법을 깨달은 것이기에…(대부분 깨달음이 궁금하면 돈을 내라고 한다). 석가모니도 자기 한 몸은 진작에 해탈의 경지에 이르렀을 것이다. 하지만 그조차 고통 속에 사는 대중들을 보며 생겨나는 고민마저 없애지는 못했을 것 아닌가.

우리의 마음은 하루에도 수천 번씩 변화한다. 마음의 변화를 xy 좌표 평면 위에 그려본다. x축은 '시간'으로, y축은 '마음'으로 한다. 그리고 좌표 평면 위에 '시간에 따른 마음의 그래프'를 그린다. 이 그래프는 심장 박동기의 그래프처럼 쉴 새 없이 위아래로 요동치게 마련이다. 이때 그래프의 '기울기'가 점점 커지는 구간은 '기분 좋은 상태'다. 반면 기울기가 점점 작아지는 구간은 '기분 나쁜 상태'다.

우리는 항상 기분이 좋길 바란다. 그래서 그래프의 기울기가 항상 커지길 원한다. 그런데 그래프가 시작하는 'x=0'일 때의 y값은 '0'이다. 그래프가 끝나는 'x=죽는 날'일 때의 y값도 역시 '0'이다. 돌부처 마음이라면 시점부터 종점까지 매끈한 수평선이다. 하지만, 살아 있는 존재에겐 그런 수평선은 불가능하다. 어느 지점의 기울기가 증가하면, 어느 지점의 기울기는 반드시 감소할 수밖에 없다. 기분 좋은 날이 있으면 그에 상응하는 만큼의 기분 나쁜 날이 있을 수밖에 없는 것이다.

그래서 우리는 그래프의 변동이라도 줄이려고 노력한다. 명상을 하고, 독서를 하고, 운동을 하고, 종교를 갖는 것도 그 노력의 일환이다. 하지만 그래프를 제아무리 직선에 가깝게 그려도, 크게 확대해 보면 기울기는 증가하다가 감소하고, 감소하다가 증가하며 순간순간 바뀔 수밖에 없다. 이 기울기의 변화가 존재하는 한, 우리는 언젠간 괴롭고 불행해질 수밖에 없다. 기쁨과 행복은 끝이 있을 수밖에 없다. 물론 슬픔과 불행도 끝이 있다. 그래서 모두가 자기 인생은 드라마라고 한다.

나에게 포교를 한 교인들은 정말 마음의 평화를 얻었을까? 혹시 심장이 없다면 가능할지 모르겠다("나는 심장이 없어, 아플 수가 난 없어…♬").

사이비 종교 그리고 그와 비슷한 느낌을 풍기는 불법 피라미드 업체. 이에 대한 뉴스는 끊임없이 등장한다. 우리는 사이비 종교의 광신도와 불법 피라미드 업체에 빠진 사람들을 측은히 여긴다. 그리고 한편으로는 왜 저런 엉터리 사기 수법에 속아 넘어가는지 의아해한다. 매스컴에서는 사이비 종교와 불법 피라미드 업체의 사기 수법에 대해 수시로 소개하고 주의를 당부한다. 그럼에도 피해자가 끊임없이 나오는 것은 그들의 지능이나 교육수준이 낮기 때문인가? 아니면 뉴스를 안 봐서 정보에 어둡기 때문인가? 그도 아니면 천성적으로 귀가 얇아 쉽게 속는 것인가?

우리의 유전자 속에는 수백만 년에 걸친 선조들의 생존 노하우가 엄선되어 들어 있다(엄밀히 따지면 수십억 년이다). 선조들은 성공 확률이 높다고 알려진 다수의 선택, 즉 상식에 따라 평범한 삶을 살아간 사람들이 대부분이다. 하지만 가끔은 성공 확률이 낮다고 알려진 소수의

사이비 종교와 피라미드

선택, 즉 상식을 벗어난 모험적인 삶을 살아간 사람들도 있었다. 그런데 지금 우리가 존재한다는 사실은 앞서 두 부류의 선조들 모두가 후손을 낳을 만큼, 그리고 그 후손이 또 후손을 낳을 만큼의 성공적인 생존을 했다는 것을 의미한다. 즉 그들의 생존 노하우는 서로 달랐지만 둘 다 후손에게 전달해 줄 만큼은 유효한 것이었다.

그래서 우리는 실현 가능성이 희박하더라도 한 번쯤 베팅하려는 본능을 갖고 있다. 실현될 경우 얻는 수익이 꽤 크기 때문이다. 이것이 음모론자들의 존재 이유이다. 그리고 사이비 종교와 불법 피라미드 업체가 사라지지 않는 이유이기도 하다. 이 모든 것은 결국 미래가 예측 불가능하다는 사실에서 비롯된다.

사이비 교주는 자신이 신적 존재나 불사의 몸이 아니란 걸 잘 안다(직접 물어본 것은 아니다). 불법 피라미드 업체의 창업자도 자신이 만든 이익 분배 시스템으로 모두가 돈을 벌지는 못한다는 걸 잘 알고 있다(역시 직접 물어본 적은 없다). 하지만 이들은 엉터리 교리와 터무니없는 판매 시스템을 믿을 사람들이 어딘가에 반드시 존재한다는 건 잘 알고 있다.

그래서 이들은 좀 더 그럴싸한 교리나 판매 시스템을 고안하려고 노력하지 않는다. 좀 어설프더라도 가능한 한 더 많은 사람들을 포섭하는 데 주력한다. 맹지를 고가에 판매하는 기획 부동산 업자들, 고수익 투자에 참여할 기회를 주겠다는 폰지 사기꾼들도 마찬가지다. 이들은 금고의 비밀번호를 까먹어 1번부터 99999번까지 모두 입력해 보는 사람들이다. 이들은 무작정 전화를 돌리다 보면 언젠가는 아무 의심 없이 속는 사람을 만나게 된다는 걸 알고 있다(짚신을 오른쪽 한 짝만 갖고 있더라도 많이 돌아다니다 보면 왼쪽 짚신 한 짝만 들고 있는 사람을 반드시 만난다).

종교를 접할 때 느끼는 '믿음의 정도'와 그에 해당하는 '사람의 수'를 좌표 평면 위에 그래프로 그려본다. x축을 '믿음의 정도'로, y축을 '사람의 수'로 한다. 그럼 종 모양의 정규 분포 곡선이 나타나게 마련이다. 종 모양 곡선의 우측 끝부분에는 '맹신도와 순교자'가, 좌측 끝부분에는 냉담한 '무신론자'들이 나타난다(나도 좌측 끝에 있다). 중간에 위치한 대부분의 사람들은 상황에 따라 믿기도 하고 믿지 않기도 하는, 그때그때 마음이 바뀌는 사람들이다. 예를 들어 심신이 괴롭고 일이 잘 안 풀릴 때, 크리스마스나 석가탄신일과 같이 뭔가 얻을만한 것이 있을 때, 사업이나 정치적인 목적으로 인맥이 필요할 때, 죽음이 멀지 않았을 때…. 이때 종교를 찾는 사람들이 여기에 해당된다. 신기하게도 국회의원은 바로 여기, 정규 분포 곡선의 중간 부분에서만 배출된다.

아무리 메이저 종교라고 해도 정규 분포 곡선의 우측 끝부분에 속하는 사람들은 그리 많지 않다. 믿음의 정도가 깊은 사람도 사이비 종교를 믿는 사람만큼이나 소수란 의미다. 그런데 정규 분포 곡선의 종 모양이 아무리 찌그러져 있어도 이 우측 끝부분은 미세하게나마 존재하게 마련이다. 이는 어떤 종교이건 간에 쉽게 믿어버리는 맹신도가 있다는 뜻이다.

엉터리 교리를 내세우는 사이비 종교라 해도 마찬가지다. 대부분의 사람들은 사이비 종교에 대한 신뢰성 있는 정보를 구하지 못한다. 따라서 사이비 교주가 접근하면 거절하거나 무시한다. 하지만 어설픈 포교에 쉽게 넘어가는 사람들도 그 수가 적을 뿐, 어딘가에는 분명 존재한다. 단지 그들을 만날 때까지 꽤 창피하고, 상당히 배고플 뿐이다. 그래서 사이비 교주는 남 눈치 아랑곳하지 않고 뻔뻔하다. 뉴스에 나왔다고 문 닫는 사이비 종교가 없는 이유다.

만약 내가 새로운 사이비 종교의 교주가 되고 싶다면 무엇을 해야 할지 생각해 본다. 먼저 대충의 교리를 세운다. 물론 교리를 다듬는 데 신경 쓰지 않는다. 그냥 기성 종교 것을 짜깁고 단어만 그럴싸하게 바꾼다. 하지만 '심판의 날' 이야기는 반드시 집어넣어야 한다. 가장 중요한 마케팅 수단이기 때문이다. 그날은 너무 가까운 시기로 잡으면 안 된다. 장사 하루 이틀 할 것 아니기 때문이다. 그렇다고 너무 먼 미래로 잡아도 안 된다. 사람들은 토요일 오후 5시가 되어야 비로소 로또 살 생각을 하기 때문이다.

이제 사이비 종교를 접하는 사람들의 무의식 속 계산식을 염두에 두고 포교를 시작한다(실제 계산식은 더 복잡하다).

선택 A
사이비 종교를 믿었을 때의 기댓값

= 심판의 날이 올 확률 × 그 경우의 수익

선택 B
사이비 종교를 믿지 않았을 때의 기댓값

= 심판의 날이 오지 않을 확률 × 그 경우의 수익

사이비 교주는 포교 대상으로 하여금 선택 A의 값이 선택 B의 값보다 훨씬 크게 계산되도록 해야 한다. 그래야 사이비 종교를 믿는다. 그런데 평범한 사람들은 선택 A 수식에 있는 '심판의 날이 올 확률'을 그냥 '0%'로 간주한다. 즉 '심판의 날'과 관련된 두뇌 속 신경세포들의 연결을 따라가다 보면 중간에 끊어지거나 '헛소리'에 이르게 된다. 따라서 선택 A의 값은 계산해 볼 것도 없이 '0'이다. 선택 A의 값이 '0'이라면 선택 B의 값을 계산하지 않아도 된다. 당연히 선택 B의 '사이비 종교를 믿지 않았을 때의 기댓값'이 더 크기 때문이다. 대부분의 사람들이 사이비 교주에게 바로 꺼지라고 말하는 이유다.

따라서 사이비 교주는 '심판의 날이 올 확률'을 '0%'가 아니라, 적어도 '0.00000001%' 정도로 생각하는 사람을 찾아내야 한다. 그런 사람들의 신경세포들은 대부분 '헛소리'로 연결되지만, 한두 가닥쯤은 '혹시'로 연결된다. 이런 사람들은 드물다. 하지만 확률적으로 반드시 존재한다. 왜냐하면 인간은 미래를 정확히 예측하지 못하기 때문이다.

'심판의 날이 올 확률'이 '0%'는 아니라고 생각하는 사람을 찾기 위해 사이비 교주는 가능한 한 많은 사람을 만난다. 특히 '0%'와 '0.00000001%'가 다르다고 생각하는 사람, 즉 마음이 섬세한 사람을 찾으려 한다. 이런 사람들의 행동 특성은 비슷하다. 그래서 말을 걸어 보면 포섭이 가능한지 여부를 어느 정도 판단할 수 있다. 만약 심판의 날을 언급하는 다른 종교가 있다면, 그 신도들 역시 '심판의 날이 올 확률'을 '0%'보다 높게 여기는 사람들이다. 당연히 타깃이 된다.

이제 선택 A의 '그 경우의 수익' 값도 높여야 한다. 그러기 위해 사이비 교주는 신자들에게 어마 무시한 혜택이 있을 것이라고 강조한다.

생명은 그 가치가 무한대다. 그래서 남들은 다 죽어도 사이비 종교를 믿는 자는 영생불사할 수 있다고 주장한다. 대환란 속에서도 특별히 구원을 받을 수 있다고 얘기한다. 부나 행복의 성취 따위의 사소한 혜택으로는 안된다. 생명보다 파급력이 미미하기에.

이제 '심판의 날이 올 확률'이 상당히 낮더라도 '그 경우의 수익'이 거의 무한대이다. 따라서 선택 A의 값이 유의미한 수가 된다. 어차피 사이비이니 신자에게 돌아가는 혜택은 더더욱 부풀리는 게 좋다. TV 홈쇼핑처럼 선착순이나 인원수 제한을 걸면 효과가 배가되기 마련. 그래야 신자들은 자신이 받는 혜택의 가치를 더욱 큰 수로 여기고 계산한다.

선택 A의 값을 올리기 어렵다면 선택 B의 값을 줄이는 것도 한 방법이다. 그래서 교주는 사이비 종교를 믿지 않으면 큰 고통이 뒤따를 것이라고 겁을 준다. 사업도 망할 것이고, 가정도 파탄 날 것이며, 큰 병에 걸릴 것이라며 협박을 한다. 그러면 선택 B의 값이 마이너스가 되어 선택 A의 값이 크지 않아도 신자가 될 가능성이 생긴다.

이 정도까지 했으면 사이비 종교의 성패는 이제 얼마나 많은 사람을 만나느냐에 달려 있다. 포교에 있어서는 대인 접촉이 가장 효과적이다. 직접 만나 심판의 날을 무기로 공략해야 한다.

그런데 사람들은 심판의 날 얘기를 듣고 '심판의 날이 올 확률'을 어떻게 계산할까? 일단 자신의 신경세포 속에 담겨 있는 정보를 검색한다. 물려받은 유전자 속 정보, 태어나서 겪은 경험, 책이나 영화에서 본 장면⋯. 정보검색 결과에 따라 우리의 무의식은 확률값을 순식간에 계산해 낸다.

물론 대부분의 평범한 사람들은 너무 낮은 확률값이 나올 것이다.

그래서 그냥 '0%', 즉 심판의 날 따위는 없다고 간주해 버린다. 하지만 소수의 사람들은 그 가능성을 곰곰이 따져본다. 이들은 과거 언젠가 다른 사람의 말을 믿지 않아서 큰 손해가 났거나, 믿어서 큰 이익을 본 경험이 있다. 혹은 어려서부터 주위 사람들로부터 심판의 날이 실재한다고 자주 들었을 수도 있다. 그것은 본인의 직접 경험일 수도 있고, 부모의 경험일 수도 있고, 수천 년 전 조상의 경험일 수도 있다. 이런 사람들이 사이비 종교의 신자가 될 가능성이 높다.

첫 번째 신자의 포섭은 어렵다. 하지만 두 번째 신자의 포섭은 좀 더 쉬워진다. 첫 번째 신자를 보고 두 번째 포섭 대상자는 '심판의 날이 올 확률'을 조금 더 높게 계산한다. 특히 첫 번째 신자와 신뢰가 두터운 사이라면 더욱 그렇다. 우리는 나를 속여 생존 자원을 탈취하려는 사람이 아니라면 그의 정보에 가중치를 주기 때문이다. 이렇게 신자를 늘리다 보면 어느새 수백 명의 맹신도를 거느린 종교 집단이 된다. 사이비 교주는 프로다. 포교가 직업이다. 그래서 이런 인간의 본성을 잘 알고 활용한다.

다음은 불법 피라미드 업체다. 불법 피라미드 업체를 창업해서 돈을 벌려면 앞서 언급한 사이비 교주와 비슷한 방법을 취하면 된다. 먼저 적당한 판매 물품을 선정하고 수익분배 시스템을 구축한다. 그런데 품질 좋은 제품과 정밀한 수익분배 시스템을 구축하려고 노력할 필요는 전혀 없다. 그딴 것에 신경 쓰지 말고 상위 등급의 판매자가 되면 얼마나 큰돈을 벌 수 있는지를 알려야 한다. 적당한 수입은 안 된다. 엄청나게 큰 수입을 거둘 수 있다고 해야 한다. 대다수의 사람들이 헛소리라며 코웃음을 친다 할지라도 두려워하지 말고 더욱 크게 부풀려야 한다. 그래서 불법 피라미드 업체의 창업자는 남 눈치 아랑곳하지 않고 뻔뻔하다. 뉴스에 나오면 회사 이름만 바꾼다.

사업 초기에는 사업 설명회에 온 지원자들 대부분이 비웃으며 자리를 뜰 것이다. 하지만 몇 명은 자리를 뜨지 못하고 머뭇거리게 마련이다. 이 사람들은 자신이 '상위 등급 판매자가 될 확률'을 '0%'가 아니라 '0.000001%' 정도로 생각하는 사람들이다.

이들에게는 상위 등급 판매자가 되었을 경우 얻게 될 '예상수익'을 더욱더 높여주어야 한다. 그래서 롤렉스 시계를 찬 바람잡이가 외제 차 키를 들고 무대에 등장한다. 그러면 '상위 등급 판매자가 될 확률'이 전과 같아도 '예상수익'이 커졌기에, 이 둘을 곱한 기댓값이 커진다. 이렇게 해서 그들의 현재 수입보다 훨씬 더 높은 기댓값이 나오도록 유도한다.

처음 1~2명의 판매 사원을 구하는 게 어렵지, 그다음은 좀 더 쉽다. 확보된 판매 사원으로 하여금 가까운 지인들을 부르라고 하면 된다. 그리고 사업 설명회를 자주 열어 많은 사람들을 접촉하기만 하면 판매 사원은 늘어난다. 이제 사이비 교주가 심판의 날 전야제를 끝으로 자취를 감추듯, 적당한 날을 잡아 우리나라와 범죄인 인도조약을 맺지 않은 외국으로 사라지면 된다.

이처럼 사이비 종교의 교주와 불법 피라미드 업체의 창업자는 공통점이 있다. 바로 가능한 한 많은 사람들을 접촉하려 한다. 인간은 갖고 있는 정보가 다 다르다. 선택의 계산 결과도 다 다르다. 그래서 많은 사람들을 만나다 보면 자연스레 몇 명 정도는 쉽게 포섭할 수 있다. 이를 알기에 마이너 종교들은 번잡한 길거리로 나와 포교를 한다. 길거리에서 누군가 다가와 당신에게서 특별한 기운이 느껴진다고 말을 건 적이 있을 것이다. 하지만 그들이 당신에게 접근한 이유는 특별한 기운 때문이 아니다. 그저 당신이 한 대 때릴 만큼 무서운 사람으로 보이지 않기 때문이다. 맞으면서까지 포교하려는 사람은 세상에 별로 없다.

인간 사회를 살펴보면 사이비 종교나 불법 피라미드 업체에만 이런 원리가 적용되는 것은 아니다. 자동차와 보험 판매왕들은 자신이 특별한 영업 노하우를 갖고 있지 않다고 말한다(물론 와이프가 다이어트를 하고 있다는 말처럼 믿기지 않는 말이다). 실제로 그들은 특출난 외모나 뛰어난 화술을 갖고 있지는 않다. 그런데 그들에게서 공통점 하나를 발견할 수 있다. 바로 쉼 없이 많은 잠재 고객을 만난다는 점이다. 그래서 그 잠재 고객이 차 구매나 보험가입을 고려할 때, 자신에게 먼저 전화하도록 하는 것이 그들이 가진 노하우의 전부다.

최근 들어 지능화되고 있는 보이스 피싱도 비슷하다. 뉴스를 통해 이들의 범행 수법이 자주 공개된다. 하지만 보이스 피싱 범죄자들은 노출된 범행 수법을 더 정교하게 바꾸지 않는다. 대신 더 많은 사람에게 전화를 건다. 그들의 전화에 대한 사람들의 반응은 종 모양의 정규 분포 곡선을 이룬다. 정규 분포 곡선의 한쪽 끄트머리에 있는 누군가는 쉽게 속아 넘어가게 마련이다. 그들은 이런 사람을 찾기 위해 하루에도 수백 번씩 서울중앙지검 김민수 검사가 된다(여자는 신×캐피탈 김미영 팀장이 된다).

사이비 종교를 믿을지 말지, 불법 피라미드 영업을 할지 말지… 이런 선택 상황은 일상생활 속에서 끊임없이 생겨난다. 물건 구매할 때,

수강 신청할 때, 음식 메뉴 정할 때, 배우자 선택할 때… 우리는 의식 혹은 무의식 속에서 계산을 하고 선택을 한다. 또 기침을 할지 말지, 머리를 긁을지 말지, 눈을 깜박일지 말지, 와이프에게 애교를 부릴지 말지 결정할 때도 우리는 무의식 속에서 계산을 하고 선택을 한다. 어떤 행동을 선택한다는 것은, 그 행동을 하지 않거나 다른 행동을 하는 것보다 기댓값이 더 높다는 것을 의미한다. 즉 생존에 더 도움이 된다고 판단했다는 뜻이다. 물론 결과적으로 도움이 안 되는 경우도 허다하다. 사이비 종교나 불법 피라미드 업체처럼.

의식적 선택이 '신경계의 계산에 따른 선택'이라고 말한다면 다들 그런 것 같다고 할 것이다. 하지만 호흡하고, 소화하고, 감각하고, 아플 때 울고, 돈 잃어서 슬프고, 와이프가 집에 없어서 미소 짓는 것… 이런 '무의식적 선택' 또한 우리가 의식하지 못할 뿐이지 역시 '신경계의 계산에 따른 선택'이다. 우리는 태어나서 죽을 때까지 이런 계산들을 쉼 없이 한다. 그래서 우리의 계산 담당자인 두뇌는 신체 사이즈에 비해 크고, 근육 전체만큼이나 많은 에너지를 소비한다.

○　○　○

나는 사이비 종교나 불법 피라미드 업체에 속아 넘어갈 리가 없다. 그건 내가 선택을 할 때 '0.01%' 정도 되는 확률은 그냥 '0%'로 간주해 버리는 '대충대충' 성격이기 때문이다. 물론 이런 성격이 좋은 것만은 아니다. 결혼 전에 와이프는 천사였다.

천사가 아닐 확률은 0.01%밖에 안 된다고 생각했었다.

04 공포증과 알레르기

　우리 가족은 해외여행을 가면 그곳에 있는 대관람차를 꼭 타본다. 와이프와 아이들은 대관람차 타는 것이 너무 재미있다고 한다. 하지만 나는 공포가 느껴져서 별로 타고 싶어 하지 않는다. 그렇다고 내가 폐소 공포증이나 고소 공포증이 있는 것은 아니다. 아파트 15층에 살기에 살짝 고개만 돌려도 저 밑으로 정원이 바로 내려다보인다. 그래도 공포를 느낀 적은 한 번도 없다(단, 저 밑에 와이프가 보일 때는 예외다). 매일 엘리베이터를 타지만 한 번도 좁은 곳에 갇혔다는 느낌을 받은 적이 없다(물론 와이프와 같이 탈 때는 예외다).

　그런데 이상하게 대관람차만 타면 불안해지고 숨이 가빠진다. 롤러코스터같이 더 위험한 놀이 기구는 오히려 긴장되지 않는데도 말이다. 아마 대관람차 내부가 좁은 곳이면서 동시에 높은 곳이라 특이하게 공포를 느끼는 것 같다.

고소 공포증이 없는 와이프는 다행스럽게도 개구리 공포증을 갖고 있다. 개구리를 만지지 못하는 것은 물론이요, 다른 사람이 들고 있는 것만 봐도 질겁을 하고 도망간다. 심지어 TV에 개구리가 나오면 바로 채널을 돌려버린다. 애들 동화책에 개구리 그림이 나오면 눈에 보이지 않게 치워버린다. 그래서 우리 아이들은 아직 그림 형제의 '개구리 왕자'를 보지 못했다.

∘　∘　∘

수백만 년의 진화에도 불구하고 인간에게는 아직 여러 가지 공포증들이 존재한다. 공포증의 종류는 일일이 거론하기 어려울 정도로 다양하다. 대표적으로 고소 공포증, 폐소 공포증, 곤충 공포증, 파충류 공포증, 대인 관계 공포증, 이성 공포증, 비행기 공포증, 자동차 공포증 등이 있다. 또 모서리 공포증, 바늘 공포증, 계단 공포증, 거울 공포증, 시계 공포증, 비대칭 공포증까지도 꽤 드물지만 존재한다고 한다. 이렇듯 세상에 존재하는 거의 모든 물체와 상황이 공포증의 대상이 된다고 해도 과언이 아니다.

높은 곳은 평지보다 조금이라도 더 위험하기 마련이다. 그러니 높은 빌딩에서 공포를 느끼는 사람은 이해할 만하다. 하지만 빌딩에 최첨단 안전 설계가 되어 있다고 설명해 줘도 그들은 공포로부터 벗어나지 못한다. 공격성이 있는 맹수나 독이 있는 곤충에 대한 공포증도 그 필요성을 인정할 만하다. 하지만 위험성이라고는 전혀 없는 동물도 극도로 무서워하는 사람들이 있다. 이들에게 생물 도감이나 생물학자들의 설명을 아무리 들려줘도 소용없다.

마음속에 공포증이 있다면 신체에는 알레르기가 있다. 알레르기도 그 대상이 다양하다. 햇빛, 먼지, 식물, 동물, 화학 제품 등 우리 주변 거의 모든 것들이 알레르기의 유발 물질이 될 수 있다. 그래서 알레르기를 갖고 있는 사람들은 유발 물질을 가능한 한 피해 다니며 살 수밖에 없다.

그런데 참 이상하다. 인간은 지구상에서 가장 고도로 진화한 동물이라고 자부한다. 수백만 년의 진화를 거치면서 이제 신체에 털도 없어지고, 꼬리도 사라지고, 머리도 커졌다. 그런데 왜 이런 불편하기 짝이 없는 공포증과 알레르기는 남아 있는 것일까?

이는 공포증과 알레르기도 쓸모가 있기 때문이다. 즉, 불확실한 미래에 대응하기 위해 인간이 갖고 있는 비장의 생존 전략 중 하나이기 때문이다. 그래서 아직 없어지지 않았다. 그리고 앞으로도 없어지지 않는다. 만약 인간이 100%의 확률로 미래를 내다볼 수 있는 능력이 있다면 공포증과 알레르기는 당연히 사라지고 존재하지 않을 것이다. 하지만 안타깝게도 내일이 아니라, 단 1초 뒤 생길 일조차 우리는 정확히 예측하지 못한다. 그래서 공포증과 알레르기는 귀찮지만 항상 가방에 넣고 다니는 접이식 우산과 같다.

세계 최고의 생물학자들이 독이 전혀 없으니 안심해도 된다는 개구리가 있다. 그런데 어느 날 갑자기 돌연변이로 인해 이 개구리들에게 치명적인 맹독이 생겨난다. 이를 모르고 평소처럼 만진 사람들은 바로 죽음에 이를 수 있다.

식용으로 널리 재배되던 버섯이 있다. 그런데 어느 날 갑자기 돌연 변이로 인해 맹독성을 띠게 된다. 이를 모르는 농부는 버섯을 수확하여 전국 각지로 판매한다. 평소처럼 이 버섯을 먹은 사람들은 영문도 모르고 목숨을 잃을 수 있다.

어느 날 강력한 지진이 발생하여 고층 빌딩들이 무너진다. 그래서 빌딩 안에 있던 사람들이 빠져나올 틈도 없이 죽는 사고가 바로 내일 일어날지도 모른다. 오늘까지 아무 문제 없이 시판되던 유명 화장품이 있다. 그런데 알고 보니 치명적인 부작용이 있다는 사실이 바로 내일 뉴스에 나올 수도 있다.

이렇듯 인간의 생존을 위협하는 사건과 환경의 변화가 언제 어디서 일어날지 우리는 예상하지 못한다. 이럴 때 가장 확실한 생존 전략은 바로 '분산투자'를 하는 것이다.

오랫동안 주식투자를 해본 사람들은 이미 잘 안다. 유명 대기업이 어느 날 갑자기 분식 회계로 상장폐지를 당하거나, 예기치 않게 공장에 큰 화재가 발생하거나, 치명적인 제품 결함으로 도산하기도 한다는 것을. 물론 이런 일이 발생할 확률은 극히 낮다. 하지만 완전한 '0%'는 아니다. 그래서 아무리 우량한 대기업이라 할지라도 그 종목 하나에 전 재산을 몰빵하면 안된다. 이런 사실을 학교에서 배우지 않았어도, 직접 겪어보지 않았어도 우리는 이미 잘 알고 있다. 우리의 유전자 속에 들어 있기 때문이다.

단지 우리가 갖고 있는 정보가 미흡하기에 미래를 정확히 예측하지 못하는 것은 아닐까? 정보를 충분히 많이 모으면 리스크를 완벽히 피할 수 있지 않을까? 흔히 이렇게 생각하기 쉽다. 하지만 미래를 정확히 예측할 만큼 충분한 정보는 절대 모을 수 없다. 정말 완벽한 지도는 축척비가 1 대 1이어야 한다. 마찬가지로 완벽한 정보는 우주 그 자체여야 한다. 설사 지금 현재 기준으로 완벽한 정보를 모은다 할지라도, 정보를 모으는 그 행위 자체가 미래를 예측 불가능하게 만든다.

어느 회사가 곧 비밀리에 큰 계약을 체결할 것이라는 정보를 얻었다. 그래서 전 재산을 털어 그 회사 주식을 대량으로 샀다. 그런데 계약을 체결한다는 날이 한참 지나도 감감무소식이다. 알고 보니 갑자기 주식거래가 늘어나자, 상대 회사가 엠바고가 풀렸다며 계약 체결을 거부한 것이다. '불확정성의 원리'를 제시한 독일의 물리학자 하이젠베르크(Werner Karl Heisenberg)는 이런 얘기를 들어도 별로 놀라지 않을 것이다.

인간은 혼자 살지 못한다. '人間'이란 한자처럼 '협업과 경쟁'에 근거한 인적 네트워크 속에 살아간다. '人'은 2개의 막대기가 서로 기대어 서 있다. 하나라도 없으면 서 있을 수가 없다. '협업'인 셈이다(협업은 비즈니스의 동업 관계에서부터 날씨정보를 서로 나누는 것까지 포함되는 광범위한 개념이다). 하지만 2개의 막대기 길이는 서로 다르다. '경쟁'인 셈이다(경쟁은 서로 목숨 걸고 싸우는 것부터 엘리베이터 탑승 순서까지 포함되는 광범위한 개념이다). '間'은 인적 네트워크, 즉 '집단'을 의미한다. 인간은 다른 인간과 집단을 이룬다. 그래서 개체의 능력이 부족해도, 실수를 해도, 예기치 않은 일이 생겨도 생존할 수 있다.

인간 집단도 그 구성요소인 인간과 동일한 생존 본능과 생존 전략을 갖고 있다. 그래서 인간 집단은 예측 못 한 비상사태가 벌어지더라도, 집단 내 누군가는 온전하게 살아남아 사태를 수습하게 하려 한다. 그 누군가를 만들기 위해 인간들은 온갖 공포증과 알레르기를 각각 1~2개씩 나눠 갖고 살아간다. 공포증과 알레르기는 특정한 지역, 민족, 인종, 국가에만 집중되지 않는다. 전 세계 어디에나 골고루 분포해야 곳곳의 인간 집단들이 계속 생존할 수 있기 때문이다. 물론 집단이 생존해야 개인도 생존을 유지할 확률이 높아진다.

바나나는 그러지 못했다. 1950년대. 거대 농업 기업들은 그로 미셸(Gros Michel)이라는 품종의 바나나만 집중적으로 재배하기 시작했다. 기업 입장에서는 수확량이 많고 병충해에 강한 품종 하나만 선별하여 재배하는 것이 경제적으로 유리하기 때문이다. 그러다 어느새 라틴 아메리카부터 아시아에 이르기까지, 바나나는 그로 미셸 한 가지 품종만 재배되기에 이르렀다.

1960년대, 바나나의 감염병인 '파나마병' TR1이 전 세계로 퍼져나갔다. 그로 미셸과 바나나 농장들은 큰 타격을 입었다. 그로 미셸이 멸종 단계에 이르자 거대 농업 기업들은 다시 캐번디시(Cavendish)라는 품종을 만들어 냈다. 이 품종은 파나마병에 강했다. 다시 전 세계 바나나 농장에는 캐번디시 딱 한 가지 품종만 재배되었다.

그런데 문제가 생겼다. 파나마병을 일으키는 병원균들이 진화하여 캐번디시 품종도 공격하기 시작한 것이다. 그래서 전 세계 바나나는 지금 심각한 멸종 위기에 처해 있다. 나는 마트에 장 보러 갈 때마다 바나나 한 덩어리씩 꼭 산다. 그게 내 인생 마지막 바나나일지도 모르기에.

잘 살펴보면 알레르기와 공포증이 인간 집단에게 미치는 순기능을 또 발견할 수 있다. 알레르기는 하나의 기호 대상에 너무 많은 사람들이 몰리지 않도록 해준다. 사람들 사이에 너무 심한 경쟁이 유발되는 것을 막아주는 것이다. 예를 들어 초콜릿은 전 세계 대부분의 사람들이 좋아하는 기호 식품이다. 그런데 초콜릿에 알레르기가 있어 싫어하는 사람들도 어느 정도 존재한다. 그들은 초콜릿을 구하기 위한 경쟁 대열에서 빠진다. 그리고 그렇게 아낀 에너지를 다른 생산 활동에 쓴다. 그 덕에 다른 사람들은 초콜릿을 먹을 차례가 조금이라도 더 많이 돌아온다.

공포증은 사람들이 특정 장소나 특정 환경에 밀집되는 것을 억제한다. 그래서 인구 밀집으로 유발될 수 있는 전염병, 분쟁, 사고 등의 위험과 그에 따른 피해를 완화시켜 준다.

공포증과 알레르기에 이런 면이 있다고 해도 정작 당사자들은 불편할 수밖에 없다. 그래서 요즘은 이를 치료해야 할 질환으로 여긴다. 공포증을 치료하는 방법으로 '노출 치료'가 대표적이다. 이름 그대로 공포증의 대상에 환자를 자주 노출시킨다. 그래서 공포증의 대상이 '위험하지 않다'는 정보를 반복적으로 신경계에 주입한다.

예를 들어 거미 공포증을 갖고 있는 사람은 거미가 자신을 죽일 확률을 999/1,000(거미에게 물려 죽는 경우의 수/거미와 접촉할 경우의 수) 정도로 계산한다. 물론 이 수치는 자신이 보유한 정보에 근거한다(유전정보, 경험 정보, 학습정보 등이 모두 포함된다).

이 사람에게 거미를 아무 문제 없이 9,000번 만지게 한다. 그럼 거미가 자신을 죽일 확률을 999/10,000로 계산하게 된다. 확률이 1/10

이하로 낮아지니 이제 거미가 별로 위험하지 않다고 판단하게 된다. 이런 식의 노출 치료를 하지 않으면 아마 그 사람은 죽을 때까지 거미를 두려워하며 살 가능성이 높다. 죽을 때까지 거미에 노출되는 횟수가 9,000번에 이르기는 어렵기 때문이다. 이렇듯 공포증도 결국 무의식의 수학적 계산 결과다. 하지만 평생 벗어나기 어렵다는 이유로 흔히 본능이나 운명이라 여긴다(알레르기의 치료법 중 면역 요법도 공포증의 노출 치료법과 꽤 비슷하다).

'지정 생존자(Designated Survivor)'라는 미국 드라마가 있다. 미국 국회 의사당에서 열리는 중요한 행사에 대통령과 내각 전원이 참석한다. 그런데 가장 별 볼 일 없는 장관 1명은 지정 생존자로 선정된다. 그는 행사장에 가지도 못하고 따로 별도의 장소에 혼자 격리되어 시간을 보낸다. 그는 TV로 행사 장면을 보며 자신의 존재감 부재에 비애를 느끼기도 한다. 그때 국회 의사당에서 초대형 폭탄 테러가 발생한다. 이로 인해 대통령을 포함한 내각 전원이 사망한다. 그는 유일하게 살아남은 장관이기에 대통령직을 이어받아 국정을 수행하게 된다. 이 미국 드라마의 시즌1을 무척 재미있게 봤다. 하지만 시즌이 거듭될수록 급격히 재미가 없어진다. 미래는 이렇듯 예측 불가능하다.

공포증과 알레르기는 당신이 지정 생존자로 선정되었다는 통보다. 물론 불쑥불쑥 닥치는 심신의 고통과 타인의 불편한 시선 때문에 괴로울 수밖에 없다. 그래도 예측 불가능한 사고의 발생에 대비해 누군가는 담당해야 할 중책을 맡고 있는 것이다. 고소 공포증이 있는 사람은 고층 건물 붕괴를 피해 살아남는다. 그들은 구조대를 이끌고 피해

복구를 해야 한다. 동물의 털에 알레르기가 있는 사람은 인수 공통 전염병을 피해 살아남는다. 그들은 백신을 개발하고 사람들을 치료해야 한다. 가능성이 없어 보이는가? 37억 년 전 생명체의 기원 시점부터 현재까지 살펴보면, 이런 일이 수백 번쯤은 일어났다.

인류가 생존을 위해 갖추어야 한 최소한의 다양성, 공포증과 알레르기도 그중 일부다. 그러니 공포증과 알레르기를 호소하는 사람이 주위에 있다면 그에게 잘 보여야 한다. 내일 어떤 사건이 발생하면 그들이 나부터 구해줄지도 모르기 때문이다(물론 이번 생이 아닐 수도 있다).

○ ○ ○

와이프는 개구리를 보면 기겁을 한다.

개구리가 와이프로부터 나를 구해줄지도 모른다.

05 벼락스타와 안티팬

지금 이 순간에도 우주 어디선가 새로운 별들이 탄생하고 있다. 그런데 목 아프게 하늘을 올려다볼 필요가 없다. 그냥 스마트폰을 내려다봐도 별들의 탄생을 목격할 수 있다. 연예계, 스포츠계, 정계, 재계, 학계에서 매일 수많은 스타들이 생겨난다. 이제는 유튜브 덕분에 평범한 사람도 하루아침에 벼락스타가 되곤 한다. 심지어 어린이들도 스타를 꿈꾸며 유튜브를 한다. 우리 아들도 유튜브를 한다. 구독자 수는 4명이다. 물론 나, 와이프, 딸아이 포함이다. 구독은 사랑이다.

○　○　○

19세기 영국의 시인 바이런(Byron George Gordon)은 어느 날 자신의 시집이 빅히트쳤다는 소식을 들었다. "I awoke one morning to find myself famous." (To부정사의 결과 용법으로 유명한 예문이니 외우자.) "어느 날 아침에 눈을 떠보니 유명해져 있었다." 이 말은 아침에 잠이 덜 깨서 한 말이 아니다. '나는 이 책으로 유명해지려는 의도가 없었는데, 사람들이 왜 이렇게 난리인지 모르겠네…'라는 뜻이 담겨 있다. 그는 당시 영국인들이 가장 사랑하는 시인이자 전 유럽의 아이돌 스타였다. 그랬던 그에게도 안티팬이 있었다. 심지어 안티팬과 목숨을 건 결투까지 했다. 이는 그가 똑똑하고 잘생겼을 뿐 아니라 여성들에게 너무 인기가 많았기 때문이었다(동시대에 살았으면 나도 결투를 신청했을지 모른다).

이처럼 동서고금 유명인이라면 자신을 싫어하는 안티팬들이 생겨나는 것을 피할 수 없다. 특히 갑자기 큰 인기를 얻은 벼락스타들에게는 극렬한 팬만큼이나 극렬한 안티팬이 꼭 생겨난다. 안티팬들은 벼락스타의 과거를 뒤진다. 그리고 금전 관계, 교우 관계, 말실수에 이르기까지, 호감도를 깎아내릴 수 있는 것이라면 뭐든지 찾아낸다. 폭로할 만한 사실이 없다면 때론 허위 사실을 만들어 내는 것도 서슴지 않는다.

폭로된 사실 중에는 일반인이라면 '그럴 수도 있지'라며 넘어갈 만한 것도 있다. 하지만 안티팬들은 벼락스타가 공인이라는 이유를 들어 너그러이 봐주려 하지 않는다. 그리고 인성을 문제 삼아 방송과 광고 출연에 대한 거부감을 표출한다. 그리하여 벼락스타가 나락으로 떨어져야 비로소 만족하고 물러난다.

정치인들도 마찬가지다. 요직을 차지하거나 유력 인사가 되면 과거의 행적들이 꼭 도마 위에 오른다. 물론 심각한 문제가 터져 나오기도 한다. 하지만 그들에게는 사회적으로 통용되는 윤리 기준보다 유독 엄격한 잣대를 들이대곤 한다. 이는 동서고금을 막론하고 유명인이라면 공통적으로 겪어야 하는 사회 현상 중 하나다.

왜 유명인에게는 안티팬들이 꼭 생겨날까? 특히 갑자기 인기를 얻은 벼락스타에게는 왜 극렬한 안티팬이 많이 생길까? 반면 어떤 스타들은 왜 안티팬이 적을까? 이를 이해하기 위해서는 심리학책보다 물리학책이 더 유용하다. 이 또한 물리 현상이니까.

인간은 생존 문제에 있어서는 절대 양보하지 않는 욕심쟁이다. 끝도 없는 생존 욕심에 때론 생존 자체보다 생존에 필요한 자원의 소유에 더 집착하기도 한다. 생존 자원을 더 많이 소유하면 할수록 생존 가능성도 그만큼 증가된다고 믿기 때문이다. 그래서 우리는 최대한 많은 생존 자원을 차지하려는 본성을 갖고 있다. 그러면서도 리스크는 가능한 한 적게 감수하고, 에너지도 가능한 한 적게 투입하려는 욕심쟁이들이다.

그런데 인간이 생산 활동을 할 수 있는 시간과 장소에는 한계가 있다. 또 인간 사회에 존재하는 생존 자원의 양도 한정되어 있다. 제아무리 엄청난 생산 능력이 있다 해도 취할 수 있는 생존 자원에 한계가 있는 것이다. 지구가 이리 넓은데 생존 자원이 한정되어 있다고 생각하는 것이 어리석어 보인다고? 하지만 알고 보면 꼭 그렇지는 않다.

1965년 미국의 물리학자 아르노 앨런 펜지어스(Arno Allan Penzias)와 로버트 윌슨(Robert Woodrow Wilson)은 137억 년 전 빅뱅이 남긴 흔적인 '우주 배경 복사(Cosmic Microwave Background Radiation)'를 발견했다. 이 발견으로 우주가 '닫힌계'임이 밝혀졌다. 닫힌계는 외부와 에너지만 교환할 수 있을 뿐, 물질은 교환할 수 없다. 즉 인간들이 물질에

욕심을 내는 데에는 충분한 이유가 있다는 걸 물리학이 밝혀낸 셈이다. 하지만 인간들은 우주 배경 복사의 발견 훨씬 이전부터 이미 우주가 닫힌계라는 걸 잘 알고 있었을 것이다. 우리 몸을 구성하는 원자들 중에는 우주를 꽤 겪어본 초신성(Supernova) 출신들이 많기 때문이다.

우주가 닫힌계인 이상, 인간 모두의 욕심을 채우기엔 우주 안 모든 물질로도 부족하다. 우주에 단 1명만 존재한다면 몰라도, 2명의 인간이 존재하는 순간부터 물질은 부족해진다. 인간관계는 경쟁을 낳고, 경쟁은 욕망을 낳고, 욕망은 기하급수적으로 늘어나기 때문이다.

그래서 인간은 허상의 생존 자원이라도 소유함으로써 만족감을 얻으려고 애쓴다. 세계의 경제 규모가 계속 커지고, 대출이 늘어나고, 다양한 투자 상품과 새로운 자산이 등장하는 것은 인간의 한없는 욕심을 조금이라도 채워주기 위함이다. 욕심이 채워지지 않으면 인간은 다른 인간의 것이라도 뺏기 위해 살인과 전쟁을 서슴지 않는다. 그래서 평화를 위해, 궁극적으로는 생존을 위해 허상의 재화를 만들어 내어 부풀린다. 돈, 신용, 대출, 주식, 선물, 펀드, 부동산, 암호 화폐… 인간은 다행히 이런 스마트폰 화면 속 숫자마저 생존 자원이라고 믿는다.

'생존 자원'이라 함은 생존 가능성을 조금이라도 증가시켜 주는 모든 것들을 말한다. 사실 인간에게 정말 필수적인 생존 자원은 공기, 물, 음식 정도다. 좀 더 나아가서 의복, 주택 정도도 필수 생존 자원이라고 할만하다. 그런데 이런 필수 생존 자원들은 잉여분을 몸 안에 비축하는 것이 불가능하다. 음식은 많이 먹어두면 몸 안에 지방의 형태로 비축된다. 그래서 약 15일간 안 먹어도 생명을 유지할 수 있다. 하지만 수십 년을 사는 인간인데 체내 비축은 겨우 15일이 한계다. 게다가 15일분이라도 비축하겠다고 체중을 너무 늘리면 건강이 나빠지고 생산 활동에 지장을 초래한다. 그래서 인간들은 돈을 이용하기로 했다. 돈은 보관도 쉽거니와 세상 무엇보다 호환성이 뛰어나다. 그래서 돈이 곧 생존 자원의 대표가 되었다.

그런데 돈 외에도 명예, 권력, 인기, 기술, 재능, 인맥도 역시 생존 자원을 비축하는 또 다른 방법이다. 현대 사회에서는 이 역시 필요할 때마다 돈이나 물건으로 쉽게 교환할 수 있기 때문이다. 그래서 우리의 무의식은 이들도 음식이나 돈과 전혀 다름없는 생존 자원으로 인식한다. 예를 들어 유명인들에게는 '인기'가 생존 자원이다. 어떤 스타가 인기를 얻었다는 것은 그가 많은 돈이나 음식을 확보한 것과 마찬가지로 여겨진다.

평범하던 여자아이가 어느 날 갑자기 아이돌 스타가 된다. 초기에는 사람들이 그저 '이쁘네' '귀엽네' 하며 관심과 호감을 갖는다. 그런데 그녀의 인기가 치솟고 미디어에 자주 노출되면 우리는 무의식적으로 그녀의 TV 출연료, 광고 모델료, 행사 출연료 등을 계산해 본다. 그리고는 '광고 또 찍었네' 'TV 켤 때마다 나오네' '돈 많이 벌었겠네' '이제 나보다 더 부자가 됐겠네' '내 연봉 몇 배를 벌겠군' 하며 무의식적으로 그녀를 시기하게 된다.

시기심이라는 감정 속에는 치밀한 계산이 숨어 있다. 시기심이란 다른 사람이 자신보다 뛰어난 생존 전략으로 사회에 존재하는 생존 자원을 독차지할지도 모른다고 예상될 때 생기는 감정이다. 그래서 우리는 생존 자원의 증가 속도가 자신보다 빨라 보이는 사람을 대할 때면 자연스레 시기심을 느낀다. 인간이 이런 시기심을 갖는 이유는 다른 사람의 생존 자원 취득을 억제하여 자신의 생존 자원 취득을 조금이라도 용이하게 하려는 데 있다.

100명으로 구성된 집단에 사과 100개가 있다. 뛰어난 능력을 가진 사람이 그중 사과 50개를 차지한다. 그럼 나머지 50개를 두고 99명이 다퉈야 한다. 경쟁이 꽤 심하다. 내가 그중 1개라도 차지할 수 있을지 장담할 수 없다. 이럴 때는 다른 98명을 공격하는 것보다 50개를 가진 사람을 공격하는 것이 효과적이다. 어떡하든 그가 가진 것을 다시 토해내게 해야 한다. 그리고 나중에 비슷한 상황이 재발되는 것도 막아야 한다. 그래서 다음에 뛰어난 능력을 가진 사람이 또 등장하면 처음부터 여러 개의 사과를 갖지 못하게 방해하려 한다. 이런 행동을 하라고 신경계가 우리의 의식에게 신호를 보낸다. 이 신호를 '시기심'이라고 부른다. 우리는 시기심을 통해 궁극적으로 자신의 생존 가능성을 높이려고 한다.

이와 같은 이유로 우리는 아이돌 스타에게도 시기심을 느낀다. 그 아이돌 스타가 인간 사회에 한정되어 있는 돈이란 생존 자원을 너무 많이 차지하게 되면, 그만큼 내 몫의 돈이 줄어든다고 예상하기 때문이다. 이전과 동일한 수입을 얻기 위해 더 많은 에너지를 소모하고, 더 많은 리스크를 감수해야 하는 것은 아닌지 염려하기 때문이다. 이런 치밀한 손익 계산은 우리의 의식 모르게 무의식이 재빨리 수행한다. 우리는 이 계산 결과를 시기심이나 질투심의 감정으로 기억한다(우리는 흔히 계산적인 사람을 싫어하는데, 이 또한 우리가 계산한 결과다).

안타깝게도 인간 두뇌의 용량은 제한되어 있다. 그래서 인간이 주로 감각하는 것은 '저량(貯量, Stock)'이 아니라 '유량(流量, Flow)'의 변화, 즉 '가속도'다. 며칠 전만 해도 무명이었던 연예인이 갑자기 TV CF에 자주 등장한다. 그럼 우리는 무의식적으로 벼락스타의 재산과 인기, 즉 그의 생존 자원이 늘어나는 '가속도'를 계산해 낸다.

이때 생존 자원의 '보유량'이나 '속도'가 아닌, '가속도'를 계산하는 데에는 그럴만한 이유가 있다. 우리는 자신이 보유한 생존 자원이 플러스 가속도를 유지하면서 빠르게 증가하길 바란다. 그래서 다른 사람들도 역시 플러스 가속도를 유지하면서 생존 자원을 빠르게 증가시킬 것이라고 가정한다.

따라서 우리는 그 벼락스타 또한 현재의 가속도가 미래까지 계속 유지될 것으로 예상한다. 그리고 벼락스타가 앞으로 차지할 생존 자원의 양을 계산한다(신경계의 계산 과정 중에 2번의 미분과 2번의 적분 계산이 필요하다). 그에 상응하여 집단 내에서 내가 차지할 생존 자원이 감소할 것이라고 예측한다.

이는 밀폐된 동굴에 갇혀 산소가 고갈되어 갈 때 사람들이 느끼는 스트레스와 다를 바가 없다. 그래서 벼락스타의 몫을 줄여 자신의 몫을 지키려는 사람들이 나온다. 이들은 벼락스타의 안티팬이 된다. 안티팬은 벼락스타에게 악플을 남기고, 비방하고, 헐뜯는다. 그래야 자신이 생존할 수 있을 것 같은 느낌이 든다. 그러다 벼락스타가 더 이상 생존 자원을 취득 못 하는 것을 확인하면 비로소 안심을 하고 안티팬에서 벗어난다.

이런 현상은 꼭 연예계뿐 아니라 정계, 재계, 학계 등에서도 똑같이 일어난다. 또 회사, 친구, 이웃, 가족, 연인, 부부, 형제에 이르기까지 2인 이상의 집단이라면 모두 발생한다. 인간뿐 아니라 다른 생물에게도 예외 없이 발생한다.

정계는 팬과 안티팬의 대결이 가장 극명하게 드러나는 무대다. 무명이었던 정치인이 갑자기 중앙 정계에서 인기를 얻게 된다. 그럼 얼마 지나지 않아 상대 진영으로부터 그 사람의 과거 행적에 대한 폭로가 나온다. 만약 그 정치인의 과거에 별다른 이슈가 없으면 그의 배우자, 자녀, 부모, 친척, 친구까지 점차 범위를 넓혀가면서 뭔가 흠집을 찾게 된다.

안티팬들은 사소한 교통법규 위반이건, 술김에 한 말실수이건 경중은 상관하지 않는다. 자신들조차 지키지 못할 엄격한 잣대를 들이밀며 내로남불식으로 그 정치인을 흠집 낸다. 그저 흠을 잡기 위해 흠을 잡는다는 것을 대다수의 사람들은 알고 있다. 그럼에도 불구하고 많은 사람들이 한목소리로 그 정치인에 대한 비난에 동참한다. 이는 그 비난이 자신의 생존 자원 획득에 도움이 될 것이라고 생각하기 때문이다.

"이처럼 부도덕한 정치인에게 국가의 중책을 맡길 수 없다!" 이 비난의 목소리를 번역해 본다. "내 몫의 생존 자원이 줄어들게 하지 마라! 늘면 더 좋고…." 각자 비난하는 명분은 달리 대지만 속뜻은 결국 이 한 문장뿐이다.

정치인 개인뿐 아니라 정치 집단에 대해서도 동일한 현상이 나타난다. 특히 서민을 대변한다며 새로이 정권을 잡은 정파는 극성 안티팬이 점점 증가하게 마련이다. 일반적으로 좌파는 서민들의 표를 얻기 위해 자신들 역시 가진 생존 자원이 없다고 강조한다. 하지만 집권 후에는 정권을 잡았다는 사실만으로도 사람들 눈에 벼락스타나 벼락부자처럼 보인다. 따라서 좌파의 주요 인물들은 갖가지 추문과 비방으로부터 자유롭지 못할 가능성이 높다.

비슷한 이유로 언론의 자유가 보장된 자유 민주주의 국가에서는 어떤 정권이라 할지라도 오래 집권하면 안티팬이 늘어난다. 대부분의 역대 미국 대통령들도 임기 초보다 임기 말 지지도가 낮았다(단, 클린턴 대통령은 엄청난 경제 호황 덕에 예외다. 국민들 손에 돈을 쥐여주고 지지도를 얻었다). 원래 정치인이나 유력 인사가 TV에 오래, 자주 등장하면 사람들의 불안감과 시기심은 저절로 커지게 마련이다.

우리는 누군가 생존 자원을 독점할 것 같으면 불안감을 느끼고 경계한다. 이는 가족이라고 예외는 아니다. 재벌가의 가족들은 그룹의 경영권을 두고 치열하게 싸운다. 어렸을 때부터 경영권이 가장 중요한 생존 자원이라고 인식하며 자랐기 때문이다. 왕가의 후손들은 왕권을 두고 다툰다. 왕권을 가장 중요한 생존 자원이라고 여기기 때문이다. 그래서 고려 시대 이후로 세자를 제외한 왕자들은 정치 활동을 원천적으로 금했다. 백수로 지내며 죽을 때까지 호의호식할 수 있는 왕자들도, 가만히 놔두면 피 튀기는 왕권 경쟁에 나설 것을 잘 알고 있었기 때문이다.

안티팬의 활동, 즉 '안티질'은 수백만 년에 걸쳐 형성된 인간의 생존 전략이다. 그래서 슈퍼맨이 정말 아무런 대가 없이 인류를 도와줘도 인간은 그를 두려워하고 시기한다. 과거 수백만 년 동안 다음과 같은 일들이 우리 선조들에게는 여러 번 일어났을 것이다.

원시 시대, 한 부족에 삐쩍 마른 사냥꾼이 찾아왔다. 그는 부족 사람들을 모아놓고 제안을 했다. "제가 오늘부터 여러분을 대신해 사슴 사냥을 하려고 합니다. 제가 잡은 사슴의 반은 여러분께 그냥 드리겠습니다." 부족 사람들은 이게 무슨 횡재인가 싶었다. 이제 사슴을 잡으러 먼 사냥터까지 힘들게 가지 않아도 되다니….

다음 날 사냥꾼은 자기가 잡은 사슴 고기의 절반을 부족 사람들에게 건네주었다. 사람들은 거저 사슴 고기를 얻게 되자 그를 신뢰하게 되었다. 사냥꾼도 부족 사람들의 믿음에 부응하겠다며 점점 더 열심히 사냥을 했다. 그러던 어느 날, 부족 사람 중 한 명이 간만에 사냥터에 갔다 왔다. 그는 마을에 돌아오자마자 큰 소리로 부족 사람들을 불렀다. "큰일 났다. 사냥꾼이 사슴을 다 잡아서 이제 몇 마리 안 남았다!"

사람들은 분노와 불안에 휩싸였다. 그리고 사냥꾼을 붙잡아서 때리기 시작했다. 사냥꾼은 피범벅이 되어 항의했다. "제가 뭘 잘못했나요? 전 여러분께 사슴 고기를 많이 드리기 위해 쉬지 않고 사냥만 했습니다. 그리고 단 1g도 속이지 않고 정확히 절반을 여러분께 드렸습니다." 그러자 사람들이 말했다. "다른 마을의 사냥터에서 잡았어야지!" "너 먹을 것만 빼고는 다 우리 줬어야지!" "너 원래 말랐었는데 살찐 거 보니 아주 나쁜 놈이군!" 그리고는 다시 죽을 때까지 때렸다. 사람들은 불안했고 사냥꾼은 억울했다.

인간들은 이런 경험을 많이 했다. 그래서 일종의 '스타 탄생 억제를 위한 법'을 만들었다. 독과점 방지법을 비롯한 기업 관련 규제들 중 상당수가 이에 해당한다. 거기에는 '혼자 생존 자원을 독차지하지 마라. 다른 사람 몫은 남겨두어라'라는 뜻이 담겨 있다.

옛날 로마 시대, 최고 권력자인 집정관 중 1명이 대중의 인기를 독차지하면 그를 추방하거나 심지어 죽이기까지 했다. 그가 누구를 살해하거나 다치게 하는 범죄를 저지른 것도 아닌데도. 처벌의 이유는 간단했다. 단지 독재자가 될지도 모른다는 가능성 하나였다. 결국 로마의 인기와 권력이라는 제한된 생존 자원을 혼자 독차지하지 말라는 뜻이었다.

TV에 살인, 강도, 절도 사건에 대한 뉴스가 나오면 우리는 분노와 두려움을 함께 느낀다. 미래에 나 또는 나의 협업 파트너가 피해자가 될 가능성을 계산하고, 그때 내가 잃을 것들도 계산한 결과다. 우리는 탈세, 횡령과 같은 경제 사범에게서도 마찬가지의 분노와 불안을 느낀다. 그리고 예민한 사람들은 TV 광고에 자주 나오고, 고급 외제 차를 타는 벼락스타에게도 그와 별반 다를 바 없는 감정을 느낀다. 그 감정은 구간만 다를 뿐 크기가 동일하다.

한 가지 흥미로운 사실이 있다. 모든 스타가 시기의 대상이 되는 것은 아니라는 점이다. 오래전부터 이름을 천천히 알린 올드스타들은 벼락스타보다 가진 생존 자원이 훨씬 많다. 그럼에도 벼락스타들에 비해 안티팬이 적다. 이는 기존부터 이미 많은 생존 자원을 갖고 있었기 때문이다. 그래서 요즘 들어 TV 광고를 더 찍는다고 해도 사람들은 큰 위협을 느끼지 않는다. 사촌이 땅을 사면 배가 아프다. 그런데 가

60
벼락스타와 안티팬

난하던 사촌이 땅을 샀을 때 배가 아픈 것이지, 원래 땅부자였던 사촌이 땅을 산 거면 그다지 아프지 않다.

좌표 평면상의 그래프로 이런 현상을 설명해 본다. x축을 '시간', y축을 '생존 자원'으로 한다. 이 좌표 평면 위에 '시간에 따른 생존 자원의 보유량'을 곡선 그래프로 그린다. 이때 곡선 그래프 위 한 점에서의 '기울기'가 바로 벼락스타의 '생존 자원 취득 속도'가 된다. 어떤 벼락스타가 인기를 얻고 TV 광고를 찍으면 생존 자원 그래프의 '기울기', 즉 '생존 자원 취득 속도'가 급격하게 커진다. 이때의 '속도의 변화율', 즉 '가속도' 값은 플러스다(2번 미분해서 '가속도'를 구한다고 볼 수 있다).

우리는 벼락스타에게 그 가속도가 그대로 유지된다고 가정한다. 그리고 벼락스타가 미래에 가지게 될 생존 자원의 양을 계산해 본다. 이때는 '가속도'를 2번 적분해야 한다. 만약 가속도가 플러스 값이라면 마치 $y=x^2$ 그래프처럼 우상향으로 치솟는 그래프가 그려질 것이다. 이 계산 결과는 벼락스타의 몫이 급격히 증가하는 만큼, 내 몫은 점차 줄어들지 모른다는 우려를 낳는다. 이런 상황은 분명히 자신의 생존에 불리하다. 따라서 무의식은 시기심을 발생시킨다. 그리고 이 시기심을 의식에게 전달한다. 이제 우리의 의식은 어떻게든 벼락스타를 저지하려 한다. 그래서 컴퓨터를 켜고 키보드를 두들긴다. 이렇게 안티팬이 하나 태어난다.

우리는 벼락스타에 대한 안티질을 통해 그의 '생존 자원 보유량 그래프의 기울기'를 감소시킨다. 그걸 확인해야 비로소 안도를 한다. 사람들이 주로 감각하는 것은 기울기의 변화이지 y값이 아니다. 그래서 기울기가 감소하기만 해도 만족한다. 즉 현재 가진 것이 얼마 없어 y

값이 작은 신인이라도 기울기가 급격히 커지면 사람들은 경계한다. 반면 현재 가진 것이 많아 y값이 큰 올드스타라도 기울기가 더 커지지 않으면 사람들은 불안해하지 않는다.

벼락스타가 이런 물리적 현상을 이해하면 유명세를 얻으면서도 안티팬이 생기지 않게 하는 방법도 알 수 있다. 바로 자신의 '생존 자원 획득의 가속도'가 크지 않은척하면 된다. 즉 부자가 아닌척하면 되는 것이다. 그런데 언제까지나 월셋집에 살며 지하철 타고 다닐 수는 없는 일. 그래서 대부호들이나 대스타들이 자주 사용하는 방법이 있다. 바로 상당한 금품이나 재능을 기부하는 것이다.

대부호와 대스타들은 기부했다는 사실을 언론을 통해 널리 알린다. 그러면 대중들은 그들이 생존 자원을 많이 획득해도 상당 부분을 다시 사회로 환원한다고 인식한다. 따라서 자신의 몫인 생존 자원은 별로 줄어들지 않을 거라고 여긴다. 마찬가지로 정치인은 권력을 분산시키거나 청빈을 강조하는 방법으로 안티팬의 발생을 줄일 수 있다.

사람들은 갖고 있는 정보가 다 다르다. 그래서 또 다른 관점에서 계산을 하는 사람도 있다. 스타의 기부와 봉사는 빈곤층에 대한 정부의 재정 지원 부담을 감소시킨다. 이는 곧 자신의 세금이나 봉사 부담 감소로 이어진다. 따라서 우리의 무의식은 스타의 기부가 생존 자원 취득에 긍정적인 영향을 미친다고 계산한다. 이런 이유로 벼락스타나 벼락부자일수록 기부나 선행을 많이 해야 한다. 그래야 안티팬들이 적게 발생한다.

안티팬을 줄이는 또 하나의 방법이 있다. 주로 집단 밖, 즉 해외에서 활동을 하는 것이다. 해외 위주로 활동을 하는 스타는 돈을 얼마 벌었건 간에 국위 선양을 한다며 오히려 칭찬을 받는다. 사람들은 스타가 해외에서 돈을 벌면 국내에 있는 자신의 몫에는 영향을 주지 않는다고 생각하고 안심한다. 오히려 스타가 해외에서 거두어들인 수입을 국내에서 소비하고 납세를 하므로, 자신이 생존 자원을 쉽게 획득하는 데 도움이 될 것이라 기대하고 반긴다. 한마디로 해외에서 활동하는 스타들은 다른 부족의 사냥터에서 사슴을 잡는 셈이다(물론 사냥터를 내준 외국에서는 싫어하기도 한다).

이런 이유들로 진정 무소유의 삶을 사는 사람에게는 안티팬이 생기지 않는다. 법정 스님, 김수환 추기경, 마더 테레사…. 그들은 유명했다. 하지만 사람들은 그들을 경계하거나 시기하지 않았다. 그들은 인기를 돈으로 환전하지 않았다. 따라서 우리의 몫을 위협하지 않았다. 우리는 그들을 신뢰한다. 그리고 위대하다고 칭송한다. 이것이 일부 종교가 사제들에게 사유 재산을 허용하지 않는 이유다.

o o o

위대한 선지자들은 모두 청빈하였다. 사실은 청빈하기에 위대하다고 평가받는 것이다. 그런데 어쩌나, 나는 갖고 싶은 게 너무 많다. 제길.

06 청개구리 인간

코로나가 한창이었던 어느 주말 오후, 와이프와 아이들한테 멀리 여행 가는 것은 어려우니 동네 산책이라도 하자고 제안했다. 다 좋다고 하는데, 와이프가 자기는 빼놓고 가란다. 저녁에 외식을 하자고 했더니, 이번엔 아들 녀석이 자기 빼고 가란다. 다 같이 그냥 집에서 먹자고 하니, 딸아이가 그럼 자기는 굶겠단다. 우리 집에는 왜 이렇게 청개구리가 많은 건가…. 다 함께 TV로 '나 혼자 산다' 볼 때 나만 빠진다. 난 혼자 살기 싫다.

○ ○ ○

어느 인간 집단에나 청개구리처럼 다수의 의견에 반대하며 튀는 행동을 하는 사람들이 꼭 있다. 심지어 경쟁 관계에 있는 다른 집단을 지지하는 배신자도 심심치 않게 등장한다. 이런 청개구리 인간은 사안의 중요성과 상관없이 언제 어디에나 존재한다.

음식 메뉴 정하는 사소한 일부터 청개구리 인간들이 등장한다. 바쁜 점심시간, 중국 음식점에서 일행 모두가 짜장면을 선택할 때, 혼자 짬뽕을 시킨다(이 집 짜장면이 맛있다고 추천한 사람인데도…). 모두가 원두커피를 마실 때, 믹스커피를 마신다(좀 전까지 예가체프 원두가 최고라고 설파한 사람인데도…). 사실 음식 메뉴 선택과 같이 별로 중요하지 않은 사안에 대해서는 다들 '다름'에 대해 눈여겨보지 않는다. 그저 기호의 다양성이나 건강에 대한 관심 차이 정도로 여기며 넘어간다.

그런데 심각한 사안에서도 이와 비슷한 현상이 발생한다. 우리는 주변국들과 여러 가지 경제, 외교, 문화적 갈등을 겪고 있다. 그런데 우리나라가 아니라 오히려 주변국의 주장에 동조하는 우리나라 국민들이 있다. 물론 그 수는 아주 적다. 하지만 그런 사람들이 존재함에 대해 많은 국민들은 경악한다. 반대로 주변국 국민들 중에도 우리나라의 주장에 적극적으로 동의하는 사람들이 존재한다(이 또한 놀랄만한 일이지만 우리는 당연한 척한다).

1명이라도 더 힘을 모아 단결해야 그 집단의 경쟁력이 높아진다. 그래야 다른 집단과의 경쟁에서 이길 가능성도 높아진다. 집단의 이익과 생존은 곧 구성원 개개인의 이익과 생존으로 연결된다. 따라서 논리적이고 이성적인 인간이라면 단결의 힘을 알게 마련이다.

그런데 왜 주변 사람들의 손가락질을 받으면서도 이런 청개구리 짓을 하는 사람들이 존재할까? 단순히 호기심, 재미, 관심 유발을 위해 그런 행동을 하는 것일까? 물론 그런 사람들도 있을 수 있다. 하지만 인간은 생존에의 리스크가 높아지는 위험한 행동은 절대 선택하지 않는다. 분명히 그럴만한 이유가 있기에 선택한 것이다. 따라서 청개구리 짓도 결국 생존을 유지하려는 인간의 본성에서 비롯된 것이란 걸 짐작할 수 있다.

아무리 그래도 다수의 편에 속하고, 다수의 의견을 따르는 것이 생존에 더 유리하지 않을까? 하지만 미래는 예측 불가능하다. 오직 과거에 있었던 유사한 사건에 근거하여 확률적으로만 미래를 예측할 수 있을 뿐이다. 그래서 다수의 의견에 따르지 않는 소수는 반드시 나오게 되어 있다.

이는 전쟁에서도 마찬가지다. 양국 간 존망이 걸린 전쟁이 벌어졌는데도 적국의 편에 서는 청개구리 인간들이 있다. 임진왜란 때 조선을 침략한 왜군들 중에는 조선에 투항하여 조선 편에서 싸운 항왜降倭들이 있었다. 반대로 조선인들 중에는 왜군에 투항하여 길잡이 노릇을 한 순왜順倭들도 있었다. 이는 우리나라만의 현상이 아니다. 다른 나라에도 조국을 배신한 사람들은 항상 존재했었다.

강대국과 약소국이 서로 전쟁을 벌인다. 당연히 강력한 군사력을 갖고 있는 강대국이 이길 가능성이 높다고 알려진다. 그럼 강대국 편을 드는 약소국 국민들이 생겨난다. 이건 당연해 보인다. 하지만 강대국을 배신하고 약소국 편을 드는 강대국 국민 또한 적지만 존재한다.

제2차 세계대전, 당시 나치 당원이었던 독일인 오스카 쉰들러 (Oskar Schindler)는 학살당할 위기에 처한 유대인을 고용했다. 그리고 그들 1,200명을 살려냈다. 처음에는 자신의 공장 인건비를 아끼기 위해 공짜로 부려먹을 수 있는 유대인을 고용했을 뿐이었다. 하지만 유대인들의 비참한 실상을 알게 된 후 그들을 위해 자신의 전 재산을 희생했다. 당시 상황에서 유대인을 비호한다는 것은 분명 청개구리 짓이었다. 유대인들은 독일 치하에서 모두 소멸하기 직전이었기 때문이다. 하지만 결국 독일은 패전했다. 유대인을 탄압한 독일 전범들도 처형되었다. 쉰들러도 전후에 파산했다. 그럼에도 불구하고 유대인들의 도움으로 큰 어려움 없이 생활할 수 있었다. 그리고 지금까지도 유대인들로부터 위인으로 존경받고 있다.

이처럼 전쟁 시기에도 청개구리 인간이 나오는 것은, 아무리 약소국이라 해도 모두의 예상을 깨고 이길 확률이 존재하기 때문이다. 만약 약소국이 뜻밖에 전쟁에서 이길 경우, 약소국을 지지했던 소수의 강대국 국민은 복권에 당첨된 것과 마찬가지로 큰 이득을 얻을 수 있다. 이는 승률이 매우 낮은 약팀에게 돈을 거는 스포츠 도박사나, 당첨될 확률이 희박한 복권에도 큰돈을 거는 사람들이 존재하는 것과 비슷한 현상이다.

이런 청개구리의 선택은 주사위를 던져 결정하는 것이 아니다. 사람들은 선택의 갈림길에서 각 선택에 따른 기댓값을 계산한 후 행동을 결정한다(이런 중대한 결정을 운에 맡기던 종들은 진작에 멸종했다). 즉 예상대로 강대국이 전쟁에 이겼을 때의 기댓값과, 뜻밖에 약소국이 전쟁에 이겼을 때의 기댓값을 계산한 후, 더 높은 값이 나오는 선택을 취한다는 뜻이다.

물론 이런 계산에 사용되는 숫자들은 사람마다 다 다르다. 각자 갖고 있는 정보가 다 다르기 때문이다. 유전적으로 물려받은 정보가 다르고, 후천적으로 습득한 정보도 다르다. 그래서 한 나라의 국민들이라 할지라도 선택의 기댓값은 다 다르게 계산된다. 다음은 선택을 위한 신경계의 기댓값 계산식이다(실제로는 훨씬 더 복잡하다).

선택 A

강대국이 이겼을 때의 기댓값 = 강대국이 이길 확률 × 그 경우 얻을 이익

선택 B

약소국이 이겼을 때의 기댓값 = 약소국이 이길 확률 × 그 경우 얻을 이익

대부분의 강대국 국민에게는 선택 A의 값이 선택 B의 값보다 크다. 객관적으로 '강대국이 이길 확률'이 높고 '약소국이 이길 확률'은 그만큼 낮기 때문이다. 하지만 강대국 국민 중 몇몇 사람에게는 선택 B의 값이 더 클 수 있다. 예를 들어 강대국의 반체제 인사는 약소국이 이기면 자신에게 더 많은 정치적 기회가 생길 수 있다고 기대한다. 그래서 '약소국이 이길 확률'이 아주 낮음에도 '약소국이 이길 경우 얻을 이익'이 아주 크기에 선택 B값이 선택 A값을 능가할 수 있다.

또 가지고 있는 정보가 부족하여 약소국의 군사력을 과대평가하는 사람도 선택 B를 택할 수 있다. 강대국 정부는 이런 배신자들의 출현을 막으려 한다. 그래서 자국의 군사력을 강조하고, 역사상 항상 강대국이 승리했다고 교육한다. 그렇게 국민들에게 '강대국이 이길 확률'을 높게 인식시킨다.

반면 약소국 정부라면 작은 나라가 큰 나라를 이겼던 역사를 찾아 알린다. 그리고 군사 퍼레이드나 전시성 훈련을 통해 군사력을 과

장하려 한다. 이를 통해 '약소국이 이길 확률'을 최대한 높인다. 또 패전이 확실해 보여도 게릴라식 항전을 계속하겠다고 선언한다. 그래서 강대국이 이겨도 얻을 이익이 많지 않음을 알린다.

회사에서 프로젝트를 진행할 때도 이와 비슷한 현상이 나타난다. 한 프로젝트에 10명으로 구성된 팀이 투입된다. 그러면 팀원들 중 꼭 1명은 프로젝트의 성공 가능성을 부정적으로 평가한다. 그리고 소극적으로 활동한다. 물론 그도 팀원 모두가 힘을 합쳐야 성공 가능성이 높다고 말한다. 그런데도 삐딱하게 행동하여 다른 팀원들의 눈총을 산다. 그의 성격이 원래 그랬을까?

이 또한 개체의 이익을 최우선으로 추구하는 인간의 본성으로 인해 발생하는 현상이다. 팀원 10명 모두가 단합하여 수행한 프로젝트가 성공할 경우, 그 명예와 수익은 팀원 10명이 나눠 가져야 한다. 결국 자신의 수익은 전체의 10분의 1 정도에 그친다. 하지만 자기 혼자만 프로젝트가 실패할 것이라는 의견을 제시했는데, 운 나쁘게도 그 프로젝트가 정말 실패한다면?

자신은 프로젝트에 반대했으므로 실패의 책임을 면하거나 경감받을 수 있을 거라고 생각한다. 오히려 판단력이 뛰어나다는 이유로 승진할 가능성도 있다고 여긴다. 만약 정말 중대한 프로젝트라면 혼자 살아남고 나머지 9명은 회사를 떠나야 할 수도 있다. 따라서 소수의 팀원은 프로젝트에 반대하는 경우의 기댓값이 더 크다고 판단한다. 그들은 당장의 불이익을 감수하면서 청개구리가 되기를 선택한 것이다.

물론 대부분의 사람들은 자신이 그런 계산적인 계산을 한 적이 없다고 반론을 제기한다. 하지만 우리의 선택은 동전 던지기가 아니다.

두뇌 속 정보를 이용해 신경계가 엄중히 계산한 결과다. 그럼에도 몇몇은 여전히 자신의 선택이 우연일 뿐이라고 주장한다. 때로는 우연이 가장 그럴싸한 핑계이자 명분이 되기 때문이다. 몇몇은 자신의 계산기는 보다시피 전원이 꺼져 있다고 주장한다. 잘 살펴봐야 한다. 대부분 모니터 전원만 꺼져 있기 때문이다.

우리가 전쟁 뉴스를 접하는 순간, 회사의 프로젝트 정보를 입수하는 순간, 무의식 속에서 계산은 끝난다. 우리 어깨 위에 있는 것은 물혹이 아니다. 지구상 어떤 컴퓨터보다도 우수한 슈퍼 바이오 컴퓨터다. 뭐, 사람마다 성능 차이는 좀 있을 수 있다(노벨물리학상 수상자인 로저 펜로즈(Roger Penrose)는 '미세소관'이란 일종의 양자 컴퓨터가 우리 세포 속에 있다는 '조화 객관 환원 이론'을 주장했다).

인간 집단의 규율을 어기는 사람들도 역시 광의의 청개구리에 해당한다. 예를 들어 쓰레기를 함부로 버리는 사람, 금연 구역에서 담배를 피우는 사람, 금지된 약물을 섭취하는 사람, 위험 표지판이 붙어 있는데도 들어가는 사람, 차가 씽씽 다니는데도 무단 횡단하는 사람… 이들은 집단의 규율 준수를 위해 자신이 소모해야 하는 에너지와, 규율 미준수로 아낄 에너지를 각각 계산한다. 규율 미준수로 인한 처벌과, 협업에서 배제될 리스크도 감안한다. 그리고 규율 미준수를 통해 자신이 얻을 이익이 더 크다는 계산 결과가 나오면 아무런 죄의식 발생 없이 규율을 어긴다.

우리는 이런 청개구리 인간들이 성장 과정, 가정교육, 생활환경에 뭔가 문제가 있었을 것이라고 여긴다. 하지만 그들의 면모를 살펴보면 존경받는 교육자, 엘리트 법조인, 신뢰받는 종교인, 성실한 공무원, 평범한 직장인, 엄청난 부자까지 매우 다양하다는 걸 발견한다. 즉 평소 성품에 전혀 문제가 없다고 여겨지던 사람들도 특정 상황에서는 청개구리처럼 행동한다.

청개구리 인간들이 규율을 어기는 근본적인 이유를 따져보면 한 치 앞의 미래도 예측할 수 없다는 사실에 기인한다. 무단 횡단을 하다 차에 치여 죽을 확률이 100%라면 아무도 무단 횡단을 하지 않는다. 죽지 않을 것 같으니 건넌다. 담배를 피우면 폐암에 걸릴 확률이 100%라면 아무도 담배를 피우지 않는다. 폐암에 걸릴 것 같지 않으니 피우는 것이다. 이처럼 우리는 미래를 그저 확률적으로만 예측할 수 있다는 것을 본능적으로 잘 알고 있다. 그래서 미래에 대해 얘기할 때 '혹시' '아마' '만약'을 붙여야 한다. '반드시' '꼭' '확실히'를 붙이면 거짓말이다. 그래서 우리는 거짓말을 자주 한다.

청개구리 인간들은 자신의 행동에 대해 그럴싸한 변명거리를 찾아 내세운다. 나름 논리적인 것처럼 보인다. 하지만 변명과 핑계는 대부분 거짓말이다. 이미 무의식이 내린 결정에 대해 전두엽이 그럴싸한 대답을 쓴다. 그리고 의식보고 읽으라고 프롬프터에 띄워준다. 명분은 최대한 그럴싸해야 한다. 왜냐하면 인간은 혼자 살 수 없기 때문이다.

최면을 통해 전생 체험을 하는 장면을 살펴보면 전두엽이 얼마나 거짓말에 능한지 알 수 있다. 최면술사는 질문을 한다. 그리고 질문을 통해 체험자의 거짓말을 살살 유도한다(질문받기 전에 먼저 말을 꺼내는 체험자는 못 봤다). 우리는 질문을 받으면 일단 그럴싸하게 대답하려는 본능이 있다. '모른다'고 대답하거나 엉뚱하게 대답하는 것을 두려워한다. 이는 따지고 보면 집단으로부터 '무식하다'는 이유로 배제되지 않기 위해서다. 전생 체험은 결국 거짓말하는 능력을 테스트해 보는 것이다. 술에 만취하면 전두엽이 제 기능을 못 한다. 따라서 거짓말을 매끄럽게 하지 못한다. 가끔 와이프가 술 취했을 때의 모습과 평소의 모습을 비교해 본다. 전두엽이 얼마나 거짓말에 능한지 알 수 있다.

1979년, 신경생리학자 벤자민 리벳(Benjamin Ribet)은 자신의 의지가 결정을 내렸다고 인식하기 전에, 두뇌의 신경세포들은 이미 결정을 내린 상태라는 것을 실험을 통해 밝힌 바 있다. 이는 우리의 무의식이 이미 내린 결정에 대해 의식은 적절한 명분을 찾을 뿐이란 걸 얘기해 준다.

반면 스포츠 도박사의 베팅에는 변명이 없다. 강팀에 베팅한 스포츠 도박사나, 약팀에 베팅한 스포츠 도박사나 모두 솔직하다. 그들은 체면, 지위, 사상, 이념을 위해 베팅했다고 말하지 않는다. 그저 더 많은 돈을 따려는 선택이라고 한다. 물론 이들도 가끔 거짓말은 하긴 한다.

2001년 영국의 지붕수리업자이자 도박사인 믹 깁스(Mick Gibbs)는 축구 경기 15게임의 결과를 모두 맞혔다. 그래서 0.3파운드(약 600원)만 걸고 50만 파운드(약 8억 3천만 원)를 땄다. 마지막 15번째 경기는 바이에른 뮌헨이 1:1로 비긴 후, 승부차기에서 이길 거란 것도 맞혔다. 물론 그는 이것이 운이 아니라 치밀한 분석의 결과라고 말했다.

청개구리 인간들은 여러모로 집단생활에 부정적인 존재로만 보인다. 하지만 꼭 그런 것만은 아니다. 모두가 불가능하고 실패할 수밖에 없다고 하는 일에 과감히 도전하는 사람들도 청개구리였다. 무모하다고 놀림을 받았지만 결국 성공한 기업인, 운동선수, 과학자, 정치인, 예술가…. 이들처럼 성공한 청개구리의 사례를 역사 속에서 수없이 발견할 수 있다. 인류는 그런 사람들 덕에 지금까지 예기치 않은 변화에도 적응해 왔다. 그래서 생존할 수 있었다.

자신도 모르게 청개구리로 태어나는 사람도 있다. 전체 인구의 10% 정도는 왼손잡이다. 일상생활에 불편하기만 할 것 같은 왼손잡이. 자연선택설에 따르면 진작 사라졌어야 한다. 하지만 왼손잡이는 사라지지 않는다. 왜냐하면 왼손잡이에게도 생존에 유리한 점이 있기 때문이다. 예를 들어 전투와 스포츠 경기에서 왼손잡이는 적들의 허를 찌른다. 회식 자리에서 왼손잡이는 오른손잡이 사장님의 왼편에 앉아 사장님의 젓가락질을 편하게 만든다(사장님이 왼손잡이면 더더욱). 개인이나 집단 모두의 생존에 도움이 되는 것이다.

성 소수자도 청개구리다. 전체 인구의 1~7%는 성 소수자다. 성 소수자는 출산을 하지 않으니 자신의 형질을 후손에게 전달하지 못한다. 따라서 성 소수자는 점차 사라지거나 감소해야 한다. 하지만 성 소수자는 전혀 줄지 않는다. 이 역시 생존에 유리한 점이 있기 때문이다. 이들은 이성 배우자를 얻기 위해 동성들과 치열한 경쟁을 하지 않아도 되고, 더 신뢰할 수 있는 동성 배우자를 찾아 협업 관계를 맺을 수 있고, 출산에 소모되는 에너지와 자원을 아껴 온전히 자신을 위해 사용할 수 있다. 따라서 성 소수자인 것이 개체의 생존에 도움이 된다. 또한 집단의 생존에도 도움이 된다. 이성 배우자를 얻기 위해 벌어지는 집단 내 경쟁 총량을 낮추기 때문이다.

이런 청개구리가 자신과는 상관없는 얘기라고 생각하는 사람도 있을 수 있다. 하지만 우리의 수백 대 조상까지 거슬러 올라가 본다. 그러면 누구에게나 청개구리였던 조상들이 최소 몇십 명쯤은 있다. 그 조상의 청개구리 짓이 없었다면 우리는 지금 존재할 수 없다. 청개구리 조상들의 강렬한 성공 경험은 우리의 유전자 속에 생존 비결로 남아 있다. 그리고 우리의 무의식 속 계산에 영향을 준다.

그래서 당신 주변에는 당신이 손가락질하는 그 청개구리 인간이 존재한다. 그리고 어떤 상황이 닥치면 당신이 다른 사람의 손가락질을 받는다. 지난 과거를 잘 돌이켜 보면 누구나 한 번쯤 손가락질을 당한 경험이 있게 마련이다. 없다면? 남들 가는 길만 따라가는 흔해 빠진 인생을 살고 있다는 증거다.

똑같이 생기고 똑같이 생각하는 SF영화 속 인조인간들. 그들처럼 모든 인류가 획일화되는 순간, 그리고 모든 인류가 성공 확률이 가장 높은 선택 한 가지만 취하는 순간, 인류의 발전은 그 시점에서 멈춘다. 아니, 인류의 존속이 위협받는다. 하지만 그럴 일은 없다. 청개구리 인간이 줄어들면, 다른 인간들이 그 빈자리와 잠재 이익을 노리고 청개구리로 변하기 때문이다. 그래서 늑대 인간은 사라질지 몰라도 청개구리 인간은 절대 사라지지 않는다.

ㅇ ㅇ ㅇ

코로나 바이러스 때문에 주말에 한 번씩은 배달 음식을 시켜 먹는다. 애들과 와이프가 다 피자를 먹겠단다. 그래서 난 컵라면을 먹는다.
그 이유는?

그냥….

07 선택의 문

우리는 인류가 모든 생물 중 가장 이성적이고 합리적이라고 믿는다. 그리고 자신이 모든 사람들 중 가장 이성적이고 합리적이라고 믿는다. 그래서 세상의 모든 트러블은 자신이 아닌, 다른 사람들이 일으킨다고 생각한다. 인간이나 생물이나 모두가 지 잘난 맛에 산다.

그런데 우리 주위를 둘러보면 그 잘났다는 인간들이 비이성적이고 비합리적인 행동을 하기도 한다. 그래서 세상 사람들로부터 욕을 얻어먹는다. 때로는 개인뿐 아니라 집단도 욕을 얻어먹는다. 물론 나도 예외는 아니다.

o   o   o

저 앞에 2개의 문이 있다. 2개의 문 중 하나는 '성공의 문'이다. 나머지 하나는 '실패의 문'이다. 안타깝게도 문에는 아무 표시도 되어 있지 않다. 운 좋게 '성공의 문'을 선택한 사람들은 '실패의 문'을 선택한 사람들이 가진 재산까지 모두 빼앗아 서로 나눠 갖게 되어 있다.

이제 사람들로 하여금 2개의 문 중 하나를 선택하게 한다. 이런 힘든 선택을 하기에 앞서 과학자들은 2개의 문 각각 '성공의 문'일 확률을 알려주었다. 과학자들은 왼쪽 문이 '성공의 문'일 확률이 90%, 오른쪽 문이 '성공의 문'일 확률이 10%라고 한다. 자, 이제 사람들에게 이 정보를 알려준다. 그리고 어느 문을 열고 나갈지 선택하라고 한다. 사람들은 어떤 선택을 할까?

먼저 1명만 불러 과학자가 알려준 정보를 말해준다. 그리고 문을 선택하라고 한다. 당연히 '성공의 문'일 확률이 90%에 달하는 왼쪽 문을 선택한다. 다음으로 역시 한 사람만 불러 같은 정보를 주고 선택의 기회를 준다. 역시 왼쪽 문을 선택한다. 이렇게 100명을 1명씩 불러서 선택하라고 하면 100명 모두 왼쪽 문을 선택하게 마련이다.

그런데 100명을 한꺼번에 세워놓고 선택하라고 하면 어떻게 될까? 합리적이고 이성적인 인간들이니 모두 왼쪽 문을 선택할까? 그렇지 않다. '성공의 문'일 확률이 10%에 불과한 오른쪽 문을 선택하는 사람들도 반드시 나온다. 우리가 사는 실제 세상이 그렇다.

이처럼 1명씩 차례로 불러 문을 선택하게 할 때와, 다른 사람들의 선택을 보면서 선택하게 할 때는 사뭇 다른 결과가 나온다. 사람들은 언제나 자신에게 조금이라도 더 이익이 되는 선택을 하기 위해 기댓값 계산을 한다. 이때 어떤 정보를 갖고 있느냐에 따라 기댓값이 달라진다. 그래서 다른 사람의 선택은 나의 선택과 다르다.

1명씩 불러서 문을 선택하게 하면 사람들은 다음과 같은 계산을 한다(실제로는 더 복잡할 것이다).

왼쪽 문을 선택할 경우의 기댓값

= (왼쪽 문이 성공의 문일 확률 × 그 경우의 손익)

+ (왼쪽 문이 실패의 문일 확률 × 그 경우의 손익)

= (90% × 잘 모름) – (10% × 잘 모름)

= 80% × 잘 모름

오른쪽 문을 선택할 경우의 기댓값

= (오른쪽 문이 성공의 문일 확률 × 그 경우의 손익)

+ (오른쪽 문이 실패의 문일 확률 × 그 경우의 손익)

= (10% × 잘 모름) – (90% × 잘 모름)

= – 80% × 잘 모름

여기서 '그 경우의 손익'은 다른 사람들의 선택에 대한 정보가 없기 때문에 '잘 모름'이다. '잘 모름'은 위 식이나 아래 식이나 큰 차이가 없다. 따라서 기댓값은 왼쪽 문이 오른쪽 문보다 항상 높다. 당연히 모든 사람들은 왼쪽 문을 선택한다.

그런데 다른 사람들의 선택을 보면서 선택할 때는 계산이 좀 다르다. 앞서 선택한 99명이 모두 왼쪽 문을 선택하는 것을 보고 마지막으로 선택하는 사람이라면 아래와 같은 계산을 하게 된다.

앞선 99명과 마찬가지로 왼쪽 문을 선택할 경우의 기댓값

= (왼쪽 문이 성공의 문일 확률 × 그 경우의 손익)

+ (왼쪽 문이 실패의 문일 확률 × 그 경우의 손익)

= (90% × 1인분의 재산) − (10% × 1인분의 재산)

= 0.8인분의 재산

혼자 오른쪽 문을 선택할 경우의 기댓값

= (오른쪽 문이 성공의 문일 확률 × 그 경우의 손익)

+ (오른쪽 문이 실패의 문일 확률 × 그 경우의 손익)

= (10% × 100인분의 재산) − (90% × 1인분의 재산)

= 9.1인분의 재산

맨 마지막으로 선택하는 사람은 9.1인분의 재산을 기대할 수 있는 오른쪽 문과 0.8인분의 재산을 기대할 수 있는 왼쪽 문, 둘 중에서 선택할 수 있다. 따라서 9.1인분의 재산을 기대하며 '성공의 문'일 확률이 10%에 불과한 오른쪽 문을 선택하는 사람이 생기게 마련이다. 이때 앞서 왼쪽 문을 선택한 사람들의 눈에 오른쪽 문을 선택한 사람은 비이성적이고, 비합리적인 청개구리로 보일 것이다.

이제 새로이 100명을 불러서 다른 사람의 선택을 보면서 문을 고르라고 한다. 대부분 왼쪽 문 앞에 서지만 그래도 1명, 2명 오른쪽 문을 택한다. 어느새 오른쪽 문 앞에 서 있는 사람이 총 4명이 된다. 다음 차례가 된 사람은 왼쪽 문으로 갈까, 오른쪽 문으로 갈까 고민한다. 이때 다음과 같은 계산을 하게 된다.

왼쪽 문을 선택하여 총 96명이

왼쪽 문을 선택할 경우의 기댓값

= (왼쪽 문이 성공의 문일 확률 × 그 경우의 손익)

+ (왼쪽 문이 실패의 문일 확률 × 그 경우의 손익)

= (90% × 100인분의 재산/96인) − (10% × 1인분의 재산)

= 0.84인분의 재산

오른쪽 문을 선택해서 총 5명이

오른쪽 문을 선택할 경우의 기댓값

= (오른쪽 문이 성공의 문일 확률 × 그 경우의 손익)

+ (오른쪽 문이 실패의 문일 확률 × 그 경우의 손익)

= (10% × 100인분의 재산/5인) − (90% × 1인분의 재산)

= 1.1인분의 재산

두 가지 선택의 기댓값은 각각 0.84인분과 1.1인분의 재산이다. 큰 차이가 없다. 즉, 4명이 오른쪽 문을 선택했다는 정보를 갖고 있는 사람은 선택을 망설이게 된다. 확률만 따지는 '합리적인' 사람들이 보기에는 전혀 고민할 상황이 아니지만 정작 선택의 당사자는 갈팡질팡한다. 다시 말해 대략 4~5명까지는 오른쪽 문 앞에 대박을 노리며 줄을 선다. 그리고 나머지 사람들은 그들을 보고 더 이상 오른쪽 문 앞에 줄을 서지 않는다. 모두 왼쪽 문에 줄을 선다. 그리고 오른쪽 문에 줄선 사람들을 바보라고 비웃는다. 그러다 오른쪽 문에 줄 서 있던 사람이 왼쪽 문으로 옮기면 비웃다 말고 그 빈자리로 옮겨간다.

현실에서의 모든 선택은 이처럼 신경계의 수학적 계산에 근거하여 이루어진다. 물론 우리는 이런 계산이 이루어진다는 것을 의식하지 못한다. 그래서 계산 과정 없이 랜덤으로 선택을 하는 경우도 많다고 여긴다. 하지만 그렇게 운에 맡겨 살아가면 이 지구상에서 단 몇 시간 생존하는 것도 쉽지 않다.

공룡, 매머드, 네안데르탈인…. 지구에서 사라져 간 종들은 수없이 많다. 그들이 멸종한 근본적인 이유는 두뇌 속 계산의 정밀도가 라이벌보다 다소 뒤떨어졌기 때문이다. 무심코 한 반올림이 운명을 가를 수 있을 만큼 우리는 생존 경쟁이 심한 우주에 살고 있다.

두뇌는 '뉴런'이란 신경세포로 이루어져 있다. 이 세포를 들여다보면 주로 수소, 탄소, 질소와 같이 주로 주기율표 앞자리에 나오는 원소들로 구성되어 있다. 그런데 두뇌 속에서 주사위는 아직까지 발견되지 않았다. 혹시 37억 년 생물이 처음 등장했을 때는 있었을지도 모르겠다. 하지만 목숨 갖고 장난치지 말라며 엄마한테 당장 빼앗겼을 것이다. 엄마들은 대신 수학책과 계산기를 자식들 두뇌 속에 넣어줬다.

그래서인지 인간은 두뇌 속에서 일어나는 계산을 '수학'이란 학문으로 표현한다. 즉 무의식의 계산을 의식의 영역에서 그대로 구현한 것이 수학이다. 이는 인간의 학습 방식을 그대로 모방한 것이 인공 지능의 딥러닝인 것과 마찬가지다. 따지고 보면 인간이 창조했다고 하는 것들은 결국 무의식 속에서 일어나는 현상을 의식하는 과정에 불과할지도 모른다.

　수학 교과 과정을 살펴보면 연산, 방정식, 도형, 명제, 함수, 미분, 적분, 도형 순이다. 그리고 마지막에 이르러 비로소 경우의 수, 확률, 기댓값, 통계 등을 배운다. 이 순서는 초등학교에서 고등학교에 이르기까지 크게 다르지 않다.

　그런데 이 모든 수학 단원들은 결국 확률과 기댓값을 계산하기 위해 필요한 정보처리 방법을 익히는 과정이다. 그리고 수학 단원의 순서는 우리가 선택에 앞서 수행하는 무의식 속 정보처리 과정을 순서대로 펼쳐놓은 것이다. 확률과 기댓값을 마지막에 배우는 것은 적절한 선택이 생존에 있어 가장 중요하기 때문이다. 다시 말해 수학이란 무의식 속 계산 방식을 모사하여, 의식의 영역에서도 제대로 선택하기 위해 체계화된 방법이다.

　수학시험 때만 필요할 뿐, 실생활에 아무 소용없어 보이는 미분과 적분. 하지만 우리의 두뇌 속에서는 쉴 새 없이 계산되고 있다. 만약 두뇌 속에서 미적분 계산이 이루어지지 않는다면, 우리는 미래 예측을 할 수 없다. 우리의 감정도 존재할 수 없다.

　미분과 적분은 17세기 말 뉴턴과 라이프니츠에 의해 발명 혹은 발견되었다. 그런데 따지고 보면 미적분은 그들이 발명한 것도, 발견한 것도 아니다. 그들은 그저 무의식 영역의 계산 방식을 의식화했을 뿐이다(이 말은 피라미드나 나스카 라인 같은 고대 문명의 불가사의한 유적들도 외계인의 작품이 아니라는 뜻이다).

　수학은 언어나 문화와 상관없이 전 세계에 통용되는 공통 언어이다. 그래서 학교에서는 그 어떤 과목보다 수학을 중요시한다(생존을 위해서라도 수포자가 되면 안 된다). 그렇다고 학교에서 온종일 수학만 가르치지는 않는다. 왜냐하면 기댓값 계산에는 확률과 예상수익값도 필요하기 때문이다. 선택의 문 이야기와 달리, 우리의 실제 삶에서는 과학자들이 확률을 알려주지 않는다. 필요한 확률은 스스로 구해야 한다. 예상 수익도 마찬가지다. 이 값은 숫자 계산만으로는 나오지 않는다. 확률과 예상수익은 정보가 있어야 한다.

그런데 부모로부터 유전된 정보와, 자신이 살아가면서 직접 경험한 정보만으로는 적절한 선택을 하기에 턱없이 부족하다. 따라서 우리는 다른 사람들의 경험정보도 얻는다. 때론 오래전에 이미 죽은 사람들의 경험정보도 필요하다. 이것이 학교에서 국어, 영어, 역사, 윤리, 미술, 음악 등 다양한 과목을 배우고 가르치는 이유다. 교육은 결국 선택을 위해 존재한다. 의무교육은 국가의 선택을 위해 존재한다. 정확도 높은 선택이 곧 국력이기 때문이다.

현실 속 선택의 문에는 돈만 걸려 있는 것이 아니다. 때론 인기, 명예, 권력, 재능, 인맥 등이 걸려 있다. 심지어 목숨이 걸려 있을 때도 있다. 또 문의 개수도 훨씬 많다. 성공 확률은 그때그때 변한다. 그래서 사람들의 선택은 수시로 달라진다. 그런데 매번 똑같은 문 앞에서 만나는 사람들이 있다. 이는 그들의 기댓값이 똑같이 나왔다는 뜻이다. 그들은 서로를 반가워한다. 그리고 서로 똑똑하다고, 잘 선택했다고 칭찬한다. 하지만 사소한 정보라도 입수되면 그들의 선택은 갈라진다. 원래 기댓값만 같았을 뿐, 확률과 예상수익은 각기 달랐기 때문이다. 변절자와 배신자들은 원래 기댓값만 같았던 사람들이다. 정보에 따라 선택은 계속 달라진다.

그런데 선택의 문 앞에 서고자 하는 사람이 무려 70억 명이다. 사람뿐 아니라 동물이나 식물도 같이 엉켜 서 있다. 그래서 시간문제일 뿐, 세상의 모든 문들이 한 번씩은 다 열린다. 우리로 하여금 혀를 쯧쯧 차게 만드는 별 희한한 사람들이 좀처럼 열리지 않는 문을 여는 이들이다.

희한한 사람들이라고 다 멍청한 것은 아니다. 창의성과 도전 정신이 뛰어난 사람들도 희한한 사람들이다. 그들은 성공 확률이 높다고 알려진 문은 선택하지 않는다. 남들이 좀처럼 열지 않는 문을 열어본다. 그들은 남들과 다른 자신만의 정보를 갖고 있기 때문이다. 사람들은 그런 사람들을 보고 손가락질할까 말까 망설인다. 그러다 그의 선택이 자신에게 도움이 되면 그를 천재나 영웅이라며 칭송한다.

웬만한 회사의 사훈에는 '창의'라는 단어가 들어간다(사훈에 창의가 들어 있다는 것은 현재 창의성이 현저히 부족하단 뜻이다). 회사는 직원들에게 맨날 열던 문만 열지 말고 혹시 모르니 다른 문도 열어보라고 한다. 그런데 암기 위주 주입식 교육을 받은 직원들에게 이런 창의를 기대하기 어렵다. 주입식 교육은 가장 성공 확률이 높은 문만 열라고 가르치기 때문이다.

정리한다. 인간과 인간 집단의 다양성은 정보에 근거한 확률과 예상수익, 그리고 둘을 곱한 선택의 기댓값 차이에서 비롯된다. 일견 어리석어 보이는 인간의 다양성은 인류가 지금까지 지구상에 살아올 수 있었던 최고의 생존 비결이다. 성공 확률이 가장 높은 선택만 한 종은 이미 소멸하여 지구상에 존재하지 않는다. 워낙 빨리 소멸하여 화석을 찾기도 어렵다. 이것이 전체주의와 만장일치가 위험한 이유다. 물론 각양각색도 위험하다. 하지만 전체주의와 만장일치는 중독성이 있어서 더 위험하다. 그래서 주의해야 한다. 다행히 인간 화석은 많이 남아 있다.

○　○　○

누군가 어이없는 선택을 하여 실패했다면 우리는 그에게 감사해야 한다.

그가 그 선택을 하지 않았다면 내가 했을지도 모르기 때문이다.

처음부터 이러하진 않았다. 추운 겨울날이면 양말과 속옷을 이불 밑에 넣어 따뜻하게 덥혀주던 여자였다. 바쁜 출근길, 먼저 나가 엘리베이터를 잡아놓고 내가 나올 때까지 그 앞에서 기다리던 여자였다. 그런데 결혼하고 10년이 지나자 와이프가 서서히 독재를 펼치기 시작했다. 반항이라도 할라치면 무시무시한 처벌을 언급했다(주로 먹는 것과 관련되어 있다). 어쩌다 죽을 각오로 말대답이라도 할라치면 겁 많은 아들 녀석이 나를 잡아끌며 참으라고 사정한다(아들 덕분에 살아 있다). 인생은 아쉽게도 윈도우즈10이 아니다. 과거 시점으로의 복원 기능이 없다.

o　o　o

권력자에게 가장 중요한 생존 자원은 권력이다. 돈 따위야 권력이란 도깨비방망이를 휘두르면 얼마든지 쏟아진다. 그래서 권력자는 권력을 혼자서 오랫동안 차지하려 한다. 이는 국민들로 하여금 시기심과 불안감을 불러일으킨다. 그래도 권력자는 자신의 권력을 나눠주지 않으려 한다. 권력이 살짝 갈려 나가기만 해도 그 고통과 스트레스가 상당하기 때문이다. 이처럼 한 집단 내에서 가장 많은 권력을 가지고 있으면서도, 그것을 조금도 양보하지 않으려는 자를 우리는 독재자라고 부른다.

독재자도 사실 우리와 전혀 다를 바 없는 감정과 지능을 지닌 인간이다. 그 또한 우리와 마찬가지로 자신이 보유한 생존 자원이 증감하는 '가속도'에 민감하다. 따라서 권력이 조금이라도 줄어들면 '가속도'가 바로 '마이너스'가 되기에 생존의 위기감을 느낀다. 우리가 은행 계좌의 잔고가 줄어들 때 느끼는 불안감을 똑같이 느끼는 것이다. 그래서 독재자는 한 톨의 권력이라도 잃지 않으려 최선을 다한다.

독재자는 권력 유지를 위해 강압, 협박, 숙청, 폭력, 추방, 검열과 같은 압제를 서슴지 않는다. 반면 독재자의 과도한 생존 자원 독점으로 불안과 불만을 느끼는 사람들은 민주화 투쟁에 나선다. 이를 통해 생존 자원의 재분배를 요구한다. 하지만 민주화의 시도는 독재자의 탄압으로 인해 실패할 리스크가 있다. 따라서 사람들의 행동은 다음과 같은 계산을 통해 결정된다(실제로는 더 복잡하다).

선택 A

민주화 성공 시 기댓값 = 독재자를 무너뜨릴 확률 × 그 경우 얻는 것

선택 B

민주화 실패 시 기댓값

= 독재자를 무너뜨리지 못할 확률 × 그 경우 잃는 것

　사람들은 민주화 투쟁을 할지, 아니면 그냥 숨죽이고 살지 결정하기에 앞서 선택 A, B 두 식의 기댓값을 계산한다. 그리고 기댓값을 비교하여 자신의 행동을 결정한다. 계속 권력을 유지하고 싶은 독재자라면 사람들로 하여금 선택 B의 값이 선택 A의 값보다 크게 나오게 해야 한다. 그래야 사람들이 말없이 순종한다.

　이를 위해 독재자가 취하는 가장 대표적인 방법은, 민주화를 시도하는 사람들이 잃는 생존 자원을 극대화하는 것이다. 현대 사회에서는 식량뿐 아니라 돈, 인기, 권력, 명예, 재능까지 모두 생존 자원이다. 따라서 독재자는 자신에게 반항하면 돈, 인기, 권력, 명예, 재능을 빼앗겠다고 협박한다. 그러면 선택 B의 '그 경우 잃는 것'의 값이 커지면서 선택 B의 값도 커진다. 이것이 독재자들이 기업가에게 사업을 규제하고, 부자에게 세금을 물리고, 연예인에게 방송 출연을 제한하고, 정치인에게 부정부패의 누명을 씌우고, 언론에게 폐간이나 폐국을 경고하고, 예술가에게 검열을 통해 재능을 펼칠 기회를 주지 않는 이유다.

　물론 더 확실한 방법도 있다. 민주화를 시도하는 자들을 가차 없이 죽이겠다고 협박하는 것이다. 대부분의 사람들에게 목숨은 그 가

치가 무한대다. 따라서 독재자의 권력 기반이 탄탄하지 않아도 선택 B의 값을 무한대로 키울 수 있다. 이것이 독재자들이 국제적 지탄을 받으면서도 무자비한 공개 처형, 탄압, 숙청을 벌이는 이유다. 그리고 그 사실을 군이 숨기려 하지 않는 이유이기도 하다.

선택 A의 값을 낮추고 선택 B의 값을 높이는 또 다른 방법이 있다. 사람들로 하여금 독재자를 무너뜨릴 확률이 거의 없다고 인식하게 만드는 것이다. 그러기 위해 독재자는 항상 강한 모습을 보인다. 평상시에도 군복을 입고, 수시로 군사 퍼레이드를 사열하고, 격렬하고 위험한 스포츠를 즐기는 척한다. 이런 장면은 독재자가 무척이나 강인하기에 절대 무너지지 않을 것이란 인식을 사람들에게 심어준다.

한술 더 떠 언론과 교육을 통제하여 우상화와 신격화를 하기도 한다. 그것이 사람들의 의식과 무의식 속에서 선택 A의 값을 낮춰주고 선택 B의 값을 높여주기 때문이다. 참고로 독재자의 칭호 앞에 '영원한'이 붙는 것은, 선택 A의 값이 선택 B의 값보다 '언제나 적게' 인식되도록 하고 싶기 때문이다. (하지만 우주에 영원한 것이란 없다.)

독재자는 선택 A값이 커지게 하는 것은 뭐든지 막아야 한다. 비슷한 정치적 상황에 있는 이웃 나라가 민주화되면 사람들은 민주화의 성공 확률을 높게 인식한다. 따라서 선택 A의 값은 커지고 선택 B의 값은 적어진다. 민주화의 도미노 현상이다. 그래서 독재자는 이웃 나라의 민주화도 막으려고 노력한다. 정보교류와 인적 왕래를 통제하고 심지어 군사적 개입도 한다.

그게 어려우면 민주화가 되어도 사람들이 얻을 수 있는 것이 별로 없어 보이게 한다. 즉 민주화된 사회의 단점을 부각시키는 데 중점을 둔다. 민주화의 부작용인 빈부 격차, 인종 갈등, 종교 갈등을 부풀리는 것이 대표적이다. 그래서 언론을 통제하고 정보를 왜곡한다.

반면, 민주화를 꿈꾸는 사람들은 선택 A의 값이 선택 B보다 크다는 자신의 계산 결과를 주변에 알린다. 이를 통해 다른 사람들의 기댓값 계산 결과를 바꾸려 한다. 그런데 이게 그리 쉽지 않다. 왜냐하면 독재자의 폭정으로 잃을 수도 있는 생존 자원이 너무 크기 때문이다. 즉 목숨을 잃을 수도 있다는 뜻이다.

물론 제대로 된 법치 국가라면 민주화 운동을 했다고 목숨을 잃을 확률이 그다지 높지 않다. 하지만 사람들은 사망률이 그다지 높지 않다고 알려진 익스트림 스포츠도 위험하다며 꺼린다. 또 사망률이 높지 않은 전염병이 유행해도 극도로 조심한다. 왜냐하면 발생 확률이 0.0000001%처럼 아무리 작은 값이라 하더라도 그 피해가 죽음, 즉 무한대이기 때문이다. 이것이 독재 정권하에서 국민들의 불만이 크더라도 민주화 운동이 쉽사리 확산되지 못하는 이유다.

그런데 어떤 수를 쓴다 할지라도 독재에 반대하는 사람들의 출현은 막을 수 없다. 고등교육을 의무화시켜도 지구 평면설을 믿는 사람이 있고, OX게임의 첫 번째 문제가 아무리 쉬워도 혼자 반대편에 서는 사람이 있다. 마찬가지로 독재에 반대하는 사람들이 소수일수록, 민주화 성공 시 그들의 수익은 더 커진다. 그래서 누군가는 독재에 반기를 들게 마련이다.

독재자에게 이들은 눈엣가시다. 독재자들은 이들이 정보를 퍼뜨리는 것을 막기 위해 외국으로 추방하거나 감옥에 집어넣는다. 심지어 죽이기도 한다. 그런데 목숨의 가치를 중히 여기지 않는 사람들이 있다면 어떨까?

죽음을 그다지 두려워하지 않거나 내세가 있다고 믿는 사람이라면 목숨의 가치가 보통 사람보다 적다. 그래서 독재 타도에 나섰다가 실패하더라도 잃을 것이 많지 않다고 여긴다. 이들에게는 앞서 선택 B의 값이 그리 크지 않다. 그래서 가진 것이 없어 잃을 것도 없는 이들과 더불어 독실한 종교인들이 주로 민주화 투쟁에 앞선다. 독재자들이 종교를 두려워하는 이유다.

독재는 언젠가 무너질 수밖에 없는 숙명이 있다. 독재와 전체주의를 통한 단결은 단기간에는 효과적인 것처럼 보인다. 하지만 격변하는 환경 속에서 다양성과 적응력이 떨어진다. 항상 가진 돈 전부를 걸고 포커를 하다 보면 아무리 고수라 할지라도 언젠가는 빈털터리가 된다. 설령 포커 상대가 오징어라 할지라도 말이다. 사북읍의 전당포에 맡겨진 외제 차는 이 게임 저 게임 옮겨 다니던 초보 도박꾼의 것이 아니다.

독재자는 전지전능한 존재가 아니다. 그래서 언젠가 한번은 패착을 둘 수밖에 없다. 전 국민이 1명의 판단을 따른다면 그 단 한 번의 패착에 모든 것을 잃게 된다. 역사 속 독재 국가의 수명이 그리 길지 않았던 이유다.

∘ ∘ ∘

이 글을 와이프에게 보여주고 싶다. 하지만 왠지 내 생각을 너무 많이 알려주면 안 될 것 같다. 그래서 이 글은 익명으로 쓴다.

09 천국과 죽음

내가 어렸을 때 어머니는 일요일마다 성당에 나가셨다. 그때마다 아버지는 뭐 하러 성당 같은 델 가냐며 성질을 내셨다. 아버지는 리처드 도킨스(Clinton Richard Dawkins) 급의 무신론자이셨다. 그런데 요즘 나이가 드시더니 아버지가 더 열심히 성당에 다니신다. 어머니 말씀에 따르면 아버지는 미사시간 내내 꾸벅꾸벅 졸기만 하신단다. 그래도 천국행 명단에 자기 이름이 누락될까 걱정하며 주말이면 꼬박꼬박 성당에 나가신다고.

○ ○ ○

TV에 나오는 종교 행사 장면을 보면 참석자의 상당수가 노인들이다. 물론 젊은 교인들이 없는 것은 아니다. 하지만 열성적인 교인 중에는 상대적으로 노인의 비중이 훨씬 높다. 왜 나이가 들면 종교에 귀의하는 사람들이 늘어날까?

죽음은 인간에게 있어 가장 두려운 대상이다. 두려움은 미래를 예측할 수 없을 때 느끼는 감정이다. 그런데 미래를 예측하지 못하는 것은 결국 갖고 있는 정보가 없기 때문이다. 살다 보면 자신의 주변에 세상을 뜨는 사람들이 하나둘 생겨난다. 그래서 자신도 죽음을 피할 수 없을 것 같다. 하지만 죽은 이후의 상황에 대한 정보는 전혀 없다. 그래서 우리는 죽음을 죽을 만큼 두려워한다.

어렸을 적 놀이공원마다 '귀신의 집'이 하나씩은 있었다. 용인에 있는 자연 농원(현재 에버랜드) '요술집'은 유명했다. 내 주변에는 이미 그곳에 다녀온 친구들이 많았다. 친구들은 그 안에서 무슨 일이 일어나는지 자세히 얘기해 줬다. 반면 집 근처 놀이공원의 작고 허술한 '귀신의 집'은 인기가 없었다. 그래서 주변에 가본 사람이 거의 없었다. 정보가 없기에 나에게는 자연 농원의 요술집보다 집 근처 귀신의 집이 더 무서운 곳이었다.

과학자들은 생명과 죽음을 과학적으로 설명하려고 노력한다. 그들은 분명 언젠가 생명과 죽음을 물리 법칙으로 설명하고, 사람들에게 충분한 정보를 제공할 수 있을 것이다. 그때 사람들은 죽음의 두려움에서 비로소 해방된다. 두려움에는 정보가 최고의 치료제이기 때문이다.

혜성이 무엇인지 모르던 시절, 사람들은 혜성이 나타나면 큰 재난이 일어난다고 믿었다. 그래서 혜성이 나타날 때마다 무슨 변고가 일어나지 몰라 두려움과 공포에 휩싸이곤 했다. 1705년, 에드먼드 핼리(Edmond Halley)는 1758년에 혜성이 다시 나타날 것이라고 예측했다.

그리고 실제로 그해에 혜성이 나타났다. 그러자 두려움과 공포는 싹 사라졌다.

인간은 온갖 수단을 동원해 가장 두려운 대상인 사후 세계를 알려고 노력한다. 하지만 현재까지 그 정보를 확실하게 얻을 수 있는 방법이 없다. 그런데 그나마 믿을만하다고 여겨지는 정보통이 바로 종교다.

모든 종교는 사후 세계에 대한 정보를 말해준다(창시자가 사후 세계를 말하지 않았다 해도, 결국은 사후 세계를 얘기하게 된다). 그것도 애매모호하거나 자신 없는 말투로 얘기하지 않는다. 아주 구체적으로 사후 세계에 대한 정보를 제공해 준다. 종교 건축물마다 천국과 지옥의 그림이 걸려 있는 데에는 이유가 있다. 또한 우리는 사제를 어느 누구보다 신뢰할 만한 사람으로 여긴다. 그런 사제가 사후 세계를 말한다. 당연히 사람들은 믿을만하다고 느낀다. 그래서 죽음에 대한 불안감과 두려움이 감소한다. 이것이 사람들이 종교를 믿는 이유 중 하나다.

물론 종교를 가지는 이유가 사후에 좋은 곳에 가기 위함만은 아니다. 신과 종교적 진리에 대한 귀의, 철학, 윤리, 정신적 위안, 기복, 사교, 봉사, 사회 안정, 선거 당선 등 여러 가지 중요한 이유들이 있다. 여기서는 사후 세계의 존재를 믿고 믿음을 갖게 된 사람에 대해서 살펴본다.

그런데 먼저 믿음이란 무엇인지에 대해 살펴본다. 믿음은 어떤 사건이 발생할 확률을 신경계가 보유한 정보를 근거로 계산했을 때, 그 결괏값이 100%에 가깝게 나오거나 혹은 100%라고 간주하는 것이 세세하게 따지는 것보다 생존에 더 유리하다고 판단했을 때의 상태를 의미한다.

우린 동일한 정보를 반복해서 접할 때가 있다. 그럼 그 정보가 사실인지 직접 확인하지 못해도 옳은 정보라고 믿는다. 우리는 둥근 지구를 직접 보지 못했다. 하지만 어렸을 때부터 접한 모든 책에 둥글다고 적혀 있다. 그래서 지구가 둥글다고 믿는다. 우리는 저 앞의 여자가 진짜 엄마인지 직접 확인하진 못했다. 하지만 어렸을 때부터 다들 엄마라고 한다. 그래서 그렇다고 믿는다. 전체주의 국가의 국민 세뇌, 독재 국가의 우상화 교육이 꽤 유효한 이유다.

이는 믿어야 할지 말아야 할지 두뇌에서 판단할 때, 자신이 보유한 정보에 전적으로 의존하기 때문에 발생하는 현상이다. 우리는 분모에 '모든 경우의 수'를, 분자에 '해당 사건이 발생할 경우의 수'를 놓는다. 그리고 확률을 계산한다. 그런데 해당 사건이 발생할 것이란 정보가 자꾸 입수되면 확률이 높아진다. 그러다 임계점에 도달하는 순간 우리는 그 사건이 정말 발생할 것이라고 믿게 된다.

곧 세상이 멸망한다는 사이비 교주의 예언은 처음에는 아무도 믿지 않는다. 보통 사람의 두뇌는 세상이 멸망할 확률을 아무리 높게 봐도 $1/10{,}000$ 정도로 볼 것이기 때문이다(이 숫자는 설명을 위해 만들어 낸 허구의 숫자이다). 사이비 교주가 하루에 한 번씩 세상의 멸망을 설파하면 확률은 1일 차에 $2/10{,}001$, 2일 차에 $3/10{,}002$, 3일 차에 $4/10{,}003\cdots$. 이렇게 아주 조금씩 높아진다. 하지만 사람들은 확률이 최소한 50%는 넘어야 지구 멸망을 믿을까 말까 고민한다. 즉 $10{,}001/20{,}000$은 넘어야 믿게 된다는 뜻이다.

이 확률에 도달하려면 사이비 교주가 27년간 매일 찾아와 설파해야 한다. 천하의 사이비 교주라도 중간에 포기할 수밖에 없다. 그러니 보통 사람은 죽을 때까지 안 믿는다. 하지만 예비 신자를 좁은 장소에 가두어 놓고 녹음기, 동영상, 전문가 등을 동원해 집중적으로 세뇌 교육을 시킨다면? 그러면 몇 달 내에 확률 50%를 넘길 수 있다(하루에 100번씩 3달 반이면 10,000번이다). 게다가 어린아이라면 확률의 분자, 분모 숫자가 적다. 그래서 몇 번만 세뇌해도 믿게 만들 수 있다.

사이비 교주의 예언처럼 검증되지 않은 정보라 해도 인간은 미래에 대한 정보를 갖길 원한다. 미리 예측한 사건은 실제로 발생해도 생존에 큰 리스크가 되지 않는다. 충분히 대비할 수 있기 때문이다. 이렇게 미래의 사건이 리스크가 되지 않을 것이란 생각은 정신적 안정을 가져다준다. 또한 스트레스도 감소시켜 준다. 이는 기존의 신경 네트워크의 구조를 환경변화에 맞추어 바꿀 필요가 없다는 뜻이다. 신경 네트워크의 재구성에는 엄청난 에너지가 필요하다. 따라서 소중한 에너지를 소모하지 않아도 된다는 정보를 접하면 기분이 좋아진다. 그래서 과학적 근거를 제시하지 못하는 정보라 할지라도 자꾸 접하다 보면 우리의 마음은 편해진다.

시합에서 진 운동선수에게 다음에는 꼭 이길 거라고 격려한다. 물론 격려해 주는 사람의 머릿속에는 다음번에 이 선수가 이긴다는 과학적 근거는 전혀 없다. 그냥 하는 말이다. 그런데 자꾸 이런 말을 해줘야 선수가 마음의 안정을 찾고 다시 운동을 시작한다. SNS에 자주 등장하는 동네 맛집이 있다. SNS의 글을 자세히 보면 돈을 주고 올린

광고성 글이다. 우리는 그 사실을 금방 눈치챈다. 그래도 그 식당이 진짜 맛집일 가능성이 높다고 여긴다. 대기업들은 막대한 돈을 써가며 TV 광고를 무한 반복한다. 나는 와이프에게 사랑한다고 자꾸 말한다 (물론 진심이다).

마찬가지로 같은 종교를 믿는 사제와 교인들은 서로 죽음과 사후 세계에 대해 같은 얘기를 나눈다. 다른 사람들도 다들 그렇게 말하니 자신이 갖고 있는 정보의 신뢰성이 높아진다. 그만큼 불안감은 감소한다. 그래서 종교가 마음의 평화를 준다며 사람들은 일요일마다 종교 행사에 나간다.

하지만 세상에 공짜는 없다. 종교를 갖는 것도 예외는 아니다. 종교는 집단이다. 그래서 혼자 어떤 신을 찾아내어 믿는다고 해도 종교로 인정받지 못한다. 교회나 절에 안 나가지만 믿음을 갖고 있다고 말해도 신자로 인정받지 못한다. 공식적인 신자로 인정받으려면 주말에 시간을 내서 교회나 절을 찾아가야 한다. 몇 달간 예비 신자로서 교리 공부도 해야 한다. 다른 신자들과 교제도 해야 하고 헌금도 내야 한다. 또 가끔은 봉사 활동이나 종교 행사에도 참가해야 한다. 그렇게 해서 교인 명부에 등록이 되어야 진짜 신자가 된다. 따라서 종교를 가지려면 자신이 투입해야 하는 에너지와 비용이 불가피하게 발생한다.

우리의 무의식은 이 비용을 종교가 제시하는 '천국의 기댓값'과 서로 비교해 본다. '천국의 기댓값'은 '천국이 존재할 확률'과 '그 경우 천국에서 얻을 수익'을 곱한 값이다. 계산 결과, '천국의 기댓값'이 비용보다 더 크면 우리는 종교를 갖는다.

천국의 기댓값

= 종교가 제시하는 천국이 존재할 확률 × 그 경우 천국에서 얻을 수익

> 종교를 믿을 때 투입해야 하는 에너지와 자원

종교에서 말하는 천국이 실제로 존재하는지는 사실 아무도 모른다. 하지만 무신론자에게 '천국이 존재할 확률'은 '0%'이다. 즉, '천국에서 얻을 수익'으로 아무리 큰 값을 제시해도 기댓값은 '0'이다. 따라서 부등호 너머 '종교를 믿을 때 투입해야 하는 에너지와 자원'이 마이너스가 되지 않는 한 부등식은 성립하지 않는다. 종교를 갖지 않는 것이다.

하지만 '종교를 믿을 때 투입해야 하는 에너지와 자원'을 마이너스로 만들 방법이 있긴 하다. 신자가 헌금을 내는 게 아니라 오히려 종교가 신자에게 돈을 나눠주면 된다. 그래서 포교의 수단으로 돈을 기부하는 종교 단체가 있다. 단, 선진국에서는 꽤 큰돈을 줘야 효과가 나타난다. 따라서 이 방법은 빈곤 국가에서나 주로 사용된다.

실상 대부분의 사람들에게 '천국이 존재할 확률'은 매우 낮다. 하지만 '0%'는 아니다. '100%'라는 증거가 없듯이 '0%'라는 증거 또한 없기 때문이다. 그래서 저 부등식의 성립 여부는 각자 자신의 정보를 토대로 그때그때 계산해 봐야 한다.

그런데 나이가 들었다는 이유만으로 '천국이 존재할 확률'이 더 늘어나지는 않는다. 오히려 먼저 세상을 떠난 이들로부터 연락을 받은 적이 없을 테니 그 확률은 점점 낮아진다. 또 나이가 많다는 이유만으로 '천국에서 얻을 수익'이 더 늘어나지도 않는다. 천국에 노인 우

대 정책이 있다는 얘기는 들어본 적이 없다.

하지만 나이가 들면 '종교를 믿을 때 투입해야 하는 에너지와 자원'의 총량이 줄어든다. 일단 시간에 대한 기회비용이 줄어든다. 은퇴한 이후에는 시간 여유가 많다. 또 같은 노동시간에 대한 기대 수입도 젊었을 때보다 줄어든다. 결정적으로, 죽을 때까지 헌금을 낸다 해도 젊었을 때부터 낸 사람보다 총액이 훨씬 적다.

어떤 회사가 매년 전 직원에게 동일한 금액의 크리스마스 보너스를 나눠줬다. 그럼 그 회사에는 12월 24일에 입사하는 게 가장 유리하다. 설사 올해 안 주더라도 하루밖에 안 다녔으니 그다지 억울할 것은 없다. 이처럼 나이가 들수록 부등식의 성립 가능성이 점차 높아지게 된다.

만약 사후 세계가 없다고 주장하는 종교가 있다면 종교 간 경쟁에서 이기기 어렵다. '천국이 존재할 확률'을 스스로 '0%'로 만들어 버리기 때문이다. 우리나라의 고유 종교들이 외래 종교에게 밀린 이유 중 하나가 체계화된 사후 세계를 제시하지 못했기 때문이다. 늦은 감이 있지만 지금은 다른 종교의 사후 세계를 차용해서 쓴다. 종교의 교리에는 특허권이 인정되지 않으니 별문제는 아니다(경전 원본에는 저작권이 없다. 하지만 번역본에는 저작권이 있음에 주의하자).

현재 세계의 주요 종교들은 사후 세계를 명확하게 제시한다. 사후에도 행복한 삶을 영위할 수 있다거나, 좋은 조건으로 다시 태어날 수 있다고 신자들에게 장담한다. 하지만 전혀 검증되지 않았다. 게다가 최근에는 과학기술이 발전하면서 사후 세계의 존재 확률은 점점 감소하고 있다. 이로 인해 젊은 층을 중심으로 비종교인의 비율이 증가하는 추세다. 종교와 사후 세계에 대한 믿음도 신의 권위가 아니라 계산을 통해 결정하기 때문이다.

어쨌든 우리는 사후 세계를 확신하지 못한다. 존재 여부도 모르고, 존재하더라도 그곳의 생활이 좋을지 나쁠지는 더더욱 모른다. 그래서 자신의 죽음에 대해 생각할 때는 두려움이란 감정이 수반된다. 하지만 타인의 죽음을 접할 때는 다르다. 우리는 모든 사건을 철저하게 자신의 이익 관점에서만 고민하는 이기적 존재이기 때문이다. 그래서 가까운 이의 부고를 접하면 사후 세계가 떠오르지 않는다. 그때의 우리의 감정은 그저 슬픔과 안타까움뿐이다.

고인이 독실한 신자여서 천국에 갈 것이 확실하다 할지라도 우리는 그의 죽음이 기쁘지 않다. 이는 사후 세계를 믿는 종교 집단 내에서도 마찬가지다. 그래서 신자의 죽음을 접했을 때, 고인이 천국에 가게 되어 기뻐할 일이라고 말하면 지탄을 받는다. 사제조차 고인이 천국으로 갔을 거라고 확신한다면서도 함께 슬퍼한다. 그 이유는 무엇일까?

누군가의 죽음에 슬픔을 느낀다는 것은, 그의 부재가 나의 생존에 좋지 않은 영향을 줄 수 있다는 뜻이다(슬픔이란 어떤 사건의 영향으로 자신의 생존 확률이 낮아질 것이라 계산될 때 발생하는 신경계의 반응이다). 이 의미를 이해하기 위해 우리나라, 미국, 사하라 아랍 민주 공화국에서 교통사고로 똑같이 10명씩 사망했다는 뉴스를 접했다고 가정한다.

우리는 세 곳의 뉴스 중 우리나라의 뉴스에 가장 큰 안타까움과 슬픔을 느낀다. 발생한 장소가 우리나라이니 나도 교통사고를 조심해야 한다는 점을 상기시켜 준다. 하지만 국가라는 같은 집단의 구성원을 잃었기 때문에 나의 생존에도 부정적인 사건이라 여긴다. 그래서 안타까움과 슬픔이 발생한다.

그다음은 미국의 뉴스에 어느 정도의 안타까움과 슬픔을 느낀다. 미국은 우리나라 교민도 많고 우리나라와의 경제 교류가 활발하다. 넓게 보면 하나의 경제 공동체를 이루고 있는 느슨한 집단이다. 따라서 같은 집단의 구성원을 잃은 것이므로 생존에 부정적인 사건이다. 이에 안타까움과 슬픔이 약간 발생한다.

반면 사하라 아랍 민주 공화국의 교통사고 소식은 우리에게 별다른 감정을 일으키지 못한다. 신경세포 속 정보를 아무리 뒤져봐도 나와의 연관성을 딱히 찾지 못하기 때문이다. 물론 인류라는 큰 집단 관점에서 구성원의 상실을 슬퍼할 수는 있다. 하지만 그 강도는 아주 미약하다.

이처럼 우리는 타인의 죽음이 자신의 생존에 어떤 영향을 주는지 계산한다. 그리고 계산 결과에 맞추어 감정을 느낀다. 증거는 또 있다. 우리는 사고로 목숨을 잃은 사람이 젊으면 젊을수록 더 큰 안타까움을 느낀다. 집단의 구성원 1명이 사라지는 것은 그 집단의 큰 손실이다. 특히 1인분 이상의 높은 생산성을 가진 젊은이의 상실은 안타까울 수밖에 없다. 왜냐하면 그의 몫만큼 남겨진 사람의 부담은 늘고 생존에의 리스크는 커지기 때문이다. '꽃도 피워보지 못하고'에는 '내가 아직 덕 본 것도 없는데'라는 이기적 의미가 숨겨져 있다.

또 우리가 고인과 잘 아는 사이라면 더욱 큰 안타까움과 슬픔으로

다가온다. 고인과의 신뢰 관계는 나에게 있어서는 일종의 투자였다. 고인과의 협업으로 더 많은 생존 자원을 얻을 수 있었으나 그의 죽음으로 인해 그 기회는 사라졌다. 그래서 우리는 친한 친구의 죽음에 더욱 슬퍼한다. 그와 신뢰를 쌓기 위해 투자한 에너지, 그리고 사라진 미래의 잠재 수익을 무의식이 계산했기 때문이다.

가족의 사망은 무척이나 큰 슬픔이다. 그래서 사망 사고의 가해자는 피해자의 유가족에게 슬픔에 대한 보상을 해야 한다. 이는 유가족이라면 피해자로부터 많은 생존 자원을 얻고 있었거나 혹은 미래에 얻을 것이라고 여겨지기 때문이다. 슬픈 얘기이지만 계산이 슬픔을 느끼게 한다.

그건 그렇고 도대체 사후 세계는 존재하는가? 존재하지 않는가? 사후 세계의 존재 유무에 대한 질문은 대답하기가 무척 쉽다. 그냥 아무렇게나 대답해도 되기 때문이다. 뭐라고 대답해도 허위 사실 유포죄에 걸리지 않는다. 입증할 방법이 없기 때문이다. 어차피 입증 못할 것을 알아서 그런가, 유튜브 속 사후 세계는 참 다양하다. 죽고 나서 원하는 사후 세계를 그중에서 선택할 수 있으면 좋을 만큼.

법륜스님은 대중을 대상으로 하는 인생 상담 '즉문즉설'로 유명하다. 스님은 사후 세계의 존재 여부를 묻는 사람에게 이렇게 답하신다. "믿는 사람에게는 있고, 믿지 않는 사람에게는 없다." 이것이야말로 정답이다(물론 질문자는 이 대답에 전혀 만족하지 않았다). 스님의 말씀은 앞에 나왔던 부등식 속 '사후 세계의 존재 확률'에 '0%' 아니면 '100%'를 넣으라는 뜻이다. 그리하면 계산할 필요도 없이 부등식 성립 여부를 바로 알 수 있다. 괜히 '0%'와 '100%' 사이의 어중간한 숫자를 넣으면 부등식이 성립하는지 자꾸 계산해 봐야 한다. 인생 피곤해지기 마련이다(비슷한 이유로 약효를 의심하는 사람에게는 플라세보 효과(Placebo effect)가 나타나지 않는다).

물론 사후 세계가 존재한다고 확신하는 사람들도 많다. 이들은 영매를 통해 죽은 사람과 대화를 나누는 것을 그 증거의 하나라고 얘기한다. 물론 이것이 사실인지 아닌지는 누구도 알 수 없다(난 가끔 살아 있는 와이프하고도 말이 안 통하는데… 과연 죽은 사람과?). 하지만 정말 죽은 사람과 얘기할 수 있다면 사후 세계가 어떠한지 단도직입적으로 물어보면 된다. 그런데 진짜 죽은 사람이라면 우리 말을 끊고 먼저 물어볼 것이다. "저, 이다음 생에 저는 어디로 가나요?" 즉 사후 세계에 대해서는 어느 누구에게도 물어볼 필요가 없다. 아무도 모른다.

사후 세계의 존재를 주장하는 사람들이 내세우는 또 다른 증거로 유체 이탈, 임사 체험 등이 있다. 그런데 유체 이탈이나 임사 체험은 우리 두뇌의 일정 부분을 자극하면 누구나 경험할 수 있다. 단지 머리를 두들겨 보면 알 수 있듯이 두개골은 엄청 딱딱하다. 망치로 두개골을 쪼개지 않고 자극을 주기 어렵다. 그 과정이 위험하다 보니 체험 이후에 영영 못 돌아올까 봐 안 하는 것이다.

정말로 죽었다가 살아난 사람은 이 세상에 단 1명도 없다. 죽을뻔하다가 살아난 사람만 있을 뿐이다. 그래서 아무도 사후 세계를 알 수 없다. 사후 세계를 얘기하는 사람이 돈 얘기를 꺼낸다면 계좌 추적을 해야 한다. 한국은행은 원화를 사후 세계의 돈으로 바꿔주는 환전소를 아직 허가한 적이 없다.

사이비 종교의 교주들은 세상의 종말이나 천국을 믿지 않는다. 정말 사이비 교주의 말대로 통증 없이 행복하게 살 수 있는 천국이 코앞에 존재한다면, 그는 굳이 병원에 다닐 필요가 없다. 그런데 어느 사이비 교주들이나 다들 건강만큼은 열심히 챙긴다.

우리 모두는 죽음을 두려워한다. 하지만 죽음 자체가 두려운 것은 아닐 것이다. 우리의 몸속 세포 각각의 수명은 신체의 수명보다 훨씬 짧다. 그래서 성인이 될 때쯤이면 태어날 때 몸을 이루던 세포들 중 남아 있는 것이 하나도 없다. 중간에 이미 다 죽어서 몸 밖으로 배출됐다.

즉, 죽음은 규모가 작고 동시에 일어나지 않을 뿐, 쉴 새 없이 우리 몸속에서 일어나고 있다. 우리가 두려워하는 것은 죽음이 아니다. 단지 정보가 없는 상황뿐이다.

지금보다 자연 현상에 대한 정보가 부족한 과거, 인간은 모르는 것들에 대해 공포로 대응했다. 일식과 월식, 전염병과 자연재해의 정체를 몰랐다. 그래서 인간은 그때마다 공포에 휩싸이곤 했다. 마찬가지로 아기는 엄마의 자궁에서 나오는 순간 큰 목소리로 운다. 겪어보지 못한 환경은 공포 그 자체이기 때문이다. 그때 아기의 모습은 우리가 죽음을 대하는 두려움과 다를 바가 없다(아기가 두려워하는 이유는 사랑하는 엄마와 아빠가 기다리고 있다는 것을 모르기 때문이다).

종교는 사후 세계를 말한다. 하지만 신이 정말 존재한다면, 신은 사후 세계의 증거를 절대 보여주지 않을 것이다. 그건 인간으로 하여금 죽음에 대해 큰 두려움을 갖게 하기 위해서다. 그만큼 처절하게 살아가게 하기 위해서다. 행사 진행자는 VIP의 축사가 끝날 때까지 관객들이 자리를 지키게 해야 한다. 그래서 행사의 마지막 순서까지 1등 경품 추첨을 미룬다. 모른다는 것은 두려움이다. 하지만 때론 마음 설레는 희망이 될 수도 있다. 그러니 다 같이 쉿.

ㅇ ㅇ ㅇ

아직 죽지 않은 나도 당연히 사후 세계의 존재 여부를 알지 못한다. 그러니 나이가 좀 더 들면 종교를 갖게 될 확률이 높다. 아마 와이프와 다른 종교를 갖게 될 것 같다.

천국은 이미 그곳에….

10 결혼과 출산

아득하다. 지금으로부터 16년 전, 내가 와이프랑 결혼한 것은 자유 의지에 의한 선택이었을까? 선택의 여지가 없었던 운명이었다면 더 멋지지 않았을까? 와이프는 1~2번쯤 결혼을 후회한다고 말했던 것 같은데 그럴 필요조차 없을 테니(물론 난 한 번도 후회한 적 없다). 하지만 결혼이란 나와 와이프 각자 나름대로 철저한 계산에 따른 선택이었다. 적어도 나는 그렇게 생각한다. 와이프에게는 못 물어봤다(계산 착오였다고 할까 봐 무서워서…).

o o o

연애와 결혼이 거의 동일시되던 시대와 문화권도 있다. 하지만 현재의 우리나라를 포함해 대부분의 문화권에서 연애는 연애이고 결혼은 결혼이다. 물론 결혼에 앞서 대부분 연애를 한다. 하지만 둘은 확실히 다르다. 결혼은 생존 자원과 관련된 협업 체계의 수립, 취득한 생존 자원의 분배, 출산을 통한 생존 전략의 공유란 점에서 연애와 큰 차이가 있다. 즉, 아무리 서로 사랑하는 사이라고 해도 결혼한 배우자처럼 서로의 재산을 공유하거나 자녀를 낳아 함께 키우지는 않는다. 그래서 연애 따로, 결혼 따로다.

연애에 대해서도 하고 싶은 얘기가 많다. 하지만 보아하니 내 남은 인생에 연애란 다시 없을듯하다. 그러니 생략. 여기서는 남녀 간의 결혼에 대해 살펴보려 한다.

누군가를 자신의 결혼 배우자라고 확신을 했다면, 그 사람이 자신의 생존에 도움이 되는 최적의 협업 파트너라고 판단했다는 뜻이다. 특히 쌍방 모두가 상대방이 자신의 생존에 가장 도움이 된다고 생각해야 결혼이 성사된다. 이때 몇 가지 조건이 있다.

결혼의 조건은 재산, 외모, 능력, 성격 따위의 단편적인 정보가 아니다. 진짜 조건은 다음과 같다. 첫째, 배우자와 협업을 하면 혼자일 때보다 더 많은 생존 자원을 생산할 것이라는 확신이 있어야 한다. 둘째, 공동 생산한 생존 자원을 분배함에 있어, 배우자에게 일방적으로 뺏기지 않고 자신의 몫을 충분히 챙길 수 있을 것이란 확신이 들어야 한다. 그래야 우리는 결혼을 결심한다.

즉, 혼자 살 때 매일 100의 생존 자원을 취할 수 있다면, 결혼하고 나서는 적어도 100을 초과하는 생존 자원을 취할 수 있다는 기댓값이 나와야 한다. 그래야 프러포즈를 하고 프러포즈를 수락한다. 이처럼 결혼도 다른 인간관계와 전혀 다름이 없다. '협업과 경쟁' 관계로 이루어진다. 그리고 무의식 속 기댓값 계산에 근거한다. 따라서 세상에는 계산적인 결혼만 존재한다. 계산 결과, 양측 모두 자기가 손해날 것 같지 않아야 결혼한다(크게 손해난 사람들은 결혼은 미친 짓이라고 말한다).

아래는 결혼의 진짜 조건이다(실제로는 훨씬 더 복잡하다. 그렇다고 우리 두뇌가 계산 못 할 정도는 아니다).

결혼 후 자신이 얻을 수 있는 생존 자원의 기댓값
[또는 생존 가능성 증대의 기댓값]
> 혼자 살거나 다른 사람과 결혼했을 때 얻을 수 있는 생존 자원의 기댓값
[또는 생존 가능성 증대의 기댓값]

우리는 당연히 여러 후보자들 중 가장 높은 기댓값을 보이는 사람과 결혼하려 한다(확연히 높은 기댓값을 보이는 사람에 대해 '천생연분'이라고 하거나 '한눈에 반했다'고 한다). 물론 상대방도 똑같은 계산을 한다. 따라서 자신도 상대방에게 가장 높은 기댓값을 가진 존재로 보여야 결혼이 성립된다(이게 바로 연애할 때 서로에게 잘해주는 이유다. 속지 말자). 대다수가 하는 결혼임에도 내 맘처럼 쉽게 성사되지 않는 이유다.

물론 굳이 남녀 사이가 아니더라도 충분히 밀접한 협업 관계의 성립이 가능하다. 동성 부부나 친한 친구 사이에서도 얼마든지 시너지를 유발하는 협업 관계를 만들 수 있다. 하지만 이성 간의 결혼을 통해 협업 관계를 만드는 것이 특히 효과적인 이유가 있다. 바로는 강한 신뢰에 근거한 장기간의 협업 관계 수립과 더불어 출산, 즉 자녀라는 강력한 생존 수단을 공유할 수 있기 때문이다. 따라서 결혼의 의미를 이해하려면 먼저 출산의 의미와 목적을 이해해야 한다.

우리는 인간에게 '생존'과 '종족 번식'의 본능이 있다고 배운다. 그런데 종족 번식의 본능이라니…. 나는 호모 사피엔스종을 유지하기 위해 두 아이를 낳았다는 생각이 전혀 들지 않는다. 만약 종족 번식이 본능이라면 왜 선진국의 출산율은 이렇게 낮을까? 능력이 있으면서도 결혼하지 않는 사람은 왜 이리 많을까? 결혼을 해도 자녀 없이 사는 딩크족은 왜 이리 늘고 있을까? 딸을 낳아도 번식에 성공한 것인데 왜 상당수의 문화권에서는 굳이 아들만 선호할까?

이런 질문을 통해 한 가지 분명한 사실을 알 수 있다. 부모는 자녀가 자신의 생존에 도움이 될 확률이 낮으면 출산을 하지 않는다. 심지어 태어날 자녀가 부모에게 도움이 될 것 같지 않으면 부모에 의해 선택되거나 도태되기도 한다. 부모는 출산에 있어서 자녀가 태어나는 것을 도와주는 조력자가 아니다. 뚜렷한 목적을 갖고 후손을 낳는 출산의 결정 주체다(아이들이 왜 날 낳았냐고 물어보면 확실히 대답할 수 있어야 한다).

모든 부모가 알다시피 자식을 낳고 키우는 것은 많은 에너지 소모와 리스크 확대가 수반되는 모험이다. 따라서 미래에 이를 초과하는 보상을 얻을 수 있다는 판단이 서야만 출산에 나선다. 단순히 '조상 대대로 그래 왔듯 우리에겐 종족 번식의 본능이 있다' '본능에 따라 출산을 한다'는 설명은 모순이 너무 많다. 그런 설명은 현재의 인간뿐 아니라 생물의 생태를 제대로 설명하지 못한다.

물론 우리의 조상들은 수억 년 동안 출산을 통해 성공적으로 생존해 왔다. 그래서 우리 유전자는 생존 전략의 하나로 '출산'을 강력히 권한다. "결혼 왜 하는지 모르지? 너의 모든 조상들은 결혼해서 꽤 오래 생존하는 데 성공했단다(아무리 못해도 성인이 되어 아이를 가질 때까지는 생존했다). 그러니 너도 일단 결혼해서 애 낳아봐." 이런 유전자의 권고는 성욕을 인간의 주요 욕구 중 하나로 자리 잡게 했다. 즉, 출산을 하는 것이 생존에 도움이 될 확률이 아주 높기 때문에 성욕이 본능화 된 것이다. 하지만 우리는 본능이라고 다 믿고 따르지 않는다. 본능은 이미 지나간 왕년의 성공담일 뿐, 각자 처한 환경에 따라 따를 수도 있고 때론 거스를 수도 있다.

리엔지니어링의 창시자인 마이클 해머(Michael Hammer)는 말했다. "The world has changed so much that the formulas for yesterday's success are almost guaranteed to be formulas for failure tomorrow(세상이 너무 많이 변해서 어제의 성공 전략을 그대로 따르면 내일은 실패하기 마련이다)." 전략은 환경에 따라 변해야 한다. 출산도 환경을 살펴보고 결정해야 한다.

그래서 이미 수많은 사람들이 출산에 관심을 두지 않고 살아간다. 싱글 라이프는 최근 수십 년 사이에 새로운 삶의 트렌드가 되었다. 이렇게 짧은 시간에, 이렇게 많은 사람들이 벗어날 수 있는 본능이라면 본능이라 할 수 없다. 다시 말해 출산은 그저 꽤 선호되는 생존 전략 중 하나일 뿐이다. 웬만하면 가입하지만 집을 보유하고 있다면 가입 안 하기도 하는, 주택 청약 저축처럼 말이다(난 주택 청약 저축 통장을 2번 만들었는데, 애도 둘이다).

그럼 왜 출산이 오랜 시간 동안 훌륭한 생존 전략이었을까? 37억 년 전, 지구상 최초의 단세포 생물들은 대부분 번식을 하지 못하고 그대로 죽었다. 그러다가 우연하게 1마리가 몸이 찢어지며 2마리로 분열을 하게 되었다. 이후 반복되는 분열이 생존에 도움이 된다는 것을 깨닫고 이를 의도적으로 반복했다.

번식에 성공한 단세포 생물은 자신의 분신과 '협업과 경쟁'을 했다. 같이 뭉쳐서 다른 경쟁자를 밀어내고, 포식자에게 분신을 내어주고 도망가고, 두 갈래로 갈라져서 먹잇감을 탐색하고, 두 갈래로 갈라져서 도망갔다. 이런 생존 전략을 가진 '번식하는 종'은 살아남고 '번식하지 못하는 종'은 사라졌다. 이후 수십억 년의 시간이 흘렀다. 하지만 번식의 목적은 여전히 그대로다. 왜냐하면 치열한 생존 경쟁을 하는 생물들에게 그사이 단 1초의 작전타임도 주어지지 않았기 때문이다.

늑대가 양 떼를 노리고 있다. 이때 당신이 양이라면 100마리로 이루어진 양 떼 속에 있을 것인가? 50마리로 이루어진 양 떼 속에 있을 것인가? 당연히 100마리의 양 떼를 택할 것이다. 늑대에게 공격받을 확률이 50마리로 이루어진 양 떼의 1/2에 불과하기 때문이다. 이 확률 차이가 크지 않아 보일 수도 있다. 하지만 내일도, 모레도 늑대의 공격은 계속 이어진다. 그리고 양의 새끼가 커서 다시 새끼를 낳는 일종의 '복리 효과'까지 감안한다면, 약간의 생존 확률 차이도 수명에 큰 영향을 미친다.

따라서 양들은 최대한 번식을 하여 집단 내 개체 수를 유지한다. 그것이 자신의 생존에 도움이 된다는 것을 신경계 속 계산을 통해 알고 있기 때문이다. 단, 조건이 하나 있다. 먹이 부족 리스크가 커지지 않아야 한다. 그래서 모든 양들은 자신이 처한 환경을 고려하여 출산을 조절한다.

그런데 양들이 자신의 후손을 늑대의 먹잇감 정도로만 생각한다면 굳이 애써서 키울 필요가 있을까? 곧 죽을 운명인데 신체 능력이 우수한 후손을 낳을 필요가 있을까? 물론 단기적으로 본다면 대충 키우다가 늑대 먹이로 내주는 것이 나을지도 모른다. 하지만 양들도 장기적인 안목을 갖고 있다. 늑대보다 빨리 달리는 양들로 이루어진 집단은 늑대들이 애초부터 목표로 삼지 않는다. 늑대들은 활동성이 떨어지는 양들이 많이 포함된 집단을 찾아 공격하려 한다. 따라서 집단 전체의 경쟁력을 키우는 것은 집단에 속한 부모 개체의 생존에도 도움이 된다. 부모 개체들은 자신의 새끼 양들이 좀 더 우수한 생존 능력을 갖추기를 진심으로 원하는 것이다.

육식 동물이라고 전혀 다르지 않다. 하이에나에게 자녀는 같이 사냥을 할 동반자다. 혼자서는 사냥할 수 없는 큰 동물도 함께라면 사냥할 수 있다. 그리고 더 큰 포식자의 공격을 함께 방어할 수도 있다. 호랑이에게 자녀는 함께 서식지를 지키는 협력 파트너다. 나이가 찬 새끼 호랑이는 부모를 떠나 자신만의 영역을 구축한다. 만약 이방인이 침입한다면 우선 새끼 호랑이의 영역을 지나야 한다. 새끼 호랑이가 이방인을 저지하거나, 적어도 상처를 입힐 것이다. 그럼 부모는 좀 더 안전해진다.

먹고 먹히는 관계가 아니더라도, 집단 내 적정 개체 수의 유지는 더 살기 좋은 환경을 조성해 준다. 남극의 펭귄 무리는 추울 때 수십, 수백 마리가 서로 똘똘 뭉쳐서 체온을 유지한다. 그런데 찬바람을 온

몸으로 막아야 하는 것은 무리 바깥쪽에 서는 펭귄들이다. 당연히 모두가 바깥쪽에 서는 것을 꺼린다. 그러므로 펭귄들은 안쪽과 바깥쪽 자리를 서로 교대한다.

만약 펭귄 개체 수가 많으면 따뜻한 안쪽에 머무는 시간이 늘어난다. 그러므로 번식을 통해 개체 수를 유지하는 게 생존에 유리하다. 개체 수가 많아도 체력이 약해 바깥쪽에서 얼마 못 버티는 펭귄들이 많다면, 결국 자신이 바깥쪽에 서는 시간이 늘어난다. 따라서 강한 체력을 갖춘 새끼 펭귄이 필요하다. 그래야 오래 살 수 있다.

치아에 달라붙어 있는 충치 세균들에게 양치질은 무서운 재난이다. 하루 3번 3분씩(막내야, 제발 하루 3번 3분씩이다…) 이어지는 재난을 버티는 데 필요한 것은 바깥쪽 표면에 자리 잡은 세균들의 체력이다. 이들이 불소와 연마제의 공격을 버티어 주면 안쪽의 세균들은 생존할 수 있다. 따라서 우수한 체력의 아기 세균들을 많이 번식하여 바깥쪽에 세우는 것이야말로 어미 세균에게 있어 중요한 생존 전략이다.

심지어 무생물에서도 이와 비슷한 현상이 보인다. 철(Fe)이 산소(O)와 접촉하면 산화되어 녹(FeO)이 된다. 철 원자 덩어리의 표면에 있는 철 원자들은 산소와 만나 산화한다. 하지만 안쪽 철 원자들은 산화되지 않고 원형을 유지할 수 있다. 그래서 철 원자는 같은 철 원자들과 함께 뭉치는 전략으로 존재를 유지한다.

아무리 그래도 우리 인간의 출산은 다른 생물들의 번식과 비교해서는 안 될 것 같다. 인간의 출산은 훨씬 성스럽고 고상한 것이 아닌가? 하지만 따지고 보면 차이는 전혀 없다. 옛 어른들은 '자식 봉사'가 아니라 '자식 농사'라고 했다. 나중에 추수할 것이 있다는 뜻이다.

인간의 생산성은 10대 후반에서 30대 초반 사이에 정점을 이룬다. 농사를 짓건, 사냥을 하건, 싸움을 하건, 공부를 하건 마찬가지다. 이 시기에 거두어들이는 생존 자원의 양은 1인분을 초과한다. 그래서 잉여분이 생긴다. 이 잉여분을 저장해 두었다가 생산성이 떨어지는 노년이나 신체에 장애가 생겼을 때 사용하면 생존 가능성을 높일 수 있다. 하지만 식량은 부패한다. 저장고는 호시탐탐 노리는 사람들이 많다. 그래서 장기간의 생존 자원 저장이 어렵다.

하지만 한 가지 방법이 있다. 신뢰할 수 있는 다른 사람에게 잉여의 생존 자원을 빌려준다. 그리고 나중에 자신이 노인이 되었을 때 갚도록 하면 된다. 하지만 같은 집단의 구성원이라 해도 다른 사람과의 거래는 불안할 수밖에 없다.

그래서 믿을 수 있는 개체가 필요하다. 그 개체는 나와 많은 정보를 공유하고 있어야 한다. 그래야 행동 예측이 가능하고, 장기간 밀접한 협업 관계가 유지될 수 있기 때문이다. 그리고 가장 중요한 조건이 있다. 나보다 오래 살 수 있어야 한다. 내가 걷지 못하는 노인이 되었을 때에도 활발히 생산 활동을 할 수 있어야 한다. 그래야 내가 빌려준 생존 자원을 떼먹지 않고 갚을 수 있다. 그런 사람이 누구인지 우리는 잘 안다. 자녀를 키우고 있거나, 적어도 모두 누군가의 자녀이기 때문에.

이와 같이 부모가 자녀를 낳고 키우는 것은 일종의 장기투자다. 노인이 되었을 때, 강도가 쳐들어왔을 때, 힘든 농사일 할 때, 손목이 아파서 설거지 못 할 때, 쓰레기 분리수거 할 때⋯ 이때 투자에 대한 보상을 회수하려 한다. 빈곤 국가에서는 이를 명확히 확인할 수 있다. 소득이 낮은 몇몇 지역에서는 자녀를 노동력으로 인식한다. 교육은 최소한만 시킨다. 그리고 10세 정도만 되면 공장에서 돈을 벌어오게 한다. 이런 곳은 당연히 선진국보다 높은 출산율을 보인다.

반면 선진국에는 잉여 생존 자원이 많다. 굳이 자녀가 아니더라도 다양한 방법으로 잉여 생존 자원을 노후까지 장기간 저장할 수 있다. 치안도 안정적이고 사회 보장 제도도 잘 갖춰져 있어 노후를 보내는 데 별 지장이 없다. 그래서 선진국의 출산율은 높지 않다. 우리나라도 같은 이유로 경제 성장과 더불어 출산율이 급격히 낮아졌다.

출산과 자녀의 의미를 우리의 흔한 가정사를 통해 확인할 수 있다. 우리나라가 아직 못살던 시절, 재산이 없어 자녀 모두에게 고등교육 기회를 줄 수 없는 경우가 흔했다. 이때 보통 큰아들에게 모든 자원을 집중하여 교육을 시켰다. 왜 그럴까? 첫째와 정이 많이 들어서? 첫째가 능력이 가장 뛰어나서? 물론 그런 이유도 있을 수는 있다.

하지만 더 중요한 이유는 첫째가 나이가 가장 많기 때문이다. 즉, 가장 먼저 경제생활을 하기 때문이다. 부모 입장에서는 하루라도 빨리 투자금 회수를 하려 한다. 그래야 죽기 전에 본전 이상을 회수할 수 있다. 따라서 특별한 흠결이 없다면 첫째에게 집중투자하는 것이 가장 유리하다. 그런데 남성 중심의 경제 사회에서 첫째가 딸이라면 그다음 아들에게 집중투자를 한다. 첫째 딸에게 집중투자하더라도 투자금 회수가 어렵기 때문이다.

따라서 오빠만 편애한다고 부모를 원망할 필요가 없다. 편애하는 이유를 물어보면 부모는 그런 적이 단 한 번도 없다고 대답할 것이다. 이는 거짓말이 아니다. 부모는 오빠를 사랑한 것이 아니다. 그저 투자한 것이다. 이런 선택은 무의식이 계산하고 처리한다. 그러니 부모는 제대로 설명하지 못한다. 어쨌거나 많이 꿔주고 나중에 이자까지 붙여 돌려받겠다 하는 것이니, 오히려 오빠를 불쌍히 여길 일이다.

배드 파더스(Bad Fathers)라는 웹사이트가 있다. 이 웹사이트는 이혼 뒤에 양육비를 지급하지 않는 아빠들의 신상을 공개하는 곳이다. 이를 통해 양육의 책임을 다할 것을 요구한다. 참고로 웹사이트 이름은 배드 파더스이지만 실제로는 엄마들의 이름도 올라온다.

이혼을 하더라도 자신의 자녀임은 변하지 않는다. 그런데 왜 아빠는 돈이 있음에도 양육비를 지급하지 않을까? 이는 같이 살지 않으면 자녀와 신뢰성 있는 협업 관계를 수립하기 어렵다는 것을 알기 때문이다. 양육비를 아무리 많이 주더라도 노후에 자녀로부터 그만큼 되돌려 받기 어렵다는 것을 무의식중에 계산했다는 의미다(손해날 장사는 하지 않겠다는 것…).

간혹 TV에 장애가 있는 자녀를 혼자 힘들게 키우는 엄마나 아빠의 모습이 나온다. 태어난 아이의 장애를 확인하고 '투자가치'가 떨어질 것 같으니, 부모 중 한 명이 집을 나가버린 것이다. 이 경우 또한 배드 파더스와 마찬가지로 부모에게 자녀가 어떤 의미인지를 알려준다.

비슷한 이유로 자녀가 직장을 그만두겠다고 하면, 부모는 그 사유를 듣기도 전에 일단 만류부터 한다. 투자금 회수가 늦어질까 우려되기 때문이다. 심지어 어떤 부모는 자녀가 결혼하겠다고 하면 반대부터 한다. 투자금 회수가 중단될까 걱정되기 때문이다(투자금 회수는 꼭 돈으로

만 이루어지는 것은 아니다).

결국 부모에게 자녀는 연금, 보험, 사회 보장 제도와 비슷한 존재이다. 그리고 노후에 꺼내 쓸 생존 자원 상당량을 보관하고 있는 금고다. 금고는 집에서 가장 안전한 곳에 두고 매일같이 확인한다. 집에 불이라도 나면 가장 먼저 금고부터 챙긴다. 우리가 자녀를 세상 무엇보다 귀중하다고 말하는 이유다.

물론 자녀도 바보가 아니다. 또한 이기적이다. 10살 정도가 되면 자신만의 생존 전략을 수립하기 시작한다. 그리고 자신이 미래에 획득할 생존 자원을 부모로부터 지키려 한다. 그냥 놔뒀다가는 부모의 끝없는 욕심에 생존 자원을 몽땅 빼앗길 것 같기 때문이다. 이것이 사춘기다. 아이가 사춘기 없이 성장했다고 좋아하는 사람은 부모다.

고부간의 갈등을 통해서도 출산과 자녀의 의미를 살펴볼 수 있다. 시어머니는 아들이 성장하면 잉여 생존 자원을 자신에게 보상해 주리라 기대한다. 왜냐하면 부모의 출산과 양육은 엄연한 투자였기 때문이다. 반면 며느리는 남편이 획득한 생존 자원의 상당 부분을 자신이 배분받을 것이라 기대한다. 그렇게 생각하며 결혼을 했기 때문이다. 그런데 남편이 재물의 신인 하데스(Hades)라 할지라도 획득하는 생존 자원에는 한계가 있을 수밖에 없다.

따라서 남편은 자꾸 높아만 가는 어머니와 부인, 모두의 기대치를 충족시킬 수 없다. 그래도 엄청난 재벌이라면 둘 다 만족시킬 수 있지 않을까? 불가능하다. 인간의 욕심은 자신이 갖고 있는 정보를 기준으로 발생한다. 남편이 갖고 있는 돈이 얼마인지 파악하는 순간, 시어머니와 며느리의 '만족'의 기준은 끝도 없이 높아진다. '욕심'은 기하급수적으로 커진다. 그래서 고부간의 갈등은 '며느리의 남편'과 '시어머니의 아들'이 동일인인 이상 피할 수 없다.

반면 손주가 벌어들인 돈을 두고 시어머니와 며느리가 갈등하는 경우는 거의 없다. 왜냐하면 손주의 출산과 양육에 있어 조부모의 투자는 미미하기 때문이다. 그래서 배분 대상이 명확하다. 게다가 조부모는 손주에게 투자한 것이 없으니 보상의 기대치가 애초부터 낮다. 명절에 찾아와 주는 것만으로도 충분한 보상이라 여기기도 한다.

결혼의 의미 또한 우리 주변의 결혼 풍습으로 확인할 수 있다. 우리는 가급적 비슷한 나이대의 배우자를 선호한다. 이를 출산, 건강, 수명 등 신체적 이유 때문이라고 생각한다. 하지만 실제로는 서로 손해를 안 보려고 계산기를 두드린 결과다. 즉, 비슷한 나이대의 남녀가 결혼해야 죽을 때까지 서로 벌어들이는 생존 자원의 양이 엇비슷하다. 어느 한쪽이 크게 손해나지 않는다.

우리나라에서는 남자가 여자보다 4살 많은 커플이면 궁합도 안 본다며 선호했었다. 이는 결혼 생활 중 벌어들이는 생존 자원, 서로를 위해 사용하는 에너지, 그리고 출산의 미래가치까지 모두 환산해서 비교했을 때, 남녀의 생산성 차이를 4년의 시간으로 보정할 수 있다고 여겼다는 뜻이다.

예를 들어 30살 남자와 26살 여자가 결혼하는 경우를 생각해 본다. 30살 남자는 60살까지 30년 동안, 26살 여자는 60살까지 34년 동안 생존 자원을 생산한다고 가정한다(출산 등 다른 변인은 생략하고 단순하게 생각한다). 이 커플이 결혼한다는 것은 여자의 생산성이 그 남자의

30/34 수준으로 계산된다는 뜻이다.

우리나라에서는 한때 결혼이라는 '협업과 경쟁' 관계에서 서로 불만이 없으려면 4년 정도의 나이 차이가 적정하다고 봤다. 만약 나이 차이에 비해 한쪽의 생산성이 우월하면 지참금, 혼수 등으로 그 차이를 보정했다(와이프와 나는 나이가 4개월 차이밖에 안 난다. 그래서 와이프에게 기대하는 바가 크다).

우리나라의 1960년대 초혼 평균 연령은 남자 26살, 여자 22살이었다. 즉 통념대로 4살 정도 차이가 났다. 그런데 최근에는 남자 33살, 여자 31살로 그 차이가 2살 남짓으로 줄어들었다. 여자의 생산성이 남자와 큰 차이가 없는 유럽에서도 남녀의 초혼 평균 연령은 2살 정도 차이가 난다. 반면 아프리카, 아시아의 일부 빈곤 국가는 남녀의 초혼 평균 연령이 5~7살 이상 차이가 난다. 즉, 이런 곳에선 사회적으로 여자의 생산성이 남자보다 훨씬 낮게 인식된다는 뜻이다.

배우자 간 나이 차가 많이 나는 할리우드 스타의 결혼을 보면, 연장자가 상대방보다 훨씬 많은 재산, 명예, 권력, 인기, 재능을 갖고 있는 경우가 대부분이다. 그런데 이미 많은 생존 자원을 가진 사람이라도 손해를 보고 싶어 하지는 않는다. 그래서 당장 가진 것이 없더라도 앞으로 생산을 많이 할 수 있는 젊은 배우자를 찾는다(지금은 내 돈을 생활비로 쓰고, 2년 뒤에 와이프 적금이 만기되면 그걸 생활비로 쓰겠다는…).

사람들은 할리우드 스타처럼 나이 차가 많이 나는 결혼에 대해 돈을 보고 하는 결혼이라며 비난하기도 한다. 하지만 따지고 보면 모든 결혼이 다 똑같다. 이미 벌어놓은 돈을 보고 결혼하느냐, 아니면 앞으로 벌 돈을 보고 결혼하느냐의 차이일 뿐이다.

지난 37억 년간, 결혼의 여러 목적 중 출산이 가장 큰 비중을 차지했었다. 하지만 이제 환경이 크게 바뀌었다. 그래서 출산이 차지하는 비중이 현저히 낮아졌다. 결혼하고도 애를 낳지 않는 딩크족(Dink)이나 동성 부부가 드물지 않다. 이 말은 출산을 빼고도 결혼에는 충분한 메리트가 있다는 뜻이다.

우리는 다른 사람과의 협업이 자신의 생존과 생존 자원 획득에 필수적이란 것을 잘 안다. 그래서 수십 년간 함께 생활하면서 밀접한 협업을 할 파트너를 찾는다. 이것이야말로 이제 출산을 앞서는 가장 중요한 결혼의 목적이다.

아무리 협업이라지만 배우자와의 관계에서 일방적인 손해를 각오하고 결혼하는 사람은 아무도 없다. 다 계산기를 두드려 보고 나서 손해날 것 같지 않으니 결혼한다(나만 계산을 건너뛴 것 같다). 물론 당사자들은 계산했다는 사실을 의식하지 못한다. 이런 건 무의식이 몰래 계산하기도 하니까…(의식적으로 계산했다고 말하면 인간 집단 내에서 환영받지 못하는 사람이 된다. 손해 안 보려는 사람은 다른 사람에게 불필요한 존재이니까).

남자는 여자에게 '손에 물 한 방울 안 묻히고 살게 해준다'며 프러포즈를 한다(난 그런 말 한 적 없다. 솔직한 사람이니까). 이 말대로라면 남자가 일방적인 손해를 감수하겠다는 자폭선언이다. 하지만 그 말 뒤에는 '대신 너는 나에게 다른 걸로 갚아야 해. 이자까지 쳐서'가 숨어 있다. 연인에게 '사랑해, 너랑 결혼하고 싶어'라며 고백한다. 원래는 이 말 뒤에 고백이 좀 더 이어져야 한다. '너와 함께 사는 것이 나에게 큰 이득이란 확신이 들었어. 네 사정은 내가 알 바 아니고…' 우리는 절대 손해 볼 것 같은 짓은 하지 않는다(나는 예외인 듯한 느낌이 드는 건 왜일까?).

부부는 배우자가 더 많은 양보를 해주기를 기대한다. 그럴 것이라고 확신했다. 그래서 결혼식장에서 주례가 "진실한 남편과 아내로서 해야 할 도리를 다할 것을 맹세합니까?"라고 물었을 때 큰 목소리로 "네"라고 대답했다.

하지만 결혼 후 함께 살다 보면 서로가 착각했다는 것을 깨닫게 된다(오래 걸리지도 않는다). 상대방도 자신과 100% 똑같은 기대를 한다는 것을, 상대방도 나와 동급의 두뇌를 갖고 있다는 것을 알게 된다. 그래서 부부는 자신이 항상 더 많은 양보를 한다고 주장한다. 대부분 거짓말이거나 과장이다. 하지만 우리는 뻔뻔하게 그런 주장을 한다. 무슨 수를 쓰더라도 배우자에게 더 많은 양보를 얻어내기 위해서.

배우자에게 더 많은 양보를 요구하는 적극적 행동이 바로 부부싸움이다. 부부싸움이란 상대방을 결혼 전에 내가 상상했던 모습으로 돌려놓으려는 시도다. 그리고 이를 통해 자신의 이득을 챙기기 위한 생존 활동이다. 하지만 게임 이론에서 알 수 있듯이, 서로가 상대방의 전략을 감안해서 행동을 결정한다. 따라서 어느 측도 일방적인 이득을 취할 수 없다.

세상 모든 부부는 배우자에게 불만을 갖고 있다. 그럴 수밖에 없다. 자신이 배우자로부터 양보받아 일시적으로 만족했다 할지라도, 그 만족감을 유지하기 위해서는 점점 더 많이, 정확히는 기하급수적으로 양보받아야 한다. 하지만 배우자가 갖고 있는 생존 자원은 유한하다. 그래서 얼마 지나지 않아 우리는 상대방에게 불만족을 느끼게 된다. 설사 배우자가 자신의 모든 것을 양보해 주어도 상대방은 해준 게 뭐가 있냐며 불평하기 마련이다(이에 대해 빌 게이츠, 루퍼트 머독, 제프 베이조스,

마이클 조던 중에 할 말 있는 사람이 있을지도 모른다).

배우자에게 불만이 전혀 없다면 그것은 정말로 결혼한 상태가 아니다. 법적으로는 부부라 할지라도 공동 생산을 하지 않고, 분배하지도 않는다면 진짜 부부라 할 수 없다. 그런 부부는 부러워할 필요가 없다. 지금 한 푼 아깝다고 보험료를 안 내면 사고가 나도 보상을 못 받기 때문이다.

서로 한 걸음씩 양보하면 좋은 부부 관계를 유지할 수 있다고 말하는 사람들이 있다. 하지만 이는 너무 순진한 말이다. 서로 한 걸음씩 양보하자고 약속하고 나서 자신은 무의식적으로 반걸음만 양보하는 것이 인간의 변치 않는 본성이기 때문이다. 그래서 항상 행복하기만 한 결혼 생활은 불가능하다. 어쩌면 TV 속에만 있는 허상이다.

TV 아침 방송에 나오는 연예인 잉꼬부부를 부러워할 필요 없다. 이중 슬릿 실험에서 관찰을 하면 파동이 입자로 변한다. 양자물리학의 핵심, 파동-입자 이중성이다. 우리 부부도 TV 카메라를 들이대면 관찰자 효과에 의해 잉꼬부부가 될 수 있다. 결혼 생활의 핵심, 파탄-임자 이중성이다.

결혼은 증여가 아니라 대출이다. 단, 상호 무담보 장기 신용 대출이다. 요새는 은행이나 대부업체에서도 무담보 신용 대출을 해준다. 하지만 세상에 믿을 사람 없기에 적어도 소득이나 재산은 있어야 대출을 해준다. 배우자는 내가 하룻밤 사이 딴 사람으로 바뀌지 않는 한 대출을 해준다. 물론 공짜는 아니다. 이자도 쳐서 꼭 갚아야 한다. 안 갚으면 삐지고 심하면 도망간다.

그런데 가끔은 자기도 나한테 빌려 간다. 이런 거래가 하루에도 몇 차례씩 일어난다. 두뇌용량의 한계로 인해 정확한 계산이 불가능하다. 그래서 대충 갚아도 맞는지 틀리는지 알지 못한다. 느낌상 대략 맞는 것 같으면 그냥 넘어갈 수밖에 없다. 그게 내가 아는 결혼 생활의 최대 장점이다(수시로 꾸고 불시에 갚아서 배우자를 헷갈리게 하라! 그런데 다 기억하는 사람도 간혹 있다는 점에 주의…).

"Marriage has many pains, but celibacy has no pleasures(결혼은 많은 고통이 따른다. 하지만 독신은 즐거움이 없다)." 18세기 영국의 시인 새뮤얼 존슨(Samuel Johnson)의 말이다. 그는 25살 때 46살의 여성과 결혼했다. 그녀와의 결혼 생활이 꽤 고통스러웠지만 상당히 즐거웠나 보다. 돈거래도 꿀 때는 즐겁고 갚을 때는 고통스럽다.

o o o

내가 쓴 글이지만 쭉 읽어보니 자주 삐지는 와이프 마음이 이해된다. 이제 내 마음은 편해진다. 와이프가 이 글을 나보다 더 자주 읽었으면 좋겠다.

11 선행과 인류애

동네 문화원에서 행사가 열리니 참관하라는 안내 문자 메시지가 온다. BTS가 온다면 모를까, 동네 소규모 문화 행사에는 구경꾼들이 잘 모이지 않는다. 사람들은 지나가다 잠깐 멈추긴 해도 1분 이상 머물지 않는다. 그래서는 출연자들의 의욕도 안 생기고 정부로부터 재정 지원을 받기도 어렵다.

이럴 때 참관하는 학생들에게는 봉사 확인증을 끊어준다는 안내가 따르곤 한다. 그냥 공연 구경하는 것만으로도 봉사라니 좀 이상하다. 그럼에도 불구하고 역시나 관객은 드물고, 객석은 썰렁하고, 공연자는 안쓰럽다. 이처럼 사람들은 원래 남의 일에는 무관심하다. 모든 생물이 그렇듯, 우리도 철저히 이기적이기에.

시인과 촌장의 노래 '가시나무'의 첫 구절이다. "내 속엔 내가 너무도 많아, 당신의 쉴 곳 없네." 우리가 가장 사랑하는 사람에게도 예외

없이 적용되는 말이다.

∘　∘　∘

　　인간은 자신의 생존에 도움이 되는 행동만 골라 한다. 따라서 이유 없이 선행, 봉사, 기부 등의 이타적 행동을 하지 않는다. 즉 세상에 순수한 이타적 행동은 없으며, 단지 이타적인 것처럼 보이는 행동만 있다(이렇게 쓰면서도 가슴이 아프다).

　　맹자를 비롯해 많은 사람들은 이런 주장에 반론을 제기할 것이다. 그들은 인간에게 다른 인간을 사랑하는 보편적 인류애가 있다고 주장한다. 그래서 한 번도 본 적 없는 사람이라도 기꺼이 돕는다고 한다. 또한 주위를 둘러보면 알 수 있듯이, 실제로 대가를 바라지 않는 선행도 많이 존재한다고 주장한다.

　　그들이 말하는 이타성의 증거들은 이런 것들이다. 화재현장에서 모르는 사람을 구하기 위해 목숨 걸고 뛰어든 사람, 지하철 선로에 떨어진 취객을 구하려고 위험을 감수한 사람, 아무도 몰래 거액의 기부를 한 사람, 선행을 베풀고 '나중에 잘 살게 되었다고 나에게 갚을 필요 없어요. 대신 더 불우한 이웃을 찾아 베풀어 주면 그것으로 족합니다'라고 말하는 사람, 선행을 베풀었을 때 느껴지는 큰 행복감… 하지만 과연 이런 것들이 이타성이 존재한다는 증거가 될 수 있을까?

　　우리의 선행에는 분명히 이기적인 목적이 있다. 다만 우리의 '의식'이 그것을 정확히 인식하지 못할 뿐이다. 이럴 때는 '의식'과 '무의식'을 합쳐 '나'를 기준으로 생각해 봐야 한다. 그래야 목적을 알 수 있다. 물론 선행의 목적은 사람마다 다 다르다. 같은 기댓값을 갖는 선택이라 해도 확률과 예상수익이 다 다르기 때문이다. 이제 '내'가 어떤 경우에 선행을 베푸는지 살펴본다.

첫째, 이기적 행동임에도 스스로 이타적 행동으로 착각하는 경우가 있다. 훗날의 보상을 기대하고 선행을 베푼 것인데, 스스로는 아무 대가 없는 이타적 행동으로 인식하는 것이다. 이는 자신이 베푼 선행의 대상을 살펴보면 알 수 있다. 우리의 선행 대상은 보통 주변 사람들이다. 그들은 나중에 다시 만날 가능성이 높다. 그때 자신이 베푼 선행을 보상받을 수 있다. 우리는 이런 계산을 마친 후에야 선행을 베푼다.

따라서 선행은 자신이 속한 집단의 소속감과 비례하여 일어난다. 가족, 친척, 친구, 이웃, 국가, 외국 순으로 선행의 규모와 빈도는 줄어든다. 이러니 얼굴 한번 본 적 없는 타국 사람은 선행의 대상이 되기 어렵다.

이와 비슷한 이유로 유명 연예인이 외국의 난민을 위해 거액을 기부했다는 뉴스가 나오면 꼭 달리는 댓글들이 있다. 왜 우리나라의 불우 이웃에게 먼저 베풀지 않냐는 불만이다. 이런 댓글도 계산의 결과다. 외국이 아니라 국내의 불우 이웃에게 기부를 해야 자신도 혜택을 볼 가능성이 높기 때문이다(자신이 꼭 빈민이 아니더라도 적어도 세금 부담은 줄어든다. 또 언제 빈민이 될지 모르기도 하고). 인간에게 순수한 이타성이 있다면 이런 댓글은 없어야 한다.

이는 다른 생물과의 관계에도 적용된다. 인간은 인간과 교류가 잦은 생물에 대해 선행을 베푸는 빈도가 높다. 한 예로 우리는 물에 빠진 나무는 건지지 않는다. 하지만 물에 빠진 원숭이나 개는 구조하려 한다. 즉 식물, 어류, 양서류, 파충류, 조류, 포유류 순으로 선행의 빈도가 높아진다. 바이러스는 생물과 무생물의 경계선에 있기에 인간으로부터 가장 멀리 떨어져 있다. 그래서인지 바이러스를 도와주자는 사람은 본 적이 없다. 바이러스에게 아무리 잘 대해줘도 나중에 보상받을 가능성이 없기 때문이다. 순수한 이타성이 있다면 코로나 바이러스를 보존해야 한다는 단체도 있어야 한다.

둘째, 우리는 '대가를 바라지 않는척하는' 선행을 통해 '인간관계'라는 더 유용한 생존 자원을 얻으려 한다(인간관계 중 인기와 명예에 해당한다). '눈에 보이지 않는 대가'를 바라며 선행을 하는 사람을 주변에서 쉽게 발견할 수 있다. 그런 사람들에게 선행은 '협업과 경쟁'이란 인간관계에서 더 유리한 자리를 차지하기 위한 도구일 뿐이다. 예를 들어 아프리카 빈민처럼 자신과 전혀 관계가 없는 사람들만을 골라 기부를 하는 사람들이 있다. 이는 자신이 '욕심이 없는' 사람임을 알릴 수 있는 좋은 수단이다.

물론 친구를 대상으로 선행을 해도 '욕심이 없는' 사람이라고 알려진다. 하지만 훗날의 보상을 기대하기 어려운 기부일수록 주변 사람들은 그가 '정말 욕심이 없다'고 간주한다. 우리는 '정말 욕심이 없는' 사람과 협업을 하면 나중에 그와 생존 자원을 배분할 때 손해 볼 일이 없다고 예측한다. 따라서 '정말 욕심이 없는' 사람과의 협업은 안심하고 반긴다.

이런 계산법을 악용하는 사람들도 수두룩하다. 자신의 선행을 부풀리고, 선행 자체보다 선행했다는 사실을 주위에 알리는 데 주력한다. 당연히 이런 사람들은 조심해야 한다. 이들이 선행을 한 목적은 SNS에 사진을 올리거나, 이력서에 한 줄 넣거나, 뉴스에 나와 유명해지거나, 다음에 더 큰 사기를 치기 위해서다.

개인뿐 아니라 집단도 마찬가지다. 일부 구호 단체들은 해외에서의 선행에 주력한다. 그리고 선행 자체보다는 그 선행을 광고하는 데 주력한다. 이를 통해 정부의 지원금을 타내거나, 더 많은 기부금을 모금하려 한다. 또한 일부 구호 단체는 종교 또는 사업적 성격을 띠고 있다. 따라서 봉사와 기부라고 하지만 그 이면에는 포교와 수익 사업이라는 대가가 숨어 있다.

국가 간의 무상 원조도 개인의 선행과 크게 다르지 않다. 빈곤 국가에 아무런 조건 없이 무상 원조를 하는 국가는 없다. 무상 원조에는 대부분 정치, 외교적 청구서가 숨어 있게 마련이다. 하지만 그런 구체적 대가 없이 무상 원조를 하는 경우가 있다면, 이는 국가 이미지를 개선하여 다른 나라와의 협업 기회를 더 증대하고자 하는 의도가 있기 마련이다. 무상 원조는 탐욕스럽고 공격적인 약탈 국가 이미지를 탈피시켜 주기 때문이다.

셋째, 스스로 정신적 만족감을 얻기 위한 선행이 있다. 기부는 자신에게는 당장 필요하지 않지만, 남에게는 필요한 생존 자원을 주는 것이다. 즉 누군가에게 생존 자원을 기부한다는 것은 자신이 그만한 잉여 생존 자원을 보유하고 있을 때에만 가능하다. 그런데 기부를 하면 마치 자신이 잉여 자원을 보유하고 있다는 착각을 하게 된다(형편 어려운 사람이 더 어려운 사람을 돕는 이유다).

멋진 사냥 도구를 새로 장만하면, 이미 사냥에 성공해서 BBQ 파티를 하고 있을 때의 만족감을 느낀다. 그래서 사람들은 사냥 도구를 사는 데 돈을 아끼지 않는다. 선행도 이와 비슷하게 작용한다. 우리는 기부와 선행을 통해 부자가 된 것 같은 만족감을 경험할 수 있다. 물론 가족이나 친구에게 선물을 주거나 도움을 줄 때도 뿌듯함을 느낀다. 하지만 이는 미래에 더 큰 보상이 있을 것이라는 의식적 계산이 수반되는 경우가 많다. 하지만 대가를 의식하지 않는 기부와 선행을 하면 훨씬 더 큰 풍요로움과 만족감을 느낀다. 진짜 부자가 된 것 같은 느낌인 것이다. 이는 마치 '파블로프의 개'의 '고전적 조건 형성'과 비슷한 현상이다(단지 조금 더 먼 미래를 내다본다는 점이 다를 뿐이다).

이처럼 사람들의 선행에는 그럴만한 이유가 있다. 하지만 이를 한두 가지로 설명하는 것은 쉽지 않다. 왜냐하면 사람마다 각자의 환경에 따라 선행을 베푸는 목적이 다 다르기 때문이다. 하지만 선행을 베푼 사람은 그 선행이 자신에게 도움이 될 것이란 무의식 속 계산 결과를 얻었기에 행동에 나선다. 인간을 포함한 모든 생물은 손해날 것 같은 선택은 하지 않는다. 손해날 것 같은 선택도 감행하는 종이 있었다면 당연히 지구상에 현존하지 못한다. 생존 경쟁은 절대 만만하지 않으니까.

이웃 마을의 축구팀과 큰돈을 걸고 시합을 한다. 그런데 우리 팀원 중에 가난한 친구가 있다. 그 친구는 축구화 살 돈이 없어서 시합에 못 나가겠단다. 그 친구를 빼고 10명 대 11명으로 싸우면 시합에

질 확률이 매우 높다. 그런데 시합에 이기면 축구화값의 몇 배나 되는 배당금을 받을 수 있다. 이런 계산이 서면 우리는 가난한 친구에게 기꺼이 축구화를 사준다. 시합 장소까지 올 차비가 없다고 하면 차비도 내주고, 배고프다고 하면 밥도 사주고, 물에 빠지면 뛰어들어 구해준다. 그런데 같은 팀원이라는 걸 모르거나, 돈이 걸린 시합이라는 걸 모르는 사람들은 이 모습을 보고 순수한 이타적 행동이라고 한다.

실제 인생에서 우리는 크고 작은 여러 축구팀에 소속되어 있다. 그리고 시합은 수시로 열린다. 팀원은 계속 바뀐다. 시합에 걸린 상금은 돈 몇 푼에서부터 명예나 목숨까지 매우 다양하다. 그래서 세세한 상황을 모르는 사람의 눈에는 이타적인 행동이 존재하는 것으로 보인다.

우리는 같은 팀원만 돕는다. 그런데 사람마다 생각하는 자기 팀의 기준이 다 다르다. 누구는 자기 가족만 같은 팀이라고 생각하고, 누구는 같은 나라 사람만 같은 팀이라고 생각한다. 누구는 사람이면 다 같은 팀이라고 생각하고, 누구는 동물이면 다 같은 팀이라고 생각한다. 게다가 상당수는 자기가 어느 팀 소속인지도 잘 모르고 산다(이기적이라고 욕먹는 사람은 축구팀 유니폼을 입고 있으면서도 그 팀 소속이 아니라고 말한다).

그런데 인간만 이기적인 것은 아니다. 다른 생물들도 이기적이다. 가끔 뉴스에는 동물이 다른 동물을 도와주는 동영상이 나온다. 이를 동물도 이타성을 갖고 있는 증거라고 말한다. 그런데 이것은 우리가 그 동물들이 어떤 시합을 앞두고 있는지 모르기 때문에 착각하는 것이다. 동영상이 충분히 길다면 이타성 얘기는 나오지 않는다.

이기적인 우리지만, 그래도 인간의 생명을 고귀하게 여겨야 한다는 본능을 갖고 있다. 이는 부모나 선생님이 가르쳐 주기 전부터 이미 갖고 있는 마음이다. 그래서 인간의 순수한 이타성을 의심하지 않는 사람도 있다. 우리는 왜 그런 마음을 갖고 있을까? 곰곰이 생각해 보면 우리가 그런 마음을 갖는 것도 역시 자신의 생존을 위해서란 걸 알 수 있다.

인간은 집단생활을 해야 생존을 유지할 수 있다. 그런데 집단의 개체 수를 유지하는 것도 만만한 일이 아니다. 따라서 위기에 처한 사람이 같은 집단 구성원이라고 판단되면 일단 도움을 주는 것이 자신에게 도움이 된다. 우리의 조상들은 이를 주요한 생존 비결의 하나로 유전자 속에 담아주었다.

그런데 인간 사회는 동물과 달리 집단의 경계가 희미하다. 따라서 인간이라면 다 자신과 같은 집단 소속이라고 생각하는 사람들도 많다. 그래서 얼핏 보기에 순수한 이타적 행동이 존재하는 것처럼 보인다.

인간에게 순수한 이타적 행동이 없다고 불안해할 필요는 없다. 우리가 알고 있는 '선행'은 절대 사라지지 않는다. 앞서 축구팀 이야기에서 얘기했듯이 우리는 이미 여러 크고 작은 집단에 소속되어 있다. 집단의 생존을 위해 같은 집단의 구성원을 돕는다. 때로는 우리가 도움을 받는다. 그런데 이 광대한 우주에서 우리 인류는 하나의 점에 불과한 운명 공동체적 집단이다. 그래서 우리는 생판 모르는 이에게도 선행을 베풀 수 있다.

케빈 베이컨의 6단계 법칙에 의하면 우리는 고작 6명만 거쳐도 지구상 대부분의 사람들과 연결된다. 우리는 전혀 인지하지 못하지만 몇 단계를 거쳐 다른 나라의 생판 모르는 사람들과, 나아가 다른 생물들과 협업 관계를 맺고 있다. 그래서 이 순간에도 우리는 생판 모르는 사람들로부터 그가 생산한 자원의 일부를 배분받고 있다. 그저 단지 같은 인류라는 이유만으로(물론 나를 같은 인류로 봐주지 않는 사람도 간혹 있다는 게 문제다).

우리 또한 생판 모르는 사람에게도 선행이라는 이름의 투자를 한다. 우리가 학교를 다니도록 도와준 아프리카의 학생이 전 인류를 구원할 슈퍼 항생제를 개발할 수 있다. 무상으로 병원 치료를 받아 건강을 되찾은 아기가 제3차 세계대전이 일어날 뻔한 위기를 뛰어난 협상력으로 막을 수 있다. 원조를 받은 빈곤 국가가 몇십 년 뒤에 뛰어난 과학기술로 외계인의 침공을 막을 수 있다(와칸다 포에버!).

이처럼 미래는 예측 불가능하다. 결국 따지고 보면 그 이유 때문에 비록 먼 나라의 이름 모를 사람이라 할지라도 우리는 그에게 선행을 기꺼이 베푼다. 이것이 인류를 지금까지 성공적으로 생존하게 해준 비결이다.

∘　∘　∘

이렇게 쓰고 보니 내가 무조건적인 인류애를 부정하는 것처럼 느껴진다. 하지만 나도 한때 국제 구호 기구를 통해 방글라데시의 한 아동을 후원했었다. 그 아동은 이제 다 컸다. 그래서 그동안 감사했고 더 이상 후원이 필요 없다는 편지를 보내왔다. 이제 다른 아동을 찾아봐야겠다.

아무에게도 알리지 말고.

12 | 성평등

내가 초등학교 다니던 시절, 당시 우리 집은 대부분의 가정처럼 아버지가 돈을 벌고 어머니는 전업주부로 집안 살림을 하셨다. 전형적인 가부장적 문화를 가진 가정이었던 것이다. 그런 분위기는 온 가족이 모여 식사할 때 특히 잘 나타났다.

아버지는 식사 때마다 가장의 권위를 내세우려 하셨다. 그래서 어머니를 상대로 험악한 분위기를 종종 조성하셨다. 나는 그럴 때마다 빨리 그 자리를 벗어나고 싶었다. 그래서 밥을 빨리 먹곤 했다. 지금도 나는 밥 먹는 속도가 무척 빠르다. 와이프가 밥 차렸으니 와서 먹으라고 할 때, 난 잘 먹었다고 답할 정도다.

돌이켜 보면 아버지가 어머니에게 표출하는 불평과 불만들은 사소한 것들이었다. 아버지는 어머니가 만든 김치가 맛이 없다는 이유로 밥상을 뒤엎은 적도 있었다. 사실 어머니 고향인 황해도 스타일로 만든 김치가 맛없는 것은 아니었다. 단지 경상도 출신인 아버지 입맛에 안 맞았을 뿐이었다(그렇다고 어머니 요리 솜씨가 좋은 편은 아니었는데, 결혼 후 와이프가 해주는 요리 덕에 알게 되었다). 이제 김치의 맛은 표준화되어 세계인이 즐기는 글로벌 푸드가 되었다. 그렇게 될 때까지 얼마나 많은 어머니들의 눈물이 있었는지 우리는 기억해야 한다.

그러던 어느 날, 아버지의 김치 투정이 싹 사라졌다. 아버지의 사업이 망하고 어머니가 작은 학원을 운영해서 생활비를 벌게 되자 그렇게 되었다. 그때 어머니의 김치 맛은 도로 황해도로 월북해 버렸다.

o o o

남자와 여자는 각각 집단이다. 우주의 모든 집단은 다른 집단과 '협업과 경쟁'을 한다. 이를 통해 궁극적으로 자신이 속한 집단의 이익을 추구한다. 그래야 그 집단에 속한 자신의 생존 가능성이 커지기 때문이다. 따라서 남녀 간에도 '협업과 경쟁' 관계가 존재한다. 이는 서로 간의 갈등을 피할 수 없다는 뜻이기도 하다.

집단 간의 갈등의 원인은 개인 간의 갈등의 원인과 동일하다. 주로 협업 시 투입해야 할 에너지의 비율, 감수해야 할 리스크의 비율, 그리고 공동 생산한 생존 자원의 배분 비율을 두고 갈등이 일어난다. 각 집단은 더 유리한 비율을 차지하기 위해 노력한다. 남녀 간의 갈등도 결국 어느 성이 생존 자원의 획득과 배분에 있어 더 우월한 지위를 점하느냐에 관한 것이다.

당연히 남자는 남자가, 여자는 여자가 생존 자원 획득에 더 유리한 환경이 되어야 한다고 주장한다. 이때 이 주장을 뒷받침하는 오만 가지 명분들이 등장한다. 하지만 명분은 그저 명분일 뿐이다. 속으로는 자신이 속한 성에게 유리한 환경을 만들어 자신의 생존 가능성을 더 확대하겠다는 목적 하나뿐이다. 여기서 성차별과 성평등이라는 이슈가 태어난다. 이 문제를 이해하기 위해서는 우선 남자와 여자의 차이점을 명확히 알아야 한다.

남녀는 모두 같은 인간이다. 하지만 생존 방식에 있어 큰 차이가 있다. 바로 생식 기능이다. 여자는 남자가 갖지 못하는 강력한 생존 도구, 즉 출산 기능을 갖고 있다. 자녀란 나이가 들어 생산성이 떨어졌을 때 이를 보완해 줄 국민연금과 같은 존재다. 그런데 여자들만 자녀를 출산할 수 있다.

하지만 출산은 쉬운 일이 아니다. 아메바는 몸을 둘로 찢어서 번식한다. 그 과정은 무척이나 고통스럽다. 게다가 천적의 공격에 장시간 무방비로 노출된다. 고위험 고수익(High Risk, High Return)의 투자인 셈이다. 인간의 출산도 몸을 둘로 찢는 것이다. 단 노후를 위해 작은 쪽에 더 오래 살 수 있는 기능과 자원을 모아놨을 뿐이다. 그런데 이런 모험은 여자가 한다. 그래서 남자에게 자녀는 저위험 저수익(Low Risk, Low Return)인 투자일 수밖에 없다.

그럼에도 남자는 자신도 훗날 자녀로부터 도움을 받을 자격이 있다고 주장한다. 여자와 동등한 자격이라고 주장한다. 하지만 그것은 남자들의 희망 사항일 뿐이다. 우리 주위를 둘러보면 알 수 있듯, 남자 노인들은 여자 노인들보다 노후의 생존에 있어 여러모로 불리하다.

그래서 평균 수명도 남자가 확실히 짧다(약 6년 정도 차이가 난다).

혹자는 남자가 여자보다 더 힘이 세니 신체적으로 더 우월하다고 말한다. 하지만 그것은 큰 착각이다. 남자는 근력으로 만회할 수 없을 만큼 여자보다 열등한 신체의 소유자다. 남자는 아이를 낳지 못할 뿐 아니라, 젖도 만들어 내지 못하기 때문이다.

엄혹한 자연계의 생존 경쟁에서 자녀를 갖지 못한다는 것은 치명적인 단점이다. 노후의 생산성 하락을 보완할 방법이 없기 때문이다. 아무리 근력이 센 남자라 할지라도 나이가 들면 생산 능력의 급락을 피할 수 없다. 이는 실베스타 스탤론과 아놀드 슈왈츠제네거의 최근 영화를 살펴봐도 알 수 있다. 흥행 성적이 꽤 저조하다. (주변에 '람보4' 본 사람이 나밖에 없다.)

그래서 나이가 들었을 때 가장 유용한 생존 도구는 바로 자녀이다. 그런데 남자들은 자기 의지대로 자녀를 낳지 못한다. 남자들은 자신의 이런 결점을 드러내고 싶어 하지 않는다.

1980년대 Nike 운동화는 무척 비쌌다. 그래서 돈이 없는 학생들은 짝퉁 Nice 운동화를 사 신기도 했다. 짝퉁 운동화는 금방 올이 터졌다. 남자들은 자신이 출산을 할 수 없다는 비참한 현실에 절망한다. 그래서 짝퉁 젖꼭지를 갖고 여자인 척 위장하기도 한다(그러기 위해서 팬티는 꼭 입어야 한다). 아무래도 짝퉁은 티가 나기 마련인데, 보통 주변에 털이 난다.

초기 인류에게 있어 생존 능력의 우열을 구별 짓는 가장 큰 기준은 인종, 지능, 체력이 아니었다. 출산 능력의 보유 여부였다. 최초의 인류 루시(Lucy)도 여자였다. 그녀가 출산 능력이 없었다면 당연히 우리는 존재하지 못한다. 아마 그녀는 자신의 후손들도 자신처럼 출산 능력을 갖기를 원했을 것이다.

그런데 그중 운 나쁘게 출산 능력이 없거나, 출산의 리스크가 겁이 나서 출산을 포기한 개체들도 생겨났다. 이들은 유사시에 자신을 돌봐줄 젊은 자녀가 없다. 그래서 그리 오래 살 수 없었다. 반면 출산 능력이 있는 개체는 자녀를 통해 집단의 개체 수를 유지하고 더 오래 살 수 있었다. 따라서 출산 기능은 꽤 강력한 생존 능력으로 인식되었다.

여자들은 우수한 생존 능력을 가졌기에 당연히 집단 내에서 막강한 권력을 차지했다. 여자가 결정권을 갖는 인간 집단을 '모계 사회' 또는 '모권 사회'라고 한다. 아마 초기의 인간 집단은 전부 모계 사회였을 것이다. 하지만 지금은 지구상 몇몇 지역에만 모계 사회가 남아 있다. 중국 운남성의 루구호에 사는 모수족(摩梭族)은 모계 사회를 유지하는 몇 안 되는 집단 중 하나다. 이곳의 풍습을 보면 초기의 인간 집단이 어떤 모습이었을지 짐작할 수 있다.

모수족의 여자들은 결혼하지 않는다. 아이를 낳을 적령기가 되면 남자들이 밤에 잠깐 여자 집을 찾아왔다가 다시 자기 집으로 돌아간다. 이렇게 태어난 아이는 자신의 아버지가 누구인지 모른다. 때론 여자도 이 아이의 아버지가 이 남자인지 저 남자인지 헷갈려 한다. 당연히 생부는 자신의 아이가 태어났는지, 태어났다면 누구인지 알지 못한다. 그래서 가정의 주도권뿐 아니라, 자식에 대한 권리와 의무는 온전히 어머니에게 있다. 이곳에서 남자는 소모품이나 마찬가지인 것이다(먼 곳 이야기지만 슬픔을 금할 수 없다).

하지만 강렬한 생존 욕구는 출산 능력이 없어 단명할 팔자였던 남자들에게도 있었다. 그래서 남자들은 대안을 찾기 시작했다. 그중 하나가 바로 체격과 근육의 힘을 키우고 공격성을 갖는 것이었다. 그래서 힘으로 여자들을 제압한 후 태어난 자녀를 차지하려고 했다.

물론 여자들은 이런 남자들이 맘에 들지 않았을 것이다. 출산의 고통과 리스크는 여자가 부담하는데 별로 하는 것도 없이 무임승차하려는 남자들이 꼴 보기 싫기 마련, 그래서 일부는 아마조나스같이 무력으로 남자들에게 대항하기도 했을 것이다. 하지만 굳이 그렇게 힘을 쓰지 않고도 남자들을 무력화시킬 방법은 얼마든지 있었다.

그 방법 중 하나가 아이의 아버지가 누구인지 모르게 하는 것이다. 이를 위해 여자들은 '배란 은폐'를 한다. 임신할 수 있는 기간을 남자가 알지 못하게 하는 것이다. 그리고 동시에 여러 남자를 만나거나, 만났다고 거짓말을 한다. 그럼 남자들은 태어난 아이가 자기의 핏줄인지 확신하지 못한다. 여자가 다른 남자의 아이라고 거짓말을 해도 남자는 확인할 방법이 없다.

게다가 아버지의 자녀에 대한 소유권은 언제든 쉽게 사라질 수 있었다. 엄마가 아이에게 눈물을 글썽이며 '사실 저 남자는 너의 생부가 아니란다'라고 말해버리면 진짜 아버지라 할지라도 바로 아저씨가 되어버린다. 이렇게 언제든 맘을 바꿔먹을 수 있는 여자와 아이를 양육한다는 것은 남자들에게 큰 리스크였다.

하지만 절박하면 창의성이 발휘되는 법. 남자들은 강온양면 전략을 쓰기 시작했다. 자신이 획득한 생존 자원의 상당 부분을 여자에게 내주기로 했다. 대신 자녀를 낳으면 공동 소유로 하자고 제안했다. 여자들도 곰곰이 생각해 보니 그리 손해 보는 장사는 아니었다. 남자의 생존 자원 제공을 믿고 아이 1명 낳을 걸 2명, 2명 낳을 걸 4명 낳으면 되기 때문이다. 남녀 간에 이런 약속을 한 집단은 개체 수 유지에 유리하다. 따라서 남녀 간의 약속이 없던 집단보다 뛰어난 생존 경쟁력을 갖추어 번성했을 것이다.

하지만 공정한 생산과 배분의 약속이란 선거 공약처럼 언제나 깨지기 쉬운 법. 그래서 남녀는 서로를 믿지 못하고 여러 사람 앞에서 공증을 받기로 했다. 우리는 그 공증을 결혼이라고 부른다.

전통적인 결혼식은 주례 앞에서 한다. 보통 주례는 사제, 판사, 시장처럼 권위 있는 사람들이 맡는다. 물론 주례로 유명하고 권위 있는 사람을 선호하는 것에는 인맥을 자랑하고 싶은 마음도 있다. 하지만 권위의 힘을 빌려 배우자가 약속을 어기지 못하게 하려는 의도도 숨어 있다. 결혼식에 많은 하객을 초대하는 것은 자신의 권세를 자랑하려는 마음도 있다. 하지만 배우자가 약속을 깨지 못하게 단도리를 하기 위한 목적도 포함되어 있다. 만약 배우자가 신뢰를 저버리면 저 많은 하객들과 함께 피로 응징하겠다는 뜻이다. 그래서 신랑 신부 양측은 서로의 세를 보여주려고 한다. 그만큼 결혼 당사자들의 약속만으로는 결혼 생활이 유지되기 어려웠다는 뜻이다. 즉 결혼은 사랑의 맹세가 아니라 배신자에 대한 보복의 예고편일 수도 있다.

하지만 결혼을 해도 남자들은 여전히 불안했다. 여자들이 남편 몰래 다른 남자의 아이를 갖거나, 다른 남자의 아이라고 주장하여 아이에 대한 소유권을 독점하는 게 너무나도 쉬웠기 때문이다. 그래서 인간 사회 구조 자체를 남자들에게 유리하게 만들려고 필사적으로 노력했다.

어떤 문화권에서는 종교나 전통을 명분 삼아 결혼한 여자가 외간 남자를 만나지 못하도록 물리적으로 차단하는 전략을 쓰기도 한다. 하지만 언제나 빠져나갈 구멍은 있는 법. 그래서 대부분의 문화권에서는 아예 여자들이 생산 능력을 갖지 못하는 환경을 조성하는 데 주력했다. 그래야 남자들이 생존 자원을 미끼로 여자와 협상할 때 한결 유리하기 때문이다.

농경과 수렵 등 육체노동으로 자원을 얻던 과거에는 이 전략이 꽤 유효했다. 여자들은 자녀라는 뛰어난 생존 도구가 있기에 육체노동을 통한 생산성 향상에는 관심이 없었다. 그래서 남자보다 생산 능력이 부족했다. 여자들은 당장 배가 고파서 남자와의 협상에서 계속 밀릴 수밖에 없었다. 원래 자신들에게 절대적으로 속해 있던 자녀의 소유권마저도 제대로 행사하지 못할 정도였다.

조선 시대, 남자들은 여자가 다른 남자의 아이를 갖지 못하게 하기 위해 혼전 순결을 강조하고 정절을 칭송했다. 조정에서는 정절을 지킨 부녀자에게 '정려'라는 일종의 표창장을 내렸다. 그리고 그 후손들에게는 세금 감면의 혜택을 주고 이를 널리 알려 본보기로 삼게 했다. 정려의 대상은 여자였다. 하지만 실상은 남자를 위한 것이었다. 이런 전략은 부인에게 자녀에 대한 지분만큼 생존 자원을 제공해 주기 싫은 남자들이 선호했다.

하지만 20세기에 들어서면서 남자들의 이런 전략은 더 이상 통하지 않게 되었다. 과학기술과 경제의 발달 때문이다. 컴퓨터와 자동화 기계의 도입으로 힘이 약한 여자들도 남자 못지않은 생산성을 갖게 되었다. 그렇다고 남녀 간에 바로 재협상이 이루어지지는 않았다. 여자들의 무의식 속에 '유리 천장'이 존재하기 때문이다.

점프에 능한 벼룩을 유리 상자에 가두어 놓는다. 벼룩은 상자를 벗어나기 위해 점프를 한다. 하지만 유리 천장에 부딪혀 머리를 찧고 만다. 이러길 몇 차례 하고 나면 벼룩은 천장 높이까지 점프를 하지 않는다. 그래서 천장을 열어놓아도 그 이상 점프를 하지 않는다. 새로운 벼룩이 들어와도 높게 점프를 하지 않는다. 기존에 있던 벼룩이 그래 봤자 소용없다고 얘기해 주기 때문이다.

유리 천장은 이미 군데군데 깨졌다. 심지어 깨진 조각이 떨어져 남자의 가슴에 꽂히기도 한다(30년 전 우리 집에서 그랬다). 하지만 남자들은 깨진 유리 천장이 여자들의 무의식 속에는 멀쩡히 남아 있길 여전히 바란다. 생각해 보면 천생연분이란 말도 남자들이 유리 천장을 지키려고 만들어 낸 단어일지도 모른다(난 천생연분이라 주장하는데 와이프는 전혀 그렇지 않다고 한다). 남자들은 운명론적 세계관을 이용해서라도 간접적인 출산 능력과 자녀에 대한 지분을 확보해야 했다.

이렇듯 남성 우위 사회는 남자들이 생존 가능성을 확대하기 위해 필사적으로 노력했던 결과물이었다. 그런 노력에도 불구하고 여전히 여자의 평균 수명이 남자보다 6년 정도 더 길다. 역시 출산 기능을 갖춘 존재는 어떤 환경에서나 생존에 유리하다(가축도 암컷 수명이 수컷보다 훨씬 더 길다).

최근의 뉴스를 보면 남자에게 있던 사회의 주도권이 여자에게 조금씩 넘어가고 있다는 걸 확인할 수 있다. 과거에는 경범죄로 취급되던 성범죄가 이제는 중대 범죄로 처벌되는 것이 그 한 예이다. 이는 여자의 생산성이 높아졌기에, 같은 성범죄라 할지라도 예전보다 더 많은 피해를 끼친 셈이 되기 때문이다.

　논란이 되고 있는 여자의 노출 의상 이슈도 결국 여자의 생산성 향상과 관련이 있다. 여자들은 자신의 생산성이 향상된 만큼, 자신의 협업 파트너로 전보다 더 높은 생산 능력을 갖춘 남자를 원한다. 그러기 위해서는 가급적 많은 잠재 후보자들의 눈에 자신을 노출시켜야 한다.

　그런데 생산 능력이 별로인 것 같은 남자들이 자신에게 접근하면 협업의 거부 의사를 밝힌다. 바로 경찰에 신고를 하는 것이다. 이때 신고는 '성희롱'으로 하지만 내용은 '절도'다. 따지고 보면 자신의 노출 의상을 봐줬으면 하는 사람은 '다른 남자'라는 뜻이다. 바로 생산 능력이 아주 우수한 다른 남자.

　여자들의 생산성이 높아지자 전에 없던 새로운 현상들이 생겨나고 있다. 얼마 전 한국에서 활동하는 한 일본 여자 연예인이 '비혼모'가 되었다. 즉 미혼인 상태에서 정자은행을 통해 기증받은 정자로 시험관 아기를 낳은 것이다. 비혼모는 선진국을 중심으로 세계적으로 늘어나는 추세다. 이는 아버지의 경제적 도움 없이도 아이 하나 키우는 데 아무 문제 없다는 자신감이 있기 때문에 가능한 일이다. 비혼모의 자녀로 태어난 아이들은 사회적 아버지가 없다. 그래서 비혼모가 늘어나면 저절로 모계 사회가 된다. 결국 남자들의 생존 위기다. 중국 운남성의 루구호가 이제 눈앞에 펼쳐진 것이다.

언젠가 아버지 없는 아이들이 성인이 되면 생판 모르는 남자 노인들을 위한 사회 보장 제도에는 관심을 기울이지 않을 것이다. 그러다 언젠가 남자 노인들은 건강보험 혜택에서 소외될 것이고, 가뜩이나 짧은 수명은 더욱 줄어들 것이다. 따라서 비혼모가 늘어난다는 뉴스를 보고 무의식적으로 불안감을 느꼈다면 남자다. 뿌듯함을 느꼈다면 남자 못지않은 생산성을 갖고 있는 여자다. 남자인데도 아무 느낌이 없다면 비혼모가 무슨 뜻인지 찾아보거나 성 정체성을 의심해 봐야 한다.

성평등은 달성하기 어렵다. 생식 기능의 차이가 존재하는 한 성평등은 불가능할지 모른다. 아마 SF영화에 나오는 미래의 모습처럼 공장에서 부모 없는 아기를 만들어 내야 성평등은 달성될 것이다. 그때 성별이 갖는 의미는 몸무게 차이 정도에 불과하다.

현실 속에서 어느 정도라도 성평등을 이루기 위해서는 과학기술과 경제의 발전이 필수적이다. 선진국의 경우 자녀가 부모의 생존에 도움을 주는 비중이 낮다. 노후까지 살 수 있을 만큼의 생존 자원을 젊었을 때 미리 비축해 놓을 수 있기 때문이다. 게다가 자녀의 도움보다 더 확실한 사회 보장 제도가 있다. 따라서 자녀의 존재가 생존에 크게 중요하지 않다. 여자에게는 출산이라는 그저 그런 생존 도구가 하나 더 있다고 여겨질 뿐이다. 그러니 남자는 여자를 제압하려 하지 않고, 여자도 남자에게 의존하지 않는다.

결국 국민 모두가 생존 유지에 대한 두려움이 없어야 성평등을 달성할 수 있다. 그래서 국가의 경제력이 중요하다. 빈곤 국가에서는 성별에 따른 생산성 차이가 커서 성차별이 존재할 수밖에 없다. 그런데 성차별 때문에 여성의 잠재된 생산 능력을 제대로 활용하지 못한다. 그런 집단은 빈곤의 악순환을 벗어나기 어렵다.

가정에서의 성평등도 사회에서의 성평등과 마찬가지다. 자녀에게 기대지 않고 부부간의 강력한 협업 체계로 생산성을 높여야 한다. 이를 통해 세포가 수명을 다하는 날까지 에너지를 충분히 공급할 수 있다는 자신감이 있어야 가정에서의 성평등을 이룰 수 있다(물론 완벽할 수는 없다).

신성할 것만 같은 성도 따지고 보면 생존을 위한 전략에 불과하다. 그래서 생존이 위협받는 급박한 상황이 되면 성은 아무 의미를 갖지 못한다. 전쟁이 나면 남자가 여장을 하고 탈출하고, 여자는 남장을 하고 전장을 벗어난다. 먹고살기 어려워지면 영화 '투씨(Tootsie)'에 나오듯 일자리 얻기 쉬운 성으로 전환하기 마련이다. 신체적 트랜스 젠더뿐 아니라 사회적 트랜스 젠더도 흔한 세상이다.

생물은 원래 다 그렇다. 애니메이션 '니모를 찾아서'의 흰동가리 아빠 멀린은 니모를 찾아 모험을 떠난다. 그런데 니모는 아들인가 딸인가? 정답은 아들이면서 또 딸이다. 무리 생활을 하는 흰동가리는 모계 사회이기에 덩치가 큰 암컷이 우두머리다. 우두머리 암컷이 죽으면 수컷이 자연스럽게 암컷으로 성전환을 한다. '성? 그게 뭣이 중헌디?'라며…

그래서 남녀의 성비가 꼭 1 대 1이어야 한다는 법은 이 우주에 존재하지 않는다. 성비도 생존 전략에 불과하기에 환경이 변하면 얼마든지 수정될 수 있다. 그래서 남자로 살기 어려운 환경이 되면 여아가, 여자로 살기 어려운 환경이 되면 남아의 출생이 늘어난다.

1990년에 출생한 우리나라 여아 100명당 남아는 116.5명이었다. 그런데 2020년에는 104.9명으로 줄었다. 이는 여자의 생산성이 늘어나면서 낙태가 크게 감소했기 때문이다. 하지만 출생 성비의 정상 범위는 103~107명으로 여전히 남아의 비중이 더 높다. 이 숫자는 신이 정해준 것이 아니다. 현재의 환경을 기준으로 집단의 생존을 극대화하기에 적합한 성비일 뿐이다.

o   o   o

와이프도 우리 어머니처럼 작은 학원을 운영한다. 별다른 의도가 없었으면 좋겠다.

13 예술

얼마 전 나의 이상한 생각들에 대한 다른 사람들의 의견도 듣고 싶어졌다. 일단 눈에 가장 자주 띄는 와이프에게 다음과 같은 얘기를 들려주었다.

"인간의 의식과 행동은 말이야, 모두 생존 자원을 더 많이 확보하기 위한 거야. 그래야 0.00001%라도 생존 확률을 높일 수 있기 때문이지. 그런데 미래에 무슨 일이 생길지 예측 불가능해. 이 우주에서 생존을 유지한다는 게 그리 만만치 않은 거지. 그래서 아무 생각 없이 이루어지는 행동은 존재하지 않아. 이는 인간뿐 아니라 모든 생물에게 마찬가지야(무생물도 마찬가지란 얘기는 혼란을 야기할까 봐 생략했다). 또 개체가 여럿 모인 인간 집단도 역시 쓸데없는 행동을 할 리가 없어. 우리 주변의 사회 현상도 이런 관점에서 해석해야 이해할 수 있다고 생각해."

그런데 와이프는 매우 실용적인 사람이다. "그딴 쓸데없는 생각할 시간 있으면 설거지나 해"라며 압박을 가해왔다. 우주의 원리고 뭐고 일단 급한 불부터 꺼야 한다. 설거지를 하면서 다시 슬쩍 말을 이어가려 했다. 그랬더니 날카로운 목소리로 반박을 했다.

"음악을 좋아하고 미술 작품을 감상하는 것이 생존과 무슨 관계가 있겠니?"

그러더니 설거지가 끝나면 빨래도 하라고 지시했다. 나는 와이프가 화나면 무척 무서운 여자라는 경험정보를 충분히 갖고 있다. 그래서 내가 빨래를 할 경우와 안 할 경우의 기댓값을 계산해 봤다. 그랬더니 빨래를 안 할 경우 내가 잃는 것은 생존 자원이 아니었다. 바로 생존 그 자체였다. 나의 설거지와 빨래는 철저한 계산에 따른 행동이었다.

빨래를 하며 나의 에너지를 소모했다. 대신 와이프의 에너지는 아낄 수 있었다. 와이프 기분이 좋아졌다. 그래서 예술에 대한 내 생각을 얘기할 시간을 벌 수 있었다.

○　○　○

생존과는 아무런 상관이 없을 것 같은 예술. 예술에는 여러 분야가 있다. 하지만 시각 예술과 청각 예술, 즉 미술과 음악이 대부분을 차지한다. 따라서 여기서는 미술과 음악에 대해서 생각한다. 예술의 정의에 대해 수많은 의견들이 있다. 하지만 미리 결론부터 얘기하자면, 결국 예술이란 정보전달을 통해 생존 가능성을 높이는 생존 전략

중 하나일 뿐이다. 예술이 생존 및 생존 자원 획득과 어떤 관계가 있는지 이해하려면 예술의 기원부터 살펴봐야 한다.

우리는 흔히 원시인들이 배부르고 심심할 때 동굴 벽에 그림을 그리기 시작했을 것이라고 상상한다. 하지만 예술은 절대 그렇게 쓸데없는 짓에서 탄생했을 리가 없다. 창의도 에너지가 소모되는 신경 네트워크의 물리적 변화가 필요하다. 따라서 창의성은 심심하다고 나오지 않는다. 거의 다 쓴 치약처럼 쥐어짜야 나온다.

인간은 수백만 년째 집단생활을 해오고 있다. 따라서 집단 구성원간 정보공유를 해야만 살아남을 수 있는 급박한 상황이 틀림없이 있었다. 미술은 이럴 때 태어났다. 그날은 아마 다음 이야기처럼 절박하고 위태로운 상황이었을 것이다.

4만 년 전, 보름달이 뜬 어느 날 밤이었다. 한 벙어리 소년이 용변을 보러 촌락의 외곽까지 나갔다. 일을 보고 돌아서는데, 들판에서 무언가 움직이는 것이 느껴졌다. 눈을 비비며 다시 살펴보았더니 검은 형체 여럿이 천천히 다가오는 것을 확인할 수 있었다. 바위 뒤에 몰래 숨어서 살펴보았다. 우리 부족과 사이가 안 좋은 이웃 부족의 전사들이 무기를 들고 다가오는 것이 아닌가.

벙어리 소년은 지름길로 달려가 마을 어른들을 깨웠다. 어른들이 웬 호들갑이냐고 물어본다. 하지만 벙어리 소년은 말을 할 수가 없다. 대응이 조금이라도 늦으면 부족 사람들 모두가 몰살당할지도 모르는 위급한 상황이다. 다급해진 벙어리 소년은 손가락으로 땅바닥을 정신없이 긁기 시작했다. 그러자 땅바닥 위에 전사들이 무기를 들고 달려오는 모습이 생생하게 나타났다. 마을 사람들은 이 그림을 보고 무슨 일이 벌어지고 있는지 단번에 알아챘다. 그리고 무기를 들고 뛰쳐나갔다.

다음 날 아침, 한 소녀가 땅바닥에 아직 남아 있는 그림을 보더니 혼잣말을 했다. '되게 신기하다….' 그리고 막대기를 들어 따라 그리기 시작했다.

인간이 그림을 그리기 시작하기 전, 문자는 당연히 없었다. 다만 영장류들처럼 소리와 몸짓으로 의사소통을 하며 상호 간 정보를 전달했다. 그러다 위의 이야기와 같이 급박한 상황이 발생했을 때 동물, 인간, 장소 등을 그림으로 그려 다른 인간에게 보여주었다. 그리고 그 방법이 많은 정보를 정확히 전달하는 데 효율적이라는 사실을 깨달았다. 그 후 그림을 이용하는 부족은 다른 부족을 쉽게 압도할 수 있었다. 얼마 안 지나 지구상에는 그림을 그릴 줄 아는 부족만 살아남았다.

집단 내 구성원들은 상대방이 이해하기 쉽게 그림을 그리는 사람과 그렇지 못한 사람으로 구분되었다. 그림 재주가 있는 사람은 분업화된 집단 내에서 시각 커뮤니케이션을 담당했다. 이들은 화가라고 불렸다. 멀리서 사냥을 하다가 마을에 소식을 전해야 할 일이 생기면 당연히 화가가 나서야 했다. 사냥감에 대한 정보를 남기기 위해 동굴 벽에 그림을 그릴 때도 화가가 나서야 했다.

화가가 그림을 잘 그리면 그 부족은 이웃 부족보다 더 많은 정보를 갖게 된다. 그러면 경쟁에서 우위를 점할 수 있었다. 따라서 화가들은 더욱 빠르고 명확하게 정보를 전달하기 위해 여러 시도를 했다. 그래야 자신과 자신의 부족이 살아남을 수 있기 때문이었다. 이런 노력을 통해 화가는 점점 실물과 비슷하게 그릴 수 있게 되었다. 나중에 어떤 화가들은 실물과 달리 과장하거나 왜곡하는 것이 오히려 더 확실하게 정보전달이 된다는 것을 깨달았다. 다양한 미술 사조가 나오게 되는 기원이다.

이처럼 그림은 과거 존재하던 어떠한 의사소통 수단보다 단위시간당 많은 정보를 전달할 수 있었다. 이 정보전달 능력에 주목하여 독재자들과 사기꾼들은 화가와 그림을 동원해 사람들을 선동하려 했다. 이미지에 거짓정보를 담아 사람들을 속이고 조종하려 했던 것이다.

수만 년간 인간은 시각정보를 효과적으로 전달하는 방법을 더욱 정교하고 효율적으로 발전시켰다. 이것이 현재까지 계속 이어져 회화, 조각, 산업 디자인과 같은 시각 예술로 발전했다. 지금은 순수 미술과 상업 미술로 구분하지만 결국 사람들에게 많은 정보를 효율적으로 전달한다는 점은 동일하다.

그런데 조선 시대 산수화 속에 무슨 대단한 정보가 있다고 비싼 가격에 거래가 될까? 농기구만 장만해도 왠지 뿌듯함이 드는 것은 가을에 거두어들일 곡식을 연상하기 때문이다. 무기만 장만해도 든든한 것은 전쟁터에서 적을 쓰러뜨리는 장면을 연상하기 때문이다. 그림 또한 마찬가지다. 그림을 감상하고 소유하는 사람에게 생존 도구와 생존 자원을 확보했다는 만족감을 선사한다. 물론 화가도 그림과 그림 그리는 재주를 통해 수입을 얻는다. 그래서 그림과 그림 그리는 재주에 대한 수요와 공급이 모두 존재한다. 이런 과정을 거쳐 미술 작품과 미술적 재능도 돈, 권력, 명예, 인기 등과 더불어 생존 자원의 하나로 자리 잡았다.

음악의 역사는 아마 미술보다 훨씬 더 오래되었을 것이다. 오래전부터 인류는 몸짓과 더불어 목으로 공기 중에 파동, 즉 소리를 내서 의사소통을 했다. 물론 초기에는 동물들이 소리의 높낮이를 달리하며 정보를 교환하는 모습과 별반 차이가 없었을 것이다.

잘 살펴보면 몸으로 소리를 낼 수 있는 방법은 여러 가지가 있다. 그런데 왜 인간은 하필 목소리를 선택했을까? 아마 음식을 먹을 때 빼고는 별로 하는 일이 없고, 소리를 내면서 동시에 다른 활동을 하는 데 별 지장이 없다는 점이 선택 이유였을 것이다.

동물원에 가보면 대형 초식 동물들이 에너지를 섭취하기 위해 쉴 새 없이 풀을 씹는 모습을 볼 수 있다. 인간이 그들처럼 쉴 새 없이 먹어야 하는 동물이었다면 목소리가 아닌 다른 의사소통 방법을 찾았을 것이다. 그랬다면 지금쯤 방귀로 대화하고 노래하고 있을지도 모른다(처가 쪽 조상들은 실제로 그랬던 것 같다). 그리고 과묵함을 큰 미덕으로 삼았을 것이고.

성대를 이용한 정보전달이 가능하다는 것을 깨달은 후, 우리의 성대는 단위시간당 정보전달 용량을 확대하기 위해 점점 다양한 소리를 내는 데 특화되었다. 결국 수 대에 걸친 노하우가 쌓여 지금은 누구나 별다른 노력 없이 다양한 소리를 만들어 낼 수 있다.

개그맨들 중에 몇몇은 유명인이나 동물 소리를 모사한다. 심지어 뱃고동이나 비행기 소리 같은 것도 흡사하게 흉내 낸다. 하지만 초기 인류에게 덜 길들여진 성대로 여러 가지 소리를 낸다는 것은 대단한 훈련이 필요한 기술이었다. 그래서 이런 기술을 가진 사람은 소리 커뮤니케이션 전문가로 인정받았다. 분업화된 집단에서 이들은 소리를 통한 의사소통만 전담하면서도 생존할 수 있었다.

소리 커뮤니케이션은 집단의 경쟁력 향상에 매우 효과적이다. 적과 싸울 때 소리로 작전을 지시하며 일사불란하게 싸우는 무리와 제각각 알아서 싸우는 무리는 전투력에서 큰 차이가 난다. 군대에서 각개 전투 훈련 시 '1분대 약진 앞으로…'라고 목이 터져라 외치는 데는 그럴만한 이유가 있는 것이다.

모든 군대에는 군악대가 있다. 군악대는 VIP 방문 시 의전용으로 만든 부대가 아니었다. 고대의 대규모 군대는 다양한 민족으로 구성되어 있었다. 그래서 사용하는 언어를 하나로 통일할 수 없었다. 지휘관은 혼란스러운 전투 중에 전진, 돌격, 퇴각, 정지, 우회 등의 작전명령을 병사들에게 제대로 전달하기가 어려웠다. 이에 어쩔 수 없이 군악대의 음악을 통해 작전을 지시했다. 근현대까지 이어졌던 화려한 군복과 커다란 부대 깃발도 실용성이 별로 없어 보인다. 하지만 이 또한 결국 효율적인 작전지휘를 위해 생긴 것이다. 따지고 보면 세상사 폼으로 시작된 일은 하나도 없다.

우리가 잘 의식하지는 못하지만, 자연 속의 듣기 좋은 소리를 모방해 말을 건네면 상대방이 경계를 늦추고 더 주의를 기울여 들여준다. 그래서 같은 내용을 말하더라도 더 많은 정보를 성공적으로 전달할 수 있다. 즉 쉽게 설득할 수 있는 것이다. 이것이 계속 발전하여 지금의 노래가 되었다. 지금도 사람들은 노래의 멜로디를 흥얼댄다. 그리고 노래의 가사를 외우고 읊조린다. 노래를 잘 부르는 사람은 주변 사람들의 부러움을 산다. 연애를 할 때도 노래를 부르며 프러포즈를 한다. 결혼식 때는 축가로 사랑을 칭송한다. 찬송가, 국가, 응원가 등으로 많은 사람들을 선동하기도 한다. 전쟁터에서는 음악으로 우리 편은 기운을 내게, 적은 기운을 잃게 할 수도 있다.

이렇듯 소리를 잘 이용하는 개체와 집단은 성공적으로 생존할 수 있었다. 음악은 생존에 필요한 정보를 짧은 시간에 효과적으로 전달할 수 있는 수단이기 때문이다. 그래서 지구상에는 소리를 잘 이용하는 집단만 존재하게 되었다.

그런데 소리 커뮤니케이션을 전문으로 하는 사람들 사이에도 경쟁이 생겼다. 따라서 제한된 시간에 더 효율적으로 정보를 전달하기 위한 고급 기술들이 필요하게 되었다. 이 고급 기술은 음악의 여러 장르가 되었다.

이처럼 예술은 결국 생존 도구다. 예술가에게는 생존 자원 획득의 한 방편이다. 그래서 예술에 대한 동경과 경외는 곧 생존에 대한 갈망을 뜻한다. 이제 사람들은 예술이라는 재능, 그 자체뿐 아니라 그 결과물인 예술 작품에 대해서도 유사한 만족감을 느낀다. 이는 우리의 유전자 속에 담겨 있는 수백만 년 동안의 생존 비결에서 비롯된다. 바로 혹시 모를 일까지 예측하는 신경계의 계산 능력이다. 그래서 예술 작품 앞에 서면 남모르는 보물 지도를 얻은 것 같은 만족감이 든다. 예술 작품을 접하면 작품 속에 담긴 정보와 재능으로 집단을 구해내 영웅 대접을 받는 모습이 떠오른다. 내가 소유한 예술 작품을 보면 내 의도대로 움직여 주는 사람들이 떠오른다. 이렇게 예술과 예술 작품은 식량이나 다를 바 없는 생존 자원이 되었다.

인간은 감각기관을 통해 정보를 입수한다. 인간이 입수하는 감각정보의 비율은 시각정보 60%, 청각정보 20%, 촉각정보 15%, 미각정보 3%, 후각정보 2%로 구분된다. 시각과 청각정보는 미술과 음악이라는 예술로 발전했다. 정보는 생존에 필수적이다. 그래서 미술과 음악은 각급 학교에서 빼놓지 않는 교과목이 되었다. 하지만 촉각, 미각, 후각은 아직 주요 예술로 자리 잡지 못하고 있다. 이는 시각 및 청각과 비교하여 전달할 수 있는 정보량이 제한적이기 때문이다. 즉 생존을 위해 쓸만한 정보전달 수단이 아니란 뜻이다.

시각과 청각정보가 생존에 어느 정도 기여하는지는 미술과 음악의 세계 시장 규모로 확인할 수 있다. 시장에서는 재화나 서비스가 생존에 어느 정도 기여하는지에 따라 가격과 거래량이 책정되고 있기 때문이다. 현재 전 세계 미술 시장 규모는 약 70조 원, 전 세계 음악 시장 규모는 약 20조 원 정도로 추정된다. 즉 미술 시장이 음악 시장의 약 3배에 달한다. 이는 인간이 입수하는 시각정보와 청각정보의 비율과 거의 일치한다(아로마 테라피의 전 세계 시장 규모는 연간 1.5조 원 정도다).

예술은 그냥 심심할 때 즐기려고 존재하는 것이 아니다. 단지 많은 예술가들이 가난하기 때문에 그렇게 착각하는 것뿐이다. 가난해지겠다고 예술을 시작한 예술가는 없다. 하지만 예술의 유통 구조가 유명세를 타고, 음반 차트 1위에 올라야만 돈을 벌 수 있는 '승자 독식'으로 바뀌었다. 이는 과학기술의 발전으로 인해 무한정 복사가 가능한 음반, mp3, 이미지 파일, 프린터, 복사기, 인쇄 기술, 모니터, 인터넷 등이 등장했기 때문이다. 그래서 예술가들은 가난과 친하다.

현재 대부분의 사람들은 그저 취미로 즐긴다며 예술을 한다. 하지만 위대한 작품은 먹고살기 위해 그림 그리고, 노래 부르고, 글 쓰고,

연기하는 사람들에게서 나왔다. 조앤 롤링(Joan K. Rowling)은 주당 10만 원의 생활 보조금을 받으며 허름한 단칸방에 살 때 "해리 포터"를 썼다. 작가 공지영은 돈이 없을 때 글이 더 잘 써진다며, 가난은 모든 예술가들의 동력이 되는 것 같다고 했다. 연기자 윤여정도 돈이 급할 때 연기가 가장 잘 된다고 했다. 아트(Art)의 원래 뜻은 예술이 아니라 기술이었다. 밥 먹고 살아남기 위한 기술.

ㅇ　ㅇ　ㅇ

여기까지 얘기하다 보니 설거지와 빨래는 이미 끝나 있었고 내 손에는 걸레가 들려 있었다.

집안 살림도 예술이다. 내 생존에 도움이 되니까.

14 자살률

2019년 가을, 큰아들 녀석과 함께 '생명의 전화'에서 주최한 '생명 사랑 밤길 걷기 대회'에 참가했다. 이 걷기 대회의 주제는 자살 예방이었다. 나는 매일 스마트폰 게임만 하는 아들에게 조금이라도 의미 있는 시간이 되었으면 하는 마음에 가장 긴 34km 걷기 코스를 선택했다.

이 코스는 저녁 8시쯤 출발하여 다음 날 새벽 4시까지 약 8시간을 걸어야 골인 지점에 도달하는, 꽤 긴 코스였다. 하지만 십몇 년 전에 하프 마라톤도 몇 차례 뛴 적 있고 등산도 자주 하는지라 오래 걷는 것에는 자신이 있었다. 그래서 호기롭게 참가 신청을 했다.

그런데 42.195km도 아니고 왜 34km인지 궁금해서 주최 측 홈페이지를 살펴보았다. 그건 우리나라에서 하루에 약 34명이 자살로 생을 마감하기 때문이란다. 일주일도 아니고 하루에 자살하는 사람이 34명이나 된다는 사실은 충격적이었다. 우리는 코로나 바이러스로 인한 사망자가 하루에 몇 명만 나와도 벌벌 떤다. 일주일에 10명 정도 나오는 로또 1등은 곧 자기 차례가 될 것이라 확신한다. 그런데 하루 34명이라면 많아도 너무 많다.

o o o

뉴스를 통해 우리나라의 자살률이 한때 OECD 국가 중 1위였다는 얘기를 자주 듣는다. 다만 자기 주변에 자살로 생을 마감한 사람이 많지 않다 보니 다들 그다지 체감을 못 할 뿐이다(자살의 경우 사인을 달리 알려주는 경우가 많다). 통계에 따르면 우리나라 20대의 사망 원인 중 거의 절반이 자살이다. 그리고 40~50대의 사망 원인 2위도 역시 자살이다. 우리 주위에 20~50대가 사망했을 때 교통사고가 아니라면 자살이 사인이라고 봐도 무방할 정도다.

우리나라의 자살률은 2019년 기준 10만 명당 26.9명이다. 이는 OECD 평균의 거의 2배에 달한다. 그럼 우리나라의 자살률은 예전부터 높았을까?

1960~1980년대에 태어난 사람들은 알겠지만. 1990년대만 하더라도 자살은 심각한 사회 문제가 아니었다. 오히려 이웃 나라 일본의 자살률이 우리보다 훨씬 높았다. 그래서 우리는 '국가 경제만 발전하면 뭐하냐, 일본 국민들의 삶은 불행한데'라며 일본에 못 미치는 경제력에 대해 자위하곤 했었다.

그 이후로 우리나라의 자살률은 치솟았고 일본은 약간 낮아졌다. 이윽고 1996년이 되자 일본과 거의 같은 수준이 되었다. 하지만 우리나라의 자살률은 그 후로도 계속 증가했다. 그리고 2010년경에는 1990년의 거의 3배가 되었다. 다행히 지금은 조금씩 감소하는 추세라지만 그래도 우리나라의 자살률은 여전히 세계 최고 수준이다.

우리나라의 자살률이 이렇게 높아진 원인으로 학업 경쟁, 취업난, 경제 불안, 사업 실패, 노인 독거, 업무 스트레스와 같은 환경적 요인과 더불어 우울증, 조울증 등의 정신 질환 문제를 주로 꼽는다. 즉 급격한 경제 성장과 함께 여러모로 사회가 각박해지면서 생겨난 부작용 중 하나라고 해석한다.

그런데 자살의 원인으로 언급된 불행들은 사실 예전부터 상존하던 것들이었다. 또 이런 불행은 우리나라뿐 아니라 세계 모든 나라에서 일어나는 일상다반사다. 오히려 우리는 한국전쟁 이후 전 세계가 부러워할 만큼 급격한 경제 성장을 달성했다. 그리고 1990년대에는 민주화마저 이루었다. 비록 경제 성장의 성과에 대한 분배는 아직 숙제로 남아 있다고는 하나, 그래도 사회 복지 제도도 빠른 속도로 개선되고 있다. 그런데도 자살자가 여전히 많은 이유는 아직 미스터리다.

여러 자살 원인 중 업무 스트레스로 인한 자살은 특히 이해하기 어렵다. 지나치게 많은 업무나 상사의 괴롭힘이 있었다면 그 직장을 그만두고 다른 직장을 찾으면 된다. 목숨을 버리면서까지 꼭 그 직장에 다녀야 할만한 이유가 세상에 존재할 수 있을까? 퇴직으로 인해 한동안 실직자로 지내더라도 죽는 것보다는 사는 게 훨씬 낫지 않은가? 옛말에 똥 밭에 굴러도 이승이라고 하지 않았던가?

힘들게 얻은 초고소득의 일자리라면 또 모르겠다(연봉 456억 원 이상…). 하지만 목숨과 비교될 만큼 그리 대단한 일자리는 이 세상에 없다. 왜 그들은 목숨에 비해 하찮기만 한 일자리를 지키기 위해 자살하는 것일까? 게다가 우리나라에서는 실직으로 생활고에 빠지더라도 사회 안정망에 어느 정도 기댈 수 있다. 아직 부족하지만 이 정도의 사회 안전망조차 1970~1980년대에는 없었다.

이제 우리나라에서는 원시 시대처럼 먹을 것이나 주거지가 없어 굶거나 얼어 죽을 가능성은 없다. 자살할 만한 이유가 없는 것이다. 이유를 찾지 못하니 정신 질환이 원인이라고 한다. 그럼 왜 정신 질환이 발현한 만큼의 스트레스를 받는 것일까?

자살의 원인을 이해하려면 선행적으로 알아야 할 것들이 있다.

첫째, 감정과 스트레스에 대한 이해가 필요하다. 우리의 신경계는 주변의 환경변화를 인식한다. 그리고 환경변화가 생존에 미치는 영향을 계산한다. 만약 생존에 부정적이라고 예측되면 불안감이나 스트레스가 발생한다. 물론 우리는 이런 계산 과정이 수행된다는 것을 의식하지 못한다. 무의식이 수학적으로 계산하고 의식은 그 결괏값만을 받기 때문이다.

만약 무의식의 계산 결과가 생존을 유지하기 어렵다고 나오면 우리의 의식은 극심한 스트레스를 느낀다. 보유한 생존 자원이 곧 사라질 것이라는 계산 결과가 나와도 마찬가지의 스트레스를 느낀다. 그리고 의식은 스트레스를 회피하거나 재발을 방지하기 위한 수단을 강구한다.

둘째, 생존 자원이 무엇인지 이해해야 한다. 필수적인 생존 자원은 생명 유지에 필요한 직접적인 자원, 즉 물, 식량, 공기, 의복, 주거 공간 등이다. 그런데 인간의 사회가 고도화되면서 이제 재화, 명예, 권력, 인기, 재능, 직업, 인간관계 등도 모두 생존 자원에 포함된다. 이런 간접 생존 자원도 직접 생존 자원으로 쉽게 교환할 수 있기에 우리는 이제 둘을 구분하지 못한다. 단 무인도에 갇히거나, 사막에 고립되거나, 배를 타고 표류하는 등 특별한 상황에서만 구분할 수 있다.

원시인은 식량이 바닥나거나, 동굴에 갇혀 공기가 바닥나거나, 하나밖에 없는 우물물이 말라버렸을 때 극심한 스트레스를 받는다. 하지만 현대인들은 생존 자원으로 인식하는 범위가 더 넓다. 그래서 앞서의 상황에 더해서 주식투자에 실패하거나, 명예가 실추되거나, 안티팬의 악성 댓글에 시달리거나, 직장을 잃거나, 재능을 상실하거나, 가족이나 친구로부터 버림을 받았을 때도 역시 큰 스트레스를 받는다. 이는 우리 신경계가 간접 생존 자원도 직접 생존 자원 못지않게 생존에 큰 영향을 미치는 것으로 인식한다는 것을 말해준다(때론 도움이 되지만 때론 쓸데없는 능력이다).

셋째, 인간은 주변 환경을 인식할 때 철저하게 자신을 중심으로 바라본다. 학업 문제나 재산 문제를 비관하여 자살하는 사람들을 보면 공부를 못하는 편도 아니고, 재산이 없는 편도 아니다. 심지어 평균 이상의 우수한 학업 성적과 재벌에 준하는 재산을 갖고 있다. 그럼에도 처지를 비관하며 자살을 한다. 주변 사람들이 객관적으로 볼 때 아무 문제가 없다고 말해주지만 본인들은 그 조언을 받아들이지 못한다.

인간은 이기적인 개체이기에 세상을 자기 중심으로 본다. 주변 환경을 감각할 때 자기 주변의 변화에 집중한다. 세상을 객관적으로 보는 것보다 주관적으로 보는 것이 생존에 유리하기 때문이다. 따라서 누구나 자기 주변의 변화가 가장 크다고 느낀다. 이로 인해 자신만 힘들고, 자신만 운이 없고, 자신만 버림받았다고 생각한다. 다른 사람의 위로는 자신의 감각보다 정보의 신뢰도에서 뒤질 수밖에 없다. 그래서 우리는 세상을 객관적으로 바라보지 못한다.

넷째, 인간은 변화의 가속도를 감각한다. 인간은 효율적인 생존 유지를 위해 변화의 가속도에만 민감하도록 진화했다. 우리의 감각을 한번 살펴본다. 같은 온도에 장시간 신체가 노출되면 어느 순간부터 온도가 높은지 낮은지 잘 구분하지 못한다. 한 가지 냄새에 계속 노출되면 결국 후각세포가 둔감해져 아무 냄새도 맡지 못한다. 맛있는 음식이라도 계속 먹으면 아무 맛도 못 느끼게 된다. 같은 소리를 반복해서 듣다 보면 졸음이 쏟아진다.

인간이 현재의 상태를 있는 그대로 인식하는 능력이 있다면 좋겠지만, 인간은 최대한 에너지 소모를 줄이도록 진화했다. 그래서 변화가 있을 때에만 인식한다. 특히 세포에 '단위시간당 공급되는 에너지의 양'이 변하거나 변할 것 같을 때 민감하게 반응한다. 자신이 보유한 생존 자원에 대해서도 마찬가지다. 우리는 거울을 보지 않으면 뱃살 나온 것을 인식하지 못한다. 하지만 눈감고도 밥 넘어가는 것은 안다.

다섯째, 인간은 자신이 인식한 변화의 가속도에 근거하여 미래 예측을 한다. 즉 현재 변화의 가속도가 앞으로도 지속될 것이라고 간주하고 미래를 예측한다는 것이다. 주식투자할 때 사람의 심리로 설명해 본다.

하루에 주식으로 1억 원을 벌었다고 치자(내 꿈이다). 무척 기쁠 것이다. 그런데 같은 기쁨을 계속 느끼기 위해서는 내일 1억 원이 아니라 2억 원을 벌어야 한다. 그리고 모레는 4억 원, 그다음 날에 8억 원을 벌어야 같은 기쁨을 느낄 수 있다. 그래야 신경전달물질인 도파민이 동일한 양으로 분비되기 때문이다(도파민은 무의식이 의식을 길들이기 위해 '참 잘했어요'라며 던져주는 미끼라고 할 수 있다).

그런데 오늘 1억 원, 내일 2억 원, 모레 3억 원을 버는 사람도 도파민이 꾸준히 분비되어 같은 기쁨을 느낄까? 그렇지 않다. 며칠 뒤부터는 도파민이 말라붙어 기쁘기는커녕 오히려 불안감, 상실감, 분노를 느끼게 된다.

일견 어리석어 보이는 이런 도파민의 보상 체계는 사실 인간을 지금까지 생존하게 해준 비결 중 하나다. 아주 옛날, 토끼 1마리를 사냥한 원시인은 다음 날에도 같은 양의 도파민을 얻기 위해 2마리를 사냥하려고 노력한다. 그리고 그다음 날은 4마리, 또 그다음 날은 8마리를 잡으려고 애쓴다. 아마 4마리나 8마리까지는 못 잡고 2~3마리에 그치는 날이 대부분일 것이다. 그런 날이면 원시인은 2~3마리나 잡았다고 좋아하기보다 2~3마리 밖에 못 잡았다고 상심에 빠진다.

반면 도파민의 보상 체계가 없는 원시인이라면 토끼 1마리를 잡고서 오늘 하루 먹는 데 충분하다며 낮잠을 잘 것이다. 팍팍한 삶에 지친 현대인들이 꿈꾸는 안빈낙도의 삶이다. 하지만 이런 삶을 부러워하면 안 된다. 어느 날 갑자기 토끼 무리가 사라진다. 그러면 2마리밖에 못 잡았다며 얼굴을 찌푸리고 다니던 원시인은 저장해 둔 토끼 고기로 며칠간 생존할 수 있다. 하지만 안빈낙도의 원시인은 며칠 뒤 굶어 죽는다. 그럼 얼굴을 찌푸리던 원시인은 안빈낙도의 원시인을 먹으며 또 며칠간 더 생존할 수 있다(우리가 다른 사람에게 안빈낙도의 삶을 권하는 이유다). 물론 현대 사회라고 다를 바 없다. 무지막지한 하이퍼 인플레이션이 발생한다면 오직 억만장자들만 생존할 수 있다. 발생 가능한 모든 위기에 대비하려고 우리의 욕심은 기하급수적으로 늘어난다.

생존 자원의 취득이 아니라 상실에 대해서도 이와 비슷한 원리가 적용된다. 주식투자로 하루 만에 1억 원을 손해 봤다고 치자(꿈에 나올까 두려운 상황이다). 이성적으로 생각한다면 괴로워할 일은 아니다. 주식투자를 그만두거나 앞으로는 보수적으로 투자하겠다고 결심하면 될 일이다. 이미 잃은 1억 원은 무슨 짓을 해도 다시 복구되지 않는다는 것을 자신도 이미 잘 안다.

하지만 인간은 이런 사실을 뻔히 알고 있음에도 한동안 괴로워하며 극심한 스트레스를 받는다. 이때 스트레스는 과거에 이미 벌어진 사실 때문에 발생하는 것이 아니다. 미래를 예측하기 때문에 발생한다. 즉 하루 만에 1억 원을 잃었던 가속도만큼 앞으로도 계속 잃을 것이라고 예측한다. 그래서 그만큼의 슬픔, 괴로움, 불안감, 상실감, 분노가 생긴다.

이런 스트레스는 미래에 똑같은 실수를 반복하지 않기 위해 우리의 무의식이 의식에게 보내는 경고다. 다시 말해 우리의 두뇌와 신체에게 다시는 이런 실수를 하지 말라고 굵은 글씨로 각인하는 것이다. 수억 년에 걸친 진화의 산물인 이 기능 덕에 인간은 생존 가능성을 계속 높여가며 생존할 수 있었다. 만약 인간이 실수를 이미 지나간 일이라며 쉽게 잊는다면 우리는 지금 지구상에 존재하지 못한다(그래서 싹 잊고 맘 편하게 지내라는 말은 함부로 하면 안 된다).

그런데 스트레스는 하필 상실된 생존 자원의 절대량이 아닌, 생존 자원이 상실되는 가속도에 비례하여 발생한다는 점이 문제다. 설거지하다가 싸구려 접시를 깨뜨려도 순간적으로는 접시의 가치보다 훨씬 큰 상실감이 든다. 단돈 천 원을 잃어버려도 순간적으로는 천 원의 가치보다 훨씬 큰 안타까움이 든다. 이는 생존 자원의 보유량의 감소는 미미하지만, 생존 자원 보유량 그래프의 순간기울기가 잠시 마이너스로 변하기 때문이다. 물론 어느 정도 시간이 지나면 우리의 의식은 싸구려 접시와 천 원의 낮은 가치를 인식한다. 그리고 기울기가 다시 증가하면서 안정을 찾는다.

인간이 작은 상실이나 흔한 실패에도 자살까지 고민하는 것은 지구상 그 어떤 생물보다 더 먼 미래를 예측하기 때문이다. 일주일 사이에 주식투자로 1억 원을 잃은 사람은 주식계좌를 열어보는 순간 다음 주에는 2억 원을 잃을 것이라 예상한다. 그리고 그다음 주에는 3억 원이 아니라 4억 원을, 또 그다음 주에는 4억 원이 아니라 전 재산인 8억 원을 잃을 것이라고 예상한다. 그래서 그가 일시적으로 받는 스트레스는 이미 잃은 1억 원이 아니라 8억 원에 상당한다.

성적이 90점에서 85점으로 5점 떨어진 학생은 다음 시험에는 10점이, 그다음 시험에는 20점이 떨어질 것이라 예상한다. 그래서 그 학생의 스트레스는 5점이 아니라 20점에 상당한다. 연인에게 바람맞은 남자는 다음번에는 친구에게, 그 다음번에는 가족들에게, 그 다음번에는 온 세상 사람들로부터 버림받을 것이라고 예상한다. 수영하다가 실수로 물 한 모금 들이켜면 다음번에 두 모금, 그 다음번에는 수영장 물 전체가 폐 속으로 넘어오는 것을 상상한다. 그래서 수영하는 법을 순간 까먹고 허우적거린다. (이것이 신입 사원에게 복사나 커피심부름을 시키면 안 되는 이유다.)

다시 말해, 인간은 생존 가능성을 최대한 높이기 위해 최대한 먼 미래를 예측하고 그에 맞추어 반응하도록 진화했다. 그런데 이 기능이 너무 발달해서 발생할 가능성이 희박한 먼 미래의 손실까지 예측하고 반응한다. 이때 예측한 손실의 총량이 보유한 생존 자원을 초과한다고 계산되면 큰 불안과 괴로움을 느낀다. 그리고 그 스트레스를 감소시킬 방법을 찾다가 자살에 이른다. 따라서 미래를 내다보지 않는 사람은 스트레스를 받지 않는다. 그런 사람들은 큰 손실이 발생해도 절대 자살하지 않는다. 꿈이 없으면 잃을 것도 없기 때문이다.

잊을만하면 일어나는 연예인들의 자살. 이 또한 앞서 언급한 돈이나 성적과 마찬가지로 해석할 수 있다. 사실 아무리 안티팬이 많은 연예인이라 할지라도 자신을 좋아하는 팬이 어느 정도는 있다. 하지만 아직 꿈이 많은 연예인은 악플을 보며 안티팬이 생겨나는 가속도를 감각한다. 그리고 그 가속도로 계속 안티팬이 늘어나면 전 국민이 자신을 미워할 것이라고 예측한다. 즉 자신의 인기가 곧 '0'이 될 것으로 예측하는 것이다.

연예인에게 있어 가장 중요한 생존 자원은 인기다. 인기가 '0'이 된다는 예상은 동굴에 갇혀 공기가 고갈되어 가는 듯한 극심한 스트레스를 느끼게 한다. 결국 이 스트레스가 과도해지면 생존을 위해 이를 피하려고 한다. 어떤 방어 수단이든 찾아내려 한다. 그러다 스트레스가 발생한 궁극적인 이유를 그만 잊어버린다. 그리고 일단 스트레스만 피하겠다는 생각에 자살에까지 이르곤 한다.

정치인들 중에도 숨겨둔 비리가 드러나 자살을 한 사람들이 있다. 흉악 범죄가 아니라면 몇 년이 지나 대중의 기억에서 잊히면 평범한 삶을 살 수 있다. 혹시 운 좋으면 재기를 꿈꿀 수도 있다. 그런데 왜 극단적인 선택을 할까? 이 또한 비슷하게 설명이 가능하다.

정치인에게 있어서는 돈보다 명예, 권력, 인기가 가장 심혈을 기울여 확보해 놓은 생존 자원이다. 이것이 '0'이 되면 결국 아사와 비슷한 죽음을 맞이하게 될 거라고 예상한다. 그래서 악플이나 주변 사람들의 반응으로부터 자신의 명예가 급속히 하락하는 가속도를 감지하게 되면, 자신의 생존 자원이 조만간 고갈될 것이라고 예상한다. 이 스트레스를 피하려는 방어 기제가 과잉 작동하면 결국 자살에 이르게 된다.

간단한 그래프로 설명해 본다. 좌표 평면에 '시간'을 x축, '생존 자원의 양'을 y축에 놓고 '생존 자원의 변동 그래프'를 그린다. 사업에 실패하여 전 재산을 날린 사람은 사업이 실패한 시점에 생존 자원의 양이 급격히 감소한다. 그런데 전 재산을 다 날렸다 할지라도 생존 자원의 양은 '0'이 되지는 않는다.

왜냐하면 아무리 재산이 없어도 친구나 가족의 도움, 사회 보장 제도와 자선 단체 등의 지원은 받을 수 있기 때문이다. 이를 통해 급한 생계를 해결하여 생존을 유지할 수 있다. 또 운 좋으면 재기를 할 수도 있다. 그런데도 인간은 사업에 실패하는 순간의 '생존 자원의 변화 가속도'가 마이너스란 점에 민감해한다.

우리 두뇌는 마이너스인 가속도가 계속 유지될 것이라 가정한다. 그리고 가속도를 2번 적분해서 미래의 생존 자원 보유량을 계산한다. 그러면 짧은 시간 내에 그래프가 x축에 닿는 것으로 그려진다. 즉 죽음에 이른다고 예측하고 그에 상응하는 스트레스를 받는다. 원래 우리 인생의 가속도는 플러스와 마이너스를 수시로 오가게 마련이다. 그래서 이런 스트레스 가득한 상황을 우리는 자주 겪을 수밖에 없다('힘들어 죽고 싶다' '스트레스받아 죽을 것 같다'는 말을 얼마나 자주 하는지 생각해 보자).

만약 인간이 가속도가 아니라 좌표 자체를 인식할 수 있다면 좋지 않을까? 그럼 자살하는 사람이 없지 않을까? 하지만 그러기 위해서는 감각기관과 신경계에 지나치게 많은 자원과 에너지를 투입해야 한다. 그리고 너무 많은 정보를 저장하고 처리해야 한다. 오히려 생존에 불리해질 수도 있는 것이다.

이제 우리나라의 높은 자살률의 원인을 살펴본다. 흔히 주된 원인으로 IMF나 경제 위기를 언급한다. 하지만 IMF 전부터 이미 자살률은 큰 폭으로 상승해 있었다. 그리고 IMF, 리먼 브라더스 사태 등이 일어났던 해라고 자살률이 급작스레 상승하는 모습을 보이지도 않았다.

따라서 우리나라의 높은 자살률의 원인은 경제 위기가 아니다. 오히려 우리나라의 빠른 경제 성장, 그 자체에 있다. 급속한 경제와 소득의 성장에 따라 자신이 취할 수 있을 것이라 기대하는 생존 자원의 양이 높아졌다. 즉 어제와 같은 양의 도파민을 분비시키기 위해 필요한 생존 자원의 양이 감당할 수 없을 만큼 증가했다는 것이다.

TV에는 우리나라 1인당 GDP가 3만 불이 넘었고, 서울의 집값이 몇억 원이 올랐고, 대기업 평균 연봉이 몇천만 원이 넘었다는 뉴스가 넘친다. 친구들의 SNS를 보면 매달 해외여행을 가고, 한 끼에 몇만 원짜리 고급 식당을 방문한 인증 사진이 넘쳐흐른다. 이런 정보에 의해 생존을 위해 필히 확보해야 할 생존 자원의 양을 실제 필요한 수준 이상으로 높게 인식한다.

하지만 대부분의 사람들에게 기대 대비 실제 소득은 크게 못 미친다. 이에 따라 자신이 갖고 있는 생존 자원의 절대적인 양을 제대로 인식하지 못하고 그저 부족하다고만 느끼며 스트레스를 받는다.

그래프로 설명한다. '시간'을 x축, '생존 자원'을 y축으로 좌표 평면을 그린다. 이때 x축을 y가 '0'인 지점에 그려야 하는데, 실수로 x축을 y값이 플러스인 곳에 그렸다는 뜻이다. 그러니 그래프의 기울기가 조금만 마이너스가 되어도 쉽사리 x축에 닿아버린다. 즉 보유한 생존 자원이 부족하다고 자주 느끼게 되는 것이다.

월별 자살률의 차이에 대해서도 비슷하게 설명할 수 있다. 학자들이 월별 자살률을 통계 내본 결과, 북반구에서는 일조량이 많은 6~7월에 자살률이 높고, 일조량이 적은 겨울이 되면 오히려 자살률이 낮아진다고 한다.

기온이 낮아지는 겨울에는 외부 활동이 줄어든다. 햇빛을 잘 쐬지 못하니 비타민D 생성도 어렵다. 따라서 세로토닌이 부족해 우울증으로 자살하는 사람이 많을 것이라고 흔히 생각한다. 그런데 상식과는 반대다. 자살률은 일조량이 많은 하지 즈음에 오히려 높다. 이에 대해서 어떤 학자는 겨울에 발생한 우울증과 같은 정신적 문제가 시차를 두고 심해지다가, 초여름 외부 활동을 할 때 자살로 이어진다는 설을 주장한다. 이를 조금 다르게 해석해 본다.

인간의 스트레스는 자신이 획득할 것이라고 예측한 생존 자원의 양과 실제 획득한 생존 자원을 비교하여 차이가 날 때 발생한다. 그리고 그 부족한 상태가 심화되어 조만간 자신의 모든 생존 자원이 바닥이 날 것이라고 예측될 때 스트레스가 심해진다. 그런데 인간이 수렵 채집 활동을 하던 원시 시대에는 일조량이 결국 수렵 채집이 가능한 시간이었다. 그리고 그 시간은 수확량과 비례했다. 즉 일조량이 가장 긴 초여름에는 그만큼 많은 생존 자원을 획득할 것이라고 예측을 하고 목표량을 높게 잡곤 했다.

일조량만큼 생산 활동을 늘려 생존 가능성을 높이는 생존 전략은 아직 우리 유전자 속에 잠재되어 있다. 그래서 여전히 일조량이 늘어나면 도파민의 기능도 강화된다. 따라서 자신도 모르게 초여름에는 일도 많이 하고, 돈도 많이 벌고, 공부도 잘할 것이라는 기대감을 갖는다. 하지만 현대인의 삶에 있어 6월이라고 특별 보너스가 있는 것도 아니고, 사업이 잘되는 시기도 아니고, 6월 시험 성적이라고 특별히 나을 리도 없다. 그러니 무의식 속 기대 대비 가장 큰 차질이 발생하는 달이 바로 6월이다. 별사건이 없어도 6월에 자살률이 높을 수밖에 없는 것이다.

몇 해 전 젊은 여자 연예인들이 연이어 자살을 하여 유명을 달리했다. 이처럼 유명 연예인이 자살하면 지인이나 팬들도 그를 따라 자살을 하는 경우가 많다. 우리는 유명 연예인을 TV 드라마나 매체를 통해 접한다. 그 속에서 그들은 완벽한 모습으로 등장한다. 무의식적으로 그들을 신뢰감 높은 존재로 여기게 된다. 그래서 우리는 유명 연예인의 언행을 마치 가족이나 친한 친구의 조언처럼 믿을만한 정보로 인식한다. 파급력이 클 수밖에 없다.

자살도 어차피 선택이다. 모든 선택은 자신이 보유한 정보에 근거한다. 그런데 연예인들의 자살은 보통 사람들의 자살보다 가중치가 부여되는 정보다. 즉, 그들의 자살 소식을 접한 사람들에게 자살은 극심한 스트레스를 피할 수 있는 대안이라는 정보가 저장된다. 이런 정보는 생명의 가치를 무한이 아닌, 스트레스와 비교될 만한 유한한 값으로 끌어내린다.

돈, 명예, 사랑, 자존심, 심신의 고통 그 어떤 것도 생명이란 가치의 발끝에도 못 미쳐야 한다. 하지만 이제는 서로 비교할 만한 가치로 인식하게 된다. 생명을 무언가와 비교한다는 것만으로도 이미 위중한 상태다. 그래서 자살은 전염성이 있다고 한다. 베르테르 효과는 정보의 전파에 의해 발생한다.

자살을 막는 방법은 이미 모두가 알고 있는 그대로다. 우리 스스로는 지나치게 높은 기대나 목표를 갖지 않도록 해야 한다. 무의식은 손댈 수 없을지도 모른다. 하지만 의식적으로 노력해야 한다. 좌표 평면을 그릴 때 x축을 y가 '0'인 지점에다 정확하게 그려야 한다. y값이 너무 큰 곳에 x축을 그리면 쉽게 절망하게 된다. 그렇다고 y가 마이너스인 곳에 x축을 그리면 꿈도 없고, 발전도 없고, 위기의식도 없고, 혹시 모를 미래에 대한 대비가 없는 삶을 살게 된다.

만약 x축이 너무 높게 그려져 있다고 생각된다면 자신보다 불우한 처지의 이웃을 살펴봐야 한다. 그래서 자신이 그들보다 더 많은 생존 자원을 갖고 있다는 것을 의도적으로 인식해야 한다. 넉넉지 않더라도 자신보다 불우한 이웃을 위해 봉사하고 기부하는 것은 오히려 스스로에게 도움이 된다. 너무 올라가 있는 x축을 y가 '0'인 지점으로 복원시켜 주기 때문이다. 또 본인처럼 힘든 상황에서 재기에 성공한 사례들을 많이 접하는 것도 좋다. 자신의 생존 자원 그래프의 기울기가 얼마 지나지 않아 다시 플러스로 돌아설 것이란 정보를 얻을 수 있기 때문이다.

우리가 이처럼 생존 자원 보유량이 증감하는 '가속도'에 민감하게 반응하는 것은 쉽게 절망하라고 생겨난 것은 아닐 것이다. 그래프의 y 값이 마이너스로 떨어져서 힘들다 할지라도 기울기를 잠깐 플러스로 만드는 것은 어렵지 않다. 그럼 그 순간 우리는 절망을 잊고 다시 희망을 갖는다. 아무리 힘들어도 이처럼 쉽게 희망을 회복하고 생존을 이어가라고 우리 인간은 가속도에 민감한 것이 아닐까?

우리의 무의식은 이 사실을 이미 잘 알고 있다. 그래서 어디서 배운 적이 없음에도 힘들고 괴로워하는 가족과 친구에게 따뜻한 위로, 격려의 박수, 밥 한 끼, 약간의 위로금을 건네준다. 물론 이런 작은 도움이 그들의 손해를 메꾸기에는 턱없이 부족하다. 하지만 마이너스였던 그들의 가속도를 순간이나마 플러스로 바꾸기에 충분하다는 것은 알고 있다.

사회적으로도 자살을 막기 위한 여러 장치를 갖출 수 있다. 빈민을 위한 사회 안전망 제도, 경제 파탄자를 위한 신용 회복 제도, 명예

훼손과 언론의 가짜 뉴스에 대한 엄한 처벌, 근로환경의 개선 등과 같은 정책들은 아무리 힘든 상황이 닥쳐도 사회로부터 최소한의 생존 자원을 확보할 수 있다는 믿음을 준다.

별로 보고 싶지는 않지만 세계 각국의 자살률을 살펴본다. 그리고 깨닫는다. 이미 가진 부와 아무런 상관관계를 찾을 수 없다는 걸.

○　○　○

밤길 34km를 우습게 보고 음료수와 간식거리를 챙기지 않았다. 그런데 주행 거리가 20km를 넘자 엄청난 공복감이 느껴지기 시작했다. 당이 떨어진 것이다. 나이가 나이인지라 이대로 가다가 쓰러지는 것은 아닌지 걱정되기 시작했다.

주행 거리 30km를 넘자 발에 통증과 함께 평소에 못 느끼던 강력한 중력을 감각하게 되었다. 그래도 아들 녀석 앞에서 약한 모습을 보일 수 없었다. 힘들다는 소리를 입 밖으로 낼 수 없었던 것이다(지금 생각해 봐도 참 장한 아빠다). 마침내 새벽 4시가 되어 골인 지점에 도착했다. 아들 녀석은 나름 재미가 있었는지 다음번에도 아빠와 함께 다시 도전하겠다고 했다.

우리나라 자살률이 빨리 낮아져야 한다.

회사에서 단체로 교육을 가곤 한다. 그러면 교육 진행자가 대여섯 명씩 한 조를 만들라고 시킨다. 그리고 각 조에 1명씩 조장을 뽑으라고 한다. 이때 서로 조장을 안 하려고 다른 조원들의 눈치를 살살 본다. 괜스레 조장을 하면 교육시간 중 수시로 호출당해 번거로울 뿐 아니라, 꾸벅꾸벅 졸 수 있는 귀한 시간을 뺏기기 때문이다. 이렇게 귀찮은 일이라 해도 그 대가가 돈이나 명예라고 하면 서로 한다고 싸운다. 대표적으로 국회의원 자리가 그렇다.

○   ○   ○

모든 집단에는 리더가 있다. 국가뿐 아니라 회사, 학교, 동호회, 가정에도 리더는 있다. '삼인행 필유아사(三人行 必有我師)'라고 3명만 모여도 리더가 생긴다. 이렇게 사람이 모이면 꼭 리더가 생기는 이유가 있다. 리더가 있는 집단의 구조가 모든 구성원의 생존에 도움이 되기 때문이다.

모든 개체가 추구하는 궁극의 목표는 생존의 유지다. 생존을 위해서는 생존 자원은 더 많이 확보하고 에너지는 더 적게 소모해야 한다. 따라서 우리는 집단생활을 한다. 집단생활이 혼자일 때보다 훨씬 더 생산성이 높고 효율적이기 때문이다. 집단생활의 장점을 극대화하기 위해서 구성원 각자는 역할을 나눈다. 그 역할 중에 리더가 있다. 그런데 리더는 '역할'일 뿐이다. 특정한 사람을 의미하지 않는다. 그래서 대통령 얼굴은 몇 년마다 바뀐다.

생물이 생존 자원을 찾는 과정은 필연적으로 리스크를 동반한다. 리스크 없이 생존 자원을 구할 수 있는 방법은 이 우주에 존재하지 않는다. 그래서 우리 두뇌 속 계산기는 쉴 틈이 없다. 최적의 전략을 찾아야 하기 때문이다. 그런데 사람마다 최적의 전략이라고 주장하는 것들이 다 다르다. 갖고 있는 정보가 다 달라서 계산식에 넣는 숫자도 다 다르기 때문이다.

어떤 사람은 승률이 낮아도 크게 한 방을 노리는 고위험 고수익(High risk, High return)을 최적이라고 한다. 반면에 어떤 사람은 높은 승률이 예상되는데도 조금만 베팅하는 저위험 저수익(Low risk, Low return)을 최적이라고 한다. 이런 계산의 차이는 집단 내에 리더와 팔로워를 존재하게 한다. 그리고 궁극적으로는 인간 사회의 다양한 문제를 만들고 해결하면서 인간과 집단의 생존 가능성을 높여준다.

추수가 끝난 밭, 떨어진 알곡을 주워 먹으려 참새 떼가 접근한다. 이 참새 떼는 한꺼번에 밭에 내려오지 않는다. 그랬다가는 덤불 속에 숨어 있는 들고양이 무리의 대습격을 받을 수도 있기 때문이다. 그래서 참새 중 1마리가 먼저 밭에 내려간다. 그동안 나머지 참새들은 주변에서 먼저 내려간 참새를 살핀다.

제일 먼저 내려간 참새는 먼저 먹이 활동을 시작한다. 다른 참새들은 한참 동안 그가 먹는 모습을 그저 쳐다보기만 한다. 그러다 첫 번째 참새가 배를 채우고 나서 안전하다는 신호를 보내면 그제서야 밭에 내려와 먹이 활동을 시작한다. 그렇다고 모든 참새가 다 내려오는 것은 아니다. 몇몇 참새들은 첫 번째 참새의 신호를 못 믿는다. 그래서 한참 더 기다리다가 내려온다. 이렇게 신중한 참새들은 앞서간 참새들이 알곡을 다 먹어 치워서 굶기도 한다.

가장 먼저 밭에 내려간 참새는 먹이 활동에 있어서 리더다. 바로 고위험 고수익(High risk, High return)을 추구하는 존재다. 그는 밭에 내려앉기 전에 들고양이에게 공격당할 리스크를 떠올린다. 그리고 밭에 먼저 내려가 마음껏 알곡을 먹을 경우의 수익과 비교한다. 계산 결과 수익이 리스크를 초과한다고 판단되면 위험을 감수하고 밭에 내려간다. 그게 자신의 생존에 더 유리하다고 판단하는 것이다. 참새의 머릿속 계산식은 다음과 같다(실제로는 더 복잡하다).

밭에 먼저 내려갔을 경우의 기댓값 =

(들고양이가 없을 확률 × 밭에 내려가서 먹을 알곡의 양)

- (들고양이가 있을 확률 × 공격당할 경우 잃는 것들의 가치)

리더는 계산식 속의 '들고양이가 없을 확률'과 '밭에 내려가서 먹을 알곡의 양', 둘 다 크거나 적어도 하나가 꽤 크다고 판단한다. 리더가 밭에 내려가기로 결정할 때는 자신보다 앞서 내려간 참새가 없다. 따라서 '들고양이가 없을 확률'은 그다지 크지 않을 수 있다. 들고양이가 덤불 속에 웅크리고 있을 확률이 높다는 뜻이다. 그럼에도 리더가 밭에 내려갔다는 것은 '밭에 내려가서 먹을 알곡의 양'을 크게 판단했기 때문이다.

정치인들의 비리를 보면 그들도 참새 리더와 똑같은 계산을 한다는 것을 알 수 있다. 그들의 비리는 보통 사람의 부정과는 단위가 다르다. 비리 금액이 수억 원에서 수천억 원에 이른다. 탄로 날 확률이 좀 있더라도 이렇게 엄청나게 큰돈이 걸려 있기에 비리를 저지른다. 들고양이가 있을지도 모르지만 먹을 수 있는 알곡의 양이 많으니 밭에 내려가는 리더 참새나 마찬가지인 셈이다(물론 탄로 나지도 않을 것이며, 큰돈도 벌 수 있다고 여기는 거물들도 존재한다).

첫 번째 참새의 안전하다는 신호 후에 내려가는 대부분의 참새들도 같은 계산식을 이용한다. 첫 번째 참새의 모습을 보면 '들고양이가 없을 확률'이 좀 더 높아진다. 다만 '밭에 내려가서 먹을 알곡의 양'은 그만큼 줄어든다. 대부분의 참새들은 조금 덜 먹더라도 고양이에게 공격당할 가능성을 낮추는 것이 가장 높은 기댓값을 나타낸다고 판단한다. 이들은 저위험 저수익(Low risk, Low return)을 바란다. 대다수의 보통 사람들이 여기에 해당한다.

마지막으로 극도로 신중하여 좀처럼 밭에 내려오지 않는 참새들이 있다. 이들은 들고양이가 없다는 것이 아주 확실해지고 나서야 비로소 내려온다. 리더가 보낸 신호는 불신하고 따르지 않는다. 대신 밭에 내려와도 먹을 알곡이 없는 리스크를 감수한다. 그래서 이들도 리더와 마찬가지로 고위험 고수익(High risk, High return) 성향을 갖고 있다. 이 점이 좀 의아스럽겠지만 인간 사회에서 쉽게 확인이 가능하다. 독재 정부나 현 정권에 가장 반항적인 사람은 민주 정부나 반대 성향의 정권이 들어서면 리더가 된다. 반대로 민주 정부가 무너지면 천대받던 독재자가 다시 리더가 된다. 리더와 반항아는 똑같이 높은 위험도의 투자를 한다.

리더 참새, 대부분의 참새, 반항아 참새들은 각자 자신의 기댓값이 가장 크다고 생각한다. 하지만 실상 그 기댓값의 차이는 크지 않다. '들고양이가 있을 확률'이 높으면 '먹을 수 있는 알곡의 양'이 크다. 반대로 '들고양이가 있을 확률'이 낮으면 그만큼 '먹을 수 있는 알곡의 양'이 적다. 따라서 계산식의 첫 번째 항 '들고양이가 없을 확률 × 밭에 내려가서 먹을 알곡의 양'의 값은 누구나 별 차이가 없다. 두 번째 항 '들고양이가 있을 확률 × 공격당할 경우 잃는 것들의 가치'에서 '공격당할 경우 잃는 것의 가치'는 무한대에 가까운 생명이다. 그래서 '들고양이가 있을 확률'과 상관없이 누구에게나 비슷한 기댓값이다. 그래서 첫 번째 항에서 두 번째 항을 뺀 기댓값은 참새마다 별 차이가 없다.

하지만 각자 갖고 있는 정보는 다 다르다. 그래서 수식에 들어가는 '확률'과 '예상수익'의 숫자는 모두 다 다르다. 이 숫자의 차이가 결국 리더 참새, 대부분의 참새, 반항아 참새를 만든다. 단, 같은 집단 내에서는 정보를 서로 공유한다. 그래서 구성원 간에 '확률'과 '예상수익'

의 차이가 그리 크지 않다. 사람이 다가갈 때 비둘기와 참새의 반응은 차이가 크다. 하지만 같은 비둘기 집단 내, 같은 참새 집단 내에서의 차이는 그리 크지 않다. 민족성, 국민성이 생기는 이유다.

새로운 정보가 입수되면 계산식에 들어가는 '확률'과 '예상수익'의 크기가 바뀐다. 이 숫자가 바뀌면 어떤 참새이건 리더가 될 수 있고, 반항아가 될 수도 있다. 이 말은 평범한 사람도 사소한 정보 한 줄로 리더나 반항아가 될 수 있다는 뜻이기도 하다.

1198년 고려의 무신 집권 시기, 권력자 최충헌의 노비 중에 만적이 있었다. 어느 날 만적은 다른 노비들과 개경 북산에서 나무를 하다가 일장 연설을 했다. "왕후장상이 어찌 원래부터 씨가 있겠는가? 때가 오면 누구든지 다 할 수 있는 것이다." 이 연설에 감명받은 노비들은 반란을 모의했다. 하지만 누군가의 밀고로 사전에 발각되고 말았다. 반란을 꾀했던 노비 100여 명은 포대 자루에 넣어져 강물에 그대로 수장되었다. 평범한 노비였던 만적을 리더이자 반항아로 이끈 것은 다른 노비들이 몰랐던 한 줄의 정보였다. 그건 바로 최충헌 이전에 정권을 잡았던 무신 이의민도 천민 출신이었다는 사실이었다.

참새 떼의 경우 리더의 판단에 따라 참새 대부분의 운명이 결정될 수 있다. 즉 리더 참새가 '들고양이가 있을 확률'을 얼마로 계산했는지에 따라 다른 참새들에게 적용되는 '들고양이가 있을 확률'이 좌우된다. 이를 참새들도 잘 알기에 리더로는 가장 뛰어난 판단력을 갖춘 참새를 뽑으려 한다. 그것이 집단 구성원의 생존 가능성을 높여주기 때문이다.

그런데 능력을 갖춘 리더 참새가 다른 참새들에게 내려오라는 신호를 일부러 안 보내는 경우가 종종 있다. 혼자 알곡을 다 먹어 치우기 위해서다. 그럼 대부분의 참새들은 먹이가 부족해진다. 이렇게 되면 집단 구성원 간에 비슷하게 형성되었던 기댓값의 균형이 무너져 버린다. 그래서 대부분의 참새들은 리더가 알곡을 어느 정도 먹는 것은 용인하지만 독식은 마냥 용납하지 않는다. 리더에게 높은 능력과 함께 품성을 같이 기대하는 이유다.

리더 참새가 예상보다 많은 알곡을 독식하면 대부분의 참새들은 생존의 위기를 느낀다. 그럼 참새 집단은 기존 리더를 몰아낸다. 그리고 다른 리더를 추대한다. 얼핏 생각하면 리더 없이 모두가 동시에 밭에 내려가서 공평하게 나눠 먹는 게 좋을 것 같다. 그럼 어느 날 들고양이들은 참새파티를 한다.

또 리더는 명예만 가질 뿐, 남들과 똑같이 나눠 먹는 게 좋을 것 같아 보인다. 하지만 그렇게 되면 리더의 계산식 속에 '들고양이가 없을 확률'도 낮고, '밭에 내려가서 먹을 알곡의 양'도 적다. 남보다 못한 기댓값을 갖게 되는 것이다. 이러면 아무도 리더를 하려고 하지 않는다(이때 자기가 하겠다고 나서는 참새가 있다면 바보이니 말려야 한다). 아무도 밭에 내려가지 못하고 다른 참새 눈치만 보게 되는 것이다. 그러다가는 모두 굶어 죽는다. 그래서 품성이나 능력이 어떠하든 집단에는 리더가 꼭 있어야 한다. 리더가 대중을 이끄는 것 같지만 실상은 대중이 필요에 따라 리더를 만든다. 리더는 자신이 대중을 이끈다고 생각한다. 하지만 대중은 영악하다. 게다가 머릿수도 많다. 리더가 '리더가 대중을 이끈다'고 착각하게 만든다. 대중은 덤불 속에 들고양이 꼬리가 뻔히 보이는데도 리더에게 알려주지 않는다.

인간 사회도 참새 떼와 별반 다를 바 없다. 정치인, 학급 대표, 동아리 회장, 회사 대표, 골목대장 등과 같이 다른 사람들보다 먼저 의견을 내고 최종적으로 결정하는 사람들이 리더다. 리더는 집단 내에서 좋은 기회를 먼저 취하는 우선권을 갖는다. 임금과 대우는 당연히 집단 내에서 가장 높다.

하지만 리더는 집단을 유지하기 위해 계속 신경을 곤두세워야 한다. 그래서 스트레스가 크다. 게다가 리더는 다른 사람 혹은 외부 집단으로부터의 공격에 노출되어 있다. 즉, 욕도 많이 얻어먹고 잦은 불평불만의 대상이 된다. 추후에 리더의 판단이 잘못된 것으로 밝혀지면 때론 그 책임을 온전히 감내해야 한다. 반면 일반 대중들은 집단의 성패에 대한 책임을 지지 않는다. 그래서 스트레스와 리스크가 적다. 대신 얻을 수 있는 생존 자원에는 한계가 있다. 하지만 모두의 기댓값은 거기서 거기다.

집단에는 리더에게 반기를 드는 사람이 꼭 존재한다. 이들은 리더의 결정에 부정적인 의견을 내고 집단의 행동 규율을 따르지 않는다. 바로 청개구리 인간이다. 물론 이들도 역시 자신의 선택을 최적이라고 믿는다. 모든 집단에는 이런 청개구리가 꼭 포함된다.

만약 100개의 참새 떼에서 리더 참새 1마리씩 뽑아 100마리로 이루어진 새로운 집단을 만들면 어떻게 될까? 참새들은 자신이 처한 상황에 대한 정보를 입수한 후 계산을 한다. 그리고 그 계산 결과, 전직 리더로만 구성된 집단에서도 리더가 되는 참새가 나오고 마지막까지 전봇대에서 내려오지 않는 반항아 참새도 나온다.

만약 100마리의 참새가 계속 리더를 하고 싶다고 예전 그대로 먼저 밭에 내려가려 한다면 어떻게 될까? 아마 숨어 있던 들고양이들은 신나는 참새파티를 하게 될 것이다. 즉 참새들은 리더 1마리만 먼저 내려갈 때보다 훨씬 큰 피해를 보게 되는 것이다.

100개의 참새 떼에서 가장 늦게 밭에 내려가던 반항아 참새 1마리씩 뽑아 새로운 집단을 만들면 어떻게 될까? 당연히 이들 중에서 리더가 되는 참새가 나오고 마지막까지 전봇대에서 내려오지 않는 반항아 참새도 나온다. 즉, 전에 리더였건 반항아였건 간에 환경에 최적화되어 있는 참새 집단의 구성으로 돌아간다. 그것이 가장 생존 가능성이 높은 집단의 구성 형태이기 때문이다.

우리는 흔히 성공한 정치인이나 경영자를 보면서 그들이 얻는 부, 명예, 권력을 부러워한다. 이는 그들이 그에 상응하는 만큼의 리스크를 감수해야 한다는 것은 잘 의식하지 못하기 때문이다. 하지만 대부분의 사람들은 기회가 있어도 좀처럼 정치를 하거나 창업을 하려 하지 않는다. 리더, 대중, 반항아까지 그 선택은 달라도 모두 자신이 가장 유리한 패를 이미 들고 있다고 무의식적으로 생각하기 때문이다. 자기 살기 위한 계산은 다 할 줄 아는 것이다.

자유 민주주의 국가에서는 대통령, 박사, 저학력자, 장애인, 사회 초년생, 전과자, 성직자, 노인, 청년 모두에게 동등한 한 표의 권리를 부여한다. 이에 대해 혹자들은 무식하거나 지능 지수가 낮은 사람에게는 선거권을 제한해야 한다고 주장하기도 한다. 하지만 IQ가 90이거나, 150인 사람이거나 숨만 붙어 있으면 기본 IQ값 100,000 정도는 더해야 정확한 지능 지수가 나온다. 그 결과는 100,090과 100,150이다. 별반 차이가 없다.

우리는 산의 높이를 평균 해수면을 기준으로 측정한다. 하지만 그건 우리가 측량 기술이 뛰어나지 않기 때문이다. 지구 중심점에서부터 높이를 측정하면 에베레스트산이건 동네 뒷산이건 별반 차이가 없다. 우열을 가린다는 것이 의미가 없다. 인간도 마찬가지다. 학습과 경험으로 배운 정보의 차이는 커 보인다. 하지만 정작 살아가는 데 필요한 생존 지식은 사람마다 별반 차이가 없다.

따지고 보면 우리의 재산도 마찬가지다. 무한한 가치를 지닌 생명은 누구나 가지고 있다. 그 위에 유한한 재산이 먼지처럼 붙어 있는 셈이다. 장애가 있거나 질병이 있다 해도 생명이 있는 한 부자다. 외계인이 지구를 점령하면 인간의 빈부를 구분할까? 인간의 지능을 구분할까? 안 한다. 우리가 소고기를 구워 먹으면서 그 소의 지능을 구분하지 않듯이(지방 함량만 구분한다). 그래서 모든 인간의 생존 능력과 생명의 가치는 동등하다.

이러한 이유로 우리는 누구나 생존에 필요한 수준의 판단 능력은 갖고 있다고 간주한다. 그래서 똑같이 한 표의 선거권을 준다. 투표장에 나타날 정도면 그 능력이 충분히 입증되었다고 본다. 따라서 대통령과 자연인은 계산 능력이 같다. 다만 계산식에 넣는 '확률'과 '예상 수익' 값만 다르다. 그래서 누구나 리더가 될 수도 있고 반항아가 될 수도 있다.

○　○　○

겁쟁이도 쫄쫄이 옷 한 벌 걸치면 슈퍼 히어로가 되듯이.

16 진보와 보수

　페이스북 친구들 중에 하나의 정치 이슈에 대해 상반된 논조의 글을 올리는 사람들이 있다. 그중 한 명은 현 정부의 정책과 여권 인사들의 발언을 비판하는 보수주의자다. 또 다른 한 명은 그와 정반대로 현 정부 정책을 옹호하고 야권 인사의 언행을 비난하는 진보주의자다. 그런데 이 사람 글을 보면 이게 맞는 말 같고, 저 사람 글을 보면 또 저게 맞는 말 같다(내가 줏대가 없는 게 아니라 그들이 글을 참 잘 쓴다는 뜻이다).

　이렇듯 우리나라뿐 아니라 세계 어느 나라, 어느 집단에나 진보와 보수가 서로 대립하며 공존하고 있다. 최근 우리나라에서는 진보와 보수의 대립이 너무 심해져서 국가 발전에 저해가 되는 것 아니냐는 우려가 커지고 있다. 나만 우려를 안 하는 것처럼 느껴질 정도로….

○　○　○

인간을 포함한 모든 생물들은 혼자보다 여럿이 함께 살아가는 것이 생존에 유리하다. 그래서 현존하는 모든 생물들은 집단을 이루어 산다. 생존에 필요한 자원도 집단 구성원들과 협업을 하면 혼자일 때보다 더 많이 생산할 수 있다. 하지만 여기에는 한 가지 조건이 따른다. 바로 배분이 적절히 이루어져야 한다.

인간이 필요로 하는 생존 자원을 더 많이 획득하는 방법은 두 가지다. 수렵, 채집, 경작, 노동을 통해 더 많이 생산하는 방법과, 남이 갖고 있는 생존 자원을 빼앗는 방법이다. 집단 내에서는 조금 다르다. 다른 집단 구성원이 갖고 있는 생존 자원을 함부로 빼앗지 못하기 때문이다. 그래서 집단 구성원으로서 더 많은 생존 자원을 획득하는 방법도 두 가지다. 공동으로 생산하는 양을 확대하는 방법과, 공동 생산한 생존 자원의 배분 비율을 자신에게 유리하게 바꾸는 방법이다.

진보와 보수는 집단 내에서 개인의 생존 자원을 늘리기 위한 두 가지 방법 중 어떤 방법을 택하는지에 따라 구분된다. 보수는 현재의 배분 비율은 그대로 둔 채 공동 생산량을 늘리자고 한다. 그러면 자연스레 자기의 몫이 늘어날 것이라고 생각한다. 반면 진보는 공동 생산량을 더 늘려도 자신에게 책정된 배분 비율이 불공평해서 증대 효과가 미미할 것이라고 생각한다. 그래서 먼저 배분 비율부터 조정해야 한다고 주장한다. 이렇게 보수와 진보는 서로 다툴 수밖에 없는 운명을 타고났다.

우리 주변 사람들은 보수주의자 또는 진보주의자, 둘 중 하나에 속한다. 현재의 배분 비율이 자기에게 유리하다고 생각하는 사람은 대부분 보수주의자다. 반면 현재의 배분 비율이 자기에게 불리하다고 생각하는 사람은 대부분 진보주의자다. 예를 들어 부동산값이 오르면 집을 여러 채 가진 사람은 대부분 보수주의자에 속한다. 반면 집이 없는 사람은 대부분 진보주의자에 속한다(이해를 위한 단순화한 것이다). 이들은 정부의 정책이 자신에게 유리하도록 그대로 유지되거나 혹은 바뀌어야 한다고 주장한다.

하지만 상황은 언제나 변한다. 집이 없던 사람이 여러 채의 주택을 구입하게 되면 계약금을 거는 순간 바로 보수주의자로 변모한다(집을 사고도 진보주의자라고 주장한다면 그간 뱉은 말이 있기 때문이다. 물론 집을 팔면 다시 진보주의자가 된다). 건강보험료가 너무 많다고 불평하던 사람도 큰 병치레 하고 나면 건강보험을 더 강화해야 한다며 진보주의자로 변모한다.

대부분의 젊은이들은 자기 몫으로 책정된 배분 비율이 적다. 그래서 상당수가 진보주의자다. 하지만 나이가 들어 배분 비율이 높아지면 자연스레 보수주의자로 바뀐다(우리나라는 장유유서(長幼有序) 문화 등으로 인해 나이가 들면 저절로 배분 비율이 높아지는 경향이 있다).

우리는 이처럼 보수와 진보라는 이념을 쓰면 뱉고 달면 삼킨다. 언제든 바뀔 수 있다. 보수와 진보는 벨크로로 붙인 명찰에 불과하다. 따라서 사회 현상을 '진보주의자와 보수주의자의 갈등'으로 해석하는 것보다 '이대로와 바꾸자의 갈등' 정도로 해석하는 것이 더 적절할지 모른다. 이런 갈등은 인간이 집단생활을 하기에 어쩔 수 없이 안고 살아가야 하는 문제다.

정치인이나 정치 집단의 성향은 진보 아니면 보수, 둘 중 하나로 구분된다. 그런데 왜 단 두 가지의 선택지만 있을까? 이는 우리나라에만 해당되는 정치 현상이 아니다. 전 세계 공통이다. 즉, 그럴만한 이유가 있지 않을까?

때로는 집단 전체가 하나의 통일된 선택을 해야 하는 상황이 발생한다. 그때 어떤 선택을 하느냐에 따라 집단 내 개개인의 유불리가 갈린다. 따라서 구성원 간 갈등이 발생한다. 그렇다고 선택을 해야 할 때마다 모든 구성원들이 어떤 선택이 좋을지 각자 고민하지는 않는다. 왜냐하면 고민도 많은 에너지와 기회비용이 소모되는 일이기 때문이다.

국가에는 교육, 외교, 정치, 경제, 국방 정책에 대해 국론으로 결정내려야 할 사항들이 계속 생겨난다. 그런데 이 모든 내용을 다 이해하는 국민은 단 1명도 존재하지 않는다. 심지어 대통령이나 장관이라 할지라도 모든 사항을 100% 다 이해하지는 못한다. 모든 국민이 어떤 정책이 좋을지 판단하겠다고 교육, 외교, 정치, 경제, 국방에 대해 공부하려고 하다가는, 개인은 굶어 죽고 나라는 망하기 십상이다.

그래서 인간들은 방법을 생각해 냈다. 바로 예상되는 결과가 비슷한 정책들끼리 모아 하나의 범주로 묶었다. 그리고 인간은 자신의 생존에 유리할 것 같은 범주만 기억한다. 그럼 선택의 순간, 고민할 것도 없다. 그 범주만 선택하면 된다. 이렇게 하면 매번 계산하지 않고도 미래를 어느 정도 예측할 수 있다.

그런데 그 범주의 수는 줄고 줄어 결국 두 가지로 귀결된다. 학교 시험에 출제되는 문제의 형식은 크게 주관식 서술형 문제, 주관식 단답형 문제, 객관식 4지 선다형 문제, OX 문제로 구분된다. 그런데 주관식 문제나 객관식 문제보다 OX 문제에 대한 수험생의 심리적 부담감이 적다. 따라서 많은 학생들이 OX 문제를 선호한다. 이는 공부가 부족해도 50%의 확률이라면 많이 맞출 수 있을 것 같다고 생각하기 때문이다(하지만 OX 문제로 출제된다고 자신의 등수가 올라가는 것은 아니다).

이처럼 사람들은 선택지를 가능한 한 줄이는 것을 원한다. 이는 집단의 선택에 대해서도 마찬가지다. 그래서 인간은 화끈하게 범주를 두 가지로 줄였다. '이대로'와 '바꾸자'. '보수'와 '진보'가 바로 그 두 가지다.

이제 국가의 정책은 단 2개의 선택지, 즉 보수와 진보 간의 힘겨루기에 따라 정해진다. 보수 진영과 진보 진영은 각각 자신들의 정책을 지지하는 사람들을 모아 정당을 만든다. 그리고 각 진영을 대표하는 직업 정치인을 내세워 더 많은 사람들의 지지를 이끌어 내려 노력한다. 그럼으로써 자신의 진영에 속한 사람들의 생존에 도움이 되는 방향으로 집단의 규칙을 바꾸려 한다.

진보와 보수 간 경쟁의 역사는 아마 인류의 역사보다 훨씬 오래되었을 것이다. 따지고 보면 지구에 생물 집단이 등장하면서부터 시작되었다고 봐도 무방하다(나는 사실 우주의 탄생부터라고 얘기하고 싶다).

무생물만 존재하던 37억 년 전의 지구, 어느 날 존재 유지의 한 방식으로 생명체가 만들어졌다. 이 생명체들은 생존을 유지하기 위해 온갖 수단을 다 썼다. 그중 가장 성공적인 수단이 바로 집단생활이었다. 그런데 집단생활을 하다 보니 여러 문제가 발생했다.

단세포 생물 집단에게는 짧은 거리의 이동도 심각한 생존 문제다. 각 개체 마음대로 이동하라고 하면 집단은 와해되고 각자의 생존이 위태로워진다. 그렇다고 한 방향을 정해 모두 다 같이 이동하라고 하면 위치에 따라 개체별로 유불리가 발생한다. 그래서 어떤 개체는 이동을, 어떤 개체는 제자리에 있는 것을 원한다.

결국 집단 구성원들끼리도 서로 유리한 환경을 차지하기 위해 다툰다. 우리가 보기엔 그 차이가 별거 아닌 것처럼 보인다. 하지만 생존 확률 0.00001%는 큰 차이다. 0.00001%라도 생존 확률을 높이려면 엄청난 에너지를 소모해야 한다. 그 작은 차이가 소멸이냐 생존이냐를 가르기도 한다. 그래서 모든 생물체는 집단의 정책이 자신에게 조금이라도 유리해지도록 최선을 다한다.

이때 혼자보다는 여럿이 함께 협업을 하는 것이 유리하다. 그래서 자신과 비슷한 환경에 처한 개체들끼리 모여 집단 내에 작은 이익 집단을 구성한다. 여러 작은 이익 집단은 다시 보다 큰 이익 집단에 속하게 되고, 큰 이익 집단은 다시 더 큰 이익 집단에 속하게 된다. 그리고 결국 2개의 크고 느슨한 이익 집단으로 귀결된다. 이것이 바로 진보와 보수다.

따라서 진보 진영과 보수 진영 간의 갈등은 단순한 이념의 문제로 이해하면 안 된다. 이 갈등은 생물체가 집단 내의 환경을 자신에게 유리하게 바꾸려는 생존 전략에서 비롯된 것이다. 즉 집단을 계속 존속시키고 발전시키면서 궁극적으로 자신의 생존 가능성을 높이려는 고도의 생존 전략인 셈이다. 이런 면에서 국가의 이념이나 정책을 섣불리 진보나 보수 중 하나로 통일시키려는 시도는 위험하다.

진보와 보수는 원만하게 합의하는 법을 모른다. 조금씩 양보해서 해결하는 법도 모른다. 그런데 그럴 수밖에 없다. 협업에 필요한 에너지의 투입 비율과 획득한 생존 자원의 배분 비율은 영원히 풀리지 않을 숙제이기 때문이다. 다른 나라를 약탈한다면 배분 비율 문제에서 잠시 벗어날 수는 있다. 그래도 근본적인 문제 해결은 불가능하다.

원시 시대, 버팔로를 사냥하기 위해서 마을 청년 5명이 함께 사냥을 나간다. 그런데 힘이 세고, 발도 빠르고, 창던지기도 뛰어난 A가 매번 버팔로를 혼자 잡다시피 한다. 나머지 4명은 그저 쳐다보기만 하다가 다 잡은 버팔로를 나르기만 한다. 하지만 나머지 4명은 자신들도 사냥에 나섰다는 이유로 버팔로 고기의 1/5씩 달라고 주장한다. 그런데 A는 자신이 버팔로 사냥을 위해 평소에 창던지기 연습도 하고 달리기 훈련도 하는데, 똑같이 1/5씩 나누는 것은 불공평하다고 주장한다.

과연 누구의 말이 맞을까? 둘 다 맞는 말이자 둘 다 틀린 말이다. 즉 정답은 없다. 만약 A가 불만을 품고 무리를 나가버리면 나머지 청년들은 버팔로 고기를 얻기 어려워 굶게 된다. 반면 A는 한동안 혼자서 더 많은 버팔로를 사냥할 수 있다. 하지만 A가 나이가 들어 사냥이 힘들어지거나, 뛰다가 다리라도 부러지면 주위의 도움을 기대할 수 없다. 따라서 떠난 A도 생존 위기에 처한다.

이런저런 이유를 들어 무조건 1/5씩 나누자고 A를 설득하면, A는 창던지기 기술을 연마하지 않을 것이다. 그래서는 사냥에 실패할 확률이 높아진다. 결국 5명 모두 굶게 되어 모두가 생존에 위협을 받는다.

A에게 1/3 정도를 주면 쉽게 풀 수 있는 문제일까? 그러면 다른 청년들이 1/3은 너무 많아 자신들이 먹고살기 어렵다며 불만을 품고 집단을 떠나버릴 수도 있다. 그럼 또 1/5과 1/3 사이의 적당한 비율로 나눠주면 되지 않을까? 그럼 또 A가 불만을 표출할 수 있다. 게다가

이런 고민을 하는 사이, A가 나이가 들어 사냥 실력이 떨어질 수도 있고, 다른 청년 중 더 뛰어난 사냥꾼이 나올 수도 있고, 버팔로 수가 자꾸 줄어들어 토끼 사냥으로 바뀌기도 한다. 여러 가지 예측 불가능한 변수가 발생하는 것이다. 그래서 배분 비율을 고정해 둔다는 것은 아무 의미가 없다. 오히려 집단의 환경 적응력만 떨어뜨린다.

이미 수많은 시행착오를 거친 인간들은 배분 비율을 고정하지 않는다. 그리고 상황에 따라 눈치껏 바꾼다. 물론 A나 마을 청년들 모두가 불만을 갖고 집단을 이탈하지 않는 범위 내에서 바꾼다. 한때는 A에게 남들과 똑같이 1/5을 나눠준다. 그러다 A의 불만이 누적되면 한동안은 1/3을 준다. 그러다가 다시 또 어느 순간부터 1/5을 준다. 이렇게 계속 바꾼다. 단, 이때 마을 사람 모두에게 생존에 필요한 양 이상이 돌아가도록 한다. 이렇게 성공적으로 생존해 온 집단에게는 투입과 배분의 황금 비율이라는 것이 존재하지 않는다. 환경에 따라 바꾼다는 원칙만 있다.

아이돌 그룹도 하나의 집단이다. 따라서 갈등을 겪을 수밖에 없다. 멤버 중 예능감이 뛰어난 사람이 방송 출연을 자주 해야 그룹 이름이 알려진다. 하지만 그 1명에게 인기가 집중되면 수익배분 문제가 생긴다. 똑같은 비율로 나눠주면 인기 멤버가 불만을 갖는다. 열심히 활동하기 싫어지는 것이다. 혼자 활동해서 돈을 더 벌 수 있을 것 같으면 그룹을 떠나려 한다. 이를 만류하려고 인기에 따른 차등 배분을 하면 비인기 멤버가 불만을 갖는다. 비인기 멤버들이라도 그룹을 떠나면 그룹의 정체성에 훼손이 생긴다. 팬들은 떠나고 인기는 사라진다. 즉, 고정된 비율로 계속 배분하려 하면 그룹이 깨지거나 영원히 무명으로 있어야 한다. 결국 수익 배분에 정답은 없다. 그래서 SM, JYP, YG의 수익배분 법칙이 다 다르다.

인간의 역사는 말해준다. 인간 집단의 생산량 확대는 공동 생산량의 확대만으로도, 배분 비율의 조절만으로도 이룰 수 없다. 이 두 가지 방법을 적절한 시점마다 전환해야 확대가 가능하다. 그래서 강대국은 진보와 보수가 번갈아 집권하며 발전해 왔다. 진보나 보수 중 하나가 장기 집권한 국가는 모두 사라졌거나 별 볼 일 없는 국가가 되었다.

우리의 조상들은 배분 비율의 조절을 좀처럼 하지 않았다. 대신 공동 생산량 확대를 통해 개인의 몫을 늘려야 한다고 했다. 따라서 경쟁력이 우수한 소수의 기득권층만 잉여 자원을 많이 가질 수 있었다. 기득권층은 그 잉여 자원으로 복리 효과를 거둘 수 있기에 배분 비율은 기득권층에게 더욱 유리해졌다. 그러다 배분 비율을 조절하겠다고 공개적으로 선언하고 시도를 한 리더가 있었다. 바로 노무현 대통령이다(물론 다른 리더들도 선언은 했었다). 그래서 아직도 많은 사람들이 노무현 대통령을 그리워한다.

현재는 원시 시대와 달리 70억 명의 인구가 충분히 생존할 수 있는 식량과 물자의 생산 능력을 갖고 있다. 그래서 모두가 생존에 충분한 자원을 얻을 수 있으니 배분 비율이 중요하지 않다고 생각할 수도 있다. 그런데 안타깝게도 인간의 욕심은 기하급수적으로 증가한다. 그래서 모두를 만족시키려면 생존 자원도 기하급수적으로 증가해야 한다. 하지만 인간의 생산은 산술급수적으로 증가한다(맬서스 트랩

(Malthusian trap)과 유사하다). 생존 자원도 유한하다. 그래서 모두가 만족하게 배분할 방법은 없다. AI로봇이 나오고 8차 산업 혁명에 성공한다 할지라도, 모두를 만족시킨다는 것은 절대 불가능하다(쌀 999석을 나눠 주어도 1,000석을 마저 채우겠다고 싸우는 것이 인간이다).

우리나라는 한국전쟁 이후 한강의 기적을 통해 빈곤에서 탈출했다. 또 1인당 GDP도 3만 불에 이를 정도로 크게 증가하여 경제 규모 면에서 어느 나라 부럽지 않다. 하지만 찢어지게 가난했던 1950~1970년대보다 오히려 지금 부의 불평등이 더욱 심각한 사회 문제다. 그래서 어느 때보다 많은 국민들이 극심한 경제적 빈곤감을 호소한다. 이는 사람들이 체감하는 부의 만족도는 절대적인 보유량과 아무 상관이 없다는 것을 말해준다.

이런 문제가 발생하는 원인 중 하나로 소득의 불공평한 분배를 꼽는다. 하지만 이에 앞서는 근본적인 문제가 있다. 바로 생산을 위해 투입하는 에너지의 양에 대한 체감이 사람마다 모두 다르다는 점이다. 즉 사람마다 처한 상황이 다르기 때문에 애초부터 공평함이란 세상에 존재할 수가 없다(공평은 정치인들이 유권자들 듣기 좋으라고 말하는 광고 카피다).

100평짜리 밭에서의 농사를 짓는다. 60대 노인에게는 하루 종일 가진 에너지 전체를 투입해야 하는 중노동이다. 반면 20대 청년에게는 두 시간 동안 쉬엄쉬엄 끝낼 수 있는 소일거리일 뿐이다. 그런데 각자가 집단에 요구하는 배분량은 자신이 체감하는 에너지 투입량을 기준으로 한다. 절대적인 에너지 투입량과는 상관이 없다. 그러니 모두가 공평하게 느끼도록 배분할 방법이란 세상에 존재하지 않는다.

우리가 흔히 내세우는 '평등한 기회' '공정한 결과'의 실현이란 애초부터 불가능하다. 언젠가 과학자들이 양자 컴퓨터를 이용해서 평등한 기회와 공정한 결과를 구현하는 데 성공했다 할지라도, 연구 논문에 누구를 제1 저자로 할지를 두고 목숨을 건 싸움이 일어나게 마련이다.

그런데 사람은 다른 생물들과 달리 고도의 지능과 윤리 의식을 갖고 있다고 한다(나는 이를 명백한 착각이라고 생각한다). 그래서 집단생활의 이점을 유지하기 위해 작은 불평등쯤은 감수할 수 있을 거라 생각한다. 하지만 인간은 아무리 작은 불평등이라 해도 무의식 속에서는 이를 큰 리스크로 인식한다. 바로 무의식 속의 '나비 효과'다. 그래서 무의식은 때론 필요 이상으로 큰 불만과 큰 불안을 일으킨다. 쌀 한 톨이라도 남보다 부족하면 목숨 걸고 항의하는 사람들이 있는 이유다.

따지고 보면 이런 행동은 우리가 갖고 있는 유전정보에서부터 비롯된다. 우리 조상들이 유전자 속에 물려준 기억 속에는 딱 쌀 한 톨의 열량이 부족해서 보릿고개를 견뎌내지 못하고 죽어가던 사람들의 모습이 저장되어 있다. 심지어 30억 년 전 물 분자 하나가 부족해서 죽어가던 원생생물의 모습도 들어 있다. 그래서 아무리 원자 단위까지 따져서 공평하게 나눠준다 해도 누군가는 나눠주는 순서에 불만을 갖고 갈등과 경쟁이 일어나게 되어 있다.

이렇듯 집단생활은 태생적으로 불평등과 불공평이라는 문제를 내포한다. 그래서 자신이 체감하는 불평등과 불공평을 해결하고 집단의 정책을 자신에게 유리하게 바꾸기 위해 '이대로'와 '바꾸자', '진보'와 '보수'라는 이념이 존재한다.

진보와 보수의 중간인 중도가 최선 아닐까? 그런데 왜 중도 정당은 인기가 없을까? 이는 인간이 본능적으로 중도를 그리 좋아하지 않기 때문이다. 수많은 선택 상황마다 모든 개체가 각자의 선택을 고민해야 한다는 것은 집단 전체로 보면 매우 비효율적이다. 각자의 두뇌가 계산을 위해 소모하는 에너지의 양과 기회비용이 만만치 않은 것이다. 그래서 개체들은 '이대로'와 '바꾸자', '진보'와 '보수', 이 둘 중 하나만 선택하는 것을 선호한다.

최근 들어 우리 사회에서 중도와 더불어 온건한 진보와 보수가 사라지고, 극진보와 극보수로의 양극화가 심해졌다고 우려하는 사람이 많다. 실제로 그런 것인지 아니면 그렇게 느끼기만 하는 것인지 판단은 어렵다. 그런데 인터넷 뉴스나 유튜브 알고리즘은 사용자의 성향을 파악하여 그가 좋아할 만한 내용을 선별해 보여준다. 그래서 진보는 진보를 옹호하는 뉴스만, 보수는 보수를 옹호하는 뉴스만 접하게 되어 상대방이 어떤 주장을 하는지 알지 못한다.

자기가 보고 싶은 뉴스만 보는 것은 마약처럼 중독성이 있다. 기존에 알고 있는 정보와 반대되는 정보를 접하게 되면 우리의 신경계는 그 정보가 믿을만한지, 믿을만하다면 자신에게 어떤 영향을 주는지, 저장해 둘 만한 정보인지 계산한다. 그리고 중요한 정보라고 판단되면 신경계 속의 시냅스 구조를 다시 변경한다. 모두 에너지가 필요한 작업이다.

그래서 자신이 갖고 있는 정보와 결이 다른 뉴스를 접하면 일단 거부감이 들고 불편함을 느낀다. 신경계가 많은 에너지를 투입해야 하는 불상사일지도 모르기 때문이다. 반대로 기존에 알고 있는 정보와 비슷한 내용의 뉴스를 접하게 되면 기분이 좋아진다. 아무 생각 없이 올라탄 버스가 마침 집으로 가는 버스라니 기분이 좋아지는 게 당연하다.

이런 이유로 보수주의자나 진보주의자 모두 중도를 좋아하지 않는다. 중도는 가끔씩 자신이 갖고 있는 정보와 다른 얘기를 한다. 두뇌 속 신경세포들을 피곤하게 한다. 그래서 에너지 소모를 유발하는 기사투성이인 중도 언론은 환영받지 못한다. 중도 성향의 정당이나 정치인이 별로 인기가 없는 이유이기도 하다.

자신에게 이미 익숙한 뉴스를 접하는 것은 편하다. 우리의 신경계는 그런 뉴스를 달콤한 사탕과 똑같이 여긴다. 그래서 우리는 이미 알고 있는 내용, 즉 이미 구성되어 있는 신경 네트워크에 어울리는 뉴스에 중독된다. 옐로 저널리즘에 빠진 언론과 기자들은 일종의 마약을 파는 것과 마찬가지인 셈이다.

중독성 있는 기사들은 정규 분포 곡선의 양 끝단을 더욱 두텁게 바꾼다. 이런 현상은 이념 세력 간의 격한 대결을 불러일으킨다. 하지만 인간의 이념은 눈앞의 이익 앞에서는 무기력하기 짝이 없다. 그래서 곧 원래의 정규 분포 곡선으로 돌아가게 마련이다.

진보와 보수라는 이념은 인간의 전유물일까? 당연히 아니다. 우리가 인간중심주의에 빠져 있기 때문에 잘 인식하지 못할 뿐이다. 모든 생물은 집단생활을 하기에 필연적으로 '이대로'와 '바꾸자', '진보'와 '보수' 사이의 갈등이 발생한다. 만약 이런 갈등이 싫어 집단생활을 포기하거나, 하나의 이념에만 집착한 생물 집단이 있다면 그 생물은 바로 그 세대에서 멸절한다.

그럼 생물이 아닌 무생물은 어떠할까? 우주에는 무수한 입자가 존재한다. 입자들은 똑같은 공간에 포개어 놓을 수 없다. 동전 2개를 아무리 겹쳐놓아도 옆에서 보면 위에 있는 동전과 아래에 있는 동전으로 구분된다. 즉 모든 입자를 동일한 환경에 놓는 것은 불가능하다. 환경이 다르면 에너지에 차이가 발생하고 이는 존재에 영향을 준다. 따라서 우주의 모든 존재들은 변화와 안정 앞에서 갈등을 겪는다. 변화는 무생물조차도 피해가지 않는다.

어느 교실, 두 학생이 앉은 자리의 정가운데에 쓰레기가 떨어진다. 한 학생이 발로 쓰레기를 옆 학생 쪽으로 슬쩍 밀어 넣는다. 그걸 본 옆 학생은 짜증을 내며 다시 상대방 쪽으로 밀어 넣는다. 이렇게 옥신각신하는데 청소 검사하러 선생님이 들어오신다. 그 순간 발밑에 쓰레기가 놓여 있던 학생이 어쩔 수 없이 버리러 간다. 물론 옆자리 학생을 욕하면서… 이러길 몇 차례, 아니 무한대까지 반복한다. 결국 두 학생이 쓰레기를 버리러 간 횟수는 똑같아진다. 그런데 똑똑한 옆 반 학생들은 공평하게 쓰레기를 절반으로 쪼개서 각자 버린다고 한다. 싸우지 않는 대신 2배의 에너지를 소모하면서….

사람들에게 하얀 깃발과 검은 깃발, 2개만 나눠 준다(여러 색의 깃발을 준비하려면 너무 많은 비용이 들기 때문이다). 그리고 쥐가 어떤 색이냐고 물어보고 그에 해당하는 색의 깃발을 들어보라고 한다. 하지만 회색 깃발은 없다. 그래서 누구는 흰색에 가깝다며 흰색 깃발을, 누구는 검은색에 가깝다며 검은색 깃발을 든다. 검은색 깃발을 든 사람들은 흰색 깃발을 든 사람을 비난한다. 흰색 깃발을 든 사람들은 검은색 깃발을 든 사람을 욕한다. 간단한 문제인데도 단합이 안 되니 심각한 문제가 있는 집단처럼 보인다. 이때 멀리서 이들이 들고 있는 깃발들을 바라본다. 쥐의 색과 일치하는 회색이다.

이처럼 인간은 집단 내 각 개체의 에너지 소모와 리스크는 줄이면서도 집단의 경쟁력은 향상시키는 생존 전략을 쓴다. 바로 진보와 보수라는 이념 구분도 이 생존 전략의 일부에 해당한다. 이를 통해 결국 집단 구성원들의 생존 가능성을 높인다.

자유 민주주의 국가는 국민들의 의견이 제각각이다. 그래서 전체주의 국가에 비해 비효율적인 집단으로 보이기도 한다. 그럼에도 현재의 세계를 둘러보면 전체주의보다 자유 민주주의가 훨씬 더 우월한 체제인 것을 확인할 수 있다. 왜냐하면 자유 민주주의는 '국민들의 생존 가능성 확대'를 위한 최적의 해답을 스스로 찾아가기 때문이다. 그것도 전 국민의 고성능 두뇌를 병렬로 연결하여 풀가동한다. 조금이라도 더 성공 확률이 높은 선택을 할 수 있는 것이다.

개미 무리들이 먹이를 개미집으로 운반할 때 처음에는 이쪽저쪽으로 불규칙하게 흩어져 가는 것처럼 보인다. 그런데 여러 차례의 시행착오를 거치면서 마침내 개미 무리는 최단시간의 이동 코스를 찾아낸다. 자유 민주주의도 이와 비슷하다(따지고 보면 개미와 인간의 생존 방법에 별 차이는 없다. 직장인들의 출퇴근 코스를 보면 알 수 있다).

돛단배는 맞바람을 맞으면 전진하지 못한다. 하지만 요트는 돛단배와 다르다. 맞바람을 맞으면서도 목적지를 향해 나아갈 수 있다. 단,

좌로 45도, 우로 45도, 지그재그로 왔다 갔다 하면서 가야 한다. 요트가 좌우로 방향 전환하는 것을 태킹(Tacking)이라고 한다. 바람을 거슬러 목적지까지 가려면 이 태킹을 수없이 많이 해야 한다. 그런데 태킹하기 전까지는 목적지에서 점점 멀어지는 것처럼 보인다. 그래서 요트에 탄 승객들은 불안해한다. 태킹을 하고 나면 비로소 목적지에 가까워지는 것 같아 마음을 놓는다. 하지만 얼마 지나지 않아 또 목적지에서 멀어지는 것처럼 보여 승객들은 불평을 쏟아낸다. 그때가 되면 다시 태킹을 해야 한다. 눈에 보이는 목적지를 두고 지그재그로 가자니 승객들 마음에 답답함이 가득하다. 하지만 알고 보면 요트는 원래 가려던 항로에서 크게 벗어나지 않는다. 그리고 돛단배라면 절대 갈 수 없는 곳을 향해 나아간다.

이 요트 이야기에서 태킹은 보수에서 진보, 진보에서 보수로의 정권 교체다. 정권 교체 없이는 우리는 한 치도 발전할 수 없다. 이런 사실을 알고 있냐고 사람들에게 물어보면 다 알고 있다고 대답한다. 하지만 사람들의 감정은 이런 사실을 모르는 듯 발생한다. 당연히 그래야 한다.

만약 승객 모두가 '원래 요트란 좌에서 우, 우에서 좌로 태킹하면서 가는 거니까'라고 태연하게 있으면 태킹은 이루어지지 않는다. 요트에는 해도가 없다. 그저 승객의 불안과 불만이 꽉 차면 '지금인가?' 하며 태킹을 한다. 요트와 세상은 그렇게 나아갈 뿐이다.

o   o   o

페이스북에 올라오는 글들을 와이프에게 보여주었다. 그리고 어느 쪽 얘기가 맞는 것 같냐고 물었다. 와이프는 좌파 페친의 글이 진실이고 우파 페친의 글은 근거 없고 비논리적이라고 답했다. 그래서 나는 우파 페친의 글이 더 맞는 말 같다고 했다. 와이프는 삐졌다.

이것으로 우리 집은 중도다.

PART

02

17 | 감정과 심리1

큰아들 녀석은 어렸을 때부터 이런저런 걱정을 많이 품고 사는 아이였다. 그래서 학교 시험을 앞두고는 며칠 전부터 시험을 망칠까 봐 잠도 못 자고 불안해했다. 그럴 때마다 시험 성적은 살아가는 데 전혀 중요하지 않으니 너무 불안해할 필요 없다고 위로해 주곤 했다. 이 녀석 중학교 3학년이 되자 어느 정도 적응이 되었는지 이젠 별로 불안감이 안 생긴다고 한다. 그런데 몇 점 받았냐고 물어보는 나의 불안감은 점점 커져가기만 한다. 19세기 독일의 의사 헤르만 헬름홀츠(Hermann von Helmholtz)는 '에너지 보존의 법칙'을 밝혀냈다. 나는 '불안감 보존의 법칙'을 밝혀냈다.

○ ○ ○

짧은 하루에도 우리의 감정은 쉴 새 없이 변화한다. 우리의 하루를 돌이켜 보면 아무 감정이 없다가도 전화 한 통에 기뻐하고, 문자 한 통에 분노하고, 영화 한 편에 슬퍼하다가, 퇴근하면 갑자기 즐거워한다. 누군가와 이야기를 나눌 때에도 한마디 한마디마다 이런저런 감정이 피어난다. 때론 창밖 풍경만 바라봐도 우리의 감정이 변한다. 만약 감정의 변화를 선명하게 느끼고 싶으면 주식투자 금액을 키우면 된다. 주식시세를 조회할 때마다 천국과 지옥을 오가는 감정을 느낄 수 있다(지옥문이 더 넓은 것 같다).

그런데 감정에 대해 아직 풀리지 않은 질문들이 있다. 도대체 인간의 감정이란 무엇일까? 감정은 왜 생길까? 다른 동물이나 식물도 감정을 느낄까? 인공 지능도 감정을 느끼게 할 수 있을까?

이런 질문들에 대해 생각해 보기 전에 먼저 명확히 해야 할 것이 있다. 자신이 느끼는 감정, 자신이 남에게 표현하는 감정, 자신이 인지하는 다른 사람의 감정은 모두 완전히 다르다.

우리는 발생한 감정 그대로를 표정이나 언어로 표현하지 않는다. 협업과 경쟁이란 관점에서 어떤 감정표현이 자신에게 유리한지 따져본다. 그리고 때로는 과장하고, 왜곡하고, 숨긴다. 이건 다른 사람도 마찬가지다. 그래서 사람들 사이에 오가는 감정표현은 실제 발생한 감정과는 별개다. 당연히 우리는 다른 사람의 감정을 정확히 해석하지 못한다. 대충 추측만 할 수 있을 뿐이다.

인간의 모든 행동은 생존을 위한 것이다. 우리의 감각도 생존에 필요한 정보를 입수하기 위해 존재한다. 그래야 위험을 감지하고, 생존 자원이 어디에 있는지 찾아낼 수 있기 때문이다. 감각에 뒤이어 발생하는 감정 또한 그 목적이 다르지 않다. 감정은 신이 지정해 준 보이지 않는 비밀 장소가 아니라 신경계에서 발생한다. 만약 엄청난 고배율의 현미경으로 신경계를 들여다본다면 감정에 따라 원자와 세포에 물리적 변화가 생기는 장면을 볼 수 있을 것이다. 즉, 감정이란 심리현상도 따지고 보면 엄연한 물리적 현상이다. 그리고 수학적 계산에 근거하여 발생한다(언젠가는 감정도 수식으로 충분히 설명할 수 있을 것이다).

우리의 모든 행동은 크건 작건 간에 생존 확률을 변동시킨다. 그래서 무작위적으로 행동하지 않는다. 생존에 도움이 될 것 같다고 판단되는 행동만 선택하여 행한다. 물론 미래는 예측 불가능하다. 그래서 자신의 행동이 당초 예상대로 생존에 도움이 되는 선택으로 판명될 수 있다. 반면 예상과 달리 오히려 생존에 불리한 선택으로 판명될 수도 있다.

만약 성공적인 선택을 했다면 다음에 비슷한 상황이 닥쳤을 때 성공을 재현해야 한다. 더 큰 성공을 거둘 수 있는 선택을 해야 한다. 그러기 위해서는 어떤 상황에서, 어떤 선택을 해서, 얼마나 큰 성공을 얻었는지 기억해서 정보화해야 한다. 실패도 마찬가지다. 같은 실패를 반복하지 않기 위해 역시 기억해서 정보화해야 한다.

그런데 모든 경험정보를 원본 그대로 기억으로 저장하려면 두뇌 속 저장 용량을 너무 많이 차지한다. 그래서 저장 방식을 진화시킬 필요가 있다(컴퓨터 하드 디스크의 저장 방식도 계속 바뀌고 있다). 이때 성공과 실패의 경험정보를 효율적으로 저장하는 방법, 바로 감정이다.

우리는 감정을 느낀다는 이유로 정신을 신체와 별개인 존재로 인식한다. 하지만 감정은 신체와 매우 밀접한 관계를 갖고 있다. 신체 기관 중 생존에 가장 중요한 두 가지가 있다. 바로 신경계와 소화 기관이다. 감정은 원래 이 두 가지 기관이 협업하여 만들어 낸 생존 도구다. 이는 감정을 느끼는 신경계가 소화 기관과 밀접한 관계를 갖고 있다는 점에서 확인이 가능하다.

어떤 사람들은 심한 스트레스를 받으면 소화가 잘 안 된다고 한다. 반면 어떤 사람은 스트레스를 받으면 먹는 것으로 푼다고 한다. 어떤 사람은 기쁜 일이 생기면 밥을 안 먹어도 배부르다고 한다. 어떤 사람은 기쁘면 오히려 식욕이 생긴다고 한다. 이는 신경계에서 감정을 담당하는 부분과 소화 기관이 서로 쌍방향 통신 시스템으로 연결되어 있기 때문에 발생하는 현상이다. 두 기관은 마치 하나처럼 반응한다. 심지어 감정에 영향을 주는 호르몬도 두뇌가 아니라 장에서 만들어진다. 그래서 장을 제2의 두뇌라고 부른다.

감정을 담당하는 신경계와 소화 기관이 하나의 세트라는 얘기는 결국 먹을 것의 득실이 감정에 큰 영향을 미친다는 것을 의미한다. 아마 고대 원시인들이라면 먹을 것에 관련해서만 감정이 발생했을지도 모른다. 동물들도 먹을 것과 관련된 감정 정도는 갖고 있을지 모른다. 하지만 현대 인류는 먹을 것이 원시 시대보다 훨씬 풍족하다. 따라서 먹을 것과 감정의 관계가 다소 소원해졌다.

게다가 인간 사회가 복잡해졌다. 감정은 먹을 것 말고도, 먹을 것으로 교환이 가능한 다양한 생존 자원들의 득실에 의해서도 발생한다. 즉 각종 재화, 권력, 명예, 인기, 재능과 같은 생존 자원의 득실도 우리의 감정에 영향을 준다.

우리는 책을 읽다가 기억해 둘 만한 구절이 나오면 형광펜으로 줄을 그어 표시한다. 형광펜으로 칠하는 이유는 다음에 그 구절을 쉽게 찾기 위해서다. 그런데 인생을 살다가 기억해 둘 만한 중요한 사건이 발생해도 우리는 표시를 한다. 물론 그때는 형광펜을 쓸 수 없다. 대신 감정을 사용한다.

우리는 감정이 미래에 생존 자원의 획득과 리스크 회피에 도움이 될 것이라고 여긴다. 그래서 큰 감정변화는 쉽게 사라지는 단기 기억이 아니라 잘 잊히지 않는 장기 기억으로 저장된다. 따라서 매우 슬프거나 기뻤던 사건은 굳이 의식적인 암기와 복습을 하지 않아도 평생동안 기억으로 저장된다(와이프가 나에게 프러포즈했을 때, 내가 느꼈던 기쁨은 잊혀지지 않는다. 물론 복습하고 싶지는 않다).

감정의 역사를 거슬러 올라가 본다. 지구상 최초의 생물은 아마 감정을 갖지 못했을 것이다. 그러다 변이에 의해 최초로 감정을 가진, 따라서 생존 경쟁력이 우수한 생물이 태어났으리라. 최초의 감정은 당연히 단 두 가지밖에 없었다. 바로 '기분 좋음'과 '기분 나쁨'(굳이 더 세분한다면 무감정도 있겠다). 이는 각각 생존에 유리한 상황에 대한 신경계의 반응과 생존에 불리한 상황에 대한 신경계의 반응이다.

단세포 진핵생물인 유글레나의 감정을 상상해 본다. 유글레나는 동물과 식물의 특성을 모두 갖고 있다. 그래서 동물처럼 이동을 하면서 식물처럼 광합성을 통해 에너지를 얻는다. 생존하기 위해 유글레나는 햇빛이 있는 곳을 반드시 찾아내야 한다(유글레나는 햇빛이 있는 곳을 찾기 위해 안점이라는 감각기관이 있다).

그런데 유글레나가 어디로 가야 햇빛이 있을지 판단을 내리기 위해서는 일단 과거의 기억정보가 있어야 한다. 아무 정보가 없다면 감각기관이 감각을 해도 판단할 근거가 없다. 선택을 하지 못하는 것이다. 즉, 조금 더 밝은 쪽으로 가면 햇빛이 있을 확률이 높다는 정보를 경험이나 유전을 통해 갖고 있어야 나아갈 방향을 선택할 수 있다.

그런데 보유한 정보에 근거해 밝은 쪽을 향해 나아갔지만, 햇빛은 없고 그냥 흰 바위만 있을 수도 있다. 이동이 쉽지 않은 단세포 생물에게 이런 실수는 생존에 치명적이다. 따라서 다시는 반복되어서는 안 된다. 이 정보는 잊어버리지 말고 확실하게 기억해 두어야 한다. 이때 경험정보에 '기분 나쁨'이라고 눈에 잘 띄는 색인을 붙여 저장해 둔다. 그래야 다음에 비슷한 상황에 처했을 때 신속 정확하게 참고할 수 있다.

발생 가능한 모든 상황별로 참고할 만한 기억정보들을 다 갖고 있다면 좋을 것이다. 하지만 단세포 생물은 기억의 저장 용량이 얼마 되지 않는다. 세세하게 기억하는 것이 불가능하다. 그러니 '기분 나쁨'이란 큰 범주 안에 정보를 저장해 둘 것이다. 단세포 생물이 살아가는 환경은 그리 복잡하지 않으니 그 정도면 충분하다.

이번에는 유글레나가 목표했던 대로 햇빛이 가득한 곳에 도착한 경우를 생각해 본다. 이 경우 생존 가능성이 확대된다. 따라서 다음번에도 비슷한 상황에 처하면 같은 선택을 반복해야 한다. 또 가능하다면 햇빛이 더욱 강한 곳을 찾아야 한다. 그러기 위해서는 이 경험정보를 잘 기억해야 한다. 그냥 기억해서는 다른 정보들과 구분이 어렵다.

그래서 다음에 찾기 쉽게 '기분 좋음'이라고 색인을 붙여 저장해 둔다.

이렇듯 기억이 저장되는 생물이라면 모두 '기분 좋음'과 '기분 나쁨' 정도의 감정은 갖는다. 감정이란 색인이 붙어 있는 정보 덕분에 그 생물은 상황별로 적절한 행동을 선택하여 생존을 유지할 수 있다.

하지만 우리 인간들은 좀처럼 인간중심주의를 벗어나지 못한다. 그래서 생물에게 감정은 없고 그냥 무조건적인 반응 정도나 할 것이라고 여긴다(따지고 보면 생물의 감정 보유 여부는 우리 마음속 현미경의 배율에 달려 있을 뿐이다). 만약 생물이 기억을 못 하거나, 기억을 하더라도 감정이란 색인을 붙이지 못한다면 매번 비슷한 실수를 반복할 것이다. 그럼 얼마 지나지 않아 멸절할 수밖에 없다. 그래서 우리와 함께 살아가는 생물들이라면 모두 어느 정도 감정은 갖고 있다고 봐야 한다.

이제 인간의 감정에 대해 생각해 본다. 사실 인간의 감정도 앞서 얘기한 유글레나와 별반 다를 바가 없다. 인간도 다른 생물들과 똑같은 이유로 자신의 생존에 영향을 주는 선택이나 환경에 대한 정보를 신경계 속 기억의 도서관에 남기려고 한다. 그래야 나중에 비슷한 상황에 처했을 때 기억정보를 근거로 적절한 선택을 할 수 있기 때문이다.

도서관에 아무런 구분 없이 책을 보관하면 다음에 참고하려 해도 적당한 책을 찾기 어렵다. 인간의 기억도 마찬가지다. 게다가 인간을 둘러싼 환경이 복잡해지면서 저장해야 할 정보가 너무 많아졌다. 그래서 기억을 저장하는 효율적인 방식이 필요해졌다. 아마 처음에는 원시 생물과 마찬가지로 '생존에 유리한 선택'과 '생존에 불리한 선택', 두 가지로만 구분했을 것이다. 그리고 생존에 유리한 선택 쪽 서가에는 '기분 좋음', 생존에 불리한 선택 쪽 서가에는 '기분 나쁨'이란 색인을 붙였을 것이 뻔하다.

사실 원시인이나 아기들은 이렇게 둘로만 구분해도 책을 찾는 데 별문제가 없다. 이들은 갖고 있는 책이 많지 않기 때문이다. 그런데 인간 사회가 점차 고도화되면서 생존 자원의 종류가 다양해졌다. 선택 상황도 과거보다 복잡해졌다. 그리고 협업을 위해 다른 사람과 감정정보를 교환해야 하는 경우도 많아졌다.

따라서 감정에 관한 정보량이 증가하여 '기분 좋음'과 '기분 나쁨' 으로만 구분할 경우, 필요할 때 적절한 정보를 찾기가 어렵다. 그래서 '기분 좋음'에 관한 정보를 사랑, 만족, 행복, 희망 등으로, '기분 나쁨' 에 관련된 정보를 슬픔, 분노, 미움, 절망 등으로 세분하게 되었다. 이제 새로운 경험을 하게 되면 그 성격에 따라 적절한 서가에 구분하여 넣어준다. 그리고 새로운 선택의 상황에 닥치면 재빨리 과거의 경험을 참고해서 적절한 선택을 한다.

따라서 감정은 기억과 관련이 깊다. 우리 인생에 생생하게 기억나는 일들은 모두 감정과 연관되어 있다. 우리는 가장 기뻤던 순간, 가장 슬펐던 순간을 자세히 기억한다. 감정이 담겨 있기 때문이다. 큰아들이 태어났을 때를 떠올리면 그때의 환희와 전율이 되살아난다. 워터파크에서 막내딸을 잃어버렸을 때의 당혹감을 떠올리면 10년이 지난 지금도 가슴이 철렁한다. 큰 규모의 감정은 복습 과정 없이도 단기 기억을 건너뛰어 장기 기억으로 저장된다. 그만큼 생존에 중요한 경험이기 때문이다. 한마디로 기억이 없으면 감정도 없다(자다가 새벽에 깨서 한동안 멍할 때는 아무 감정을 느끼지 못한다. 아직 기억이 작동하지 않기에).

우리가 미래에 써먹기 위해 기억을 하듯이 감정도 현재가 아니라 미래를 위해 존재한다. 현재만 신경 쓰면서 살아가겠다면 감정이 아니라 감각기관만으로 충분하다. 그래서 감정은 발생한 사건이 현재뿐 아니라 미래에 미치는 영향까지 고려해서 발생한다.

야구의 외야수들은 타자가 친 공이 떠오르는 잠깐의 움직임만으로도 미래의 비행 궤적을 예상한다. 그리고 예상 낙하지점으로 이동해서 공을 잡는다. 만약 외야수가 감각정보만 갖고 있다면 공이 바닥에 떨어진 후에 공을 줍기에 급급할 것이다. 하지만 외야수는 과거에 타자가 친 공이 어떻게 움직였는지에 대한 정보를 갖고 있기에 예상 낙하지점을 추정할 수 있다.

외야수는 짧은 시간 간격 동안 야구공의 위치 변화를 본다. 그리고 야구공의 위치, 속도 그리고 가속도를 파악한다. 이를 통해 예상 낙하지점을 추정한다. 우리의 감정도 야구공의 예상 낙하지점을 계산하는 것과 비슷하다. 우리는 생존 자원의 득실과 관련된 환경변화를 감각한다. 이 변화를 미분하여 변화의 속도를 계산한다. 그리고 다시 한번 미분하여 변화의 가속도를 구한다. 이때 가속도가 일정 범위를 벗어나면 중요한 변화로 간주한다. 그리고 그 변화가 앞으로 자신의 생존에 어느 정도 영향을 줄지 계산한다. 이때 두 차례 적분을 해야 한다. 적분한 결괏값에 따라 감정의 방향과 폭이 결정된다.

이런 감정의 계산 과정에 사람마다 미분과 적분의 범위를 달리 적용한다. 그래서 같은 사건인데도 사람마다 느끼는 감정과 감정의 폭이 다르다. 별것 아닌 일에도 분노가 폭발하는 사람이 있고, 대단한 일에도 무덤덤한 사람이 있는 이유다.

우리가 돈을 잃거나 주웠을 때를 생각해 보면 감정에 계산 과정이 수반된다는 것을 알 수 있다. 천 원을 잃었을 때와 만 원을 잃었을 때 느끼는 상실감의 폭은 확실히 다르다. 또 같은 천 원을 잃어도 가진 돈이 많을 때와 가진 돈이 적을 때 느끼는 상실감의 폭 역시 다르다. 반대로, 길을 가다가 돈을 주웠을 때를 생각해 봐도 금액에 비례하여 감정의 폭이 변한다는 것을 알 수 있다. 즉 감정이란 신경계가 보유한 정보에 근거하여 수학적 계산을 한 후 발생한다는 것을 짐작할 수 있다. 감정은 철저하게 자신을 위해 존재하는 생존 도구다. 감정이야말로 인간이 이기적이며 계산적인 존재라는 확고한 증거다.

우리에게 감정이 발생하려면 일단 정보가 있어야 한다. 집에 불이 나서 재산을 몽땅 잃어도 그것이 미래의 삶에 어떤 영향을 주는지 모른다면 슬픈 감정은 생기지 않는다. 어린아이들은 자기 집에 불이 났는데도 불장난하는 줄 알고 좋아한다. 아이들은 집이란 생존 자원이 없어지면 생활이 힘들어진다는 것을 겪어본 적도 없고, 얘기 들은 바도 없고, TV에서 본 적도 없고, 물려받은 유전정보도 희미하기에 감정을 느끼지 못하는 것이다. 따라서 우리가 느끼는 모든 감정에는 '갖고 있는 정보에 근거하여 판단해 보니'라는 조건이 숨겨져 있다. 감정이 신경계의 계산 결과라는 것을 보여주는 증거다.

폐지 줍는 힘든 일을 하면서 가난하게 살던 노인이 로또 복권 1등에 당첨된다. 벼락부자가 되었음에도 그 노인은 폐지 줍는 생활을 계속한다. 우리는 그런 소식을 들으면 그 노인 참 검소하다며 칭찬을 한다. 하지만 내가 같은 동네에서 폐지를 줍는 사람이라면 '그 노인 참 욕심 많다' '돈독이 올랐다'라며 비난하게 마련이다. 똑같은 사건도 나의 환경에 따라 다른 감정을 불러일으킨다. 이 역시 감정이 신경계의 계산 결과이자 이기적인 생존 도구라는 것을 보여주는 증거다.

감정은 매우 유용한 생존 도구이다. 그렇다고 항상 사용하는 생존 도구는 아니다. 두뇌는 1.4kg에 불과하다. 하지만 인체가 소비하는 에너지의 약 1/4을 사용한다. 즉, 두뇌는 근육보다 단위무게당 20배의 유지 비용이 필요한 고비용 신체 기관이다(게다가 두뇌는 가장 고급 에너지를 소모한다). 이 말은 생존에 있어 그 전략적 가치 또한 같은 무게의 근육보다 20배 이상 높다는 뜻이다.

일반 사원들보다 연봉이 20배 높은 CEO는 회사에서 가장 중요한 사람이다. 그래서 아무 일이나 하지 않는다. 단순한 일처리는 비서가 알아서 하게 하고 중요한 사항만 신경 쓴다. 우리의 두뇌도 마찬가지다. 우리의 감정은 주로 두뇌의 대뇌변연계에서, 감정을 억제하는 의식은 주로 대뇌피질에서 발생한다. 이 부위들은 연봉이 평사원보다 무려 20배 높은 CEO나 마찬가지다. 따라서 아무 일이나 하지 않는다. 감정도 아무 사건에나 다 발생하지 않는다. 생존에 영향을 주는 중요한 사건에만 발생한다.

사람을 상대하는 직업을 갖고 있는 사람들은 잘 알고 있다. 감정을 느끼고, 표현하고, 다른 사람의 감정을 이해하고, 분석하고, 대응하는 작업은 고강도, 고비용 행위다. 감정 따위 느끼는 데 몇 kcal나 소모되냐, 그 정도야 무시해도 되는 것 아니냐고 생각할 수도 있다. 하지만 인간은 철저하게 생존 가능성을 극대화하는 것을 목적으로 만들어진 초절전형 생존 기계다. 우리는 비상 상황이 닥치면 아까 점심때 먹다

남긴 밥 한 숟가락의 열량 차이로 수십 년의 수명이 좌우될 수 있다는 걸 안다.

우리의 미래는 예측 불가능하다. 발생 가능한 모든 경우에 대해 최대한 대비하는 것만이 최선의 생존 전략이다. 그래서 인간은 많은 에너지가 소모되는 감정 또한 필요한 때만 발생하도록 조절한다. 그래서 별로 중요하지 않은 일상적인 사건들에 대해서는 감정을 느끼지 않는다.

이런 판단은 운에 맡길 수 없다. 신경계가 수학적으로 미분한 결과, 변화의 가속도가 일정 범위 내이고 적분한 결과가 일정 범위 내라면 그냥 무시해 버린다. 그리고 일정 범위를 벗어났을 때에만 감정을 발생시킨다. 물론 그 범위는 사람마다 다 다르고, 같은 사람이라 해도 상황마다 다르다.

내가 어렸을 때 천 원을 잃어버리면 나라를 잃은듯한 큰 상실감을 느꼈다. 하지만 지금은 만 원 정도 잃어버려도 아무 감정이 생기지 않는다. 만 원이 내 생존에 미치는 영향이 거의 없다고 계산되기 때문이다. 두 번 다시 만 원을 잃지 않기 위해 생활습관을 바꾸고 지갑 관리에 신경을 쓰는 데 에너지를 소모하는 것보다, 그냥 만 원을 한 번 더 잃어버리는 것이 이익이라는 신경계의 계산 결과가 있었다는 뜻이다.

우리는 살아가면서 아무리 슬프고 힘든 일이 생겨도 결국은 버티어 낸다. 아무리 즐겁고 기쁜 일이 있어도 얼마 지나면 무덤덤해진다. 감정도 생존 도구에 불과하다. 긍정적이건, 부정적이건 너무 오래 지속되는 감정은 필요 이상으로 많은 에너지를 소모시킨다. 그리고 불필요한 리스크를 초래한다. 감정이 지나치면 오히려 생존에 악영향은 주는 것이다.

우리 주변에는 가족의 죽음이나 연인과의 이별로 한참 동안 슬픔에서 헤어 나오지 못하는 사람들이 있다. 이들의 일상이 망가지는 모습을 보다 못해 주변 사람들이 이런 말을 해준다. "슬프겠지만 이제 그만 잊고 네 인생을 살아라."

그냥 습관적으로 하는 말인지는 모르겠다. 하지만 정확한 충고다. 지나친 슬픔은 너무 많은 에너지 소모와 리스크를 동반한다. 그리고 결국 그 슬픔의 효용가치 이상의 대가를 지불하게 한다.

영화 '킹스맨: 골든 서클(Kingsman: The Golden Circle)'. 적의 기습으로 킹스맨 본부가 처참하게 파괴되고 거의 모든 에이전트들이 죽는다. 좌절한 에그시 앞에 멀린이 나타나 말한다. "There is no time for emotion in this scenario." 아무리 슬픈 일이라 할지라도 그리 오래 슬퍼해서는 안 된다는 뜻이다. 감정도 오래 들고 있으면 사치품이 되어버린다. 이는 기쁨이건 슬픔이건 마찬가지다.

어린 시절, 우리의 인생은 태어나서 가장 기쁘고 가장 슬픈 사건들의 연속이었다. 그런데 어른이 되어 비슷한 사건들을 여러 번 겪다 보면 감정도 무디어진다. 한때 여러 사람 앞에서의 발표는 큰 불안감을 유발했다. 하지만 몇 번 하다 보면 어느새 불안감은 사라진다. 잘생겼다고, 예쁘다고 칭찬받으면 처음에는 기쁘다. 하지만 자꾸 듣다 보면 아무 느낌이 없어진다. 오래간만에 쉬는데 와이프가 청소하라고 하면 처음에는 화가 난다. 하지만 매주 하다 보면 별 느낌이 없어진다. 이는 생존에 별 영향을 주지 않는 사건이라는 걸 알게 되었기 때문이다. 굳이 에너지를 써가면서 감정을 일으킬 필요가 없다고 무의식이 판단한 것이다. 우리는 초절전을 추구하는 생존 기계이니까.

○ ○ ○

난 놀이공원의 대관람차가 무섭다. 몇 번 타도 계속 무섭다. 인간은 감정에 무디어진다. 하지만 유일하게 공포에는 쉽사리 무디어지지 않도록 설계되어 있다. 감정을 못 느끼면 종종 손해를 보며 산다. 하지만 공포를 못 느끼면 바로 죽기 십상이다.

그래서 나는 아직 와이프가 무섭다.

18 감정과 심리2

인간이 느끼는 감정은 '기분 좋음'과 '기분 나쁨', 두 가지로 대별할 수 있다. 하지만 감정을 기억하고, 정보화하고, 다른 사람에게 표현하기 위해 그 종류가 수없이 다양해졌다. 그 덕에 와이프가 "지금 내 마음이 어떤지 알아?"라고 물어볼 때 답하기가 곤란해졌다. 시간이 갈수록 감정을 표현하는 새로운 어휘가 더 등장할 것이다. 그리고 남자들은 왜 인생에는 OX 문제가 없냐며 더 한탄하게 될 것이다.

○ ○ ○

우리는 얼마 전까지 감정은 인간의 전유물이라고 여겼다. 하지만 최근 들어 일부 생물학자들은 영장류도 인간과 비슷한 감정을 느낀다고 주장한다. 또 영장류 외 다른 동물들도 약간의 감정은 갖고 있다고 말한다. 아마 앞으로 과학이 발달하면 할수록 더 많은 동물들이 더 다양한 감정을 느낀다고 알려지게 될 것이다(언제나 그렇듯, 중요한 것은 우리 손에 있는 현미경의 배율이다).

생물학자들과 달리 심리학자들은 동물의 감정에는 관심이 없다. 그들은 인간의 감정에만 관심을 갖는다. 심리학자들은 인간의 감정을 크게 여섯 가지로 구분한다. 바로 기쁨, 슬픔, 우울, 후회, 불안, 절망이다. 이 여섯 가지 감정이 인간의 생존에 있어 각각 어떤 역할을 하는지 살펴보려 한다.

기쁨

기쁨은 생존에 긍정적인 사건이 발생했을 때 느끼는 감정이다. 따라서 자주 반복되기를 원한다(억지로라도 기쁨을 주는 기쁨조가 존재하는 이유다). 동물이나 원시인이라면 언제 가장 큰 기쁨을 느낄까? 바로 에너지와 영양소를 갖춘 음식이 소화 기관으로 들어올 때다. 또 목마를 때 물을 마시거나, 추운 곳에 있다가 따뜻한 곳으로 오거나, 위험한 상황에서 벗어나 안전한 곳으로 피하거나, 심한 통증이 사라졌을 때 역시 큰 기쁨을 느낀다. 즉, 생존이 확보되거나, 생존에 필요한 자원을 얻어 생존 가능성이 높아졌다고 판단될 때 기쁨이란 감정이 생긴다.

이는 현대의 인간에게도 동일하게 적용된다. 다만 현대인들은 음식을 구하기 어렵지 않다고 생각한다. 그래서 보관, 저장, 교환이 더 용이한 재화에 민감하게 반응한다. 그 외에도 권력, 명예, 인기, 재능, 인간관계 등의 생존 자원에도 역시 반응한다. 따지고 보면 배고플 때 음식을 먹으면서 느끼는 기쁨이나, 돈을 벌고, 승진을 하고, 선거에 당선

되고, 인기를 얻을 때 느끼는 기쁨이나 질적으로 아무 차이가 없다.

우리의 신경계는 변화에 대한 감각정보를 입수해 분석한다. 그래서 생존 가능성이 확대된다고 판단되면 신경전달물질을 분비한다. 이를 통해 우리의 신체는 획득했거나 혹은 획득할 것으로 예상되는 생존 자원을 놓치지 않기 위해 이런저런 대비를 한다. 가슴이 두근거리고, 목소리와 손발이 떨리고, 괜히 설레어 잠을 못 자는 등의 신체 반응이 바로 그런 대비에 해당한다. 이는 이미 획득한 생존 자원을 놓치지 않고, 생존 자원의 획득 기회가 실현되었을 때 남들보다 더 빨리, 더 많이 확보하기 위한 준비 행동이라 할 수 있다.

우리는 '파블로프의 개'가 종소리만 들어도 침 흘리는 것을 보며 동물의 사리분별 못 함을 비웃는다. 하지만 파블로프의 개가 종소리만 들어도 침을 흘린 것은, 먹이를 입에 물고 나서 침을 흘릴지 말지 판단하는 것보다 일찌감치 침을 흘리는 것이 생존에 더 도움이 된다고 계산했기 때문이다. 그럴만한 이유가 있는 것이다.

인간도 파블로프의 개와 전혀 다를 바 없다. 우리도 미래를 예측하고 그에 따라 감정을 느낀다. 개와 다른 점이 있다면, 인간은 한참 뒤의 사건에 대해서도 마치 이미 발생한 사건과 비슷한 기쁨을 느낀다는 점이다(1등 당첨 확률이 814만분의 1에 불과한 로또를 사고도 기쁨을 느낀다). 한마디로 인간은 종소리가 아니라 인터넷 쇼핑몰에서 종을 검색하면서도 침을 흘린다.

월급날이 다가오고 있다. 하지만 아직 통장에 돈이 입금되지 않았다. 그래도 우리는 이미 입금된 것처럼 백화점에서 쇼핑을 한다. 경험상 월급이 들어오지 않을 확률이 거의 없다고 보고 미리 행동하는 것이다. 통장에 입금된 것을 확인하고 쇼핑하면 늦는다. 다른 사람과의 뽐내기 경쟁에서 뒤처질 수 있기 때문이다.

한우 고깃집에서 회식할 때는 사무실을 떠날 때부터 소화액을 분비한다. 그러면 고기 한 점 입에 넣고 나서 소화액을 분비하기 시작한 사람보다 더 먹을 수 있다. 이렇게 인간은 파블로프의 개보다 훨씬 더 빨리 침을 흘린다. 물론 그 덕에 인간이 개보다 더 잘살고 있다.

기쁨과 그에 따른 신체 반응은 결국 생존에 긍정적이다. 당연히 자주 반복되는 것이 좋다. 그래서 우리의 신경 네트워크에 성공의 경험을 각인시켜 놓는다. 다음에 비슷한 상황이 닥치면 같은 선택을 반복하기 위해서다.

한 가지 주의할 점이 있다. 우리가 '표현하는 기쁨'은 실제 우리가 '느끼는 기쁨'과 상당히 다르다. 우리는 기쁨을 느낀다고 있는 그대로 표현하지 않는다. 느낀 그대로 표현하는 것에 대해 의식적 또는 무의식적으로 조심한다. 때론 숨기기도 한다. 심지어 정반대로 표현하기도 한다.

물론 상호 신뢰감이 두터운 연인, 배우자, 가족 앞에서는 느낀 그대로 표현하는 경우가 많다. 하지만, 상호 신뢰감이 높지 않은 사람들 속에서는 그러하지 않는다. 왜냐하면 자기가 많은 생존 자원을 얻었거나 혹은 곧 얻을 것이라는 사실이 알려지면 상대방이 시기하거나 뺏으려 할 수도 있기 때문이다. 즉, 솔직한 기쁨의 표현이 오히려 생존에 위협이 될 수 있다는 것을 우리의 무의식은 알고 있다.

할리우드 영화 초반부에 누군가 보물 상자를 발견한다. 그가 두

손을 쳐들고 기쁨의 함성을 지른다. 이런 장면이 나오면 우리는 직감한다. 그 사람이 제 명대로 살지 못할 것이라는 것을. 운수 좋은 날, 김첨지는 간만에 사슴 사냥에 성공한다. 그가 녹용을 들고 기쁨의 함성을 지른다. 그 소리를 듣고 옆 마을의 배고프고 포악한 녀석들이 나타난다. 그래서 그날이 운수 나쁜 날이 되어버린다.

현명한 우리 조상들은 이런 상황에 대비한 안전장치를 유전자 속에 심어놓았다. 그래서 우리는 아주 기쁜 일이 생겼는데도 크게 웃지 않기도 한다. 오히려 슬프거나 화난 표정을 짓기도 한다. 이때의 슬픈 표정은 빼앗아 갈 만한 생존 자원이 없다는 엄살이다. 화난 표정은 빼앗아 가려다 큰코다칠 것이라는 경고다.

그래서 올림픽 금메달리스트는 시상대에서 눈물을 흘린다. 결승 골을 넣은 축구 선수는 방송 카메라에 대고 성난 표정을 짓는다(이제 골 넣은 선수가 축하해 주러 오는 동료 선수들을 뿌리치고 혼자 달려가는 이유를 알 수 있다).

우리 민족은 아주 기쁜 일이 있을 때 오히려 눈물을 흘리는 경우가 많은 편이다. 이는 외세의 수탈에 시달렸던 시절과 먹고살기 어려웠던 보릿고개의 기억이 유전자 속에 스며들어 있기 때문이다. 힘든 시절, 간만에 획득한 생존 자원을 다른 사람에게 빼앗기지 않으려면 최대한 없는 척 연기를 해야 했다. 즉, 우리의 표정은 우리의 역사가 약탈 민족들의 역사와는 확연히 다르다는 점을 말해준다(우리나라는 약탈 민족이 아니었다. 그래서 제한된 생존 자원을 여럿이서 나눠야 했다. 경쟁심이 강할 수밖에 없다).

우리 모두 기쁨을 원한다. 더 큰 기쁨을, 더 오래가는 기쁨을 갖고 싶어 한다. 하지만 예쁜 버섯에 독이 있듯이 큰 기쁨에도 독이 있다.

우리는 큰 기쁨을 맛보고 나면 계속 똑같은 선택을 반복하려 한다. 중간고사 볼 때 모르는 문제의 답을 다 '3번'으로 찍었다. 그런데 재수 좋게 성적이 잘 나왔다. 무척이나 기쁘다. 이런 경험 다들 한 번쯤은 있을 것이다. 그런데 그다음 기말고사 잘 본 적 있는지? 이것이 타짜들이 호구에게 일부러 져주는 이유다. 석가모니가 희로애락 모두에 치우치지 않으려 한 이유다. 세상 모든 인간들이 가끔씩만 기뻐하는 이유다. 내가 로또 1등 당첨되어도 기뻐하지 않겠다고 결심한 이유다.

슬픔

슬픔은 기쁨과 정반대의 감정이다. 슬픔은 자신의 잘못된 선택으로 인해 생존 자원을 잃거나, 생존에 부정적인 사건이 생기거나, 미래에 부정적인 사건이 생길 가능성이 높아질 때 느끼는 감정이다.

예를 들어 아껴둔 식량을 들개가 먹어버리거나, 매년 요맘때 열리던 사과가 안 맺히거나, 가족이 죽어서 더 이상 협업의 효과를 거두기 어려워지면 우리는 슬픔을 느낀다.

원시 시대, 인간에게 공기와 물은 비교적 흔했다. 따라서 가장 슬픈 사건은 단연 먹을 것이 사라지는 경우였다. 그런데 자신의 잘못된 선택으로 인해 먹을 것이 사라져버리는 것은 심각한 생존 위기다. 누구나 두 번 다시 그런 위기에 처하는 것을 원하지 않는다. 이에 미래에 비슷한 상황이 닥쳤을 때 지난번처럼 어리석은 선택을 반복하면 안 된다는 각오를 기억 속에 각인한다. 이 각오가 바로 슬픔이다.

지금은 먹을 것이 돈, 권력, 명예, 인기, 재능, 인간관계와 같은 간접 생존 자원으로 대체되었다. 그래서 우리는 돈, 권력, 명예, 인기, 재능,

인간관계를 잃거나 잃을 가능성이 높아져도 예전 우리 조상들이 먹을 것을 잃었을 때와 똑같은 슬픔을 느낀다. 지금도 많은 사람들이 스트레스를 받으면 먹는 것으로 푸는 이유다(배가 부르면 잃어버린 명예나 인기가 회복된 것으로 순간 착각한다. 내가 배 나오는 이유다).

슬픔은 미래에 비슷한 선택의 상황이 닥쳤을 때, 과거의 실수를 반복하는 것을 막는 역할을 한다. 예를 들어 누가 두통이 심하다고 하면 바로 뇌종양일 수도 있으니 병원에 가보라고 권한다. 과거에 친구가 뇌종양으로 죽었거나, 예전에 본 영화에서 여주인공이 뇌종양으로 쓰러지는 장면에 슬픔을 느낀 적이 있기 때문에 할 수 있는 말이다.

이렇게 우리 신경계 속 슬픔의 기억은 알게 모르게 우리의 선택에 영향을 준다. 아껴 먹으려고 남겨둔 사과가 어느새 썩어버리면 우리는 슬픔을 느낀다. 우리는 슬픔으로 이 사건을 기억한다. 그래서 가게에서 사과를 고를 때 표면이 깨끗한지 살피고, 냉장고에 보관하고, 너무 오래되기 전에 먹어 치운다.

그런데 기쁨을 '느끼는 것'과 '표현하는 것'의 목적이 서로 다르듯, 슬픔을 '느끼는 것'과 '표현하는 것'도 목적이 다르다. 슬픔의 표현에는 자신의 감정을 상대방에게 전달하여 상대방의 행동을 자신에게 유리하게 바꾸려는 의도가 들어 있다. 따라서 우리는 느낀 슬픔을 그대로 전하지 않는다. 적당히 가공하여 전달한다. 이때 자신이 처한 환경, 즉 주위에 누가 있고 그 사람이 어떤 사람인지에 대한 정보를 감안한다. 그리고 그 사람의 과거 행태를 떠올려 어떻게 반응할지 예측하고, 그에 어울리는 감정표현을 한다.

아이가 길을 가다가 넘어지면 바로 울지 않는다. 주위를 둘러보고 엄마가 있어야 운다(할머니가 있으면 더 크게 운다). 엄마는 아이에게 울지 말라며 사탕을 주며 달랜다. 하지만 우리 아이들은 나하고 있을 때 넘어져도 울지 않았다. 울어봤자 얻을 게 없다는 것을 알고 있었기 때문이다. 이러다 보니 감정의 발생 시점과 감정의 표현 시점 사이에는 시간 간극이 있다. 신경계가 이것저것 계산하는 시간이다.

흔히 너무 슬프면 눈물도 안 나고 멍해진다고 한다. 어떤 사람은 너무 슬프면 헛웃음이 터져 나온다고 한다. 이는 너무 기쁠 때 오히려 눈물을 흘리는 이유와 비슷하다. 지나친 슬픔의 표현은 자신이 보유한 생존 자원이나 생존 능력을 모두 상실했음을 의미한다. 이는 상대방에게 협업 파트너로 부적합하다는 인상을 줄 수 있다(은행에서도 보유 재산이 없거나 직장이 없는 사람에게는 대출을 거의 안 해준다). 집단생활을 하는 인간에게 협업 파트너로서의 부적격 판정은 곧 죽음이나 마찬가지다. 따라서 극심한 슬픔일수록 별일 아닌 것처럼 숨기는 것이 생존에 유리하다. 또한 경쟁력을 상실하여 무력해진 인간은 다른 인간이나 육식 동물들에게 손쉬운 타깃이다. 이것이 슬플수록 힘을 내라고 말하는 이유다.

우리는 아무리 슬프고 힘들어도 어떻게든 계속 살아가야 한다. 돈키호테의 작가 세르반테스(Miguel de Cervantes Saavedra)는 말했다. "All sorrows are less with bread." 슬픔이란 감정은 생존보다 중요하지 않다는 뜻이다. 정말로 슬퍼할 일은 죽는 것뿐이다. 그래서 정말 슬퍼할 만한 일은 죽기 전에 절대 생기지 않는다. 그런데 죽으면 감정을 느낄 수 없다. 그러니 너무 슬퍼하지 말아야 한다. 별 쓸모가 없기 때문이다.

우리 조상들은 슬퍼도 꾹 참는 생존 기술을 유전자 속에 넣어주었다. 조상이 물려줬다고 다 정답은 아니다. 하지만 이 기술만은 절대 버리면 안 된다. 그게 잘 안 된다고? 할 수 있다. '들장미 소녀 캔디'도 하는데…(거울 속의 나하고 얘기를 나누길 권한다).

우울

우울은 슬픔과 비슷하다. 둘 다 '기분 나쁨'이란 범주에 속한다. 다만 슬픔이 일시적이고 급작스러운 생존 자원의 상실이라면, 우울은 장기간, 지속적으로 반복되는 상실로 인해 느끼는 감정이다(돈을 잃어버리는 것은 슬픔이지만 내일도 출근해야 한다는 것은 우울이다). 쉽게 바꿀 수 없는 환경적인 요인으로 인해 상실이 발생한다면 단기간에 상황을 바꾸기 어렵다. 이럴 때는 가까운 미래나 먼 미래나 모두 생존 자원을 상실할 것으로 예측된다. 따라서 지속적, 반복적으로 스트레스를 느낄 수밖에 없다.

수학적으로 따져본다. 자신의 주변에 발생하는 변화를 감각해서 미분해 보니 가속도가 마이너스다. 미분하는 범위를 계속 바꾸어 봐도 역시 마이너스다. 미래를 예측할 때 적분 범위를 아무리 바꿔봐도 모두 큰 폭으로 감소하는 모습이다. 이렇게 어제도 마이너스 값, 오늘도 마이너스 값, 내일도 마이너스 값이 나올 때, 우리는 우울하다고 한다.

하지만 우리를 둘러싼 변화의 '평균가속도'가 마이너스라 할지라도, '순간가속도'는 플러스일 수 있다. '순산가속도'가 마이너스라 할지라도, '평균가속도'는 플러스일 수 있다. 플러스인 가속도를 기준으로 적분을 하면 그 적분 값은 증가한다. 이처럼 우리의 감정은 주변 상황을 어떻게 보느냐에 영향을 받는다. 현인들이 매사 긍정적인 면을 보라고 하는 이유가 있다.

하지만 현인들은 헛똑똑이였나? 아니면 일부러 그러는 건가? 그들은 정작 우울의 긍정적인 면을 보지 못했다. 우울한 직장인들은 월급 몇 푼 들어왔다고 기뻐하지 않는다. 이들은 큰 변화를 꿈꾼다. 우울한 이 세상을 확 바꿔버릴 새로운 아이디어를. 봉준호 감독이 매사 긍정적인 면을 보았다면 기생충은 박멸되고 없었다.

후회

후회는 미래에 대한 확률 계산의 오류로 잘못된 선택을 한 경우에 발생하는 감정이다. 생존 가능성을 높여주리라 기대했던 선택이 나중에 오히려 생존 가능성을 감소시켰다면 다시는 그런 실수를 저지르면 안 된다. 특히 어쩔 수 없는 주변 환경의 변화가 아니라 자신의 선택으로 발생한 것이라면 특히 더 그렇다. 그래서 후회에는 다시는 잘못된 선택을 하지 않겠다는 각오가 담겨 있다.

선택을 할 때 우리는 부모로부터 물려받은 유전정보, 살아가면서 겪은 경험정보, 미디어나 다른 사람으로부터 얻은 정보 등을 바탕으로 확률과 예상수익을 산출한다. 그리고 둘을 곱해 기댓값을 계산한다. 이런 계산을 통해 여러 선택 중 가장 큰 기댓값이 예상되는 선택을 한다. 하지만 나중에 이 계산에 이용한 확률과 예상수익 수치가 틀렸다는 것이 밝혀지기도 한다. 그러면 정보를 수정해야 한다. 후회라는 감정은 이 정보를 꼭 수정하겠다는 각오를 기억에 남기는 것이다.

애연가가 폐암 판정을 받고 나면 금연하지 못한 것을 후회한다. 그는 분명 담뱃불을 붙일 때마다 계산을 했다. 그 결과는 분명했다. 흡연의 기댓값이 금연의 기댓값보다 더 컸다. 하지만 그건 계산식에 '폐암 걸릴 확률'을 '0%'로 잘못 넣어 발생한 실수다. 그는 폐암 판정 후에 절대 담배를 피우지 않는다. 주변 사람에게도 빨리 금연하라고 한다. 후회가 확률정보를 수정하게 한 것이다.

불안

불안은 정보가 없어서 미래 예측을 할 수 없을 때 발생한다. 정보가 없으면 확률과 예상수익에 숫자를 넣을 수가 없다. 그럼 기댓값도 구하지 못한다. 당연히 제대로 된 선택 또한 할 수가 없다. 이런 상황이라면 우리는 미래를 전혀 예측하지 못한다. 이때 불안감을 느낀다.

군 훈련소에 입소한 첫날, 낯선 장소와 낯선 사람들로 인해 우리는 불안감을 느낀다. 당장 무슨 일이 일어날지 전혀 모르기 때문이다(먼저 군대 갔다 온 친구들이 무슨 일이 일어나는지 알려주면 그나마 불안감이 줄어든다. 뭐, 그래도 별 도움은 안 된다는…). 이때 발생하는 불안감은 미래에 무슨 일이 생길지 전혀 알 수 없으니 맘 단단히 먹고 대비하라는 신호다. 나중에 또다시 비슷한 상황이 닥칠 것에 대비해서 평소에 정보를 많이 입수하라는 의미도 담겨 있다. 결국 불안이란 예측 불가능한 미래에 대응하는 신경계의 생존 전략이다.

큰아들이 돌쯤 되었던 어느 날, 먹기만 하면 자꾸 토했다. 무슨 큰 병이라도 생긴 것은 아닌가 불안한 마음에 아들을 둘러업고 응급실로 뛰어갔다. 의사가 엑스레이를 찍어보더니 대변이 장을 막고 있다고 했다. 아들 녀석, 시원하게 똥 한번 싸더니 금방 기운을 차렸다. 몇 년 후, 막내딸도 돌쯤에 몇 번을 토했다. 하지만 응급실에 간 적은 한 번도 없었다. 과거 비슷한 사건에 대한 경험정보가 있어서 불안하지 않았기 때문이었다.

예전에 나도 몸에 이상이 느껴져 불안해하며 응급실을 찾아간 적이 있었다. 그런데 막상 응급실 앞에 도착하니 불안감이 줄어들었다. 그래서 발길을 그냥 돌렸다. 그때 불안감이 줄어든 것은 언제든 나를 치료해 줄 의사가 있다는 정보를 얻었기 때문이었다(응급실이 문 닫았으면 아마 더 아팠을 것이다).

기댓값은 확률과 예상수익의 곱이다. 그런데 확률은 '발생 가능한 모든 경우의 수'가 분모에, 그중 '특정한 사건이 일어날 경우의 수'가 분자에 들어간다. 분모와 분자에 들어갈 숫자를 특정하지 못하면 우리는 확률을 제대로 계산하지 못한다. 확률을 모르면 기댓값도 구하지 못한다. 제대로 된 선택을 할 수 없다.

아이가 방과 후에 집에 들어오지 않으면 부모는 불안해한다. 아이가 지금 어디에 있는지 높은 확률로 예측하지 못하기 때문이다. 그럴 때 부모는 학교 선생님에게, 친구에게, 학원에 전화를 해본다. 이를 통해 확률 계산을 할 수 있을 만큼의 정보를 얻으려 한다. 그리고 정보가 점점 늘어 아이가 친구네에서 놀고 있을 확률이 아주 높아지면 그제서야 불안감은 사라진다.

인간이 불안감을 느끼지 못하면 생존하기 어렵다. 하지만 지나친 불안감도 역시 생존에 위협이 된다. 불안감을 해소하기 위해 추가 정보를 확보하려다 필요 이상의 에너지를 소모할 수 있기 때문이다. 인간은 이런 불상사를 막는 방법을 찾아냈다. 이해하기 어려운 자연 현상들을 모두 '신의 뜻'으로 돌렸다('신의 뜻'이란 정보를 알았으니 불안감은 사라진다). 인간은 종교를 통해 에너지를 절약했다. 그 에너지를 더 시급한 생존 자원 획득에 투입해서 생존할 수 있었다(평일에는 생업에 종사하고 주말에만 종교 활동을 하는 이유다). 여기에 재미를 붙이면 불안감이 들어도 정보를 얻기 위한 노력은 하지 않는다. 뭐든지 다 신의 뜻이라고 하면 되기에⋯. 맹신도가 에너제틱한 이유다.

절망

절망은 희망이 사라졌을 때 느끼는 감정이다. 즉, 자기가 갖고 있는 생존 자원을 모두 잃어 다시는 회복하지 못할 것이라고 예측될 때 느끼는 감정이다. 슬픔과 절망은 그 구분이 모호하다. 굳이 구분하자면 슬픔 중에 강도가 세고 지속적인 감정을 절망이라 하겠다. 흔히 절망했을 때 죽고 싶다고 하지, 슬플 때 죽고 싶다고 말하지는 않는다.

우리는 생존 자원의 변화가속도에만 민감하다. 변화가속도를 2번 적분하여 미래의 생존 자원 보유량을 예상한다. 그때 지금보다 보유량이 감소하면 슬픔을 느낀다. 그런데 그 감소 폭이 커서 얼마 지나지 않아 보유량이 '0'에 다다를 것으로 예상되면 우리는 절망을 느끼게 된다. 언젠가 뇌신경 과학이 발달하면 슬픔과 절망을 수학적으로 구분하는 방법이 나올지도 모르겠다.

우리가 미래 예측에 사용하는 변화의 가속도는 미분하는 구간을 어떻게 잡느냐에 따라 부호가 달라진다. 따라서 의식적으로 적당한 구간을 찾아 미분하면 절망에서 벗어날 수 있다. 즉, 아무리 인생이 괴롭고 힘들어도 일상의 작은 기쁨을 소중히 여기면 희망을 회복할 수 있다는 뜻이다. 단, 부작용이 있다. 항상 실실 웃고 다니는 가난한 바보가 될 수도 있다.

○ ○ ○

왜 6대 감정에 '기분 좋음'은 하나이고 '기분 나쁨'은 다섯일까? 아마 부나 명예 따위를 얻는 것보다 죽지 않고 살아가는 것이야말로 감정이 존재하는 진짜 목적이기 때문일 것이다.

살다 보면 때론 부정적인 감정에 휩싸인다. 그때마다 마음을 다스리려고 노력한다. 간혹 마음 다스리기에 성공했다고 느끼기도 한다. 하지만 얼마 지나지 않아 언제나 원상 복귀다. 이럴 때면 마음 하나다스리지 못하는 내가 원망스럽다. 하지만 이제 알게 되었다. 그냥 그대로 사는 것이 더 현명한 것이란 걸. 감정을 억지로 조절하는 것이꼭 생존에 유리한 것만은 아니란 걸. 슬프고, 불안하고, 우울하면 오히려 기뻐해야 할 일이란 걸.

19 감정과 심리3

때론 감정을 느끼는 것도 피곤하다. 그럴 때마다 방문을 잠그고 틀어박혀 유튜브만 들여다본다. 내가 구독하는 유튜브 채널은 이런 거다. 귀지 제거, 여드름 짜기, 종기 적출, 각질 제거…. 등장인물도 없고 대사도 없다. 어느새 삿된 감정은 사라진다. 옛날 도사들이 바로 이런 순간을 원했던 것이리라….

○ ○ ○

우리의 언어에는 다양한 감정과 심리 상태를 묘사하는 단어들이 존재한다. 게다가 지금 이 순간 지구 어딘가에서는 감정을 묘사하는 새로운 단어가 생겨나고 있다. 새로운 단어들은 기쁨과 슬픔 같은 큰 범주가 아니라 상황별로 세분화된 감정이다. 인간 사회가 고도화되면서 자세한 정보를 함축해서 효율적으로 전달해야 할 필요가 커졌기 때문이다. 이제 다양한 감정과 심리의 의미가 무엇인지 살펴보고자 한다.

망설임

망설임은 선택의 상황에서 어떤 선택이 생존에 더 도움이 될지 명확하게 계산이 되지 않을 때 느끼는 감정이다. 선택을 결정하지 못한다는 점은 불안과 비슷하다. 하지만 불안은 정보 부족으로 아예 계산을 못 하는 상황이다. 망설임은 각 선택의 기댓값을 계산할 수는 있다. 하지만 선택 간의 우열을 가리지 못해 결정을 내리지 못하는 상황이다.

우리가 두 가지 선택 중 하나로 결정하려 하는데 두 가지 선택의 기댓값이 서로 비슷할 때가 있다. 이때는 다시 한번 신중하게 계산을 해야 한다. 그런데 추가 정보가 없으면 계산을 다시 한들 역시 기댓값은 비슷하게 나온다. 이러면 결정을 내리기 어렵다. 망설이게 되는 것이다. 즉 망설임이란 신뢰성 있는 정보를 더 많이 확보하라고 신경계가 온몸에 보내는 신호라고 할 수 있다.

중학생인 큰아들 녀석은 스스로 선택 장애가 있다고 말한다. 그래서 몇백 원짜리 아이스크림을 고를 때도 한참 걸린다. 막내딸이 아이스크림 다 먹고 하나 더 먹겠다고 조를 동안, 아들 녀석은 채 하나도 고르지 못한다. 그저 냉동고 앞에서 한참 동안 서성이기만 한다. 그러고서도 뭘 먹어야 할지 모르겠다며 엄마보고 골라 달라고 한다. 그 말인즉슨 엄마가 갖고 있는 신뢰성 있는 정보를 공유해 달라는 뜻이다. 다시 풀어보면, 망설임은 신경계가 현재 보유한 정보가 부족하니 외부로부터 추가 정보를 확보하라고 의식에게 보내는 신호다. 이를 통해 성공 확률이 조금이라도 더 높은 선택을 하겠다는 것이다.

흔히 어떤 분야에 대해 완전 무지한 사람은 엉뚱한 선택을 하더라도 망설임을 느끼지 않는다. 한 예로, 의학 지식이 없는 사람은 의사가 처방해 주는 약을 아무 의심 없이 먹는다. 하지만 어느 정도 의학 지식이 있는 사람은 인터넷을 뒤져 질병과 약에 대한 정보를 찾는다. 그리고 약을 먹기에 앞서 약을 먹을 때의 기댓값과 먹지 않을 때의 기댓값을 각각 구해본다. 인터넷에 나오는 약의 부작용은 대부분 심각한 것들이다. 발생 확률이 낮더라도 기댓값 계산에 크게 영향을 미친다. 따라서 약을 먹을 경우와 먹지 않을 경우의 기댓값은 비슷해지고 망설임이 스멀스멀 올라오기 시작한다.

우리는 망설임을 느끼면 추가로 정보를 얻기 위한 시간적 여유를 가지려고 한다. 그리고 정보를 얻기 위해 모든 방법을 다 동원한다. 우선 두뇌 속 신경 네트워크를 검색해 쓸만한 정보가 있는지 찾아본다. 쓸만한 정보가 없으면 신체 외부에서 정보를 찾으려 한다. 그래서 주변을 두리번거리고, 스마트폰으로 인터넷을 검색해 본다. 때로는 발을 동동 구르고, 머리를 긁적이고, 울상을 짓기도 한다. 이를 통해 주변 사람들에게도 정보의 공유를 요청한다.

예로부터 '아는 게 병이고 모르는 게 약'이라고 했다. 여기서 '안다'는 것은 어중간하게 아는 것을 말한다. 확실히 알든가 아니면 아예 몰라야 망설임이 없다.

분노

분노는 다른 사람이나 주변 환경의 변화로 인해 자신의 생존 자원을 빼앗기거나 혹은 에너지를 과도하게 소모해야 할 때, 이에 대응하기 위해 나타나는 감정이다. 또 그런 일이 생길 가능성이 높아질 때도 역시 분노의 감정이 발생한다. 누군가에게 자신의 생존 자원을 빼앗기면 당연히 생존 가능성은 낮아진다. 이는 긴급한 상황이다. 따라서 바로 분노의 감정은 폭발하듯 발생한다.

분노도 신경전달물질의 분비를 촉진한다. 이를 통해 신체로 하여금 생존 자원의 상실을 막기 위한 여러 가지 방법을 동원하게 한다. 분노가 느껴지면 우리는 약탈을 시도하는 상대방에게 경고를 보낸다. 얼굴 표정을 사납게 하고, 목소리를 키우고, 공격 자세를 취한다. 이를 통해 상대방의 선택을 바꾸게 한다.

또한 분노는 미래에 두 번 다시 생존 자원을 빼앗기지 않겠다는 각오이기도 하다. 자신이 왜 생존 자원을 약탈당할 위기에 빠졌는지 잘 기억해 두었다가 그런 잘못된 선택을 다시는 하지 않겠다는 반성의 의미도 갖고 있다.

어떤 사람들은 사소한 일에도 쉽게 분노한다. 이는 그들이 생존 자원 보유량이 변화하는 가속도, 그중 특히 순간가속도에 민감한 사람이란 걸 뜻한다. 원래 순간가속도는 시시각각 그 부호가 변한다. 그래서 다혈질들은 자주 화를 낸다. 그런데 또 그만큼 쉽게 화가 풀린다(내 경험상 대부분 1~2분 내 풀린다).

화가 나면 단 음식을 먹어 푼다는 사람들이 있다. 이는 자연스러운 대응 방법이다. 소화 기관은 감정을 관장하는 신경계와 밀접하게 연결되어 있다. 그래서 상실한 생존 자원에 상응하는 에너지가 보충되면 화가 풀리기도 한다. 실제로 단 음식은 스트레스를 관장하는 호르몬인 코티솔 분비를 감소시킨다. 또 스트레스로 위축된 두뇌의 활동을 활성화시킨다.

이렇게 단 음식을 먹는 것만으로도 스트레스가 풀린다는 사실은, 우주적 관점에서 볼 때 돈, 인기, 권력, 명예, 인간관계 따위가 때론 초코파이 1~2개 정도의 가치에 불과하다는 것을 말해준다.

웃음

웃음은 감정이 아니다. 웃음은 만족이나 기쁨의 감정을 표현하는 표정이나 행위를 말한다. 그런데 웃음에 특별한 목적이 없다고 생각하는 사람들이 있다. 특별한 의도 없이 본능적으로 하는 행동일 뿐이라고 생각하는 것이다. 자기도 모르게 웃음이 터져 나오니 그리 생각하는 것도 이상하지 않다. 하지만 한바탕 크게 웃어보면 알 수 있듯이 웃음 또한 평소보다 에너지가 더 소모되는 행위다. 따라서 웃음도 분명한 목적과 의도를 갖고 있을 수밖에 없다. 웃음의 정체는 일상 속 웃는 경우들의 공통점을 살펴보면 알 수 있다.

우리는 로또에 당첨되거나, 시험 성적이 잘 나오거나, 장사가 잘되면 웃는다. 이런 경우는 자신의 생존 자원이 증가하거나 증가할 가능성이 높아지는 상황이다. 당연히 기쁨이 생긴다. 이럴 때는 이가 드러나도록 입술 양 끝을 들어 올린다. 웃는 표정을 짓는 것이다.

웃는 표정에는 의미가 있다. 아직 언어가 없던 시대, 원시인들은 음식을 입속에 가득 채우면 며칠간 생존이 확보되었다. 기쁜 일이다.

이 사실을 같은 집단 구성원에게 알리려고 한다. 그러려면 입속의 음식을 살짝 보여줘야 한다. 이것이 웃는 표정이다.

그런데 누군가 농담을 하거나, 익살스러운 표정을 짓거나, 얼굴에 뭐가 묻어 있거나, 옷을 뒤집어 입거나, 얼음판에서 미끄러져 엉덩방아를 찧는 모습에도 우리는 역시 웃음을 짓는다. 그런데 이 경우들도 잘 따져보면 자신의 생존 자원이 증가하거나, 증가할 가능성이 높아지는 상황이다. 그래서 우리는 기쁨을 느끼고 웃는다. 단, 여기서 우리는 '무의식'의 우리다.

예를 들어본다. "인천 앞바다의 반대말이 뭔지 알아? 인천 엄마다." 누군가 이런 농담을 하면 우리는 웃음을 짓는다. 그런데 농담이란 그 상황에서 정상적인 사람들이 하는 말과 동떨어진 엉뚱한 말이다. 정상적인 사람은 "인천 앞바다에는 반대말이 없다"라고 말한다. "인천 엄마다"라고 말하는 사람은 상황 파악조차 제대로 하지 못하는 '모자란 사람'이다. 즉, 생존 능력이 형편없는 사람인 것이다.

인간은 다른 사람들과 '협업과 경쟁'을 하며 산다. 그래서 누군가와 접촉을 하면 그와 협업과 경쟁을 할 경우의 득실을 무의식적으로 예측한다. 그런데 상대방이 상황 파악조차 제대로 못 하는 '모자란 사람'이라면, 그와 생존 자원을 두고 경쟁을 할 때 자신이 유리할 것이라고 예측한다. 이런 미래 예측은 우리에게 '기쁨'이라는 감정을 불러일으킨다. 그가 수확해 둔 사과를 손쉽게 빼앗아 먹는듯한 기쁨을 느끼게 되는 것이다.

그래서 누군가 얼음판에서 자빠지거나 옷을 뒤집어 입고 다니는 광경을 봐도 우리의 무의식은 그를 생존 경쟁력이 변변치 않은 사람으로 인식한다. 그와 생존 자원을 두고 경쟁할 때 그보다 훨씬 더 많은 몫을 챙길 수 있을 것이라고 예상한다. 그리고 그만큼 기뻐한다. 그래서 웃음이 나온다.

TV 코미디 프로그램에 '영구' '맹구' '옥동자' 같은 바보 캐릭터가 등장만 해도 웃음이 터져 나온다. 이 또한 마찬가지다. 우리는 그들처럼 멍청한 경쟁자들을 보며 풍요로운 미래를 상상한다. 그래서 자신도 모르게 기뻐하고 웃음을 짓는다.

그런데 우리는 의식적으로 유머러스한 사람이 되려고 노력한다. 유머감각이 없으면 아재 개그라도 외워서 읊으려고 한다. 다른 사람을 만나면 일부러 먼저 농담을 건넨다. 그리고 상대방의 웃음을 유발하려 한다. 이때 우리가 상대방에게 농담을 건네는 이유는 나의 경쟁력이 열등한 것처럼 가장하기 위함이다. 이를 통해 상대방을 방심하게한다. 방심한 상대방은 나를 경계하지 않는다. 그러면 협업의 기회가 쉽게 생긴다. 많은 개그맨들이 미인과 결혼하는 데 성공하는 이유다 (물론 나중에 경쟁할 때는 가면을 벗고 본색을 드러낸다).

그래서 우리는 잘 웃는 사람도 좋아한다. 잘 속는 사람이라 좋아한다. 사장님은 자신의 아재 개그에 배꼽 잡고 웃는 부하 직원을 좋아한다. 사장님은 자신의 기만 전략이 잘 통했다는 만족감이 들어서 기분이 좋다. 부하 직원은 사장님에게 속아 넘어간 척해서 사장님을 속였기에 기분이 좋다. 회식 자리의 분위기가 화기애애한 이유다.

그런데 자신이 사장님이 아니라면 아재 개그는 주의해야 한다. 우리는 상대방이 의도적으로 농담하는 것을 본능적으로 감지해 낸다.

그리고 '썰렁' '갑분싸'라고 비하한다. 그의 뻔한 의도를 파악했다는 뜻이다. 또 우리는 가식적으로 웃는 사람도 분간해 낸다. 그리고 '영혼 없는 웃음'이라고 비하한다. 역시 그의 어설픈 의도를 파악했다는 뜻이다.

이처럼 웃음은 그리 단순한 신체 반응이 아니다. 생존 가능성을 조금이라도 높이기 위해 치열하게 지능 경쟁을 펼칠 때 사용하는 무기이다. 손자병법의 제10계는 소리장도(笑裏藏刀)다. '웃음 속에 칼을 감춘다'는 뜻이다. 그래서 웃는 게 웃는 게 아니다.

청중들은 코미디 쇼를 보며 거의 동시에 웃는다. 이는 지능이 사람마다 별 차이가 없다는 뜻이다. 그만큼 다른 사람을 웃음으로 속이기 어렵다는 뜻이기도 하다. 이런 사정을 알고 나면 웃음기가 싹 사라지는 치열한 생존 경쟁이다. 그래서 남들 다 웃을 때 혼자 안 웃는 사람을 조심해야 한다. 남들 안 웃을 때 혼자 웃는 사람도 조심해야 한다. 그는 바보 아니면 천재다(다행히 대부분은 바보다).

신뢰

누군가를 신뢰한다는 것은 그의 행동이 어느 정도 예측 가능한 범위 내에 있다는 뜻이다. 즉, 그가 언행을 달리하는 속임수를 써서 내 생존 자원을 빼앗아 가지 않을 것이라고 확신했다는 뜻이다. 신뢰는 이때 생기는 감정이다. 우리는 당연히 자신의 주변을 신뢰할 만한 사람들로 가득 채우기를 바란다. 그러면 내가 그들의 생존 자원을 빼앗을 수는 있어도 그들에게 내 것을 빼앗길 일은 없기 때문이다.

하지만 안타깝게도 우리의 상대는 나와 동급의 지능을 갖춘 인간이다. 모두들 다른 사람들을 속이려고 신뢰감 있는 사람처럼 행동한다. 그래야 다른 사람과의 협업 기회가 많이 생기기 때문이다. 게다가 운 좋으면 다른 사람의 생존 자원을 탈취할 수도 있다. 그래서 생존과 생존 자원을 앞에 두고서 정말 신뢰할 만한 사람을 가려내기란 쉽지 않다. 흔히 세상에 믿을 놈 하나 없다고 하는 이유다.

대부분의 가톨릭 사제들은 사유 재산을 갖지 않는다. 결혼을 하지도 않는다. 어쩌다 사유 재산이 생겨도 자녀가 없으니 물려줄 수도 없다. 따라서 우리는 그들이 내 생존 자원을 빼앗아 갈 시도조차 하지 않을 거라 믿는다. 우리는 이 사실만으로도 사제에게 높은 신뢰감을 느낀다. 이런 이유로 청빈한 사람은 청빈하다는 사실만으로도 큰 신뢰감을 유발한다. 많은 사람들은 청빈한 사람과 협업을 희망하며 손을 내민다. 정치인들은 선거철이 되면 평소와 달리 길거리 노점상에서 떡볶이도 먹고 막걸리도 마셔본다. 서민 코스프레라도 해야 유권자의 신뢰를 얻을 수 있기 때문이다.

아쉬움(안타까움)

아쉬움은 우리가 한순간의 선택 실수로 더 많은 생존 자원을 획득할 수 있는 기회를 놓쳤을 때 느끼는 감정이다. 우리는 두 번 다시 이런 아까운 기회를 놓치지 말아야 한다. 그래서 이때의 경험을 신경 네트워크에 아쉬움이란 색인으로 저장한다. 간발의 차이로 큰 생존 자원을 놓치면 우리는 벽에 주먹을 날리고, 괴성을 지르곤 한다. 이는 원시인들이 생존 자원을 얻기 위해 했던 행동, 즉 야생 동물이나 다른 인간과 먹이를 두고 다툴 때 취하던 행동이다. 그런 행동은 생존 자원을 실제로 획득한 것 같은 착각을 불러일으킨다. 그래서 일시적으로 상실감을 삭힐 수 있게 해준다.

또 어떤 사람들은 안타까움을 느낄 때 머리털을 쥐어짜고, 무릎을 세게 치며 스스로에게 고통을 준다. 또 통증을 느낄 때처럼 한숨을 크게 내쉬기도 한다. 이는 안타까움과 통증의 기억을 섞어서 더 오래, 더 확실하게 기억하기 위함이다. 미래에 비슷한 상황이 또 닥치면, 다시 아프지 않기 위해서라도 신중히 선택하라는 스스로의 경고인 셈이다.

샛길로 잠깐 빠진다. 16세기 이탈리아의 조각가 벤베누토 첼리니(Benvenuto Cellini)가 5살 때, 벽난로 속에서 불도마뱀 샐러맨더(Salamander)를 발견했다. 그의 아버지는 불도마뱀을 잘 보라고 하더니 갑자기 따귀를 세게 때렸다. 첼리니가 아무 짓도 하지 않았는데도…. 아버지는 황당해서 울고 있는 첼리니에게 말했다. 저 샐러맨더를 평생 기억하라고 따귀를 때린 거라고(다행스럽게도 1마리뿐이었다). 휘발되기 쉬운 정보는 이렇게 통증에라도 섞어놔야 한다. 옛날 선생님들이 틀린 문제 하나당 한 대씩 때리면서 사랑의 매라고 칭하신 이유다.

질투(시기심)

질투와 시기심은 내 몫이 될 수도 있었던 생존 자원을 '그놈(또는 년)'이 갖거나, 혹은 가질 가능성이 있을 때 느끼는 감정이다. 누군가 내 생존 자원을 노골적으로 탈취해 갔다면 분노하며 대항한다. 그런데 그가 집단의 공동 생산물을 더 많이 배분받아 갔다면 분노로 대항할 수 없다. 그가 규칙을 어긴 것은 아니기 때문이다. 괜히 노골적으로 분노했다가 협업 파트너로 부적합하다고 여겨져 집단에서 배제

될 수 있다. 그래서 누군가 노력 대비 더 많은 생존 자원을 취하고 있다고 여겨지면, 우리는 분노 대신 질투와 시기심을 은밀하게 느낀다.

그가 생존 자원을 많이 가져가면, 나는 얼마 안 남은 생존 자원을 두고 다른 사람들과 치열한 경쟁을 벌여야 한다. 같은 노력을 해도 얻을 수 있는 것이 줄어든다. 따라서 질투의 상대를 그대로 두면 나의 생존 가능성은 점차 감소한다. 이런 무의식의 계산 결과가 나오면 우리의 의식은 질투를 느끼고 대책을 강구한다. 바로 상대의 생존 자원 취득 활동을 저지하는 것이다.

중요한 시험 전날, 공부 잘하는 친구를 불러 같이 놀자고 꼬드긴다. 그리고 만취하게 해서 시험을 망치게 한다. 이런 '논개 전략'도 질투가 작용한 결과다. 연예인이나 정치인이 갑자기 뜨면 안티팬이 생긴다. 이 역시 질투가 작용한 결과다.

원시 시대, 이웃 부족과 전쟁을 한다. 한 청년이 목숨을 걸고 용맹하게 싸운다. 그래서 적들을 물리치고 마을을 지키는 데 혁혁한 공을 세운다. 이제 1인당 1개씩 배분하던 열매를 청년에게는 특별히 5개씩 주기로 한다. 그런데 그 마을에서 채집할 수 있는 열매는 100개뿐이다. 따라서 전쟁 영웅을 제외한 마을 사람들은 기존보다 적은 양의 열매를 배분받는다. 이윽고 전쟁이 끝나면 전쟁 영웅은 마을 사람들로부터 질투를 사게 된다. 결국 마을 사람들은 전쟁 영웅에게 열매 반 개씩 받던가 아니면 마을을 떠나라고 강요한다(람보에게 그랬다). 인간은 개체다. 오직 개체의 생존만이 중요하다. 그래서 이런 일은 어쩔 수 없이 자주 생긴다.

와이프가 TV에서 예쁜 여자 연예인을 보면 '저 여자는 성형한 티가 너무 난다'고 한다(물론 내 눈에는 전혀 티가 안 난다). 이는 그 여자 연예인을 시기한다는 뜻이다. 왜냐하면 자신이 갖기 못한 '미모'란 생존 자원을 그녀가 갖고 있기 때문이다. 그 미모를 무기로 자신의 생존 자원을 빼앗거나, 혹은 집단 내 존재하는 생존 자원을 독점할지도 모른다고 무의식 속에서 계산한다. 그리고 그 계산 결과는 시기심이란 감정을 만들어 낸다.

그런데 혼자 TV를 볼 때는 그런 생각을 안 한다. 내가 옆에 있을 때만 그런 얘기를 한다. 무의식 속에서 저 여자가 자기 남편을 꼬셔서 가출시키고, 자기는 혼자 남아 생존이 위협받는 상황까지 계산해 본 것이다(그런 일이 발생할 확률은 없어 보이지만 그렇다고 완전한 '0%'는 아니다). 그래서 나의 기억 속에 저 여자 연예인이 진짜 미인이 아니라는 정보를 주입하고자 자꾸 반복해서 말한다.

부러움

부러움은 자신과 비슷한 환경에 있는 사람이 효과적인 생존 전략을 갖고 있을 때 느끼는 감정이다. 우리는 부러움이라는 감정을 이용해 신경계 속에 그 사람의 생존 전략을 '중요정보'로 기억해 둔다. 나중에 비슷한 상황이 닥쳤을 때 자신도 그 사람과 비슷한 선택을 하기 위해서다.

과거에 누군가를 부러워했던 경험을 생각해 보면 알 수 있다. 우리는 자신과 완전히 다른 환경에 있는 사람의 성공에는 전혀 부러움을 느끼지 않는다. 내가 처한 환경과 차이가 나서 그 사람의 생존 전략을 써먹을 수 없기 때문이다.

당신이 남자라면 초등학교 여자 동창생이 재벌 2세와 결혼했다는 소식에 큰 부러움을 느끼지 않는다. 왜냐하면 몇몇을 제외한 대부분의 남자들은 재벌가의 남자를 꼬시는 게 불가능하기 때문이다. 하지만 별 볼 일 없던 남자 동창생이 재벌가 외동딸을 만나 결혼했다는 소식을 들으면 큰 부러움을 느낀다. 자신도 갖출 것은 갖춘 남자이기 때문이다.

우리는 미국에 사는 지인이 하는 사업이 크게 성공했다는 소식에는 별 부러움을 느끼지 않는다. 하지만 이웃에 사는 지인이 하는 장사가 대박 났다는 소식에는 큰 부러움을 느낀다. 왜냐하면 내가 사는 곳은 미국이 아니라 한국이고, 영어를 못하지만 한국말은 할 줄 알고, 사업 자금은 없어도 장사 밑천 정도는 갖고 있기 때문이다.

누군가 로또에 당첨되었다는 소식은 그가 남자이건, 여자이건, 노인이건, 어린아이이건 부러움을 불러일으킨다. 나도 로또 살 돈 천 원 정도는 갖고 있기 때문이다. 나는 힐튼 호텔의 상속녀인 패리스 힐튼이 전혀 부럽지 않다. 나는 여자도 아니고 미국인도 아니기 때문이다 (하지만 나도 부모는 있기 때문에 솔직히 살짝 부럽다).

재테크 관련 책들의 제목은 다 이런 식이다. '난 100만 원으로 10억을 벌었다' 누구나 100만 원 정도는 있다. '이 대리는 어떻게 50억 부동산 부자가 되었을까?' 누구나 웬만하면 대리까지는 진급한다. 원래 광고의 성공 여부는 소비자의 부러움을 얼마나 자극하는지에 달려 있다.

우리는 간혹 쉴 새 없이 발생하는 부러움과 욕심에 지치기도 한다. 그래서 이를 피하고자 '출가'하여 종교에 귀의하는 사람들이 있다. 그들은 자신의 환경을 보통 사람들과 완전히 달리 만든다. 그렇게 부러움이 생기지 않도록 차단한다. 신부님, 수녀님, 스님들이 평온해 보이는 이유다. 단, 그들도 자신과 비슷한 환경에 있는 사람에게는 여전히 부러움을 느낀다. 교단 간 다툼이 끊이지 않는 이유다.

불쌍함

누군가에게 불쌍함을 느꼈다면 그건 그의 생존 전략이 형편없어 보인다는 뜻이다. 불쌍함은 자신이 그와 비슷한 생존 전략을 갖고 있다면 이참에 폐기를 하고, 앞으로도 그와 비슷한 생존 전략은 갖지 않겠다는 각오다. 즉, 다른 사람의 실패에서 얻는 교훈이다.

형편없는 생존 전략을 갖고 있는 불쌍한 사람들, 그들은 협업과 경쟁이란 인간관계 측면에서 볼 때 협업 대상으로 그리 적당한 사람들은 아니다. 당연히 부정적인 느낌이 든다. 그래서 가급적 멀리하기도 한다. 대신 그들의 경쟁력은 미미하다. 나의 생존 자원을 빼앗아 갈 능력이 없다. 따라서 우리는 그들을 경계하지 않는다. 사기꾼들이 불쌍한 척, 아픈 척, 죽어가는 척 연기하는 이유다.

우리는 때론 경계를 푸는 정도에 그치지 않고 불쌍한 사람에게 자선을 베풀기도 한다. 이는 미래를 정확히 예측하지 못하기 때문에 비롯되는 행동이다. 지금은 별 볼 일 없는 그들이지만 언젠가 생존 능력을 회복할 가능성이 '0%'는 아니니까…. 따라서 혹시 모를 가능성에 대비해서 미리 그들에게 신뢰감을 심어주려 한다. 불쌍한 처지인 사람에게는 약간의 도움만 주어도 비용 대비 큰 신뢰를 얻을 수 있다. 막 출범한 스타트업에게 소액으로 엔젤투자하는 것과 비슷하다.

하지만 그보다 앞서 우리가 고려하는 것이 있다. 불쌍한 사람이 주변의 도움을 받지 못해 죽거나, 집단에서 이탈하면 집단 전체의 경쟁력이 감소할 수 있다. 집단의 경쟁력이 감소하면 그 구성원인 나의 생존 가능성도 줄어든다(여기서 집단은 가족이 될 수도 있고, 인류가 될 수도 있고, 생물이 될 수도 있다). 따지고 보면 자살을 금기시하는 것도 자살자가 불쌍해서가 아니라 남은 사람들의 생존 가능성이 줄어들기 때문이다. 그래서 우리는 기꺼이 불쌍한 사람들을 도와주려 한다. 일단 우리 편 쪽수가 줄어드는 것은 막고 보자는 다급함이다. 우리는 이를 그럴싸하게 '휴머니즘'이라고 부른다.

외로움(고독)

외로움은 나의 협업 제안이 다른 사람들에게 전혀 통하지 않을 때 느끼는 감정이다(외로움은 물리적인 거리와는 상관없다. 그래서 다른 사람과 함께 살아도 외로움을 느끼기도 한다). 즉 외로움을 느낀다면 협업하고자 하는 상대를 바꾸거나, 협업을 제안하는 방법을 바꿔야 한다는 경고를 신경계로부터 받은 셈이다.

만약 당신이 외로움을 느낀다면 과거에 생존 자원을 배분할 때 너무 많은 몫을 챙기거나, 협업할 때 너무 적게 에너지를 투입했거나, 다른 사람의 생존 자원을 힘으로 약탈한 적은 없는지 곰곰이 생각해 봐야 한다. 그런 적이 있다면 그들과 다시 협업 관계를 갖기 쉽지 않다. 상대방도 손해 보고 싶어 하지는 않기 때문이다.

혹은 협업을 제안하는 방법이 서투른 건 아닌지도 생각해 봐야 한다. 연기력이 부족한 것은 아닌지, 지나치게 솔직한 것은 아닌지… 그래서 더 많은 이익을 챙기겠다는 속마음이 그대로 노출된 것은 아닌지 점검해 봐야 한다.

이처럼 외로움은 경쟁 관점에서 전략을 다시 검토하라는 교훈적 의미를 내포한다. 외로운 사람은 일부러 경쟁력이 약한 척, 허술한 척, 허약한 척, 실수가 잦은척해야 한다. 그래야 상대방이 두려움 없이 나의 협업 제안을 받아들인다.

간혹 자신의 생산 능력이 스스로 부족하다고 인식하는 사람들이 있다. 이들은 부족한 생산 능력을 보완하려고 상대방과의 협업에 지나치게 의존한다. 그리고 나중에 경쟁을 통해 생존 자원을 얻으려 한다. 하지만 이를 겪어본 상대방들은 두 번 다시 손해 보고 싶어 하지 않는다. 그래서 더 이상의 협업 관계를 거절한다. 따라서 그들은 외로움을 느낀다.

인간에게 협업은 주요한 생존 전략이다. 하지만 때로는 협업을 떠나 자기만의 생산 능력을 키워야 할 때가 있다. 노르웨이의 극작가 헨리크 입센(Henrik Johan Ibsen)은 말했다. "You see, the point is that the strongest man in the world is he who stands most alone(보라, 세상에서 가장 강한 사람은 제일 외롭게 서 있는 사람이다)."

부끄러움

부끄러움은 자신의 생존 전략이 다른 사람에게 간파당하거나 간파 당할 가능성이 높을 때 느끼는 감정이다. 내가 다른 사람에게 협업 파트너로 인정받으려면 어느 정도의 생산 능력은 갖고 있어야 한다. 또 공동 생산한 자원을 배분할 때, 지나친 욕심을 부리지 않을 사람으로 보여야 한다. 이를 위해 우리는 말과 행동을 하기에 앞서 예측과 계산을 한다. 그리고 그 결과에 따라 그럴싸한 거짓말과 거짓 행동을 한다.

예를 들어, 재산이 얼마 안 되면서도 부자인 척하거나, 아는 것이 별로 없는데도 똑똑한 척하거나, 인기가 별로 없는데도 친구가 많은 척 꾸미는 것도 모두 협업 파트너로 인정받기 위한 노력이다. 불우 이웃을 위해 아낌없이 기부하는 척하거나, 친구들을 위해 발 벗고 도와주는 척하거나, 돈 몇백만 원 잃어도 별일 아닌척하는 것도 역시 협업 파트너로 인정받기 위한 노력이다.

그런데 자신의 이런 생존 전략이 다른 사람들에게 간파되어 버릴 때가 있다. 그러면 생존 전략은 가치를 잃어버린다. 이제 기존의 생존 전략을 파기하고 새로운 전략을 수립해야 한다. 부끄러움이나 창피함은 바로 이때, 자신의 생존 전략이 남에게 노출되거나 간파될 가능성이 높아질 때 생긴다. 우리는 이때의 경험정보를 잘 저장해 두려 한다. 앞으로 두 번 다시 자신의 생존 전략이 노출되지 않도록 하기 위해서다.

흔히 무대에 올라 여러 사람들 앞에 서면 부끄러움을 느낀다. 무대에서는 관객들의 시선에 자신의 신체와 언행이 그대로 노출된다. 그러면 덩달아 자신의 생존 전략도 함께 노출될 가능성이 높다고 예상한다. 만약 야생 동물이라면 이는 심각한 상황이다. 보호색을 잃은 카멜레온은 포식자에게 잡아 먹히거나 눈앞에서 번번이 먹잇감을 놓친다.

그래서 우리는 남들 앞에서 생존 전략을 노출하지 않으려고 최선을 다한다. 긴장하고, 말을 더듬고, 행동을 주저한다. 이는 자신의 생존 전략을 노출하지 않기 위해 어떻게 해야 할지 계산하는 과정에 시간이 소모되기 때문이다. 그런데 나이가 들면 보통 부끄러움이 줄어든다. 자신에게 숨길만큼 대단한 생존 전략이 없다는 걸 깨닫기에….

억울함

억울함은 누군가에게 자신의 몫이라 확신한 생존 자원을 빼앗기거나, 누군가에 의해 예상치 않은 리스크를 떠안게 되었을 때 느끼는 감정이다. 우리는 흔히 불공평한 처분을 당하거나 정의롭지 못한 일을 당했을 때 억울함을 호소한다. 그런데 공평함과 정의는 매우 주관적인 개념이다. 공평함은 '내 욕심대로 생존 자원의 배분 비율이 정해지는 것'을 말할 뿐이다. 정의란 '내가 가질 것으로 예상한 생존 자원을 남이 가져가지 못하는 상황'을 말할 뿐이다.

인간은 개체의 이익만을 고려하여 행동한다. 당연히 모두에게 적용되는 공평함과 정의는 애당초 이 우주에 존재하지 않는다. 따라서 모두가 동시에 공평함과 정의를 얻을 수는 없다. 공평함과 정의에는 다른 누군가의 억울함이 꼭 필요하기 때문이다. 마치 '신속 정확'이 존재하지 않는 것처럼(신속에는 부정확이 꼭 필요하다).

우리는 억울한 일을 당하면 주변 사람에게 자신의 억울함을 호소한다. 이를 통해 다른 사람의 도움을 얻어내려 한다. 그리고 집단의 룰을 자신에게 유리하게 바꾸려 한다. 그래서 거짓으로 억울한 척하거나, 억울함을 과장하는 사람들이 흔하다.

닳고 닳은 어른들과 달리 거짓말을 할 줄 모른다는 어린아이들. 그런데 아이들끼리 싸우는 걸 뜯어말리면 서로 자기가 억울하다고 한다. 가장 합리적인 판단을 내려준다는 법원. 피해자, 가해자 할 것 없이 서로 자기가 억울하다고 호소한다. 몇 년간의 꼼꼼한 재판 끝에 선고를 내려도 마찬가지다. 이런 상황이 이해되지 않으면 부부싸움을 해보면 알 수 있다(그렇다고 권하지는 않는다). 쌍방이 동시에 억울함을 호소한다. 심지어 연쇄 살인마도 자신은 억울하다고 주장한다. 자신은 원래 살인을 할 만큼 나쁜 사람이 아니라고 한다. 살인할 의도가 전혀 없었다고 주장한다. 그저 잘못된 환경 때문에 어쩔 수 없이 범죄를 저질렀다고 말한다. 그래서 억울하다고 항변한다. 예로부터 이유와 고약은 어디에나 붙는다고 했다.

그런데 그렇게 주장하는 것도 이해가 간다. 인간은 선택의 순간, 대부분 무의식 속 계산을 통해 가장 큰 기댓값을 갖는 행동을 취한다. 따라서 자신이 살아오면서 행한 모든 행동은 차선이 아니었다. 언제나 최선이었다. 의식은 못 하더라도 모든 행동에는 그럴만한 이유가 있는 것이다. 그런데 남들은 내가 나쁜 짓을 했다고 비난한다. 선택한 건 무의식인데 욕먹는 건 의식이다. 의식은 잘못한 것이 없다고 생각한다. 그렇다면 자연스레 다른 사람이나 환경에 문제가 있다고 느낄 수밖에. 그래서 모두가 억울하다고 말한다.

존경심

존경심은 다른 사람의 생존 전략을 배울만하다고 느낄 때 발생하는 감정이다. 단, 존경심의 대상은 부러움이나 시기심의 대상과는 다르다. 나와 직접적인 경쟁을 하는 위치의 사람이 아니다. 나보다 압도적으로 더 큰 힘을 갖고 있어서 대적 불가능한 사람이거나, 다른 집단이나 다른 시대에 속해 있어 서로 경쟁할 가능성이 없어야 존경심이 생겨난다(신입 사원은 사장님을 존경하지만 부사장은 사장님을 존경하지 않을 것이다). 우리는 존경심을 통해 그 사람의 생존 전략을 복사해 온다. 그리고 신경 네트워크의 적당한 위치에 저장하고, 미래에 비슷한 상황이 생기면 이를 참고하여 선택하려고 한다.

그런데 우리가 누군가를 존경한다고 말할 때, 상당한 경우가 거짓말이다. 예를 들어 내가 마더 테레사를 존경한다고 말하면서도, 그녀의 생존 전략을 전혀 따르지 않을 수도 있다. 오히려 내가 아니라 내 말을 듣는 상대방에게 '마더 테레사처럼 아낌없이 내주는 사람이 되라'고 권하는 것일 수도 있다. 그래야 내가 그로부터 뭔가를 얻어낼 가능성이 높아지기 때문이다.

이처럼 사람들은 자신이 느낀 감정을 있는 그대로 표현하지 않는다. 느낀 감정을 다시 가공, 왜곡, 과장, 축소해서 표현한다. 허위로 없는 감정을 있는 것처럼 표현한다. 이를 통해 상대방이나 주변 환경을 조금이라도 자신의 생존에 유리하게 바꾸려고 한다. 따지고 보면 모든 감정표현은 우주 속 원자들의 위치와 운동량을 자기에게 유리하게 바꾸려는 시도다. 인간의 모든 행동과 마찬가지로….

따라서 누군가 나를 존경한다고 말한다면 이를 곧이곧대로 받아들여서는 안 된다. 물론 내가 상대방을 도와준 것에 대한 진짜 감사일 수도 있다. 하지만 나를 존경한다는 말 속에는 나에게 무언가 더 많은 것을 내달라는 요구가 내포되어 있다.

그 요구는 '나와 협업을 하자' '생존 자원의 획득 노하우를 알려달라' '칭찬 한마디라도 해달라' 등이다. 그래서 '존경하는 누구 누구님'이라는 상투적 표현 뒤에는 생략된 문구가 있다는 걸 명심해야 한다.

'존경하는 사장님' 뒤에는 '월급 좀 올려주세요', '존경하는 교수님' 뒤에는 '학점 좀 잘 주세요'.

모두가 존경받는 사람이 되고 싶어 하지만 그게 쉽지 않은 이유다.

미안함

미안함은 내가 한 행동으로 인해 누군가 화를 냈거나, 화를 낼 가능성이 높은 상황에 느끼는 감정이다. 단, 조건이 있다. 그가 나와의 협업을 중단하거나 경쟁에 돌입하면 나의 생존 가능성에 부정적인 영향이 예상될 때에만 발생한다. 그와의 협업이 별로 중요하지 않다면 우리는 그가 화를 내건 말건 신경을 쓰지 않는다. 그와의 경쟁이 두렵지 않아도 마찬가지다. 그럴 때는 미안함이 들지 않는다. 오히려 반격을 한다. '왜 짜증이야!' '왜 신경질이야!' '왜 난리야!'….

미안함을 느끼면 우리는 상대방의 공격을 회피하기 위한 전략을 강구한다. 가장 대표적인 것이 바로 '미안합니다'라는 말을 건네는 것이다. 이 5글자의 말을 한다고 크게 에너지가 소모되는 것은 아니다. 그래서 마구 사용한다(내가 와이프에게 미안하다고 말하는 이유다). 물론 '미안합니다'라고 말한다고 진짜 미안함을 느꼈다는 것을 뜻하지는 않는다. 우리는 전혀 미안함을 느끼지 않으면서도 미래의 협업 관계나 경쟁 회피를 위해 그렇게 말하곤 한다.

상대방은 나의 '미안합니다'라는 표현이 진심인지 아닌지 확인하기 위해 감각기관을 총동원한다. 그러기에 우리는 표정과 자세에서도 미안함을 느낄 수 있도록 연기를 한다. 그런데 이 연기 참 쉽지 않다. 금방 간파당한다. 결혼해 보면 안다.

아름다움

우리가 아름다움을 느끼는 대상은 무한하다. 사람, 동물, 사물, 자연에서부터 눈에 보이지 않는 예술, 사상, 이념에 이르기까지 모두 아름다움의 대상이 될 자격을 갖고 있다. 왜냐하면 자신이 갖고 있는 정보에 비추어, 그 대상의 소유가 생존 가능성을 확대시켜 준다면 모두 아름다움의 대상이 될 수 있기 때문이다. 반대로 그 대상의 소유가 생존 가능성을 감소시킨다면 우리는 그것을 추하다고 말한다.

'아름답다'의 어원에는 여러 가지 설이 있다. 그중 팔을 벌려 껴안는다는 뜻의 '안음', '아름'과 '답다'가 합쳐져서 '안을만하다'가 되었고, 이것이 지금의 '아름답다'가 되었다는 설이 가장 유력하다. 즉 '아름답다'가 곧 '소유할 만하다'의 의미인 것이다.

명품 핸드백, 스포츠카, 고층 빌딩, 예술 작품…. 모두 소유할 만한 것들이다. 그래서 아름답다고 말한다. 그런데 무형의 것들에 대해서도 우리는 아름다움을 느낀다. 무형의 것들을 어떻게 소유할 수 있을까? 한 예로 우리는 멋진 풍경을 보며 아름답다고 말한다. 그 풍경은 소유할 수 없다. 하지만 그 풍경에 대한 정보는 소유할 수 있다.

과거 언어와 문자가 없던 시절을 생각해 본다. 그때는 새로운 사냥터나 거주지를 발견해도 다른 사람들에게 그 장소에 대한 지리적 정보를 전달하기 어려웠다. 주변 풍경이 다 비슷비슷하기 때문이다. 그래서 랜드마크라 할 수 있는 큰 바위, 큰 강, 거대한 절벽, 높은 산, 오래된 나무, 깊은 계곡, 큰 폭포 등을 보면 좋아할 수밖에 없었다. 기억하고 설명하기 좋기 때문이다(지금으로 치면 내비게이션을 획득한 셈이다). 그래서 소유할 만하다고 느끼고 아름답다고 느낀다.

이렇듯 우리의 여러 감정과 심리 현상들은 화학공장 생산라인에 설치된 센서들이 보내는 알람과 같다. 알람은 파이프 속 압력이나 온도가 일정 범위를 벗어날 때 울린다. 알람이 자주 울려서 피곤하다고 센서를 떼어버리거나 알람 기능을 끈다면 어떤 일이 생길까? 수많은 화학공장들의 화재와 폭발사고 사례를 살펴보면 무슨 일이 생길지 짐작할 수 있다. 따라서 감정을 이해하고, 감정에서 벗어나는 것은 깨달음이 아니다. 오히려 감정을 전혀 이해하지 못한 채, 휘둘려 살아가는 것이야말로 진정한 깨달음일지도 모른다.

o o o

내가 아름다움을 느끼는 대상에게는 한 가지 공통점이 있다. 그것이 나의 생존에 도움이 된다는 점이다. 와이프는 아름답다. 문제는 와이프에게 내가 아름다워 보이지 않는다는 사실이다.

20 사랑과 행복

모두가 갖고 싶어 하는 감정. 하지만 모두가 부족함을 호소하는 감정. 바로 사랑과 행복이다. 세상 모든 사람들은 그 맛을 알고 있다. 그리고 다 중독되어 있다. 하지만 정작 사랑과 행복을 계속 들고 있는 사람은 아무도 없다. 계속 들고 있는척하는 사람만 있다. 많은 사람들이 갖지 못하는 그 감정, 갖고 있어도 조만간 잃어버릴 그 감정, 나도 한때 가진 적이 있었으나 지금은 거의 다 잃어버린 바로 그 감정, 사랑과 행복에 대해 생각해 본다.

○ ○ ○

사랑

우리는 어떤 대상에게 사랑을 느낄까? 배우자, 자녀, 연인, 부모,

이웃, 반려견, 신…. 따지고 보면 사랑의 대상은 정말 다양하다. 그런데 한 가지 공통점을 발견할 수 있다. 바로 우리가 사랑의 대상을 소유하고 싶어 한다는 것이다. 단, 그 소유는 물리적인 점유는 아니다. M&A를 통한 경영권 확보와 비슷한 개념의 소유다.

우리가 집단 내 인간관계를 통해 생존 자원을 획득할 수 있는 전략은 단 두 가지뿐이다. 협업을 통해 공동 생산하는 양을 늘리는 전략과 배분 비율을 조절하여 상대방보다 더 많이 챙기는 전략이다. 만약 상대방에게 이 두 가지 전략이 모두 다 통한다면 우리는 그로부터 엄청나게 많은 생존 자원을 취할 수 있다. 이때 우리는 상대방을 '사랑한다'고 말한다. 약간의 생존 자원만 취할 수 있다면 그냥 '좋아한다'고 말한다. 만약 그녀가 당신에게 '좋은 친구 사이로 지내자'고 말한다면, 당신이 그다지 많은 생존 자원을 갖다 바칠 것처럼 보이지 않는다는 뜻이다(절망하는 척하되 속으로 기뻐할 일이다).

사랑을 느끼면 우리 두뇌에서는 신경전달물질이 분비된다. 이로 인해 신체도 그에 맞는 반응을 한다. 심장 박동이 빨라지고, 얼굴이 빨개지고, 목소리가 떨리는 것이 대표적인 사랑의 신체 반응이다. 이런 반응들은 엄청난 생존 자원을 한 번에 얻을 수 있는 기회를 절대 놓치지 않기 위해서 발생한다. 마치 배고픈 개구리가 곧 눈앞을 지나갈 파리를 놓치지 않기 위해 튀어 나갈 준비를 하는 것과 비슷하다.

그래서 상대방이 자신을 진실로 사랑하는지 여부를 확인하려면 그의 신체 반응을 잘 살피면 된다. 조금 전에 와이프를 꼭 껴안아 봤다. 아무런 신체 반응이 없다(원래 가족 간에는 그런 거라고 배웠다).

그런데 이성에 대한 사랑과 생존 자원의 획득이 도대체 어떤 관계가 있을까? 우리가 이성에게 사랑을 느끼는 것은 그와의 협업을 통해 상당히 많은 생존 자원을 얻을 수 있을 것 같기 때문이다. 만약 어떤 남자가 여자에게 사랑을 고백한다면 속으로 이런 예상을 했을 것이다. '부지런하니 귀찮은 일을 다 해주겠지' '재력이 있어 나를 위해 돈을 많이 쓰겠지' '외모가 뛰어나니 친구들의 부러움을 사게 해주겠지' '똑똑해서 나 대신 머리 쓰는 일을 해주겠지' '건강하니 튼튼한 자녀를 낳아주겠지'….

만약 어떤 여자가 남자에게 사랑을 고백하거나, 또는 남자의 사랑 고백에 자신도 역시 사랑한다고 대답한다면…. 이 상황에 대해서는 18세기 영국의 신학자 존 웨슬리(John Wesley)가 했다고 전해지는 말로 설명을 대신한다. "A woman's ideal man is one clever enough to make a lot of money and foolish enough to spend most of it on her(처녀의 이상형이란, 돈을 많이 벌만큼 똑똑하고 이를 그녀에게 몽땅 쓸 만큼 미련한 총각이다)."

사랑도 자신이 보유한 정보에 근거하여 관계의 득실을 따져본 후, 자신에게 이득이 된다고 판단될 때 생겨나는 감정이다. 그런데 사람들이 갖고 있는 정보는 다 제각각이다. 물려받은 유전정보도 다르고, 태어나서 겪은 경험도 다르고, 살아오며 보아온 TV 드라마도 다르고, 지나간 연애 경험도 다르다. 그렇기에 이상형이 다 다르다. 덕분에 능력이 있건 없건, 누구나 사랑을 주고받을 수 있다. 짚신도 짝이 있다고 하는 이유다.

그런데 가까스로 사랑의 대상을 발견해서 연애를 해도, 어느새 사랑이 점점 식어가는 것을 느끼게 된다(자신은 그렇지 않다고 말하는 것은 옆에 듣는 사람이 있기 때문이다). 이는 기존의 미래 예측이 잘못되었다는 것을 시간이 흐르면서 자연스레 확인하기 때문이다.

연애 초기, 우리가 상대방에 대해 얻을 수 있는 정보는 매우 제한적이다. 같이 살아오지 않았기 때문이다. 설사 오래 사귀었다 해도 세포 속 유전정보까지 확인할 수는 없다. 따라서 상대방이 의도적으로 주는 정보만 얻을 수 있다. 그런데 누구나 상대방을 나중에 크게 써먹기 위해 연애하는 동안에는 가능한 한 모든 속임수를 총동원한다. 선물을 사주고, 칭찬을 해주고, 친절을 베풀고, 힘든 일 대신해 주고, 애교를 부리고, 능력 있는 사람처럼 보이려고 노력한다. 이런 노력은 자신이 많은 생존 자원을 생산할 능력이 있고, 그 생존 자원을 배분할 때 상대방에게 호탕하게 양보하는 성격인 것처럼 보이려는 연기다.

물론 상대방도 나와 비슷한 지능을 가진 인간이다. 따라서 상대방의 호의를 그대로 받아들이지 않는다. 이 호의가 일시적인 거짓 행동은 아닌지 검증한다. 거짓 행동이라고 판단되면 '그냥 좋은 친구로 지내자' '사랑까지는 아니다' '다른 사람이 있다'와 같은 말로 관계를 끊는다. 만약 지속 가능하다고 판단되면 '나도 사랑해'라며 프러포즈를 승낙한다. 그런데 문제는 그다음부터다.

상대방이 베푸는 친절이 거짓일 수 있다는 주변의 경고에도 불구하고, 우리의 감각기관과 신경계는 상대방의 속임수에 속아 넘어간다. 데이트하는 짧은 시간 동안, 상대방은 한껏 우리에게 친절을 베푼다. 당연히 이때 내 생존 자원의 증가가속도가 매우 크다. 어리석고 순진하게도, 우리는 이 증가가속도가 앞으로도 쭉 이어질 것이라 예상한다. (모두가 사랑받고 싶다고 말하는 이유다.) 그리고 그 가속도를 2번 적분해서 미래에 갖게 될 생존 자원의 양을 계산한다(대부분 무의식이 계산한다).

특히 남녀 간의 연애에 있어 미래란 결혼, 출산, 노후에까지 이르는 아주 긴 시간이다. 적분의 구간이 수십 년에 달한다. 따라서 계산 결과는 상대방으로부터 엄청난 생존 자원을 얻는 것으로 나온다. 이는 끝도 없이 우상향하는 $y=x^2$ 그래프와 같다. 이렇게 큰 값이 나오면 다른 사람이나 다른 일 따위는 눈에 들어오지 않는다. 그래서 목숨까지 걸고 사랑을 얻으려 한다. 따지고 보면 사랑은 은행 강도와 방법만 다를 뿐, 추구하는 바는 별반 차이가 없다(은행 강도도 목숨 걸고 한다).

하지만 결혼을 하고 나면 전에 모르던 새로운 정보가 속속 입수된다. 알고 보면 상대방이 항상 친절하지도 않고, 돈을 많이 벌지도 못하고, 아는 것도 별로 없는 그저 그런 사람인 것이다. 그래서 새로운 정보를 근거로 다시 가속도를 구하고 적분을 해본다. 당연히 처음 예상치보다 훨씬 낮은 값이 나온다. 같은 x값을 넣었는데도 y값이 당초 예상의 절반도 안 되게 나오는 것이다. 이러면 우리는 상대방에게 실망한다. 그리고 사랑은 식어버린다.

이때 흔히 상대방의 마음이 변했다고 말한다. 사실 그의 마음은 변하지 않았다. 그의 친절한 모습만을 계산식에 넣은 우리가 잘못한 것이다. 물론 그래도 여전히 우리는 상대방이 문제라고 한다. 내 예측대로 움직여 주지 않았기 때문이다. 원래 사랑의 끝은 다 그렇게 서로의 문제점을 지적하다 끝난다. 사랑해 보면 다 알게 된다(하지만 난 잘 모른다).

결혼 후, 그가 더 이상 친절한 연기를 하지 않는다면 그건 이미 상대방에 대한 경영권을 충분히 확보했다고 생각하거나, 아니면 경영권을 더 확보해도 별 도움이 안 된다고 판단했기 때문이다. 결혼 후에도 그가 여전히 친절한 연기를 한다면 그건 아직 상대방에 대한 경영권 확보가 덜 되었다고 판단했기 때문이다. 그래서 우리는 배우자 몰래 비밀 통장을 꼭 갖고 있어야 한다. 그래야 계속 사랑받을 수 있다(페이인포 같은 계좌정보 통합관리서비스가 문제다).

인간은 쓸데없는 얘기를 나누는 걸 좋아하지 않는다. 얘기를 나누는 데에도 소중한 에너지가 소모되기 때문이다. 한때 사람들이 모이면 비트코인 얘기만 했다. 그 이유는 한 가지, 비트코인 투자로 큰돈을 벌 수 있다고 여겼기 때문이다.

동서고금 온 세상은 언제나 사랑 타령이다. 시와, 노래와, 영화의 주제 대부분은 사랑이다. 이는 사랑이 세상 사람 모두가 가장 흥미를 느끼는 주제이기 때문이다. 한마디로 사랑은 세상에서 가장 큰 판돈이 걸려 있는 도박이다(이 사실을 깨닫고 나서 와이프에게 사랑한다는 말을 한 번도 하지 않았다. 난 도박을 싫어하니까).

사랑은 바보 같은 짓이라고 한다. 도박도 역시 바보 같은 짓이라고 한다. 그런데 잭팟을 터뜨린 사람은 도박이 아름답다고 말한다. 사랑이 아름답다고 하는 이유다.

따지고 보면 신에 대한 사랑도 전혀 다르지 않다. 인간은 사랑하는 신과의 거래에서 크게 한몫 잡으려고 한다. 우리는 평소에 하고 싶은 일 다 하고, 사고 싶은 물건 다 산다. 그러고 나서 주말에 두어 시간 종교 의식에 참가하고 약간의 헌금을 낸다. 신에게 그 대가로 마음의 평화, 화목한 가정, 무병장수, 운수대통, 대입 합격, 무사안전, 로또당첨, 무제한 천국 이용권을 달라고 한다. 신을 사랑한다면서 절대 밑지는 장사는 하고 싶지 않은 것이다. 뭐, 원래 인간은 이기적이니까…. 만약 신이 없다면 그건 인간과 거래하다 파산했기 때문일 것이다.

행복

행복은 모두가 바라는 궁극의 감정이다. 하지만 그 정의는 사람마다 다 다르고 애매모호하다. 사람들에게 행복에 대해 설명해 보라고 하면 딱 부러지게 말할 수 있는 사람이 드물다. 그렇지만 자신이 지금 행복한지 불행한지 여부는 분명히 말한다. 도대체 행복이란 과연 무엇일까?

결론부터 말하면, 행복이란 생존 유지에 대한 확신이다. 즉, 자신이 행하는 모든 선택이 다른 어떤 선택보다 성공적이며, 선택을 할 때마다 생존 가능성이 계속 증가할 것이라는 믿음이 있어야 한다. 행복이 다른 감정과 달리 한 가지 사건이나 대상에 좌우되지 않는 이유다.

수학적으로는 다음의 부등식이 신경계 속에서 항상 성립될 때 우리는 행복을 느낀다(실제로는 더 복잡하다).

자신이 한 선택의 성공 확률 × 성공 시 수익
> 자신이 한 선택의 실패 확률 × 실패 시 손해

이 부등식이 항상 성립하려면 좌변의 '자신이 한 선택의 성공 확률'이 큰 값을 가져야 한다. 그럼 당연히 우변의 '자신이 한 선택의 실패 확률'은 낮아진다. 그런데 '성공 시 수익'과 '실패 시 손해'가 크든 작든 이 부등식이 항상 성립되게 할 수 있다. 바로 성공 확률이 100%이고 실패 확률이 0%이면 가능하다. 즉, 자신이 한 모든 선택은 무조건 성공적이라는 확신이 있으면 행복할 수 있다는 뜻이다.

예를 들어 이 사람과 결혼할지 말지 결혼식 전날까지 망설이다가 식장에 입장한 사람은, 세상에 이 사람밖에 없다며 결혼한 사람보다 행복해지기 어렵다. 이 회사에 입사할까 저 회사에 입사할까 저울질하다가 연봉이 조금 더 높은 곳에 입사한 사람은, 취직한 것만으로도 감격하는 사람보다 행복해지기 어렵다. 자신이 믿는 종교의 신이 실존하는지 궁금해하는 사람은 무신론자보다 행복해지기 어렵다. 이렇듯 다른 선택은 고려할 필요조차 없다고 생각할 만큼 확신이 있어야 행복할 수 있다.

그런데 '선택의 성공 확률'은 과학자들이 정해주는 것이 아니다. 전적으로 자신이 확보한 정보에 의해 결정된다. 자신의 두뇌 속에서 '그녀와의 결혼'이란 단어와 연관된 수많은 뉴런 줄기들을 따라간다. 그때 '성공'으로 연결되는 줄기가 '실패'로 연결되는 줄기보다 훨씬 더 굵고 더 많으면, 우리는 성공 확률이 훨씬 높다고 확신한다. 이때 행복해진다.

커피를 마시기 전에 커피가 몸에 좋은지 나쁜지 알아보기 위해 인터넷을 검색해 본다. 그래서 몸에 좋다는 검색 결과가 많이 나오면 우리는 커피가 몸에 좋은 것이라고 생각한다. 하지만 몸에 나쁘다는 검색 결과도 간혹 보이면 우리는 커피의 무해성을 확신하지 못한다. 이 때 커피 한 잔의 여유는 없다.

따라서 내가 한 선택에 대해 신경 네트워크를 검색했을 때, 성공을 의미하는 결과가 압도적으로 많이 나와야 행복해질 수 있다. 괜히 부정적인 정보가 곳곳에 섞여 나오면 성공 확률의 수치를 낮춘다. 그럼 행복에 이르기 어렵다. 내 앞에 웨딩드레스를 입고 서 있는 이 여자 말고, 첫사랑 그녀와의 결혼을 상상하는 순간 행복은 조금씩 증발한다. 내 인생에 결단코 이 여자밖에 없다고 생각해야 행복할 수 있다 (그래서 나는 행복하다). 그래서 불필요한 정보라면 '모르는 게 약'이고, 필요한 정보라면 '아는 게 힘'이다.

그런데 정상적인 사람이 어떻게 첫사랑을 잊을 수 있단 말인가? 19세기 프랑스의 작가 귀스타브 플로베르(Gustave Flaubert)는 말했다. "To be stupid, selfish, and have good health are three requirements for happiness, though if stupidity is lacking, all is lost(멍청함, 이기심, 건강 이것들이 행복의 세 가지 요건이다. 하지만 멍청함을 잃으면 모두 잃는 것이다)." 때론 많은 정보가 선택의 실패 확률을 높게 인식시킨다. 오히려 행복에 장애가 될 수 있다는 뜻이다.

차라리 정보가 없으면 앞 식의 부등호 '>'이 '<'으로 뒤바뀔 리가 없다. 최악의 경우라도 '='다. 이것이 아무 생각 없이 사는 그 녀석이 항상 행복해 보이는 이유다. 물론 그 녀석은 주위의 환경변화에 둔감하다. 한 치 앞 미래에 대한 관심과 주의 없이 살아간다. 뭐, 눈감고 횡단보도를 건널 용기만 있으면 누구나 바로 행복해질 수 있다. 하지만 그렇게 살면 한 방에 훅 간다.

건강해서 행복하다고 말하는 사람은 건강검진을 건너뛰다가 큰 병에 걸린다. 내 주변엔 좋은 친구가 많아 행복하다고 하는 사람은 큰 사기 한 방에 당한다. 신이 24시간 자신을 돌봐주기에 행복하다는 사람은 자기 과실 100%인 교통사고가 난다. 이들의 행복감이 환경변화에 둔감하도록 만들기 때문이다. 이래서 새 애인이 생겼다며 이별을 고하는 여자친구에게 '꼭 행복해야 해…'라며 마지막 인사를 남기는 거다(정말 독한 사람은 새 애인에게 '그녀를 꼭 행복하게 해달라'고 부탁한다).

사회 복지 제도가 잘 갖춰진 선진국이라면 어떤 선택을 하든지 부등호 우변의 '실패 시 손해'가 적다. 복지 국가에서는 사업을 하다가 망해도, 대학에 가지 못해도, 대기업에 취직하지 못해도 생계를 유지할 수 있는 방법이 있다. 꼭 복지 국가가 아니더라도 가까이에 신뢰하는 배우자, 가족, 친구가 많다면(단 배우자는 하나면 족하다) 이들이 나의 재기를 지원해 줄 수 있다. 이런 환경에서는 '실패 시 손해'를 '0'에 가깝게 인식한다. 따라서 '선택의 실패 확률'이 아무리 높아도 둘을 곱하면 '0'이나 마찬가지다. 그래서 부등식은 항상 성립한다. 사회 복지 제도가 잘 갖춰진 북유럽 국가나 가족 관계가 해체되지 않고 잘 유지되는 문화권의 행복 지수가 높은 이유다.

반면 국민 소득이 낮고, 민주화가 이루어지지도 않았는데도 불구하고 행복 지수가 높게 나오는 나라가 있다. 주로 외국과의 교류가 활발하지 않은 폐쇄적인 나라들이 그렇다. 이런 나라의 국민들은 제한된 정보 덕분에 '성공 시 수익'을 높게 인식한다(굶지만 않아도 풍요로운 삶이라고 인식하는 경우다). 따라서 사회 복지 제도의 유무나 보유한 재산과 상관없이 행복 지수가 높다.

흔히 너무 큰 기대와 과도한 목표가 행복에 장애가 된다고 한다. 예를 들어 로또 1등 당첨은 '성공 시 수익'은 크지만 '선택의 성공 확률'이 너무 작다. 둘을 곱하면 거의 '0'이다. 그래서 부등식이 성립되기 어렵다. 재벌 2세와의 결혼, 인기 스타로 벼락출세하기, 주식으로 대박 나기, (공부 안 하는) 아들의 명문대 합격…. 모두 '성공 시 수익'은 크다. 하지만 '선택의 성공 확률'이 너무 낮다. 그래서 부등식이 성립될 수 없는 목표들이다. 즉 행복을 스스로 멀어지게 하는 과도한 목표들인 것이다.

꼭 행복해지고 싶다면 의식적으로 실현 가능성이 높은 목표들을 많이 세우고 많이 성공시켜야 한다. 바로 일상 속의 작은 선택들이다. 아이에게 자전거 타는 법 가르쳐 주기, 100만 원 저축해서 노트북 사기, 와이프 생일 때 요리해 주기, 매년 2번씩 가족 여행가기, 동네 맛집 10곳 방문하기…. 이런 선택은 '성공 시 수익'은 작다. 하지만 '선택의 성공 확률'이 100%에 가깝다. 그래서 부등식을 확실히 성립시켜 준다(대부분의 사람들은 이 사실을 알면서도 'Dream big'이다).

현자들은 작은 성취에 큰 의미를 부여하고 범사에 감사하라고 했다. 물론 이는 말처럼 쉽지 않다. 인간의 본성은 행복이 아니라 생존이기 때문이다. 행복은 오히려 생존 가능성을 감소시키기도 한다. (틀림없이 네안데르탈인은 호모 사피엔스보다 행복하게 살았을 것이다.) 차라리 우리는 불행과도 함께 사는 법을 배워야 한다. 불행은 누런 갱지 위에 연필로 쓴 글씨다. 지우개로 깨끗이 지우겠다고 빡빡 문지르면 갱지가 찢어진다. 눈에 잘 안 띌 정도로만 대충 지우고 살아야 한다. 우린 모두 가끔씩만 행복했던 조상들의 후손이기에, 카인의 후예이기에….

○　○　○

와이프에게 행복하냐고 물어보았다. 자기는 불행하단다. 상당 부분이 내 탓이란다. 그래서 어떻게 하면 행복해질 것 같냐고 물었다. 그랬더니 로또 1등 당첨되면 무척 행복해질 것 같단다. 슬픔이 몰려왔다. 왜냐하면 와이프는 계속 불행할 것이고, 그 불행의 궁극적인 피해자는 다름 아닌 내가 될 것이기 때문이다.

19~20세기 미국의 심리학자 윌리엄 제임스(William James)는 말했다. "Action may not always bring happiness, but there is no happiness without action(행동이 반드시 행복을 가져다주지는 않을지라도 행동 없는 행복이란 없다)." 행복을 위해서는 반드시 그에 걸맞은 행동을 해야 한다.

나는 지금 로또 사러 간다. 오늘은 꽤 여러 장 살 것이다.

21 공감

　와이프는 자주 삐진다. 결혼 생활 16년 동안 총 8년 동안은 삐져 있었던 것 같다(나머지 8년은 먹고 자는 시간이다). 왜 삐졌냐고 물어보면 자기가 삐진 이유를 몰라주는 게 삐진 이유라고 한다. 그러면서 나보고 공감 능력이 부족하단다. 그런데 공감 능력이 부족한 것은 와이프도 마찬가지다. 내가 자기한테 애정과 공포를 동시에 느낀다는 것을 아직 느끼지 못하는 것 같다.

○　○　○

　공감은 다른 사람의 감정을 읽고 그와 비슷한 감정을 자신도 느끼는 것이다. 인간은 지구상 그 어떤 생물보다 뛰어난 공감 능력을 갖고 있다. 그래서 다른 인간은 물론이요, 다른 생물과도 공감한다. 심지어 게임 속 캐릭터나 사물과도 공감할 수 있다. 한때 이런 공감 능력은 인간의 전유물이라고 알려지기도 했다. 하지만 최근에는 동물들도 어느 정도 공감 능력을 갖고 있다고 여겨지고 있다.

그런데 이런 공감 능력은 어쩌다 우연히 생겨난 능력이 아니다. 공감도 분명한 목적을 갖고 있다. 다름 아닌 생존 가능성의 확대다. 다른 사람이 처한 환경에 자신이 있다고 가정하고, 슬픔, 기쁨, 분노와 같은 감정을 느끼는 것이 어떻게 자신의 생존 확률을 높일 수 있을까?

'기분 좋음'에 해당하는 감정들은 생존 가능성을 높인 선택에 대한 정보를, '기분 나쁨'에 해당하는 감정들은 생존 가능성을 낮춘 선택에 대한 정보를 담고 있다. 그런데 이런 정보는 자신의 직접 경험을 통해서만 얻어서는 안 된다. 자신의 경험에만 의존하면 시간적, 공간적 한계로 인해 얻을 수 있는 정보의 양과 질이 제한될 수밖에 없기 때문이다.

제한된 경험정보만으로 선택의 계산을 하면 확률이나 예상수익 수치를 잘못 넣을 수 있다. 당연히 잘못된 선택을 할 가능성이 높아진다. 이를 방지하려면 더 많은 경험정보가 필요하다. 그래서 다른 사람의 경험에서 정보를 얻어온다. 이것이 바로 공감이다.

공감 능력은 생존에 필수적이다. 그래서 점차 그 능력이 강화되었다. 이제 우리의 두뇌에는 공감을 전담하는 기능이 장착되어 있다. 이를 거울 신경(Mirror neuron)이라고 한다. 거울 신경은 성장과 함께 발달한다. 5세 이하의 아이들은 아직 거울 신경이 발달하지 않은 상태다. 그래서 공감하는 법을 잘 알지 못한다.

흔히 미운 세 살, 미운 네 살이라고 부른다. 바로 이즈음의 아이들은 언어 능력이나 신체 발육에 비해 공감 능력의 발달이 상대적으로 뒤처진다. 그래서 상대방을 배려하지 않는, 이른바 철없는 행동을 하게 된다. 하지만 아이들의 행동은 시간이 흘러 공감 능력이 발달함에 따라 대부분 저절로 해소된다. 진짜 심각한 문제는 나이가 들어서도 공감 능력이 발달되지 않는 경우다. 바로 사이코패스와 소시오패스가 그렇다.

우리는 자신도 모르게 공감 능력을 사용한다. 그리고 자신도 모르게 그 덕을 보면서 산다. 친구가 학교에 내야 할 거액의 등록금을 잃어버렸다. 그 친구가 길바닥에 주저앉아 슬피 우는 것을 보며 우리는 어깨를 다독여 주고 같이 울어준다. 그 친구는 바지 뒷주머니에 다시는 큰돈을 넣지 않겠다는 각오를 슬픔이란 색인으로 기억 속에 남긴다. 그리고 공감하는 우리도 그 친구와 마찬가지로 바지 뒷주머니에 큰돈을 넣지 않겠다는 각오를 역시 슬픔이란 색인으로 기억한다. 물론 진짜로 돈을 잃어버린 친구보다는 좀 희미하겠지만….

이렇듯 공감은 다른 사람의 소중한 경험을 복사해 와 자신도 비슷한 감정을 느끼고 이를 정보화하는 과정이다. 공감은 가상현실(VR)로 다양한 인생 경험을 미리 시뮬레이션하는 것이나 마찬가지다. 그래서 흔히 공감하는 사람이 성공한다고 말한다. 두 번째 인생을 사는 것과 마찬가지니까(단 첫 번째 인생만 못할 가능성도 있다).

와이프가 요리를 하다가 실수로 식칼에 손가락을 벤다. 붉은 피가 도마 위에 뚝뚝 떨어지는 것을 보면 우리는 무의식적으로 움찔한다. 그리고 마치 자신이 칼에 베인 것 같은 통증을 순간적으로 느낀다(쾌감을 느끼는 사람이 있을지도 모른다). 우리의 두뇌가 느끼는 통증은 실제 칼에 베였을 때와 거의 같다. 거울 신경이 두뇌 속에서 통증을 느끼는 바로 그 부위를 활성화시키기 때문이다. 그래서 우리는 식칼에 베인 경험이 없음에도 요리를 할 때 식칼을 조심해서 쓰게 된다(아니면 나처럼 요리를 아예 안 하거나…). 이처럼 공감 능력은 전에 몸소 겪어보지 못한 리스크라 할지라도 미리 회피할 수 있도록 해준다.

공감 능력을 더욱 적극적으로 활용하는 사람들이 있다. 대표적으로 샤먼, 즉 무속인들이다. 그들은 두뇌 속 거울 신경세포가 보통 사람들보다 발달하여 공감 능력이 특출난 사람들이다.

무속인들의 지나간 인생사를 들어보면 공통점을 하나 발견할 수 있다. 대부분 무속인이 되기 전에 사랑하는 사람이 죽거나 크게 다치는 사건을 겪은 적이 있다. 그들은 그 사건 이후로 마치 자신이 죽거나 다친 것 마냥 심한 고통을 느낀다. 종합 병원에서 정밀검진을 받아도 아무 이상을 발견하지 못한다. 하지만 본인은 실제로 통증을 느낀다고 괴로움을 호소한다.

이는 보통 사람보다 발달한 그들의 거울 신경으로 인해 공감 능력이 지나치게 활성화되기 때문에 발생한다. 우리는 이런 현상을 흔히 '무병'이나 '신병'이라고 부른다. 거울 신경은 1990년대가 되어서야 비로소 그 존재가 알려지기 시작했다. 그러니 이들의 병을 설명하기 위해 신의 이름을 빌릴 수밖에 없었을 것이다.

많은 무속인들은 자신의 공감 능력을 활용해 생계를 이어간다. 흔히 점집을 열어 사람들의 운세를 봐준다. 하지만 거울 신경에도 한계는 있기 마련. 아무래도 동시에 2명 이상과 공감하기는 어렵다. 따라서 상담을 받으러 온 손님과 공감을 하면 과거에 죽은 지인과의 공감은 끊어진다. 그런데 가족이나 연인도 아닌 손님과 공감하는 것은 내키지 않는 일이다. 그래서 복채를 받는다.

복채를 받으면 돈 받은 게 미안해서라도 죽은 지인과의 공감은 잠시 끊고 손님과의 공감에 집중한다. 그러다 보면 무병은 자연스레 사라진다. 시간이 흐르면 공감 능력도 무디어지고 감퇴하기 마련. 그래서 사람들은 갓 신 내렸다는 무속인을 찾아다닌다.

민속학자 서정범 교수는 "어원별곡"이란 책에서 1990년대 기준 전국적으로 약 40만 명에 달하는 무속인이 있다고 했다. 꽤 많아 보이지만, 현재 대한경신연합회(무속인 단체)의 가입 회원은 약 30만 명이다. 그리고 비회원까지 합치면 약 50만 명에 이른다고 한다. 따라서 무속인 수는 인구에 비례하여 증가한다고 볼 수 있다. 과거 부족 사회는 구성원이 약 100~150명 정도였다(던바의 수, Dunbar's number). 그런데 우리나라에는 거의 모든 부족마다 1명꼴로 샤먼이 존재했다. 그 비율이 유전자 속에 담겨 지금까지 유지되고 있다.

무속인이 꼭 유전되는 것은 아니다. 무속인은 크게 세습무와 강신무로 나뉜다. 세습무는 부모로부터 공감 능력이 유전된 사람이고, 강신무는 변이에 의해 공감 능력이 활성화된 사람이다. 공감 능력이 뛰어난 무속인들은 말, 행동, 표정으로부터 손님이 어떤 감정을 갖고 있는지 감지한다. 우리는 의식하지 못하지만 우리의 말, 행동, 표정 속에는 생각보다 많은 정보가 들어 있기에 가능하다.

따라서 공감 능력을 풀가동하면 상대방이 불안한지, 슬픈지, 기쁜

지, 돈 문제가 있는지, 이성 문제가 있는지 어느 정도 알아낼 수 있다. 특히 용한 무속인은 보통 사람이 절대 감지할 수 없을 거라 여기는 정보도 알아낸다. 심지어 손님이 손에 쥔 동전의 개수까지 맞출 수 있을 정도라고 한다. 단, 손님 자신도 동전을 몇 개 쥐었는지 모르면 당연히 무속인도 맞출 수 없다. 공감해도 얻을 수 있는 정보가 아예 없기 때문이다.

뇌신경 과학은 이제 걸음마 단계에 불과하다. 따라서 무속인 스스로도 자신의 공감 능력이 어떻게 생겨났고, 어떻게 작용하는지 설명하기 어렵다. 그래서 그저 신이 내렸다고 표현할 수밖에 없다. 신이 있는지 없는지 알 수 없다. 하지만 무속인들이 타인과 공감할 수 있는 능력이 있다는 것은 확실하다. 그래서 수천 년간 인간 집단 내에서 대체 불가능한 중요한 역할을 해왔다. 바로 심리 치료사의 역할이다.

그런데 공감 능력은 발바닥의 티눈 같다. 있다가도 사라지고, 없다가도 생긴다. 한때 용했던 무속인이 어느 날 공감 능력이 사라져 그냥 언변 좋은 상담사가 되기도 한다. 반면 보통 사람이 의도적으로 공감 능력을 활성화시킬 때도 있다. 예를 들어 군대에서 신병일 때는 고참과, 회사에서 신입 사원일 때는 팀장님과 공감하기 위해 노력한다. 하지만 자신이 고참이 되고, 팀장이 되면 공감 능력은 퇴화한다. 출세하니 사람 달라졌다는 얘기를 듣는 이유이기도 하다. 하여간 공감 능력은 여러모로 생존에 도움이 된다.

어떤 사람들은 공감 능력이 부족하다고 비난을 받는다. 이런 사람들을 살펴보면 주로 학력이 뛰어나거나, 재산이 많거나, 권력이 있거나, 재능이 우수한 사람들이다. 즉, 자신의 생존 능력이 남들보다 훨씬 뛰어나다고 믿는 사람들이다. 이들은 다른 사람과 공감하기 위해 굳이 소중한 에너지를 쓰고 싶어 하지 않는다. 다른 사람들의 수준 낮은 정보까지 굳이 필요하지는 않다고 생각하는 것이다. 그래서 그들은 자연스레 공감 능력이 퇴화된다.

하지만 인간은 집단생활을 한다. 그래서 개인의 능력이 아무리 우수하다 해도 협업하지 않으면 생산 능력에 한계가 있다. 협업에는 공감 능력이 필수다. 공부를 잘하던 학생이 사회에서 별 볼 일 없다면 바로 공감 능력이 부족해서 협업을 못 하기 때문이다.

독재자들도 공감 능력이 부족하다. 하지만 그들도 처음부터 자신만이 옳다고 믿는 독불장군은 아니었다. 이들의 공감 능력이 뛰어나지 않았다면 절대로 정권의 1인자 자리까지 올라갈 수 없었다. 다만 이들은 1인자 자리에 오래 머물렀다. 그래서 자연스레 공감 능력이 퇴화되고 마침내 남의 말을 듣지 않는 독재자로 변질된다. 그래서 리더는 똑똑한 사람보다 공감 능력이 뛰어난 사람 중에서 나와야 한다. 조금 퇴화되어도 충분할 만큼의 공감 능력을 지닌….

사실 대부분의 사람들은 공감 능력을 갖고 있음에도 풀가동하지는 않는다. 이런 미국 속담이 있다. "You can't understand someone until you've walked a mile in their shoes(누군가를 이해하려면 그 사람의 신발을 신고 1마일은 걸어봐야 한다)." 제대로 공감하기 위해서는 그만큼의 에너지를 투입해야 한다는 뜻이다. 아마 대부분의 사람들은 1마일을 걷느니 차라리 다른 사람을 이해하는 것을 포기하겠다고 할 것이다. 공감도 힘이 드는 일이기 때문이다.

하지만 공감 능력이 부족하다고 협업을 포기할 수는 없다. 그래서 공감하는 척이라도 해야 한다. 다른 사람이 말할 때 고개를 끄떡이고, 다른 사람이 웃으면 같이 웃고, 다른 사람이 화내면 같이 화내는 것은 꼭 공감했기 때문만은 아니다. 상대방과 협업 관계를 유지하기 위한 노력이다.

내가 슬픔에 빠져 있을 때 누군가 공감의 표시로 함께 슬픈 표정을 지어 보이면 나의 슬픔은 줄어든다. 이는 나의 감정표현이 상대방에게 성공적으로 전달되었고, 상대방이 내가 의도한 대로 행동할 것이라는 기대가 생겼기 때문이다. 즉 상대방이 나의 손해를 보전해 줄 것이란 기대감이 생겼다는 뜻이다.

또 공감을 표시한 상대방은 나의 생존 전략이 잘 통하는 사람이다. 그런 사람은 협업의 파트너로 적합하다. 따라서 상대방에 대한 호감과 신뢰가 생긴다. 상대방도 공감하는 표정만으로 자신을 신뢰하는 협업 파트너 하나를 얻으니 역시 수지맞는 장사다. 공감하는 사람이 성공한다고 말하지만 사실은 공감하는 척 연기를 잘하는 사람이 성공하는지도 모른다.

반대로 공감 능력이 뛰어난 것이 오히려 생존에 악영향을 미치는 경우도 있다. 소방대원들은 심각한 '외상 후 스트레스 장애' PTSD에 노출되어 있다. 그들은 긴급 출동을 할 때마다 사경을 헤매는 위급 환자를 봐야 한다. 화재현장에서 크게 다치거나 죽는 사람도 목격해야 한다. 위험한 구조 활동 중에 동료가 다치거나 죽는 모습을 보기도 한다. 이때 자신이 다치거나 죽은 것이 아님에도 공감 능력으로 인해 자신이 다치거나 죽은 것과 같은 스트레스를 받게 된다.

영화 '라이언 일병 구하기'에서 통역병 업햄은 독일군 포로를 죽이려는 동료들을 만류했다. 그는 감수성이 풍부했기에 공포에 빠져 있던 독일군 포로와 공감했던 것이다. 그래서 일행은 결국 독일군 포로를 풀어주었다. 하지만 나중에 그 독일군 포로는 업햄 일행을 향해 총구를 들이댔다.

이처럼 공감 능력은 양날의 칼과 같이 이중성을 갖고 있다. 다행히 대부분의 인간들은 환경에 맞춰 공감 능력을 적절히 조절하는 능력을 갖고 있다. 만약 인간이 공감 능력을 조절할 수 없다면 어떻게 될까? 응급실 의사들은 응급환자가 피를 흘리며 들어올 때마다 공포에 빠져 옆 병원 응급실을 찾을 것이다. 소방대원들은 매일 밤마다 자신이 다치는 악몽에 시달리며 출동을 거부할 것이다.

하지만 다행스럽게도 대부분의 응급실 의사들과 소방대원들은 외상 후 스트레스 장애를 극복해 낸다. 그리고 한층 더 성장한다. 이들은 지나친 공감 능력이 오히려 생존에 도움이 안 된다는 것을 무의식적으로 깨닫는다. 그리고 특정 상황에서는 공감 능력을 꺼버린다. 이 수준까지 다다른 사람은 자신이 처한 상황을 정확하게 바라본다. 그리고 자신이 맡은 임무가 집단 내에서 꼭 필요하다는 것을 깨달아 사명감을 갖게 된다고 한다.

큰아들 녀석이 어렸을 때 응급실에 간 적이 여러 번 있었다. 그때마다 응급실 의사한테 빨리 치료 안 해준다고 불평하는 환자들을 볼 수 있었다. 사실 응급실의 의료진들은 우리 맘 같지 않게 별로 서두르는 것 같지도 않다. 그다지 친절하지도 않다. 동네 피부과나 치과 의사들과는 비교가 안 될 정도로 무뚝뚝하다.

그런데 만약 환자한테 '많이 아프시죠'라는 따뜻한 말과 함께 걱정스러운 표정을 지어 보이는 응급실 의사가 있다면 절대 피해야 한다. 그는 아직 준비가 덜 된 초짜 응급실 의사다. 왼쪽 다리가 아픈데 오른쪽 다리를 수술할 사람이다. 응급실에서는 불친절할수록 베테랑이다(물론 다 그런 건 아니지만⋯). 우리의 소중한 목숨은 공감 능력 따위는 꺼놓고 냉철히 진료할 수 있는 의사에게 맡겨야 한다. 업햄은 다시 만난 독일군 포로를 쏴 죽였다.

인간의 공감 능력은 허구의 영화나 드라마를 볼 때도 활성화된다. 영화 속 주인공에게 감정이입을 할 수 있는 것도 역시 공감 능력 덕분이다. 우리는 슬픈 멜로영화를 보고 나서 카타르시스를 느낀다고 한다. 카타르시스는 다음과 같은 순서로 발현된다. 우선 우리는 공감 능력을 이용해 주인공이 극 중에서 느끼는 슬픔을 똑같이 느낀다. 그리고 영화가 끝나는 순간부터 우리의 공감 능력은 비활성화된다. 이때 우리의 감정은 '슬픔'에서 '감정이 없는' 수준까지 급격히 상승한다. 이는 '감정이 없는' 상태에서 '기쁨'으로 상승하는 것과 그 기울기에 있어서 차이가 없다. 우리는 기울기에 민감하기에 마치 기쁜 일이 생겼을 때와 같은 쾌감을 느낄 수 있다.

시험 점수가 직전 시험보다 10점 올라가면 선생님이 사탕을 준다고 한다. 직전 시험에 90점 받은 학생은 100점을 받아야 사탕을 받을 수 있다. 하지만 100점을 받기란 쉽지 않다. 그러면 일부러 80점을 받고 그다음 시험에 90점을 받으면 된다. 이게 카타르시스다. 살면서 기쁜 일이 별로 없으면 이렇게 해서라도 쾌감을 느껴야 한다. (무서운 놀이 기구를 돈 내고 타는 이유이기도 하다.)

어렸을 때 '애수(Waterloo bridge)'라는 흑백 멜로영화를 본 적이 있다. 50대 이상의 장년층이라면 이 영화를 기억할지 모르겠다. 하지만 아무래도 모르는 사람들이 많을 것 같아 스토리를 적어본다. 카타르시스를 원한다면 이 영화를 한번 보길 권한다.

유럽 전체를 공포에 빠뜨린 1차 세계대전 와중의 영국 워털루 다리. 잠시 휴가 나온 젊은 장교(로버트 테일러)는 우연히 발레리나(비비안 리)를 만나게 된다. 하룻밤 사이에 사랑에 빠져버린 둘은 결혼을 약속한다. 하지만 장교는 바로 다음 날 몸 성히 돌아오겠단 약속만 남기고 유럽 전선으로 출정을 가게 된다. 발레단에서 쫓겨나게 된 발레리나는 어느 날 전사자 명단에서 그 장교의 이름을 발견하게 된다. 주체 못 할 상심에 빠져 그녀는 그만 거리의 여자로 전락하고 만다. 그러던 어느 날 워털루역에서 우연히 그 장교가 무사히 돌아오는 모습을 보게 되고…. 그녀는 여전히 장교를 사랑하지만 그에게 돌아갈 수 없는 신세가 된 것을 한탄하며 워털루 다리에서 몸을 던진다.

어머니가 나보고는 잠자라고 이불을 뒤집어씌워 놓고 그 영화를 보셨다. 그런데 영화 중반부부터 계속 훌쩍거리셨다(어디 조문 가서도 그렇게 울지는 않으셨다). 이불 틈 사이로 자는척하면서 영화를 보던 나도 울었다. 두꺼운 솜이불을 덮고 숨죽여 봐서 그런지 지금까지 내가 본 영화 중 가장 슬픈 영화였다.

o   o   o

그때의 강렬한 카타르시스 덕분인가, 나중에 병무청 신체검사에서 18개월 방위 판정을 받았을 때 묘하게 기쁜 마음이 들었다. 요즘도 1박 2일 출장을 가면 와이프에게 수시로 안부 전화를 한다. 그런데 와이프는 큰일 없으면 전화하지 말라고 한다.

와이프는 그 영화를 안 본 것이 틀림없다.

22 | 성격1

난 다른 사람의 성격을 파악하는 능력이 부족한 것 같다. 특히 여자의 성격을 잘 파악하지 못한다. 집에는 형만 있었다. 중고등학교는 남학교, 대학교는 공대, 다니는 회사는 여직원이 드문 제조업체라 특히 그런 것 같다. 그래서 결혼할 때 배우자의 성격보다 외모에만 신경을 썼다(와이프가 미모도 겸비하고 있다는 칭찬이다).

○ ○ ○

우리는 다른 사람을 만나면 굳이 의도하지 않더라도 무의식적으로 그 사람의 성격을 판단한다. 물론 지나가는 행인처럼 다시 만날 가능성이 없다고 생각되면 굳이 판단하지 않는다. 성격의 판단도 역시 에너지가 소모되는 작업이기 때문이다. 그래서 상대방과 향후 협업 관계를 맺을 가능성이 있을 때에만 성격을 판단한다.

우리는 상대방을 만나자마자 그의 성격을 '계산'한다. 이 계산은 입수된 정보가 많지 않더라도 빠른 시간에 마쳐야 한다. 왜냐하면 상대방이 나의 약점을 파악해 먼저 공격할 틈을 주면 안 되기 때문이다. 그래서 첫인상은 3초 만에 결정된다고 한다. 짧은 시간 동안 파악할 수 있는 정보는 대부분 시각을 통해 입수된다. 그래서 우리는 첫 만남에 앞서 새 옷을 사 입고, 머리를 다듬고, 화장을 하며 외모에 신경을 쓴다. 특히 사기꾼이라면 첫인상이 아주 좋아야 한다.

우리의 신경계는 이렇게 입수한 정보를 근거로 관계 수립의 득실을 계산한다. 그 결과 그와의 관계가 나에게 득이 될 것 같으면 그를 '호감'이 가는 사람이라고 한다. 그리고 그와 친해지고 다시 만나려고 한다. 반대로 실이 될 것 같으면 그를 '비호감'이 가는 사람이라고 한다. 그리고 그를 경계하고 멀리하려 한다.

우리는 이렇듯 사람의 성격을 크게 '호감'과 '비호감'으로 구분한다. 그리고 이를 우리 기억 속에 저장한다. 그런데 다른 사람의 성격을 이렇게 두 가지로만 구분해서 말하지는 않는다. 인간의 감정과 마찬가지로 단 두 가지로만 구분하면 나중에 기억을 떠올려 활용하기가 쉽지 않다. 그래서 상대방의 성격을 나름대로 기준에 맞춰 세분한다. 이 때 사용하는 조건식이 있다.

호감

그와 공동 생산으로 얻을 생존 자원 + 그와 경쟁하여 얻을 생존 자원

> 혼자서 생산하는 생존 자원

비호감

그와 공동 생산으로 얻을 생존 자원 + 그와 경쟁하여 얻을 생존 자원

< 혼자서 생산하는 생존 자원

우리는 위 조건식처럼 '그와 공동 생산으로 얻을 생존 자원'과, '그와 경쟁하여 얻을 생존 자원'을 더한다. 그 결과값이 '혼자서 생산하는 생존 자원'보다 크면 우리는 그 사람에게 '호감'을, 적으면 그 사람에게 '비호감'을 느낀다.

다시 말해, 우리의 무의식은 만나는 사람들을 협업과 경쟁 관점에서 분석한다. 상대방에게 협업의 효과를 전혀 기대할 수 없는데 경쟁 시 생존 자원을 빼앗길 것 같으면 우리는 그를 '나쁜 사람, 악당, 미운 사람' 등으로 기억한다. 그런 사람은 다시는 만나면 안 된다. 반면, 상대방과의 협업 효과는 적지만 경쟁에서 많은 것을 빼앗아 낼 수 있으면 그를 '순진한 사람, 착한 사람'이라고 한다. 이런 사람과는 다시 만나 관계를 맺을만하다. 상대방과의 협업 효과는 크지만 경쟁에서 많이 빼앗길 것 같다면 그를 '영악한 사람, 잘난체하는 사람, 재수 없는 사람'이라고 한다. 이런 사람과는 관계는 맺지 않거나 맺더라도 경계를 한다.

상대방과의 협업 효과도 크고 경쟁에서도 많이 빼앗아 낼 수 있을

것 같다면 그를 '사랑스러운 사람'이라고 한다. 우리는 이런 사람을 가장 가까이하고 싶어 한다. 반면 협업과 경쟁 효과가 플러스도, 마이너스도 아닌 '0'이라면 우리는 그들을 기억조차 하지 않는다.

우리가 협업과 경쟁 관점에서 다른 사람의 성격을 파악하듯, 상대방도 나의 성격을 똑같은 방식으로 파악한다. 이 사실을 우린 잘 알고 있다. 그래서 상대방에 따라 적절한 행동을 취하려고 한다. 호감을 느끼는 사람의 눈에 나는 협업의 효과가 큰 사람으로 보여야 한다. 그래서 우리는 잘난 척, 똑똑한 척, 부자인 척, 힘이 센척한다. 그리고 호감을 느끼는 사람의 눈에 나는 많은 양보를 하는 사람으로도 보여야 한다. 그래서 우리는 겸손한 척, 모르는 척, 순진한 척, 자비로운 척한다.

하지만 내가 싫어하는 사람이 다가오면 그와의 관계를 피하기 위한 행동을 한다. 경쟁을 심하게 하는 사람처럼 보이려고 야박하고, 딱딱하고, 까다롭게 군다. 그게 아니면 아예 생산성이 없는 사람처럼 보이려고 돈 없는 척, 능력 없는척한다.

이런 분석 과정은 두뇌의 에너지를 소모한다. 그리고 신경계 속 저장 용량의 일부를 차지한다. 그런데도 인간은 왜 굳이 힘들게 사람들의 성격을 파악할까?

인간은 거주지를 정할 때 물과 식량을 구하기 쉬운 장소를 선택한다. 그래야 생존 가능성을 높일 수 있다. 인간에게 주변의 다른 인간은 산, 바위, 돌과 다를 바 없는 주변 환경이다. 따라서 인간은 사회적 위치를 정할 때 생존에 도움이 되는 인간들을 주변에 많이 두려고 한다. 이것이야말로 필수적인 생존 전략 중 하나다.

아무리 그래도 인간을 어떻게 산, 바위, 돌과 같은 환경으로 볼 수 있냐고 따질 사람이 있을지도 모르겠다. 그런데 우리 눈에 초고배율의 현미경을 씌워놓으면 산, 바위, 돌과 인간을 구분하지 못한다. 다 비슷비슷한 원자로 이루어져 있기 때문이다.

단, 차이점이 있긴 하다. 인간은 산, 바위, 돌과 달리 그 성질이 변화무쌍하고 행동 예측이 불가능하다. 게다가 모두 나와 동급의 지능을 갖고, 나와 똑같은 의도를 갖고 서로를 상대한다. 따라서 만만히 상대할 수가 없다. '남'은 꼭 필요하나 다루기 힘든 불과 같은 존재다.

다른 사람의 성격은 나의 손익을 기준으로 하는 주관적인 판단이다. 즉 그 사람이 친절하다고 느꼈다면, 그가 나에게 도움이 될 것 같다는 뜻이다. 하지만 다른 사람에게는 도움이 안 되는 불친절한 사람일 수 있다. 그래서 같은 사람에 대한 성격 판단이 사람마다 다르다. 갖고 있는 정보가 다 다르고 처해 있는 상황도 다 다르기 때문이다.

물론 다른 사람이 나의 성격을 판단할 때도 마찬가지다. 내가 모든 사람 앞에서 똑같이 행동한다고 해도 누구는 나를 겸손하다고 하고, 누구는 나를 건방진 사람이라고 말한다. 내가 밤늦게까지 열심히 장사를 해도 누구(주로 밤늦게 찾아온 손님들)는 나를 성실한 사람이라고 하고 누구(주로 경쟁 업체 사장들)는 나를 욕심 많은 사람이라고 한다. 그래서 내 성격에 대한 세상의 평가가 엇갈려도 억울해할 일이 아니다. 나아가 설문에 의거한 성격 유형 검사도 각주구검(刻舟求劍)과 다를 바 없다. 과신하면 안 된다.

세상에는 70억 명이 살고 있다. 따라서 70억 개의 성격이 존재한다. 하지만 사람의 성격을 묘사하는 표현은 인구수에 비하면 적다. 이는 사람들이 언어를 사용하여 성격에 대한 정보를 전달할 때, 유형별로 범주화시킨 것이다. 이제 성격의 표현 몇 가지에 어떤 의미가 담겨 있는지 생각해 본다. 먼저 호감에 속하는 성격들이다.

좋은 사람

우리가 '좋은 사람'이라며 호감을 느끼는 사람은, 그와 협업과 경쟁 관계를 맺었을 때 나에게 이득이 될 것 같은 사람이다. 즉 공동 생산을 할 때 나보다 더 많은 생존 자원을 생산하고, 배분을 할 때 나보다 덜 가져갈 것 같은 사람이다. 거기에 더해 나에게 필요한 생존 자원을 이미 많이 보유하고 있거나, 나에게 생존 자원을 쉽게 빼앗길 것 같은 사람도 우리는 '좋은 사람'이라고 한다.

그 외에 나와 직접적인 관계가 없는 사람이라 할지라도 집단 전체의 생존 자원을 증가시키는 사람에게도 역시 호감을 느낀다. 결국 누군가에게 호감을 느낀다는 것은 나의 생존 가능성을 확대할 기회를 발견했다는 뜻이다. 그래서 우리는 좋은 사람을 잘 기억해 둔다. 다시 만나야 하고, 다시 만났을 때 잘 써먹어야 하기 때문이다.

관대한 사람

'관대한 사람'은 뛰어난 경쟁력이 있음에도 자신의 생존 자원을 다른 사람에게 쉽게 내주는 사람이다. 그리고 자신이 취할 수 있는 생존 자원임에도 더 이상 취하지 않는 사람이다. 따라서 그의 능력에 힘입어 공동 생산량은 늘어남에도 불구하고, 나에게 더 유리한 배분 비율이 적용될 수 있다. 우리는 그를 관대하다고 한다. 우리는 이런 관대한 사람들을 좋아하고 가까이하려 한다. 당연히 그 사람과 협업을 하면 할수록 내가 더 유리하다고 생각하기 때문이다.

그래서 관대한 사람 주변에는 따르는 사람들이 많다. 모두가 그로부터 생존 자원을 조금이라도 더 확보하려고 하는 것이다. 하지만 이 세상은 그리 호락호락하지 않다. 관대한 사람이 바보가 아닌 이상 자신의 생존 자원을 대가 없이 내주지 않는다. 그는 주위에 몰려 있는 사람들을 이용해 무언가를 얻어내려고 계속 궁리를 한다.

즉, 그는 자신에게 불필요한 잉여 생존 자원을 다른 생존 자원으로 교환하려 한다. 돈을 나눠주고 인기와 권력을 얻으려 하거나, 권력을 나눠주고 돈과 인기를 얻으려고 한다. 이 세상에 공짜 점심은 없다.

착한 사람

'착한 사람'은 생산 능력이 그다지 뛰어나지는 않지만, 나의 생존 자원을 빼앗아 갈 의도나 능력이 보이지 않는 사람이다. 그래서 그 사람과 협업을 하면 공동 생산한 생존 자원의 상당 부분을 내가 가져오는 데 아무 문제가 없다고 예상한다. 공동 생산은 그럭저럭할 만하되, 뒤이은 경쟁에서 충분히 압도할 수 있는 상대방, 이런 사람을 우리는 '착한 사람'이라고 한다.

물론 그 사람이 실제로 그렇게 착한 사람인지, 아니면 일부러 착해 보이려고 꾸민 것인지는 고민해 봐야 한다. '삼국지'의 유비는 미천한 배경과 부족한 능력에도 불구하고 한때 천하의 한 자리를 차지할 수 있었다. 이는 전적으로 그의 착한 성품 덕이었다. 그의 성품에 반한 많은 인재들이 그와 함께하기를 원했다. 그리고 유비를 위해 자신의 재능과 목숨을 기꺼이 내놓았다. 혹자는 얘기한다. 유비가 천하통일이라는 자신의 목적 달성을 위해 착한 척 연기한 것이라고. 그랬다면 오스카상을 유비에게.

귀여운 사람

'귀여움'은 상대방이 경쟁력을 전혀 갖고 있지 않아 나에게 해를 끼칠 확률이 '0%'라고 판단될 때 느끼는 감정이다. 나로서는 관계를 형성해도 손해 볼 것은 없다. 우리는 흔히 아기들이나 어린 동물들에게서 귀여움을 느낀다. 왜냐하면 그들은 나를 공격할 체력과 지능이 없을 뿐 아니라, 공격할 의사도 전혀 없다고 판단되기 때문이다.

아기들은 적에게 위협받아도 싸울 수가 없다('처키' 빼고). 생존하려면 절대 적의를 드러내면 안 된다. 그래서 아기들은 최대한 귀엽게 웃고 행동하는 방법을 안다. 이를 통해 상대방을 방심하도록 유도한다.

어른들도 상대방을 방심하게 한 후 뭔가 큰 것을 얻어내려 할 때 귀여움을 활용한다. 이를 '애교'라고 부른다. 따지고 보면 아기를 흉내내는 것에 불과하다(누구나 한때는 아기였기에 스스로 애교에 능하다고 착각한다). 다행히 우리에게는 거짓 귀여움을 걸러내는 센서가 장착되어 있다. 그 센서는 피부에 있는데, 거짓 귀여움이 감지되면 닭살로 변한다.

똑똑한 사람

'똑똑한 사람'은 효율적으로 생존 자원을 취득하는 사람이다. 누군가 남다른 생존 전략으로 투입하는 에너지와 감수하는 리스크 대비 더 많은 생존 자원을 얻는 것처럼 보이면, 우리는 그를 '똑똑하다'고 한다. 아무래도 이런 사람과 협업을 할 경우 공동 생산량이 커질 가능성이 높다. 그래서 우리는 똑똑한 사람을 좋아하고, 칭찬하고, 가깝게 지내려고 한다.

따지고 보면 종교도 사람들이 똑똑한 사람을 좋아하기 때문에 생겨났다고 볼 수 있다. 아직 종교가 없던 원시 시대, 족장이 마을 청년에게 묻는다. "왜 해는 동쪽에서 뜨는가?" 물론 청년은 그 이유를 모른다. 하지만 모른다고 솔직히 대답하면 족장이 자신의 지능을 의심할 수 있다. 그럼 자신이 사냥도 잘 못 한다고 생각해서 다음 사냥에 데리고 가지 않는다. 굶어 죽을지도 모르는 것이다. 그래서 거짓말이라 할지라도 자신 있게 대답한다. "신의 뜻입니다."

물론 족장도 왜 해가 동쪽에서 뜨는지 모른다. 그래서 청년이 "족장님도 다 아시면서 왜 물어보세요?"라고 뻔뻔하게 물어오면 "널 테스트해 보려고"라고 뻔뻔하게 답한다. 누구나 똑똑한 척해야 살아남을 수 있기 때문이다. 그래서 이해가 안 되는 건 다 '신의 뜻'이었다. 우린 그렇게 살아온 조상들의 후손이고, 지금 세상도 역시 그렇다.

그런데 협업할 때는 똑똑한 사람이 확실히 좋다. 하지만 공동 생산한 자원을 배분할 때는 그들을 조심해야 한다. 왜냐하면 똑똑한 만큼 자기 몫을 더 많이 챙길 가능성이 높기 때문이다. 그래서 경쟁이 우려된다면 우리는 그를 '똑똑하다'고 하지 않는다. 대신 '영악하다'거나 '얌체' '깍쟁이'라고 부른다. 그리고 그들을 멀리하거나 경계한다.

김영삼 대통령은 '사람이 빈 구석이 좀 있어야 주변에 사람이 모인다'고 했다. 너무 똑똑한 것처럼 보이면 다른 똑똑한 사람들이 그와의 관계에서 챙길 게 없다고 생각한다. 그리고 같이 일하려 하지 않는다. 김영삼 대통령은 똑똑한 사람이었다. 일부러 허당인 척했다. 그래서 'YS는 못 말려'라는 유머집이 나올 정도였다. 그의 사람 중에는 배신자가 별로 없었다.

겸손한 사람

'겸손한 사람'은 공동 생산물을 배분할 때 자신의 경쟁력을 100% 발휘하지 않는다. 그래서 자기 몫을 덜 챙긴다. 우리는 그런 사람을 '겸손하다'며 칭송한다. 그리고 만나는 사람마다 그 사람을 본받으라고 얘기한다. 왜냐하면 겸손한 사람이 내 주변에 많아야 별 노력 없이 많은 생존 자원을 획득할 수 있기 때문이다. 단, 우리는 누군가 지나치게 겸손하다면 혹시 생산 능력에 문제가 있는 것은 아닌지 의심한다.

하지만 겸손한 사람, 그 사람인들 아무 대가 없이 자신이 취할 수 있는 생존 자원을 포기하지 않는다. 그는 계산적이지 않은 사람처럼 보여 다른 사람과의 협업을 이끌어 낸다. 그리고 나중에 더 많은 생존 자원을 얻어내려고 한다. 이런 면에서 '관대한 사람'과 '겸손한 사람'은 비슷하다. 다만 차이점이 있다면 관대한 사람은 나보다 더 우월한 생산성을 갖고 있다. 그래서 협업의 결정권을 그가 갖고 있다. 겸손한 사람은 나보다 열등한 생산성을 갖고 있다. 협업의 결정권을 내가 갖고 있다.

선거철이 되면 지하철역에서 고개 숙여 인사하는 겸손한 사람들을 많이 보게 된다. 협업 여부를 결정할 수 있는 결정권, 즉 선거권을 우리가 갖고 있기 때문이다. 그런데 그 겸손함은 선거일까지만 유효하다. 그날 이후로 겸손함은 재수 좋으면 관대함으로, 재수 없으면 거만함으로 변한다. (단, 낙선하면 겸손함이 유지된다.)

친절한 사람

'친절한 사람'은 협업할 때 자신이 더 많은 에너지를 투입하는 사람이다. 그리고 왠지 더 적은 배분 비율에도 만족할 것 같은 사람이다. 또 대가 없이 혹은 적은 대가만 받고 자신의 생존 자원을 내줄 것 같은 사람도 우리는 '친절한 사람'이라고 한다. 다만 그 사람과 협업할 때 생산성이 어떠할지는 잘 모른다. 그래서 관대하거나 겸손하다고 말하지는 못하고 그저 친절하다고 한다.

우리는 친절함을 잘 판별하고 잘 기억한다. 또 만나기 위해서다. 그래서 친절한 점원이 있는 가게에서 물건을 사고, 친절한 의사가 있는 병원에서 진료를 받고, 친절한 연예인의 팬이 되고 싶어 한다. 그래야 내 노력 대비 더 많은 혜택을 볼 수 있다. 하지만 우리는 경험적으로 알고 있다. 그 어떤 사람도 손해 보는 장사를 하지 않는다는 것을, 지나치게 친절한 사람은 의심해야 한다는 것을.

엄마는 어린 자녀에게 신신당부한다. 모르는 사람이 사탕 사준다고 해도 절대 쫓아가지 말라고(유괴범은 세상에서 가장 친절하게 아이들에게 말을 건넬 줄 아는 사람이다). 낯선 외국에 여행 가서 가장 조심해야 하는 사람은 불친절한 상인이 아니다. 길 안내를 해주겠다며 친절하게 말을 걸어오는 사람이다. 이들은 친절을 미끼로 접근해서 나의 생존 자원을 빼앗으려는 사람들이다.

거짓으로 친절을 베푸는 사람을 판별해 내는 방법은 간단하다. 입장 바꿔놓고 생각하면 된다. 당신은 대가 없이 모르는 아이에게 사탕을 사준 적이 있는가? 당신은 대가 없이 외국인을 위해 가던 길을 멈추고 길 안내를 해준 적이 있는가?

물론 우리도 다른 사람에게 친절을 베푼다. 때론 우리의 생존 자원을 내주고, 힘든 일을 대신해 준다. 심지어 목숨을 걸고 선행을 베풀기도 한다. 하지만 대가가 있다. 주위 사람들에게 내가 협업을 할 때 더 많은 에너지를 투입하고, 배분을 할 때 덜 챙겨갈 사람이란 정보를 주기 위해서다. 이를 통해 더 많은 협업 기회를 얻는 것을 목표로 한다.

우리는 이런 '거짓 친절'을 베푸는 법을 잘 알고 있다. 우리의 두뇌 속 전두엽은 초고성능 거짓말 제조기이기 때문이다. 물론 상대방도 역시 비슷한 성능의 두뇌를 지니고 있다. 그래서 다른 사람의 친절이 진짜인지 거짓인지 검증한다. 상황에 맞지 않게 지나친 친절이라고 생각되면 경계를 한다. 그럼 우리는 또 그 경계를 뚫고 상대방을 속이려고 노력한다. 내가 와이프에게 선물을 건네면서 오다가 주웠다고 말하는 이유다.

솔직한 사람

우리는 '솔직한 사람'을 좋아한다. 누군가 솔직하다는 것은 그가 자신의 감정과 정보를 가공 없이 그대로 표현하는 것처럼 보인다는 의미다. 하지만 인간은 감정과 정보를 느낀 그대로, 알고 있는 그대로 표현하지 않는다. 내가 의도한 대로 상대방이 움직이도록 하기 위해 어떻게 표현하면 좋을지 계산한다. 그리고 계산 결과에 따라 표현을 한다(너무 급할 때는 솔직한 표현이 나오기도 한다). 따라서 우리가 접하는 다른 사람들의 표현은 거의 모두 의도된 것이라고 봐도 무방하다.

우리도 바보는 아니다. 그래서 상대방의 표현을 곧이곧대로 받아들이지 않는다. 그가 거짓으로 표현하고 있다고 가정한다. 그리고 감각과 경험정보를 동원해 상대방의 진의를 철저히 분석한다. 이 분석 절차는 상당히 정교해서 쉽사리 통과하기 어렵다.

가수가 노래를 부르다가 가사를 틀린다. 그 순간 감동이 사라진다. 그 노래의 가사가 가수의 진심이 아니며, 가수는 그저 작사가가 써준 것을 외워서 불렀다는 티가 나기 때문이다. 그럼 청중들은 그의 노래에서 진정성을 느끼지 못한다(어차피 스피커로 노래를 들으면서도 라이브 공연에 가고 싶어 하는 이유도 진정성을 느끼기 위해서다). 이런 사실을 잘 알기에 대통령은 연설할 때 종이 원고 대신 프롬프터를 쓴다. 마치 사전 준비 없이 즉석에서 진심을 말하는 것처럼 보이게 하려는 것이다. 청중들과 눈을 마주치는 것도 사전 준비된 원고가 없는 것처럼 보이게 하려는 것이다(상대방의 눈을 보면서 말해야 설득하기 쉽다는 얘기는 문자가 탄생한 후에 생겼을 것이다).

영화 '킹스 스피치(The king's speech)'의 실제 주인공 조지 6세는 말을 더듬었다. 하지만 수시로 대국민 연설을 해야 할 처지였기에 말더듬증을 고치려 했다. 만약 국왕이 연설 중에 말을 더듬으면 국민들은 그가 거짓말을 생각해 내려고 중간중간 말을 멈춘 것이라고 무의식적으로 생각한다(자기도 그렇게 하니까…). 즉, 국왕이 솔직하지 않다고 생각하는 것이다. 그러면 연설의 효과가 떨어진다.

언어 치료사 라이오넬은 조지 6세의 말을 차근차근 들어주며 마음을 안정시켰다. 이는 조지 6세가 대충 거짓말해도 다 속아 넘어가는 척 연기한 것이었다. 그래서 조지 6세의 전두엽은 자신의 거짓말 능력이 이미 충분하다는 걸 깨닫고 너무 애써 거짓말하지 않게 되었다. 마침내 조지 6세는 제2차 세계대전 기간 중 전시연설을 통해 국민들을 감동시키는 데 성공했다. 국민들의 거짓말 검증 시스템을 통과한 것이다.

인간은 나름의 노하우로 상대방의 진의를 항상 검증한다. 하지만 한참 분석했는데도 숨겨진 의도를 도저히 못 찾겠다는 결론이 나오면, 우리는 그를 '솔직한 사람'이라고 한다. 이런 사람은 나에게 도움이 된다. 내가 그를 속일 수는 있지만 그가 나를 속이지는 않을 것이기 때문이다.

그런데 이 세상에 정말 솔직한 사람은 단 1명도 없다. 그런 사람은 자신의 모든 생존 전략이 다른 사람에게 노출된다. 그럼 생존을 길게 이어가기 어렵다. 그래서 솔직함도 원시 인류와 함께 화석으로만 남아 있다. 우리가 알고 있는 솔직한 사람이란 상대방의 경계심을 푸는 데 성공한 사람일 뿐이다.

'난 항상 솔직한데 무슨 소리냐'고 하는 사람도 있을 것이다. 자신의 '의식'은 스스로 솔직하다고 하지만, 그것은 '의식'만 그렇게 생각하는 것에 불과하다. '무의식'도 솔직한지는 확신할 수 없다. 자신이 솔직하다고 느꼈다면 그건 '솔직한 척'하는 것보다 '진짜 솔직한 척'하는 전략을 취한 것일 뿐이다.

조조는 자신을 위해 희생한 부하 장수들을 위해 통곡을 했다. 이 점은 유비와 다를 바가 전혀 없었다. 하지만 조조는 간웅이라고 일컬어진다. 왜냐하면 그가 슬프지 않으면서도 슬픈 척 연기했다는 의심을 샀기 때문이다. 반면 유비는 솔직함에 대해 의심을 받지 않았다. 연기를 한 것이라면 그의 의식이 대단한 연기력을 가진 것이고, 진짜 속마음이었다면 그의 무의식이 대단한 연기력을 가진 것이다.

인간이 정말로 솔직하려면 우리 몸을 이루고 있는 세포 과반수로부터 '솔직해지는 대신 리스크에 노출되어도 좋다'는 동의서를 받아야 한다. 아직까지 그 동의서를 받았다는 사람 못 봤다.

○ ○ ○

여자의 성격을 파악하기 어렵다면 그냥 외모만 보고 결혼하는 것도 인생을 살아가는 한 가지 방법이다.

23 　성격2

　　우리가 누군가를 '비호감'이라고 생각한다면 한마디로 그를 내 주위에 두고 싶지 않다는 뜻이다. 왜 그에게 비호감을 느끼냐고 물어오면 우리는 이런저런 이유를 댄다. 하지만 진짜 이유는 따로 있다. 바로 그 사람과의 관계가 나의 생존에 해가 될 것 같다는 무의식의 계산 결과 때문이다. 따라서 누군가 나보고 비호감이라고 욕해도 맘 상할 일은 아니다. 그가 괜히 불안한 거니까. 그의 계산일 뿐이니까.

o　o　o

싫은 사람

　　'싫은 사람'은 비호감이 느껴지는 사람이다. 그는 경쟁력이 강해서 나의 생존 자원을 빼앗아 갈 것 같다. 생산 능력도 별로라 협업해도 별 도움이 안 될 것 같다. 쓸데없이 치밀해서 생존 자원을 배분할 때 자기 몫을 더 많이 챙겨갈 것 같다. 게다가 갖고 있는 생존 자원도 별로 없어서 협업하면 나만 손해일 것 같다. 이럴 때 우리는 그를 '싫은 사람'이라고 한다. 거기에 더해 집단의 경쟁력을 약화시키거나, 집단 내 생존 자원을 독차지하여 내 생존 가능성을 감소시킬 것 같은 사람도 역시 싫은 사람에 속한다.

우리는 싫은 사람을 피하거나 경계한다. 그와의 만남으로 내 생존 가능성이 줄지 않게 조심한다. 우리는 좋은 사람만큼이나 싫은 사람도 잘 기억한다. 다시는 만나지 말아야 하고, 다시 만나더라도 손해 보지 않도록 주의해야 하기 때문이다.

호감도 비호감도 아닌 사람은 앞으로 내 생존에 아무 영향도 미치지 않을 것 같은 사람들이다. 예를 들어 지하철 옆자리 승객, 눈앞을 지나가는 행인, 편의점 점원, 식당 웨이터 등이다. 이들은 아주 짧게 만난다. 이들과의 관계는 특별한 사건이 생기지 않는 한 내 삶에 미치는 영향이 없다. 그래서 우리는 굳이 그들의 성격을 계산하지 않는다.

마찬가지로 아무리 오랫동안 얼굴을 알고 지낸 사이라도, 그와의 관계에 특별한 득실 관계가 발생하지 않는다면 그의 성격을 느끼지 못한다. 잘 기억하지도 못한다. 오래전 친구의 이름이 잘 기억나지 않는다는 것은 그와 돈이 걸린 거래를 한 적이 없다는 뜻이다.

고집 센 사람

우리는 '고집 센 사람'을 별로 가까이하고 싶어 하지 않는다. 그들은 자신에게 조금이라도 불리한 조건이라면 협업을 하려 하지 않는다.

한마디로 자신의 이익이 보장되지 않는 협업은 하지 않는다. 그래서 고집쟁이는 소수의 사람들하고 제한된 협업 관계를 갖는다. 그들에게는 경쟁에서 이길 자신이 있기 때문이다.

반면 보통 사람들은 가급적 많은 사람들과 협업을 하며 다양한 기회를 얻길 원한다. 그러므로 자신이 제안한 협업을 다짜고짜 거부하는 고집쟁이에게는 비호감을 느낀다. 게다가 우리는 다른 사람들로부터 더 많은 생존 자원을 얻어내려고 강한 척, 약한 척, 기쁜 척, 슬픈척한다. 때론 거짓말과 협박도 한다. 하지만 고집 센 사람에게는 이런 전략이 전혀 안 통한다. 그러니 우리는 고집쟁이에게 비호감을 느낀다.

대부분의 고집쟁이들은 주변 사람들에게 인기가 없다. 그래서 고독하게 지낸다. 주변 사람들은 그와 함께해도 얻을 것이 없다는 것을 안다. 따라서 고집쟁이는 협업보다 자급자족에 가까운 생활을 한다. 하지만 무인도에 혼자 사는 로빈슨 크루소가 아닌 이상, 완전한 자급자족은 불가능하다. 따라서 고집쟁이라 할지라도 누군가와는 협업을 한다. 그 고집쟁이가 고집을 꺾는 대상이 하나쯤 꼭 있는 이유다.

하지만 우리는 그 고집쟁이가 나한테만 고집부리는 것은 아닌지 잘 살펴봐야 한다. 만약 나한테만 고집을 부리는 거라면, 그가 아니라 나의 생존 전략에 문제가 있을 가능성이 높다.

음흉한 사람

'음흉한 사람'은 자신의 생존 전략을 다른 사람에게 전혀 드러내지 않는 사람이다. 우리는 다른 사람의 생존 전략을 짐작할 수 없으면 그를 두려워하고 좀처럼 가까이하려 하지 않는다. 그가 기발한 전략을 써서 내 생존 자원을 빼앗아 갈까 봐 걱정이 되기 때문이다.

우리는 상대방이 비록 나보다 지적, 신체적 능력이 뛰어나더라도 그의 전략을 훤히 알고 있다면 두려워하지 않는다. 하지만 나보다 약해 보이더라도 그의 전략을 짐작 못 한다면 두려워하고 협업을 꺼린다 (우리 집 딸아이는 음흉하다).

우울한 사람

'우울한 사람'은 협업과 경쟁에 별 의욕이 없는 사람들이다. 즉, 생존 자원의 취득에 관심이 없다. 이들은 생존 자원을 취득할 수 있는 기회가 줄줄 새나가도 이를 막으려 하지 않는다. 심지어 갖고 있는 생존 자원도 쉽사리 잃는다. 그런 사람에게 우리는 연민의 정을 느낀다. 즉 그런 사람과 가까이한다고 내 몫이 줄어들 리는 없기에 경계하지 않는다.

우울한 사람은 생산성이 떨어진다. 하지만 배분에서의 경쟁력도 역시 떨어진다. 그들을 상대로 언제든 내 몫을 챙기기는 쉽다. 그래서 우리는 우울한 사람에게 보유한 자원의 잉여분을 주기도 한다. 집단의 개체 수는 유지해야 하기 때문이다. 그래서 이것을 노리고 일부러 우울한 척, 불쌍한 척하는 사람들도 있다. 하지만 일반적으로 우울한 사람과의 협업은 시너지 효과를 기대하기 어렵다. 그래서 우리는 굳이 그들을 가까이하고 싶어 하지 않는다. 맘에 안 드는 누군가가 자꾸 친해지려고 하면 우울한 척하면 된다.

잘난체하는 사람

'잘난체하는 사람'은 자신이 가진 생산 능력을 다른 사람에게 과장하는 사람이다. 그의 과대광고에 속은 상대방은 그와 협력을 하면 많은 생존 자원을 얻을 수 있을 것이라고 예상한다. 그래서 그에게 협업을 제안한다. 그들은 이런 식으로 다른 사람들의 협업 제안을 이끌어 낸다. 이를 통해 자신의 실제 생산 능력보다 더 많은 생존 자원을 획득하려고 한다.

하지만 사람들의 지능은 비슷비슷하다. 잘난체하는 사람의 연기가 조금이라도 미숙하면 사람들은 그의 진의를 금방 파악한다. 왜냐하면 사람들은 과장된 정보로부터 피해를 본 경험을 다들 갖고 있기 때문이다(대표적으로 봉지에 그려진 조리예를 보고 라면을 고른 사람들). 그래서 사람들은 잘난체하는 사람과 협업해도 생산성이 형편없을 거라는 걸 안다. 그가 자신의 몫으로 더 많은 생존 자원을 요구할 거라는 걸 안다. 그래서 바로 '너 난 날 나 났다'라며 협업을 거절한다.

우리는 사람들의 성격을 이처럼 다양하게 구분한다. 그런데 상대방의 성격을 파악하고. 기억하고, 구분하는 것은 힘든 작업이다. 하지만 꼭 해야 한다. 그래서 우리는 최대한 효율적으로 처리하려 한다. 상대방의 첫인상을 보고, 혈액형을 살펴보고, 별자리를 따져보고, 세간의 평을 듣고 어떤 성격인지 판단한다. 하지만 시간이 지나 시행착오를 겪으면서 깨닫는다. 상대방의 성격을 파악한다는 것이 쉽지 않다는 것을. 상대방의 성격이 자꾸 변한다는 것을.

나의 성격은 상대방과의 관계에서, 상대방의 성격은 나와의 관계에서 결정된다. 서로 협업과 경쟁의 관계에서 취하는 전략이 바로 성격이기 때문이다. 그래서 나의 성격은 어떤 환경에 있느냐에 따라 변한다. 회사에서 부하 직원에게 야박하게 구는 사람도 친구들 사이에서는 유쾌한 사람일 수 있다. 사기를 치고 감옥에 들어간 사람도 같은 감방의 동료에게는 믿음직한 사람일 수 있다.

그럼에도 불구하고 흔히 사람의 성격은 잘 안 변한다고 말한다. 그래서 기계는 고쳐 써도 사람은 못 고쳐 쓴다는 말도 한다. 하지만 다른 사람의 성격이 예전 그대로라는 것은, 내가 그로부터 얻을 수 있는 생존 자원의 양이 예전 그대로라는 것을 의미한다. 그로부터 얻을 수 있는 생존 자원의 양이 늘거나 줄어들면 우리는 그의 성격이 바뀌었다고 말한다. 심지어 내가 갖고 있는 생존 자원의 양이 늘거나 줄었는데도 때론 그의 성격이 바뀌었다고 말하기도 한다.

우리는 환경에 따라 성격을 바꾼다. 환경이 변했음에도 성격을 일관되게 유지하는 사람은 거의 없다(우리는 성격이 일관된 사람을 정신과 치료의 대상이라고 한다). 따라서 인간이 태어날 때부터 선하다는 성선설, 태어날 때부터 악하다는 성악설, 태어날 때는 결정되어 있지 않다는 성무선악설 등은 맞다고 할 수 없다. 선하고 악하다는 것은 각자의 이익 여부에 달려 있는 주관적인 판단이다. 그래서 노벨 평화상을 받는 사람에게도 그를 죽도록 싫어하는 사람들이 있다(넬슨 만델라를 27년간, 김대중 대통령을 6년간 투옥시킬 만큼 그들을 미워하는 사람들이 있었다). 심지어 흉악범에게도 그를 사랑하는 사람이 있다(서진 룸살롱 살인 사건을 저지른 사형수는 옥중결혼을 했다).

아마 사람들은 말할 것이다. 선악을 구분할 때 다수결의 원칙을 적용하면 된다고. 그를 좋아하는 사람과 싫어하는 사람의 비율을 따져서 좋아하는 사람이 많으면 선한 사람, 싫어하는 사람이 많으면 악한 사람으로 보면 된다고. 나름 합리적인 답처럼 보인다. 하지만 허점이 있다. 인구가 적은 나라의 전쟁 영웅은 인구가 많은 적국에선 악마다. 가족을 위해 생계형 범죄를 저지른 사람은 사회에서는 악인이지만 그의 가족에게는 영원히 기억해야 할 사랑이다. 선악의 구분은 처음 보는 강가에서 이곳이 상류인지 하류인지 맞추는 것이다. 구분이 불가능하다. 단지 나에게 이익이 될는지, 손해가 될는지만 추측할 수 있을 뿐이다.

○ ○ ○

다시 강조하지만, 다른 사람의 성격은 나와의 이해관계를 기준으로 내가 판단하는 것이다. 와이프의 성격은 나와의 관계에서 나온다. 와이프는 때론 나 때문에 자기 성격이 변했다고 한다. 그런데 내 성격도 변했다.

변해야 생존할 수 있었기 때문이다.

24 | 성격3

우리 집엔 초등학교 6학년인 막내 딸아이가 있다. 이 녀석의 성격은 도대체 정의할 수가 없다. 집에서는 항상 쉴 새 없이 떠들고 까불까불거린다. 집안일 좀 도우라고 하면 이 핑계, 저 핑계 대면서 빠져나간다. 자기 방은 얼마나 지저분한지 발 디딜 틈도 없다.

그런데 어느 날 와이프 얘기를 듣고 깜짝 놀랐다. 담임 선생님과 딸아이의 학교생활에 대해 상담을 했단다. 그런데 학교에서는 선생님 말씀 잘 듣고 학급 청소에도 솔선수범하는 모범생이라는 얘기를 들었다고. 게다가 말도 없고 조용해서 좀 더 활발해졌으면 좋겠다는 말도 들었단다. 선생님이 학기 초라 다른 학생과 착각한 것은 아닐까 지금도 다소 의심된다.

○ ○ ○

자, 그럼 이 녀석의 어떤 성격이 진짜일까? 까불거리는 아이? 얌전한 아이? 밖에서 얌전한 척 연기를 하는 것인가? 집에서 까불거리는 척 연기를 하는 것인가? 집에서의 성격이 진짜인가? 학교에서의 성격이 진짜인가? 자기 방에서 문을 잠그고 혼자 있을 때의 성격이 진짜인가?

사실 딸아이의 상반된 성격 모두 그 녀석의 성격이다. 딸아이는 자신이 처한 환경에 따라 그때그때 적절한 행동과 표현을 선택한다. 즉 성격은 생존 전략에 따르는 전술이다. 생존이라는 전략 목표의 달성을 위해 전술은 그때그때 변해야 한다. 십수 년을 함께 지내 자신에 대한 정보를 많이 갖고 있는 가족 앞에서의 성격과, 아직은 서로를 일부만 알고 있는 선생님 앞에서의 성격을 똑같이 가져가는 것은 오히려 리스크가 높은 전술이다.

우리나라 축구 국가 대표팀이 몰디브 대표팀과 싸울 때와 독일 대표팀과 싸울 때, 똑같은 작전을 쓰지 않는다. 상대방의 전력을 분석해 그에 적합한 작전을 쓴다. 그래서 2018년 월드컵 본선 독일전은 2:0으로 이겼다. 그리고 2004년 월드컵 예선 몰디브전은 0:0 무승부였다.

요즘 대세인 리얼리티 TV 쇼는 연예인들의 일상을 마치 숨어서 엿보는 듯한 느낌을 준다. 사람들은 이를 통해 그들의 거짓 없는 생존 전략을 파악하고 싶어 한다. 그래야 나중에 협업이나 경쟁을 할 경우 자신이 더 유리한 위치를 차지할 수 있다고 본능적으로 생각하기 때문이다. 그런데 리얼리티 TV 쇼에 나오는 연예인들은 평소와 다른 성격을 드러낸다.

어떤 연예인 부부는 리얼리티 TV 쇼에 나와 엄청난 금슬을 보여준다. 서로 없으면 못 산단다. 그런데 방송 나오고 얼마 지나지 않아 성격 차이로 이혼한다고 발표한다. 이런 일이 비일비재하다. 사실 이들이 TV 카메라 앞에서 잉꼬부부처럼 행동하는 것은 그들 앞에 TV 카메라가 있기 때문이다. 그들은 자신들이 관찰당한다는 것을 인식하고 그 환경에 적합한 행동을 꾸며낸다. 그럼 TV 카메라가 없을 때가 그 연예인 부부의 진짜 모습일까?

이 역시 진짜 모습이라 할 수 없다. 남편은 부인을, 부인은 남편을 서로 '관찰'하고 있기 때문이다. 더 정확하게 표현하면 서로가 서로의 삶에 '간섭'하고 있기 때문이다. 우리는 두뇌가 에너지를 상대적으로 적게 소모하는 상황을 진짜 모습, 진짜 성격이라고 착각할 뿐이다. 하지만 그렇게 한가한 시간이 우리 인생에 있겠는가?

교양 물리학책을 읽다 보면 결국 깔때기처럼 귀결되는 물리학 이론이 있다. 바로 양자물리학이다. 양자물리학에 대한 책은 차고 넘치지만, 그 어떤 책도 양자물리학을 완벽하게 이해하도록 도와주지는 못한다. 왜냐하면 미시 세계의 이야기는 거시 세계에서만 살아온 우리에게 너무나도 생소하기 때문이다. 그중 '파동-입자 이중성'에 대한 이야기는 단연코 최고의 충격이다. '파동-입자 이중성'을 밝혀낸 이중 슬릿 실험은 다음과 같다.

이중 슬릿 실험은 19세기 초 토마스 영(Thomas Young)이 고안했다. 원래는 파동과 입자를 구별하기 위한 실험이었다. 2개의 긴 홈, 즉 슬릿이 있는 판을 세워놓고 그 뒤에 스크린을 세워놓는다. 그리고 실험하고 싶은 대상을 슬릿이 있는 판을 향해 쏜다. 쏘아 보낸 것인 입자라면 슬릿을 지나 스크린에 단 두 줄이, 파동이라면 여러 줄의 간섭무늬가 생기게 된다.

빛을 대상으로 이중 슬릿 실험을 했다. 그랬더니 물결 모양의 간섭무늬가 나타났다. 파동의 특성이다. 그래서 빛이 입자라고 주장했던 뉴턴의 주장이 무너지게 되었다. 그런데 이게 웬일, 나중에 아인슈타인의 광전 효과 실험으로 다시 빛이 입자의 성질을 갖고 있다는 것이 밝혀졌다.

1927년 클린턴 데이비스(Clinton Joseph Davisson)와 레스터 거머(Lester H. Germer)는 전자를 이용한 이중 슬릿 실험을 한다. 당시 전자는 입자라는 게 대세였다. 당연히 이중 슬릿 너머의 스크린에 두 줄이 생길 것으로 예상했다. 그런데 여러 개의 전자를 쏘고 나서 살펴보니 간섭무늬가 생겼다. 전자가 파동의 특성을 보인 것이다. 혹시나 해서 이번엔 전자 하나씩 쏘아봤다. 그래도 여전히 간섭무늬가 생겼다. 입자인 전자가 어떻게 파동처럼 움직였는지 확인하기 위해 관측 장비를 설치하고 다시 실험을 했다. 그랬더니 이번에는 두 줄만 나타났다. 전자가 입자의 특성을 보인 것이다.

사람들이 이중 슬릿 실험의 결과를 처음으로 접하면, 실험자가 그냥 실수한 것이라고 생각한다. 높은 정밀도를 요구하는 실험이기 때문이다. 그런데 이 실험은 1~2번 수행된 것이 아니다. 지금까지 수십 년간 수도 없이 실험되었고 매번 완벽하게 동일한 결과를 얻었다.

결국 우리는 이 실험으로 전자가 '파동과 입자의 이중성'을 갖고 있다는 것을 알게 되었다. 그 덕에 양자물리학이 등장했다. 참고로, 이 실험을 설명할 때 대부분의 사람들은 흔히 입자를 '관찰'한다고 표현한다. 하지만 이는 인간중심주의에서 벗어나지 못한 표현이다. (원숭이가 실험해도 같은 결과가 나온다.) '관찰'보다는 서로 '간섭'한다는 표현이 더 정확하다.

이제 우리는 미시 세계가 우리가 감각하는 거시 세계와 다르다는 것을 안다. 미시 세계에서는 입자와 파동이 서로 다른 것이 아니라 상황에 따라 달리 나타날 수 있다는 것도 안다. 왜 미시 세계는 우리가 감각하는 거시 세계와 다를까? 미시 세계와 거시 세계의 경계는 어디일까? 물론 이에 대한 정답은 아직 나오지 않았다.

이중 슬릿 실험에 대한 책을 읽으면 문득 떠오르는 얼굴이 있다. 바로 막내 딸아이. 이 녀석도 간섭 여부에 따라 나타나는 성격이 완전히 다르다. 마치 전자가 거시 세계의 무언가로부터 간섭을 당할 때는 입자의 성격을, 간섭을 당하지 않을 때는 파동의 성격을 나타내는 것과 비슷하다.

그럼 막내 딸아이는 왜 환경에 따라 다른 성격을 보일까? 이는 그때그때 자신의 생존에 도움이 된다고 판단되는 행동을 선택하기 때문이다. 자기 방을 어지럽힌 채 그냥 놔두면 언젠가 엄마가 치워준다. 따라서 욕 좀 먹더라도 버티는 게 자신의 에너지 소모를 줄일 수 있으니 이득이라고 판단한다.

그런데 학교에서 만나는 친구들은 부모보다 한참 오랫동안 협업할 수 있는 잠재적 파트너들이다. 일단 잘 보여서 좋은 관계를 유지하는 것이 낫겠다고 판단한다. 선생님은 자기에게 많은 숙제를 내주어 에너지를 소모하게 할 수 있다. 그러니 선생님 말을 잘 듣고 얌전한 척하는 것이 낫겠다고 판단한다. 즉, 막내는 자신이 처한 환경에 맞춰 그때 그때 적절한 생존 방식을 선택한다.

큰아들 녀석 얘기도 좀 해본다. 이 녀석은 공부를 그다지 잘하지 못하면서도 시험에 대한 스트레스를 받지 않는다. 그런데 이것은 그 녀석 입장에서 지극히 당연하다. 시험공부를 하겠다고 두뇌가 힘들게 에너지를 소모하지 않아도 생존에 아무런 지장이 없기 때문이다. 돈 이 떨어지면 아빠에게 용돈을 달라고 하고, 배고프면 냉장고 안에 있 는 간식을 꺼내 먹으면 된다. 또 최신형 스마트폰은 이미 갖고 있고, 자기 방은 와이파이가 잘 터진다. 그 녀석의 무의식은 자신이 이미 천 국에 있다고 생각한다. 천국에 있으면 천국 내 다른 곳으로 이동할 필 요가 없다(천국에는 이삿짐센터가 없다고 한다). 아들 녀석을 볼 때마다 그 녀 석의 부모가 나에게도 있었으면 좋겠다는 생각이 든다.

이른바 자수성가했다는 사람들의 자서전에는 공통점이 하나 있다. 어렸을 때 부모가 이혼해서 아버지 없이 성장했다든가, 아버지의 사업 이 부도가 났다든가, 아버지가 일찍 돌아가셨다든가…. 그래서 경제적 으로 고생하며 성장했다는 이야기다. 보통 가정에 이런 문제가 생기면 누군가 각성해서 공부에 전념하거나 돈을 번다. 왜 그럴까? 이는 자신 의 생존이 위협받는 것을 인식하기 때문이다.

부모들은 아이들이 공부를 잘하길 원한다. 그런데 타고난 재능과 상관없이 공부 잘하게 하는 방법이 있다. 어렸을 때 공부만이 유일한 살길이라고 인식하게 하면 된다. 그러면 누구나 6살 때 미적분 문제를 풀 수 있다. 다만 그렇게 공부한다고 생존에 유리하지 않다는 걸 알기에 그렇게 안 할 뿐이다.

인간은 엔진에 시동 걸라는 말을 아무리 들어도 좀처럼 시동을 걸지 않는다. 시동 걸만한 위기가 아니라는 것을, 생존에 위협이 되는 상황이 아니라는 것을 우리의 무의식이 즉각 파악하기 때문이다. 그러다 생존에 대한 위협을 느끼면 우리는 스스로 엔진에 시동을 건다. 시끄럽다고 욕먹어도 건다(자기주도학습이 필요한 이유다).

다시 물리학으로 돌아간다. 막내 딸아이의 성격은 전자가 간섭 여부에 따라 파동과 입자를 오가는 것과 비슷하다. 막내가 평소에 무슨 짓을 하는지 궁금해서 방문을 여는 순간, 이 녀석은 바로 행동을 '아빠 앞 버전'으로 바꾸어 버린다. 그렇다고 관찰하지 않으면 막내가 무슨 짓을 하고 있는지 짐작하기도 어렵다. 따라서 '불확정성의 원리'는 물리학뿐 아니라 인간에게도 적용된다.

방에 몰래카메라를 설치하면 진짜 모습을 볼 수 있다고 할지도 모르겠다. 그런데 아무것도 없는 방에 혼자 있을 때의 행동 특성이 진짜 모습이라고 할 수도 없다. 행동에 영향을 주는 거시적인 물체들인 스마트폰, TV, 책, 컴퓨터, 문제집, 인형, 창밖 풍경 등이 있기 때문이다. 그래서 사람의 '진짜 성격'이란 세상에 존재하지 않는다. 그저 확률적으로 행동 예측이 가능할 뿐이다.

접촉식 체온계를 피부에 갖다 대면 체온이 나온다. 그런데 엄밀히 말하면 그 체온은 정확하지 않다. 차가운 체온계의 센서가 내 피부에 가까워지는 순간, 피부 온도가 내려가기 때문이다. 그래서 접촉식 체온계로는 정확한 체온을 알 방법이 없다. 이 역시 불확정성의 원리가 적용된다. 비접촉식 체온계로는 간섭없이 정확하게 체온을 알 수 있다고 주장할지 모르겠다. 하지만 엄밀히 따지고 보면, 체온계가 피부 근처로 오는 것만으로도 공기와 피부를 구성하는 입자의 운동에 미세한 변화를 불러일으킨다. 그래서 역시 정확한 피부 온도를 알 수 없다. 와이프가 내 성격을 모르는 이유다.

◦ ◦ ◦

설문지를 통한 성격 검사도 '간섭'에서 자유롭지 못하다. 설문지를 보는 순간 우리는 설문 결과를 읽는 누군가의 모습을 떠올리며 답을 채워나간다. 그래서 '당신은 가족에게 사랑받고 있습니까'라는 항목에는 항상 '예'를 선택한다.

내 옆에 누가 있느냐에 따라 설문의 답은 달라진다. 와이프는 나를 아직 모른다.

25 기억1

와이프는 부부싸움을 하다가 자신이 불리해질 때마다 꺼내는 비장의 카드가 있다(나도 하나쯤 있었으면…). 바로 신혼 때 시어머니가 자신을 무시한 적이 있다는 기억. 그때 너무 억울해서 지금도 자다가 잠이 확 깰 정도라는데…. 거의 20년 전 일인데도 생생하게 기억하는 걸 보면 기억력이 참 좋다. 나도 그 현장에 있었다는데 전혀 기억이 안 난다. 이처럼 누구에게는 평생 가지고 갈 기억이지만 누구에게는 기억할 가치가 없는 일이기도 하다. 결국 우리의 기억도 기억할 만하니까 기억하는 거고, 나중에 필요할 것 같으니까 버리지 않는 거다.

○ ○ ○

인간이 살아간다는 것은 고강도의 에너지가 소모되는 일이다. 그래서 인간은 가급적 에너지를 적게 쓰고 싶어 한다. 평소에는 아꼈다가 중요한 순간에만 쓰려 한다. 그래서 공원에는 어느새 화단을 가로지르는 지름길이 생긴다. 산속 등산로에는 어느새 샛길이 생긴다. 한 걸음이라도 덜 걸어서 에너지를 절약하려고 한 흔적들이다.

우리의 신경계도 근육과 마찬가지다. 그래서 에너지 절약을 한다. 두뇌는 근육보다 단위무게당 더 많은 에너지를 소모한다. 그것도 고급 에너지를 쓴다. 두뇌는 리터당 고작 7km밖에 못 가는 고급 세단이다. 특히 그중에서 의식을 담당하는 대뇌피질은 리터당 4km밖에 못 가는 페라리 612다. 게다가 옥탄가 높은 고급 휘발유를 넣어야 한다. 이런 차로 매일 출퇴근할 수는 없다(매일 출퇴근하고 싶긴 하다). 잘나가는 사업가인 척해서 투자자를 속이려 할 때, 재벌 2세인 척해서 이성을 꼬시려 할 때… 이처럼 꼭 필요할 때만 운행해야 한다.

두뇌의 에너지 소모가 별것 아니라고 생각할지도 모르겠다. 하지만 인간은 미래를 예측하지 못한다. 그래서 단 1Kcal의 에너지라도 아끼려는 본능을 갖고 있다. 단 1Kcal의 차이가 나비 효과로 인해 나중에 엄청난 차이를 일으킬 수도 있다는 걸 잘 알기에.

그렇다면 인간은 가급적 의식 없이 멍하게 사는 것을 선호해야 할 것 같다. 하지만 의식 없이 살다가는 도로를 건너다 차에 치여 죽거나, 젖은 손으로 전기 콘센트를 만져 감전되어 죽거나, 돈이 떨어져 굶어 죽게 된다. 그래서 무작정 의식 없이 사는 것이 아니라 정말 필요할 때를 선별하여 의식을 한다.

정말 의식이 필요할 때는 바로 주변 환경에 무언가 변화가 생겼을 때다. 변화가 감지되면 의식을 해야 한다. 그렇다고 또 모든 변화에 다 대응하지는 못한다. 그래서 생존에 영향을 주는 위급하고 중요한 상황에만 의식을 풀가동한다. 대신 평온한 시기에 의식은 빈둥거린다. 대신 무의식이 주로 일처리를 한다. 큰 변화가 없는데 괜히 의식을 풀가동해서 소중한 에너지를 낭비해서는 안 되기 때문이다.

말레이시아 동해안의 작고 아름다운 섬 쁘렌띠안(Perhentian). 이 섬은 환경보호를 위해 관광지로의 개발을 제한한다. 그래서 섬에는 규모가 작은 리조트들만 있다. 전기는 리조트가 보유한 자가 발전기를 돌려서 공급한다. 그런데 경유로 돌리는 자가 발전기는 돈이 많이 들기 마련, 그래서 객실이 비어 있는 낮에는 발전을 하지 않는다. 해가 져서 손님들이 객실로 들어와야 비로소 발전기를 가동한다. 그런데 쁘렌띠안의 리조트들 중에 어떤 곳은 아예 발전기가 없다. 전기 공급을 아예 포기한 것이다. 리조트들이 자가 발전기를 갖출지 말지, 낮에 가동을 할지 말지는 그냥 감으로 정하는 것이 아니다. 리조트 사장이 최대의 수익을 거둘 수 있는 방법을 나름 계산해서 찾은 결과다. 따지고 보면 우리의 의식도 마찬가지다.

우리는 살아가면서 과속 단속 CCTV처럼 쉴 새 없이 단기 기억을 저장한다. 그리고 그중에 중요한 기억들만 추려서 다시 장기 기억으로 가져간다. 그런데 기억이 두뇌에 저장된다는 것은 밝혀졌지만 어떤 방식으로 어디에 저장되는지는 아직 확실히 알려지지 않았다. 다만 기억이 신경계에 물리적, 화학적 변화를 일으키고 그 변화에는 에너지가 필요하다는 것만은 확실하다.

컴퓨터의 하드 디스크에 정보를 입력하고 나중에 다시 꺼내는 작업에도 전기 에너지가 필요하다. 우리가 무언가를 기억하고 떠올리는 것도 그와 다를 바 없다. 그래서 역시 에너지가 소모된다. 컴퓨터의 하드 디스크는 저장 용량과 읽고 쓰는 속도가 제한되어 있다. 우리의 뇌 또한 저장 용량과 성능이 제한되어 있다.

만약 우리의 두뇌 용량이 무한대라면 모든 기억을 360도 VR처럼 자세하게 저장할 수 있다. 하지만 그렇게 저장하면 단 몇 시간 만에 한정된 두뇌의 저장 용량이 가득 찬다. 더 이상 새로운 정보를 저장하지 못하는 것이다. 잘 더듬어 보면 알겠지만 안타깝게도 우리의 머리에는 외장 메모리를 꽂는 슬롯이 없다. 블루투스, 와이파이 기능도 없다.

그래서 자동차 블랙박스의 동영상이 시간이 지나면 오래된 동영상부터 순차적으로 삭제되듯이, 단기 기억도 시간이 지나면 자동적으로 휘발되어 날아간다. 하지만 사고 순간의 동영상은 집에 있는 데스크톱 PC에 옮겨 저장하듯이, 중요한 기억은 장기 기억으로 전환된다.

원시 시대, 먹고사는 것이 어렵고 힘들던 때다. 원시인들이 사슴 사냥을 하러 산과 들로 쏘다닌다. 하지만 숲속에서 사슴을 발견하기란 쉽지 않다. 그러다 1마리라도 발견하면 무척이나 기쁘기 마련. 미숙한 사냥꾼은 사슴을 만난 모든 장소를 기억하려 한다. 하지만 노련한 사냥꾼은 다 기억하지 않는다. 다음 날에도 사슴을 만나야 비로소 그 장소를 기억한다. 왜냐하면 그곳은 그다음 날에도 사슴을 만날 확률이 높기 때문이다.

노련한 사냥꾼은 기억해 둔 장소로 사냥을 떠난다. 아마 대부분 손쉽게 사슴을 발견할 것이다. 하지만 사슴을 만난 모든 장소를 기억하는 미숙한 사냥꾼은 허탕 치는 날이 많을 것이다. 물론 그 장소를 아예 기억하지 못하는 사냥꾼은 낯선 곳을 헤매다 굶어 죽을 것이다.

학생 자녀를 둔 부모라면 이런 이야기를 잘 알고 있다. 그래서 자녀가 학교 수업을 마치면 복습을 하라고 닦달을 해댄다. 그래야 단기 기억이 장기 기억으로 전환되기 때문이다. 이런 기억의 전환 방식은 생존 자원을 효과적으로 획득하면서도 두뇌의 에너지와 저장 공간을 최대한 아끼기 위한 전략이다.

컴퓨터의 데이터 저장 방식과 신경계의 기억 방식에 비슷한 점은 또 있다. 최신형 데스크톱 PC에 몇 TB짜리 하드 디스크를 달아도 어느새 용량은 가득 찬다(야구 동영상을 다운받다 보면 그렇게 된다고 들은 적이 있다). 그럴 때 동영상을 삭제하기엔 아쉬우니 대신 동영상의 용량을 낮춘다. 우리의 신경계도 기억의 해상도를 낮춘다. 그리고 초당 프레임 수를 줄여 저장한다(인간이 발명했다는 대부분의 것이 자연, 생물, 신체, 두뇌의 모방일 뿐이다). 시험 볼 때마다 긴가민가하는 이유다.

어른들은 어렸을 때 학교에서 쓸데없는 지식만 잔뜩 암기했다고 한탄한다. 특히 혁신적인 제품과 서비스로 큰 부를 일군 실리콘 밸리의 창업자들이 뉴스에 나오면 더욱 그렇게 생각한다. 그리고 이제라도 아이들에게 창의력을 키우는 교육을 강화해야 한다고 주장한다. 솔직히 실리콘 밸리의 인재들이 가진 창의력이 부럽긴 하다. 하지만 너무 부러워할 필요는 없다. 그들은 자신이 가진 신경 네트워크의 대부분을 창의력에 몽땅 투자한 것이다. 그런데 창의력과 기억력은 반비례하기 마련이다.

기억력 사냥꾼은 어제 사슴 무리가 있던 곳으로 다시 간다. 눈에 보이는 사슴은 다 잡았지만 혹시 또 있을지 모른다는 마음에 다시 그곳을 찾는다. 그는 새로운 사슴 무리의 서식지를 찾을 생각은 좀처럼 하지 못한다. 반면 창의력 사냥꾼은 매일 새로운 사슴 무리의 서식지를 찾아다닌다. 일단 찾기만 하면 그곳에는 수백 마리의 사슴들이 있다. 그 후 힘들게 뛰어다니며 사냥하는 건 기억력 사냥꾼들의 몫이다. 그때 창의력 사냥꾼은 아무 일 안 해도 기억력 사냥꾼들이 갖다 주는 사슴 고기를 얻을 수 있다.

이런 창의력 사냥꾼은 많이 필요하지 않다. 사슴 무리의 수는 사슴의 수보다 훨씬 적기 때문이다. 그래서 나를 비롯해 대부분의 사람들은 기억력 사냥꾼들이다. 역시 기억력 사냥꾼이었던 어른들은 앞서 간 사냥꾼의 발자국을 따라가는 법만 우리에게 가르쳐 줬다.

창의력 사냥꾼이 놀면서도 사슴 고기를 산더미만큼 가져가는 것을 보면 부럽기도 하고 질투도 난다. 그래서 기억력 사냥꾼들도 한 번씩은 사슴 무리를 찾아 나서 본다. 하지만 십중팔구 허탕을 치기 마련…. 아쉬운 마음만 가득 안고 지쳐서 돌아오는 길, 숲속에 앙상하게 뼈만 남은 사냥꾼들이 여기저기 헤매고 있는 것이 보인다. 그들의 이름표를 본다. '김혁신' '이발명' '박창의'….

◦ ◦ ◦

결국 기억력 사냥꾼이건, 창의력 사냥꾼이건 사는 건 다 거기서 거기다.

몸이 고달프냐, 머리가 고달프냐의 차이일 뿐.

314

26 기억2

　지금 40~50대 중년들은 예전에 지인의 전화번호 수십 개쯤 외우고 다녔다. 하지만 스마트폰이 등장하면서 이제는 가족의 전화번호도 제대로 기억하지 못한다(당연히 나도 포함된다). 왜냐하면 스마트폰에서 '전화번호 검색하는 법' 하나만 기억하면 굳이 힘들게 11개의 숫자들을 외울 필요가 없기 때문이다.

　이처럼 현대인들은 스마트폰과 같은 도구를 이용해 기억을 대체할 수 있다면 굳이 힘들게 두뇌 공간에 정보를 저장하려 하지 않는다. 이는 자주 볼 동영상이 아니라면 외장 하드에 저장해 두는 것과 마찬가지다. 하지만 엄선된 동영상을 모아놓는 폴더는 틀림없이 외장 하드가 아니라 데스크톱의 하드 드라이브에 있을 것이다. 틈나는 대로 봐야 하기 때문에.

　5~6살 이전의 아이들은 두뇌와 신체 기관이 아직 성인만큼 작동하지 못한다. 게다가 아이들은 아직 경험도 부족하다. 따라서 환경에 대한 적응력이 미완성된 상태다. 이때는 어떤 정보가 기억할 만한 가치가 있는지 스스로 판단하기 어렵다.

　어렸을 때 신동이라고 불리는 아이들이 있다. 5살 때 나라와 수도 이름을 다 외우고, 6살 때 고등학교 수학 문제를 풀고, 7살 때 두 시간 동안 피아노 독주회를 한다. 만약 이런 신동들이 어렸을 때의 학습 속도를 계속 유지한다면 역사에 남을 인물이 될 것이다. 하지만 대부분 크면서 평범한 사람이 된다.

　이런 신동들도 어린아이다. 어떤 정보가 필요하고, 어떤 정보가 불필요한지에 대한 판단 기준이 미완성이다. 그래서 어쩌다 접하게 된 정보나 주위 사람들의 말에 과도하게 집중한다. 예를 들어 부모의 이야기나 TV에 나오는 강렬한 이미지 등에 판단 기준이 크게 영향을 받는다.

　어떤 아이는 나라 이름이, 어떤 아이는 수학 문제 풀이가, 어떤 아이는 피아노 악보 외우기가 생존에 가장 중요하다고 판단을 내린다. 생존이 달린 문제이니 당연히 엄청난 집중력을 갖고 학습한다. 그래서 그 분야에 한해선 또래의 어떤 아이들보다 뛰어난 능력을 보여준다.

　하지만 이 아이들도 성장하면서 다양한 경험과 정보를 습득한다. 그리고 자연스레 자신만의 새로운 판단 기준을 갖는다. 중요하다고 생각해서 저장해 둔 정보들이 이제는 별로 필요치 않다고 판단하기도 한다. 그때 신동은 교실의 우리 옆자리로 돌아온다.

큰아들이 유치원생일 때 한자 공부를 시킨 적이 있다. 한자를 공부해야 공부를 잘하고, 공부를 잘해야 엄마가 기뻐하고, 엄마가 기뻐해야 맛있는 것도 많이 해줄 거라고 꼬드겼다(미안하다. 아들아). 그랬더니 한자를 꽤 잘 외워서 초등학교 고학년을 대상으로 하는 한자 급수 시험에 합격했다. 그런데 중학생이 된 지금, 하늘 천(天), 땅 지(地)도 모른다(자기 이름은 한자로 쓸 줄 아는지 모르겠다).

10분 뒤 영어 단어시험을 봐서 모두 맞추면 선물을 주겠다고 한다. 그러면 누구나 평소보다 훨씬 빨리 외운다. 더 확실한 방법이 있다. 10분 뒤 시험 봐서 하나라도 틀리면 죽이겠다고 하는 거다. 그럼 두뇌의 에너지 효율이고 뭐고 따질 것 없이 풀가동하여 외운다. 군대 훈련소에서 다양한 학력의 훈련병들이 군가, 총기 제원, 직속상관 관등 성명을 순식간에 외우는 걸 보고 깨달은 사실이다.

사람마다 장기 기억으로의 전환 여부를 판단하는 기준은 다 다르다. 그래서 같이 가족 여행을 가도 누구는 음식을, 누구는 경치를, 누구는 만난 사람을 기억한다. 우리는 이런 사실을 잘 알고 있다. 그래서 의도적으로 상대방의 판단 기준을 바꾸려고 한다. 이를 통해 상대방이 나의 생존에 유리한 행동을 하도록 유도한다.

부모들은 자녀들이 공부를 잘하기 바란다. 그래서 자녀가 학습한 내용을 기억할지 말지 결정짓는 판단 기준을 바꾸려고 한다. 공부 잘했을 때 얻게 될 이익을 과장하고, 공부 못했을 때 생기는 피해가 크다고 거짓말을 한다. 옛날 선생님들은 시험 성적이 떨어지면 무시무시한 체벌이 가해질 것이라 예고했다. 회사에서는 같은 실수를 반복하는 직원에게 해고를 언급한다.

이 모든 것은 상대방이 갖고 있는 '장기 기억 여부를 결정짓는 판단 기준'을 바꾸려는 시도이다. 장기 기억으로 저장되면 정보화되어 신경계에 저장된다. 그리고 저장된 정보는 선택의 계산식 속 '확률'과 '예상수익'에 영향을 준다. 따라서 선택의 '기댓값'이 달라진다. 결국 상대방의 행동이 바뀌게 되는 것이다. 바뀐 행동이 나에게 유리할 것 같기에 우리는 다른 사람들에게 이래라저래라 잔소리를 한다.

고대 그리스의 철학자 탈레스는 말했다. "세상에서 가장 어려운 일은 자신을 아는 것이고, 세상에서 가장 쉬운 일은 다른 사람에게 충고하는 것이다." 이처럼 예로부터 사람들은 자신의 판단 기준을 바꾸는 것을 힘들어했다. 많은 에너지가 필요하고 큰 리스크를 감수해야 하기 때문이다. 그래서 다른 사람에게 판단 기준을 바꾸라고 요구한다. 즉, 내 신경 네트워크를 고치는 데 에너지를 쓰기 싫으니, 다른 사람보고 그들의 신경 네트워크를 고치라고 떠미는 것이다. 이것이 서울시청 근처가 촛불과 태극기로 가득 찼던 이유다(촛불이나 태극기 집회 둘 중 하나를 사라지게 하려면 지구가 태양으로부터 받는 에너지의 몇 배가 필요하다. 그래서 그냥 같이 살아간다).

인터넷 회사들은 데이터 센터를 임대해서 사용하고 그에 대한 대가를 지불한다. 대부분의 직장인들은 데이터 센터나 마찬가지다. 그들은 장기 기억을 회사에 빌려주고 돈을 받는다(장기(臟器)라고 오해하지 말자). 회사는 직원들에게 업무에 필요한 기억을 저장하라고 한다. 그리고 그 기억을 이용하여 회사 경영에 필요한 선택을 하게 한다. 대신

매월 월급이란 이름으로 그 대가를 지급한다.

직장인들은 두뇌를 나누어 일부 신경세포에는 업무에 필요한 기억을 집어넣는다. 나머지 신경세포에는 개인의 삶에 필요한 기억을 집어넣는다. 워라밸(Work and Life Balance)이란 신경계 속에 회사와 관련된 시냅스와 개인의 삶과 관련된 시냅스의 비율을 의미하는 것이다.

회사의 업무에 필요한 정보 대부분은 그 회사를 그만두거나, 다른 직종으로 이직하면 전혀 쓸모가 없다. 그런 쓸모가 한정된 정보를 머릿속에 넣어두면 다른 환경에서의 생존에 필요한 정보는 들어갈 자리가 부족하다. 그래서 회사를 다닌다는 것은 많은 에너지를 소모할 뿐만 아니라, 보이지 않는 기회 손실과 리스크가 발생한다.

직장인들은 업무를 하면서 형성된 신경 네트워크 속 시냅스에 대한 대가를 받는다. 대부분은 다른 용도로의 사용이 불가능한 시냅스 개수와 비례하여 연봉을 받는다. 특히 퇴직금은 이제 쓸모없어진 시냅스들의 폐기 비용이다. 특정 직종의 퇴직금이 많다면, 이는 그 업무를 하면서 형성된 시냅스들이 너무 억세서 폐기처리가 그만큼 힘들다는 뜻이다. 그러니 퇴직금이 많음을 부러워하지 말자. 그만큼 자녀와의 추억이 담긴 시냅스도 없고, 다른 직업에 필요한 지식이 담긴 시냅스도 없으니까.

주말마다 와이프와 장을 보러 마트에 간다. 식료품을 고를 때 나는 성분표도 읽어보고 단위당 가격도 비교해 본다. 제조사가 어디인지도 확인하고 조리법도 살펴본다. '이거다' 싶어 카트에 넣었다가도 '아니다' 싶어 다시 진열대에 올려놓기를 반복한다. 누가 보면 신중하거나 꼼꼼하다고 할지도 모르겠다. 하지만 내가 갖고 있는 정보가 거의 없기 때문에 선택을 할 수가 없다. 그래서 부족한 정보를 보완하기 위해 진열대 앞에서 추가 정보를 찾느라 시간을 보낸다.

자동차나 노트북을 고를 때 와이프는 망설이며 이것저것 비교한다. 반면 나는 금방 선택한다. 기존에 알고 있는 정보가 충분하다고 여기기 때문이다. 몇백 원짜리 콩나물은 이것저것 비교하면서 몇천만 원짜리 차는 망설임 없이 계약하는 것은 갖고 있는 '정보의 양' 차이다. 나는 콩나물 가격은 중요하지 않다고 생각하기에 기억 속 정보가 많지 않다. 어느 회사 콩나물이 좋은지, 어떻게 생긴 콩나물이 몸에 좋은지, 100g당 적정 가격이 얼마인지, 콩나물을 콩으로 만드는지 팥으로 만드는지 대부분의 남자들은 알지 못한다.

하지만 차는 다르다. 대부분의 남자들은 차를 살 때 망설이지 않는다. 남의 차를 타거나 인터넷을 보면서 제조사, 배기량, 연비, 색상, 인테리어, 오디오 등에 대한 정보를 입수해 놨다. 그리고 일찌감치 자신이 선호하는 차를 정해놓는다. 따라서 정보가 이미 충분하다고 생각한다. 만약 망설인다면 그건 돈이 부족해서다.

동물들도 인간과 다를 바가 없다. 단지 대부분의 동물들은 뇌의 크기가 인간보다 작다. 그래서 꼭 필요한 것만 선별하여 기억한다. 철새는 작년에 어디가 안전한 서식지였고, 어디가 먹이가 많았는지 기억한다. 물고기는 어디가 산란 장소로 적당하고, 어디가 플랑크톤이 많았는지 기억한다. 개들은 누가 자신에게 먹이를 주는 사람인지 기억하고, 고양이는 어디가 캣맘들이 먹이를 주는 장소인지 기억한다.

그 대신 동물들은 문자나 숫자 따위에는 전혀 관심을 두지 않는다. 그런 거 몰라도 사는 데 지장이 없다고 판단하기 때문이다. 만약 개에게 알파벳을 못 외우면 죽이겠다고 협박하면 아마 외울 거다. 다만 말이 안 통해 협박을 못 할 뿐이다.

그럼 식물들은 어떨까? 식물은 꽃을 피우기 적당했던 햇빛과 기온을 기억한다. 어떤 화학 물질이 자신에게 도움이 되는 곤충을 끌어들였고, 어떤 화학 물질이 천적들을 내쫓았는지 기억한다. 식물은 이동을 하지 않고 한 자리에서 살아간다. 따라서 주변 환경이 잘 변하지 않는다. 환경에 대한 정보를 많이 갖고 있을 필요가 없다. 이것이 지구 온난화로 식물이 가장 먼저 타격을 입는 이유다.

○　○　○

와이프는 신혼 시절 억울했던 일을 기억해 두었다가 가끔씩 얘기하곤 한다. 아마 90살이 되어 부부싸움을 해도 신혼 때의 일을 얘기하며 눈물을 흘릴 거다.

기억은 소중한 것이다. 써먹을 때가 반드시 온다.

얼마 전 새로 옮겨간 부서는 예전 부서보다 젊은 직원들이 많다. 자리를 옮긴 첫날, 사무실이 너무나 조용했다. 예전 부서는 1분이 멀다 하고 서로 이야기하고, 거래선과 통화하고, 큰 목소리로 회의를 했다. 그런데 새 부서에서는 서로 이야기 한번 안 나누고 지나가는 날도 있을 정도였다. 며칠 뒤에 알게 되었다. 여기 부서원들은 주로 메신저와 카톡으로 얘기하고 있었다. 바로 옆 사람에게 점심 먹으러 나가자는 말은 메신저로, 회의하자는 말은 카톡으로, 카톡으로 얘기하자는 말은 메신저로.

처음에는 무척 어색했다. 하지만 인간은 적응의 동물이 아닌가. 얼마 지나지 않아 나도 하루 종일 말없이 메신저로 소통하면서 지내게 되었다.

하루는 후배에게 물었다. 전화로 10초면 끝날 것을 왜 메신저로 1

분 걸려 타이핑하냐고. 그랬더니 말로 하다 보면 스트레스받을 때가 있는데, 메신저를 통하면 감정을 자제할 수 있어서 좋다고 했다. 이런 비대면 소통 방법 덕분인가, 우리 부서에서는 코로나 감염자가 나오지 않았다.

∘   ∘   ∘

이런 현상은 비단 우리 부서에서만 일어나는 일이 아니다. 뉴스에는 메신저와 카톡이 이미 대면과 전화를 대체했다고 나온다. 그래도 효율적이고 빠른 정보교환을 위해서라면 서로 만나거나 전화 통화하는 것이 좋을 것 같다(사실 이런 말 하면 꼰대 소리 듣는다). 그런데 더 많은 시간이 소요되고, 미묘한 감정전달도 어려운 비대면 소통 방법이 인기를 끄는 것은 왜일까?

먼저, 인간이 평상시의 에너지 소모를 최대한 줄이려 한다는 것을 염두에 두어야 한다. 그럼 어느 정도 이해가 가능하다. 하지만 메신저나 스마트폰에 글자를 타이핑하는 게 말하는 것보다 더 많은 시간과 힘이 소모된다는 반박이 나올 수도 있다. 그런데 인간이 가장 많은 에너지를 소모하는 고비용 신체 기관은 근육이 아니라 바로 두뇌이다.

우리의 두뇌는 제2차 세계대전 말기 독일군의 킹타이거 전차다. 전투의 향방을 바꿀만한 고성능무기지만 연비가 너무 안 좋다. 고작 1.4kg밖에 안 되는 두뇌가 인체 전체가 쓰는 에너지의 약 1/4을 사용한다. 특히 업무를 위해 사람을 만나 대화를 나누게 되면 두뇌의 대뇌피질이 활성화되면서 '에너지 먹는 하마'가 되어버린다.

가축 소와 야생 소의 두뇌 중 어느 소의 두뇌가 더 작을까? 야생 소의 두뇌가 더 작을 것 같지만 실제로는 가축 소의 두뇌가 더 작다. 가축 소는 인간이 제공하는 안락한 우리와 풍성한 먹이 덕분에 생존을 위해 고민하는 횟수가 줄었다. 그래서 두뇌가 작아졌다. 마찬가지로 네안데르탈인과 현대인의 두뇌 용적을 비교해 보면 역시 현대인의 두뇌가 더 작다. 특히 지능을 담당하는 대뇌피질에서의 차이가 두드러진다(공부 못한다고 원시인이라고 놀리면 안 되는 이유다). 대뇌피질은 우리가 수학 문제를 못 풀어 머리를 때릴 때, 바로 그 타깃 부위다. 현대인의 대뇌피질이 작아졌다는 것은 한마디로 절박한 생존 문제가 많지 않다는 뜻이다.

두뇌는 어려운 선택 문제에 부딪히면 가동률이 급속히 높아진다. 그리고 많은 에너지를 소모한다. 이런 상태를 우리는 '스트레스'라고 부른다. 그런데 동물을 다루는 일을 하는 사람보다 사람을 상대하는 일을 하는 사람이 더 큰 스트레스를 받는다. 왜냐하면 상대방이 자신과 동급의 두뇌를 갖고 있기 때문이다. 예측이 너무 어렵다.

그래서 다른 사람과 대면하여 업무 얘기를 나누는 것은 스트레스를 일으키고 에너지를 소모하게 한다. 쉴 새 없이 상대방의 목소리와 표정을 감각해야 하고, 표현 속의 진의를 파악해야 한다. 꽤 피곤한 일이다. 따라서 인간은 신뢰할 수 있는 상대가 아니라면 대면 상황을 피하고 싶어 한다. 때론 사랑하는 와이프와의 대면도 사람을 지치게 한다(나만 그런가?). 하물며 회사에서의 업무상 대면이야 말할 필요도 없을 것이다.

사람들이 두뇌의 에너지 소모를 조금이라도 줄이고자 택한 방법이 바로 텍스트를 이용한 정보교환이다. 이 방법은 대면을 하지 않으면서도 업무에 필요한 정보는 교환할 수 있다. 게다가 상대방의 표정과 어감은 전달되지 않으니 진의를 분석할 필요가 없다. 또 내가 다른 사람에게 메시지를 보낼 때도 상대방에게 보여줄 표정, 목소리, 제스처에 대한 고민을 생략해도 된다. 그만큼 에너지를 덜 소모한다.

물론 손가락 근육의 에너지야 좀 더 소모한다. 하지만 이는 전체적으로 볼 때 무시해도 될 수준이다. 그런데 마른 수건 다시 한번 짜낸다고, 우리는 약어와 이모티콘을 사용한다. 이렇듯 메신저는 에너지 절약이란 장점이 있다. 그래서 많은 사람들이 선호하는 의사소통 수단으로 자리 잡았다.

이처럼 우리의 생활은 심신의 에너지를 절약하는 방향으로 발전한다. 대표적으로 통신 수단과 교통수단의 보급이 그렇다. 옛날에는 당사자가 먼 거리를 직접 걸어가서 상대방에게 얘기를 해야 했다. 하지만 전신, 전화, 인터넷과 같은 통신 수단의 등장은 근육과 두뇌의 에너지 소비를 줄여주었다. 이제 상대적으로 에너지 소비가 많은 통신 수단부터 순차적으로 소멸하고 있다. 이런 변화는 비가역적이다.

마차, 자전거, 자동차, 기차, 비행기, 엘리베이터, 에스컬레이터와 같은 교통수단도 신체의 에너지를 절약시켜 준다. 이런 변화 또한 비가역적이다. 그래서 다시 과거의 교통수단으로 돌아가지 못한다. 이처럼 인간의 생활 속에 자리 잡은 빅히트 제품들의 공통점은 바로 신체와 두뇌의 에너지 소모를 줄여준다는 점이다(리모컨이 사라지면 TV 시청률이 낮아진다. 비가역적이기에).

파워포인트로 자료를 작성하여 상사에게 보고한다. 상사로부터 한눈에 들어오지 않는다는 지적을 받는다. 이는 상사의 무의식이 자료를 보자마자 자신의 두뇌가 많은 에너지를 소비해야 그 내용을 이해할 수 있을 거라 예상했기 때문이다. 결국 작성자는 더 많은 에너지를 투입해서 자료를 수정한다. 그렇게 상사의 에너지 소비를 줄여주어야 일이 끝난다(좋은 디자인이란 두뇌의 스트레스를 줄여주는 것이다). 따지고 보면 직장에서의 위계질서라는 것은 결국 두뇌와 신체 에너지의 소비 주체와 소비량을 정하는 권한이다.

과거에는 주로 신체 근육의 에너지 소모를 줄여주는 기계의 발명이 돋보였다. 왜냐하면 소수의 지식인들을 제외하고 대부분의 사람들은 근육의 힘을 이용해 생산을 했기 때문이다. 그래서 증기 기관의 발명은 엄청난 에너지를 절감시켜 주었다.

지금도 사람들은 무의식적으로 근육의 에너지 소모를 줄이려고 한다. 2층을 가면서 엘리베이터 버튼을 누르고, 지리산 등반을 가는 길에 다리 아프다고 에스컬레이터를 찾는다. 돌아가기 싫어 화단을 가로지르고, 눈앞의 횡단보도를 놔두고 도로를 불법 횡단한다. 설거지는 두통이 있다고 서로에게 미루고, 환경미화원 일자리를 지켜준다는 핑계로 아무 데나 쓰레기를 버린다. 직원은 사장님이 안 보이면 일을 손에서 놓고 잡담을 하기 일쑤이고, 사장님은 복사나 커피 타는 것도 직원을 시키려 한다.

그런데 이제 환경이 바뀌었다. 근육의 에너지 소모는 감소할 수 있을 만큼 감소했다. 오히려 건강을 위해 의식적으로 운동을 해야 할 정도다. 여전히 많은 에너지를 쓰는 곳으로는 이제 신경계만 남았다. 그래서 인류는 스마트폰, 컴퓨터, 인터넷, 인공 지능처럼 두뇌를 보조하거나 대신할 수 있는 기술을 개발하여 신경계의 에너지 소모마저 줄이려고 한다.

신경계의 에너지를 줄여주는 대표적인 서비스가 있다. 음식 배달 앱이다. 우리가 배달 음식을 주문하려면 먼저 음식점부터 정해야 한다. 그러기 위해서는 음식점들의 맛과 서비스가 어떠했는지 떠올려야 한다. 또 상호, 메뉴, 전화번호를 찾아야 한다. 모두 에너지가 소모된다. 게다가 점원과 전화 통화를 할 때, 내 의사를 전달하고 상대방의 의사를 파악하기 위해 에너지를 집중해야 한다. 통화 중에 메뉴나 수량을 잘못 전달할 리스크도 있기에 방심할 수 없다. 따라서 이때 연비가 안 좋은 대뇌피질이 쉴 틈 없이 일해야 한다. 무의식적으로 불편함을 느끼는 것이다.

하지만 음식 배달 앱은 이런 에너지 소비를 줄여준다. 그래서 이용자가 빠른 속도로 늘었다. 참고로 지금은 사라진 차량 호출 서비스 앱도 사용자에게 좋은 평가를 받았었다. 그 이유는 기사와 대화하기 싫을 때 '조용히 가고 싶어요'를 선택할 수 있었기 때문이었다. 그만큼 대화가 '힘이 든다'는 것을 알 수 있다.

우리는 음식 배달 앱을 운영하는 회사가 음식점으로부터 중개 수수료나 광고비를 받는다는 사실을 안다. 그리고 궁극적으로 소비자인 자신이 그 비용을 부담하게 된다는 것도 안다. 그런데 왜 전화 주문을 하지 않고 음식 배달 앱을 사용하는 것일까? 이는 그 비용보다 음식 배달 앱을 통해 두뇌가 아끼는 에너지가 훨씬 더 가치 있다는 계산 결과가 있기 때문이다. 그래서 오늘도 우리는 음식 배달 앱으로 피자를 주문한다. 이는 어린아이가 사탕 맛을 보면 밥 대신 사탕만 찾는 것과 똑같다. 우리는 에너지를 아끼는 앱에 중독이 된 셈이다.

인터넷 쇼핑몰도 역시 에너지 소비를 줄여준다. 우리나라 소비자의 상품 구매에 있어 인터넷 쇼핑몰의 비중이 60%를 넘는다. 반면 전통시장의 비중은 점점 감소하고 있다. 젊은이들은 시장에서 물건을 사면 가격이 저렴하다 할지라도 시장 상인과 흥정을 해야 하는 피곤함이 있다고 말한다. 물론 흥정이 즐거워서 시장에 간다는 사람도 있다. 하지만 그럴 경우 시장 상인에게 피곤함이 생기니 총합은 동일하다.

시장 상인은 손님에게 싸게 파는 거라고 한다. 하지만 손님은 혹시 바가지를 쓰는 것은 아닌지 의심한다. 상인과 손님은 일종의 두뇌 게임을 해야 한다. 그래서 가격 정찰제를 실시하는 대형 마트가 인기를 끌었다. 이제는 심신의 에너지 모두를 아낄 수 있는 인터넷 쇼핑몰이 인기를 누린다.

TV가 처음 나왔을 때 바보상자라고 불렸다. 한번 TV 앞에 앉으면 한 시간이고 두 시간이고 멍하게 앉아 있게 된다고 붙여진 별명이다. 그런데 사람들이 책보다 TV를 좋아하는 당연한 이유가 있다. 책은 이해하기 어렵다. 게다가 단위시간당 전달되는 정보의 양도 적다. 반면 TV는 이해하기 쉽다. 게다가 단위시간당 전달되는 정보의 양이 책보다 훨씬 많다. 즉, 동일한 바이트(Byte)의 정보를 얻기 위해 독서는 TV보다 훨씬 많은 에너지와 시간이 필요하다. 그래서 엄마가 TV 끄고 책 읽으라고 하면 아이에게는 그만 쉬고 삽질을 하라는 말로 들린다.

과학기술의 발전에도 불구하고 아직 신경계의 에너지 소모를 피할 수 없는 직업이 있다. 바로 콜센터에서 고객 상담을 하는 직원들이다. 콜센터 직원은 전화로 수많은 고객을 상대한다. 가만히 앉아서 말만 하면 되니 힘들지 않을 것 같아 보인다. 하지만 콜센터 직원들은 매우 큰 스트레스와 피로감을 호소한다.

만약 인간이 잠꼬대하듯 무의식 속에서 다른 사람과 대화를 할 수 있다면 콜센터는 최고의 직장이다. 하지만 대화는 순전히 의식과 대뇌피질의 몫이다. 즉, 대화와 상담은 상당한 수준의 에너지 소모를 피할 수 없다. 그래서 콜센터 직원들을 감정노동자라고 한다. 사람을 상대한다는 것 자체가 중노동이다.

그런데 비대면 의사소통을 한다고 아낄 수 있는 에너지가 얼마나 된다고 사람들은 자신의 생활습관까지 바꿀까? 사실 그다지 크지는 않다. 감정노동자라고 하루에 다섯 끼 먹는 것은 아니니까. 하지만 인간은 사소한 에너지 차이라도 민감하게 받아들인다. 미래 예측이 불가능한 상황에서 밥 한 숟가락 분량의 에너지 차이가 수십 년 수명을 좌우할 수 있기 때문이다. 다음은 그런 사례들이다.

1972년 10월, 남미 안데스 산맥의 산 중턱에 우루과이의 대학 럭비팀과 그 가족들이 탄 비행기가 추락했다. 이 충격으로 몇몇은 즉사했으나 33명은 다행히 목숨을 건졌다. 이들은 곧 구조대가 오리라 기대하며 추락한 비행기 주변을 떠나지 않았다. 하지만 추락 위치에 대한 정보가 외부에 알려지지 않았다. 게다가 워낙 광활한 지역이라 며칠이 지나도 구조대는 오지 않았다.

생존자들은 배고픔과 사고 당시 충격으로 하나둘 목숨을 잃어갔다. 그러던 어느 날 생존자들은 살아남기 위해 어쩔 수 없이 죽은 사람의 인육을 먹기 시작했다. 그렇게 생명을 유지할 수 있었다. 두어 달이 지난 뒤, 이제 구조대는 오지 않을 것이라고 판단했다. 그나마 힘이 남아 있던 3명이 직접 인가를 찾아 떠났다. 그리고 그들이 마을까지 내려오는 데 간신히 성공하여 72일 만에 구조될 수 있었다.

1820년 미국의 포경선 에식스(Essex)호는 21명의 선원을 태우고 태평양으로 고래를 잡으러 떠났다. 그런데 갑작스럽게 고래의 공격을 받아 포경선이 침몰했다. 식량과 물을 챙길 틈도 없이 선원들은 3척의 작은 보트로 탈출했다. 식량과 물이 부족한 상황에서 며칠이 지나자 아사자가 나오기 시작했다.

최초의 아사자는 비만이었던 백인들이 아니었다. 근육질의 흑인들이었다. 결국 생존해 있던 사람들은 살기 위해 먼저 죽은 사람의 인육을 먹기로 했다. 94일 뒤 이들은 다른 배로부터 구조를 받았다. 인육을 먹은 8명은 결국 살아남았다.

위 사례처럼 다른 사람보다 단 몇 시간이라도 더 생존할 에너지를 가졌던 사람들은 결과적으로 수십 년을 더 생존했다. 작은 변수의 차이가 큰 결과의 차이를 낳는다는 카오스 이론, 인간은 이걸 본능적으로 알고 있는 것이다.

수많은 외침과 기근을 겪은 한반도의 조상들. 이들이 자식들에게 밥 한 숟가락이라도 더 먹이려 하고, 음식을 남기지 못하게 했던 것에는 분명한 이유가 있다. 자식들이 다이어트라도 해서 날씬해지면 어디 아픈 것 아니냐며 걱정을 하고, 복부 지방이 어느 정도 있는 게 오히려 보기 좋다고 하는 것에도 이유가 있다.

지금까지 인간의 역사를 돌이켜 보면, 앞으로 나올 무인 자율주행 자동차, 인공 지능 장착 기기들은 모두의 예상보다 더 빠른 속도로 보급될 것이다. 왜냐하면 이 도구들은 근육의 에너지뿐 아니라 두뇌의 에너지 소비 또한 크게 줄여주기 때문이다. 아마 그 파급력과 중독성은 대단해서 한번 사용한 인간들은 다시는 예전의 생활로 돌아가지 못할 것이다.

몇 가지 반론이 있을 만하다. 인간은 에너지를 절약하려 한다는데 왜 헬스클럽에 가는 사람은 점점 늘어나는가? 왜 어려운 학문을 기꺼이 공부하는 사람이 있는가?

TV를 리모컨으로 켜건, 전원버튼을 눌러서 켜건 나오는 채널이 똑같다. 그러면 우리는 당연히 리모컨으로 켠다. 하지만 나오는 채널이 다르다면 리모컨과 전원버튼, 각각의 기댓값을 계산해서 선택한다. 즉 각 선택에 대해 투입되는 에너지와 그로부터 얻는 이득을 비교해 보고 판단을 한다. 예를 들어 체육관에서 에너지를 써가며 운동을 하면 비만, 성인병, 빈혈 등 건강 문제를 줄일 수 있다. 에너지 절약보다 건강이 생존을 위해 더 중요한 것이다. 그런데 만약 우리가 시한부 인생이라면? 당연히 운동을 하지 않는다.

어려운 학문은 공부하는 사람이 적어 경쟁이 약하다. 그래서 일단 에너지를 소모하며 지식을 습득하면 언젠가 이를 바탕으로 쉽게 생존 자원을 취득할 수 있다. 에너지를 쓰면 결과물이 달라지니 이는 소비가 아니라 미래를 위한 투자인 셈이다.

번개는 땅으로 내려오면서 중간중간 전기가 가장 잘 통하는 공기층을 선택한다. 그래서 지그재그로 방향을 틀면서 내려온다. 밤하늘의 번개에게 묻는다. "넌 왜 직선으로 똑바로 내려오지 않고 지그재그로 내려오니?" 번개는 답한다. "이게 제일 빠르고 편한 길이라고 판단했기 때문입니다."

뺨을 삥 둘러 흘러내리는 눈물방울에게 물어도 똑같이 답한다. 그건 우리 인생도 그렇다는 뜻이다.

o   o   o

결론이다. 우리는 에너지 효율 1등급인 바이오 생존 기계다. 1등급 제품은 2등급 제품보다 훨씬 비싸다.

그래서 고장 날 때까지 써도 본전 뽑기가 쉽지 않다.

28 삶의 목적

와이프에게 감히 물어본다. "당신은 왜 살아? 삶의 목적이 뭐야?"

짜증 섞인 목소리의 대답이 돌아온다. "쓸데없는 소리 할 거면 빨리 빨래나 걷어! 너 때문에 살기 싫어진다고!"

o o o

우리 모두는 어딘가로 가는 버스를 타고 있다. 그런데 정신을 차렸을 땐 이미 버스 안에 타고 있었다. 그래서 우리가 이 버스에 왜 탔는지, 이 버스의 출발지와 목적지가 어딘지 당최 알 수가 없다. 버스 안 승객들끼리 이런저런 추측을 할 뿐이다.

누구는 대단한 존재가 승객들이 서로 사이좋게 잘 지내는지 보려고 버스에 태운 것이라 한다. 사이좋게 지내면 상을 받고, 다투면 벌을 받게 될 것이니 잘 지내자고 한다. 누구는 버스 창밖 풍경을 보면서 즐기는 것 자체가 버스 탑승의 목적이라고 한다. 그러니 그냥 즐기란다. 누구는 버스 밖으로 나갈 수 없는 한 목적지도, 버스에 탄 이유도 절대로 알 수 없다고 한다. 그러니 그냥 고스톱이나 치며 시간을 보내자고 한다. 누구는 잘못 탄 것 같다며 달리는 버스에서 그냥 뛰어내려 버리기도 한다.

차비가 떨어지면 어쩔 수 없이 중간 정류장에 내려야 한다. 그런데 한번 하차한 사람은 다시 버스로 돌아오지 않는다. 버스에서 내린 사람은 버스 밖에 쓰여 있는 목적지를 볼 수도 있을 것 같은데, 그들과 연락이 안 되니 물어볼 수도 없다. 그런데 누구는 버스 밖에 잠시 나가서 목적지를 보고 왔다고 주장한다. 궁금하면 500원을 내란다. 그래서 500원 내고 들어보니 하차 벨을 눌렀던 것뿐이었다.

정체를 알 수 없는 버스 여행, 차 안을 찬찬히 둘러보니 버스 승객 중에는 사람만 있는 것이 아니었다. 온갖 동물들과 식물들이 사람들과 똑같이 한 자리씩 차지하고 있다. 그리고 가장 먼저 버스에 탄 것은 흙 한 덩어리, 물 한 주전자였다.

우리는 왜 버스에 타고 있는 것일까? 버스는 도대체 어디서 출발해서 어디로 가고 있는 것일까? 버스에서 내리면 또 우리는 어디로 가는 것일까? 이렇게 아무것도 모를 땐 버스에서 내리지 말고 끝까지 버텨야 한다. 버스 요금은 무슨 수를 써서라도 버스 안에서 마련해야 한다.

친구들과의 만남. 취할 대로 취하면 나오는 단골 질문이 있다. "넌 왜 사냐?" "넌 삶의 목적이 뭐냐?" 이렇게 물으면 "생존이 인간의 본능이라 본능대로 산다" "자아실현을 위해 산다" "행복해지려고 산다" "부와 명예를 얻기 위해 산다" "역사에 이름을 남기려고 산다" "죽지 못해 산다" 따위의 대답이 나온다("에이 XX, 그딴 거 물어보지 마"라는 대답이 나오면 이제 집에 들어갈 시간이란 뜻이다).

이때 누가 나에게 삶의 목적을 묻는다면(와이프에게 물어봐 달라고 부탁했으나 쓸데없는 소리 듣기 싫다며 절대 안 물어본다). 고민 없이 '영생불사'를 위해 산다고 대답할 것이다. 영생불사라고 했지만 좀 더 정확하게는 내 존재의 유지다(생물과 무생물의 차이가 없다고 생각하기에 '생존'이 아니라 '존재'다).

누구나 오래 살고자 하는 욕망을 갖고 있다. 이에 대해서는 모두가 동의한다. 이 욕망은 인간뿐 아니라 모든 생물의 공통 본능이다. 우리와 함께 생활하는 강아지, 고양이, 가축, 베란다 화분 속 제라늄, 과수원의 사과나무, 배 속의 대장균까지 모두 예외 없이 생존을 최대한 오래 유지하고 싶어 한다. 물론 가능하면 영원히.

기원전 3세기, 진시황은 지구 탄생 이래 모든 생물을 통틀어 최대의 권력과 부를 가진 사람이었다. 그는 원하는 것을 모두 자기 소유로 만들 수 있었다. 그는 꿈꾸는 모든 일을 실현시킬 수 있었다. 그랬던 그가 마지막까지 절실하게 원했던 것은 세계의 평화, 국민들의 편안한 삶, 후궁들과의 애절한 사랑, 왕자와 공주의 출세 따위가 아니었다. 그가 원한 것은 바로 자기 한 몸의 영생불사였다.

그래서 진시황이 찾고자 했던 것은 불로초였다. 그는 불로초로 영생불사의 몸이 되고 싶었다. 아마 절대권력의 황제가 되어서 영생불사를 꿈꾼 것이 아니라, 영생불사의 존재가 되기 위해 황제가 되고자 했을지도 모른다(최고 권력자에게 '만세' `Long live the king`을 외치는 것은 그게 최고 권력자가 가장 원하는 것이기 때문이다).

모든 살아가는 것들은 영생불사를 꿈꾼다. 하지만 이는 달성 불가능한 꿈이다. 일단 세상은 너무 위험하다. 사방에서 천적들이 내 목숨을 노리고 있다. 심지어 같은 종의 다른 개체와도 먹이를 두고 다퉈야 한다. 세균과 바이러스는 보이지 않는 죽음의 사신이다. 예상치 못한 환경변화는 언제나 위기를 초래한다. 우여곡절 끝에 이 모든 위험을 빠져나와도 노화로 인한 죽음은 피할 수 없다.

모든 생물들은 이런 사실을 인정하려 하지 않는다. 자신은 예외라며, 생존을 유지하기 위해 최선을 다한다. 그래서 생물들이 하는 행동 중에 목적성을 띠지 않은 것은 하나도 없다. 쓸데없는 짓을 해도 될 만큼 세상은 만만한 곳이 아니기 때문이다. 생물은 오로지 생존만을 생각하고, 생존만을 위해 행동한다.

물론 인간도 생물이다. 역시 위험한 환경 속에서 살아간다. 인간 사회의 고도화와 과학기술의 발달로 인해 인간의 환경은 과거 어느 때보다 더 위험하다. 평균 수명이 늘어났으니 더 안전하다고 생각한다면 착각이다. 횡단보도의 신호등을 잘못 보거나, 운전하다가 액셀과 브레이크를 헷갈리거나, 약병에 적힌 글귀를 잘못 보거나, 전기 콘센트를 물에 젖은 손으로 만지거나, 20층 아파트에서 무심코 창문 밖으로 나가면 우리는 그냥 죽어버린다. 내가 아무 실수를 안 해도 화재, 붕괴, 폭발, 질병, 노화 등으로 이유도 모른 채 죽을 수도 있다. 다만 지금이 그래도 안전하다고 느끼는 건 그만큼 무의식이 우리 의식 몰래 애쓰고 있기 때문이다.

이제 인간은 환경에 대한 정보가 부족하거나, 사소한 행동 실수 하나만으로도 생존에 바로 마침표를 찍는다. 어쩔 수 없이 인간은 그 어느 때보다 고강도로 일해야 한다. 그러니 엉뚱한 짓을 하는 데 에너지를 쓰면 안 된다. 예를 들어 우리가 머리를 긁적이거나 코를 후비는 것조차 허튼짓이면 안 된다(누군가에게 보여주는 제스처이거나 아니면 뭔가 손톱에 걸려 나오는 게 있어야 한다). 허튼짓하는 데 사용한 에너지가 생존을 좌우할 수도 있기 때문이다.

살기 위해 최선을 다하고 있기 때문일까? 인간은 어떤 상황에 있건 죽음이 정말 자신에게 다가올 것이라고 생각하지 않는다. 암으로 시한부 인생을 선고받은 사람도, 사형일이 확정된 죄수도, 전쟁터에 나가는 군인도 자신이 죽음과 가까워졌다고는 생각하지 않는다. 호스피스 병동에 입원한 환자들도 곧 걸어서 퇴원할 것이라고 기대한다. 118세인 일본의 세계 최고령 할머니는 자신이 죽을 것이라고 한 번도 생각해 본 적이 없다고 말한다. 인간은 죽음을 예정된 것으로 생각하지 않는다.

1886년 마이컬슨(Albert A. Michelson)과 몰리(Edward W.Morley)는 간섭계 실험을 통해 빛의 속도가 광원의 운동에 영향받지 않고 일정하다는 것을 밝혀냈다. 이에 영감을 얻은 아인슈타인(Albert Einstein)은 모든 관성계에서의 빛의 속력이 일정하다는 '광속 불변의 원리'를 발표했다. 즉 내가 빛을 향해 아무리 빨리 쫓아가도 빛의 속도는 초당 30만km이고, 내가 빛의 반대 방향으로 아무리 빨리 도망가도 빛의 속도는 여전히 초당 30만km라는 뜻이다. 아인슈타인은 이에 착안, 상대성 원리를 발표하여 고전적인 시공간 개념을 완전히 무너뜨렸다.

인간이 죽음을 대하는 마음은 빛의 속도와 마찬가지로 불변이다. 어렸을 때나, 나이가 들었을 때나, 몸이 아플 때나, 건강할 때나, 돈이 많을 때나, 적을 때나…. 죽음을 두려워하는 마음은 일정하고 불변이다. 나나 그 사람이나 죽음을 두려워하는 마음은 일정하고 불변이다. 당연한 죽음이라곤 인류의 역사상 단 한 건도 없었다.

물론 인간이 죽음을 당연한 것으로 생각해서는 안 된다. 만약 '그럴 수도 있지'라고 생각한다면 이건 '광속 불변의 원리'가 깨진 것과 마찬가지의 큰일이다. 아마 얼마 지나지 않아 나 포함 인류 전체가 사라질 것이다. '그럴 수도 있지'라는 생각이 다른 생물에게 전염된다면 지구상 모든 생물이 사라질 것이다. 만약 물질에게 전염된다면 지구와 우주가 사라질 것이다. 그래서 우리는 영생불사의 꿈을 갖고 있다. 영생불사야말로 최고의 존재 비결이자 거스를 수 없는 본성이다.

인간의 몸은 세포로 되어 있고, 세포는 다시 원자로 구성되어 있다. 그리고 원자는 다시 더 작은 입자들로 이루어져 있다. 결국 우리의 모든 감각과, 의식과, 행동은 세포와, 원자와, 입자로부터 나온다.

우리가 먹고, 자고, 일하고, 웃고, 떠들고, 싸우는 것도 따지고 보면 우리 신체를 구성하고 있는 세포와 원자가 우주 속으로 흩어지지 않도록 에너지를 공급하기 위함이다. 결국 우리 의식의 존재 목적은 세포와 원자에게 에너지를 공급하는 것이다.

우리 몸을 구성하고 있는 세포와 원자들은 우리 의식에게 영생불사를 위해 최선을 다하라는 지시를 내린다. 우리의 의식은 이 지시를 거스를 수 없다. 의식이 그 지시를 어기고 죽음을 당연하게 받아들이려면 몸속 세포와 원자의 과반수가 이에 동의해야 한다. 그런데 우리 몸속에는 100조 개의 세포와 100조 × 100조 개의 원자가 있다. 과연 누가 동의서를 받으러 돌아다닐 것인가? 그래서 왜 사냐고 묻거든 영생불사를 위해 산다고 대답해야 한다.

우주의 탄생과 존재에 대한 물리학자들의 궁금증도 결국 영생불사라는 우리의 욕망을 들여다보며 그 실마리를 풀어야 할 것이다. 왜냐하면 우리의 욕망도 빅뱅으로부터 시작된 우주의 한 조각이기에.

○   ○   ○

"거참, 쓸데없는 소리 하지 말고, 너 때문에 자꾸 살기 싫어진다. 빨리 빨래나 걷어."

이 말은 와이프가 살기 싫어서 한 말이 아니다. 이 말을 하는 게 자신의 생존에 조금이라도 도움이 될 거라고 계산했기 때문에 한 말이다. 이 말이 실제로 와이프의 생존에 도움이 되긴 했다. 내가 이 말을 듣자마자 바로 빨래를 걷기 시작했기 때문이다.

빨래를 걷으며 곰곰이 생각해 봤다. 쓸데없는 소리였다.

답을 전혀 알 수 없는 시험 문제가 나오면 오히려 마음이 편하다. 고민할 필요 없이 아무렇게나 적어도 결과는 똑같으니까. 시험 문제가 너무 어려워도 마음이 편하다. 어차피 남들도 모를 테니까. 출제자도 답을 모르는 문제라면 행복하다. 그냥 내키는 대로 답을 써도 누구도 틀렸다고 지적할 수 없으니까. 게다가 채점할 때쯤이면 난 이미 시험장을 떠나 있다.

○ ○ ○

나는 무엇인가? 나라고 생각하고 있는 이 존재는 도대체 무엇인가? 나란 존재는 죽으면 도대체 어떻게 되는 것인가? 나의 영혼과 자유의지는 정말 존재하는 것일까(영혼과 자유의지의 정의는 사람마다 다 제각각이다. 이것도 자유의지가 있다는 증거일까?)

이런 질문을 주위 사람에게 해본다. 그러면 '내 이름은 아무개다' '누구의 아들이고 누구의 아빠다' 정도의 뻔한 대답을 듣는다. 혹은 '종교를 가지면 알게 되니 같이 가자' '네가 그딴 거 알아서 뭐 하냐?' '요새 사는 게 힘드냐?' '가서 설거지나 해라' 정도의 대답을 듣게 마련이다.

그래도 동서고금 수많은 철학자, 사상가, 종교인들은 '나는 누구인가'에 대한 답을 나름대로 찾으려고 노력해 왔다. 설령 별로 관심이 없다 해도 그들의 직업 특성상 많은 사람들이 물어오니 나름 그럴싸한 대답을 준비해 두곤 했다.

최근 뇌신경학, 생물학, 물리학, 생화학 등 우리의 정신과 관련된 과학이 빠른 속도로 발전하고 있다. 그래서 철학자와 종교인들의 전유물이었던 FAQ가 이제 과학자의 영역으로 넘어왔다. 그렇지만 아직 정답은 발표되지 않았다. 따라서 지금이 마지막 기회다. 누구나 나름대로 답을 낼 수 있다. 아무도 검증을 못 한다. 그래서 나 또한 내 맘대로 얘기할 수 있다.

성능이 매우 뛰어난 현미경이 있다. 이것으로 우리의 몸을 들여다본다. 수많은 세포로 꽉 차 있는 것이 보인다. 현미경의 배율을 높여본다. 세포 속에 수많은 원자들이 듬성듬성 자리 잡고 있는 것이 보인다. 배율을 좀 더 높여본다. 양성자, 중성자, 전자 같은 입자들이 서로 멀리 떨어진 채 분포해 있는 것이 보인다. 마치 광대한 우주 여기저기에 별들이 흩어져 있는 것처럼.

그런데 '나'란 의식은 현미경으로 살펴본 세포나 입자 속에 담겨 있지 않다. 우리 몸속의 원자들은 매년 90%가 외부에서 새로 들어온 원자로 교체된다. 세포들은 몇 주에서 몇 년 지나면 완전히 새로운 세포로 교체된다. 지금 내 몸을 구성하고 있는 세포나 원자는 20년 전 내 몸을 구성하던 세포나 원자와는 완전히 다른 것들이다. 하지만 세포와 원자가 교체되어도 '나'란 의식은 그대로 유지된다. 만약 '나'란 의식이 어느 한 세포나 입자에 담겨 있다면 가끔은 내가 목욕탕 수챗구멍이나 변기 속에서 발견되어야 한다. 하지만 그런 일은 없다. '나'란 의식은 신체 속 어느 한 세포나 원자에 저장되어 있는 것은 아니다.

따라서 '나'는 '국가'와 비슷하다. 200년 전의 미국 국민과 지금의 미국 국민 중에 동일한 사람은 단 1명도 없다. 200년 전에 살던 미국 국민들은 다 죽었다. 그들의 후손과 이민자들이 미국의 새로운 국민이다. 국민이 바뀌었다고 다른 나라라고 인식하는 사람은 아무도 없다. 200년 전 미국이나 지금의 미국이나 여전히 같은 나라다. 우리 몸속의 오래된 세포들도 수시로 죽어서 배출된다. 그리고 새로운 세포로 교체된다. 세포가 교체됐다고 '내'가 다른 사람이 되었다고 인식하는 사람은 아무도 없다. 세포의 교체와 상관없이 여전히 같은 '나'다.

만약 국가가 대통령 같은 국민 한 사람에게 담긴 것이라면 이 세상에 100년을 넘기는 국가는 존재할 수 없다. 하지만 미국은 건국된 지 200년이 넘었다. 마찬가지로 '나'란 의식이 한 세포에 담긴 것이라면 '나'는 20년 이상 살지 못하고 사라져야 한다. 하지만 '나'는 수십 년을 살아간다. 따라서 국가가 '국민들의 관계'에서 비롯되듯이 결국 나도 내 몸속 '세포들의 관계'로부터 비롯된다고 봐야 한다.

우주에는 수많은 입자들이 있다. 이 입자들은 딱히 인간을 위해 만들어지거나 존재하는 것은 아니다. 이들은 인간이 우주에 등장하기 훨씬 이전인 빅뱅 초기부터 존재했다. 이 입자들은 효율적으로 존재를 유지하기 위해 여러 가지 전략을 쓴다. 가장 대표적인 것이 바로 '뭉치기'다.

그래서 어떤 입자는 뭉쳐서 별이 되고, 어떤 입자는 뭉쳐서 물이 되고, 어떤 입자는 뭉쳐서 식물이 되고, 어떤 입자는 뭉쳐서 동물이 된다. 그렇게 뭉쳐진 것 중 하나가 인간이다.

인간의 형상으로 뭉쳐진 입자들도 역시 존재를 유지하고 싶어 한다. 이들은 존재를 유지하기 위해 외부로부터 에너지를 획득하고, 물리적으로 흩어질 리스크를 회피한다. 이를 위해 입자는 원자로, 원자는 세포로 다시 뭉쳤다. 그리고 세포들은 각자 분업하여 전문성을 갖추었다. 어떤 세포는 근육이 되어 운동을 담당하고, 어떤 세포는 피부가 되어 외부 자극으로부터 세포들을 보호해 주고, 어떤 세포는 감각기관이 되어 외부 환경을 감지하고, 어떤 세포는 신경계가 되어 입수한 정보를 처리하고 결과를 신체 기관들에게 보낸다.

이렇듯 소멸을 피하고 존재를 유지하려는 입자의 본성은 인간에게도 쭉 이어진다. 그리고 그 본성은 다시 인간 집단인 국가로도 이어진다. 입자의 본성에서 국가의 본성에 이르기까지 경계가 없기 때문이다.

본성이 같기에 인간과 국가는 서로 비슷하다. 그래서 세포는 국민, 신체 기관은 도시, 신경계는 정부와 같다. 좀 더 나아가 우리의 의식은 정부 부처 중 '외부 환경', 즉 외국과의 관계를 담당하는 '외교 통상부'에 해당된다고 할 수 있다(참고로 우리나라의 통상 부문은 2013년에 산업통상자원부로 이전되었다).

우리 몸속 세포는 몇 개쯤 죽거나 교체되어도 '나'는 죽거나 달라지지 않는다. 하지만 상당수의 세포가 한꺼번에 죽거나 떨어져 나가면 '나'는 죽는다. 특히 심장, 폐, 신장, 뇌와 같은 주요 신체 기관이 기능을 잃으면 '나'는 바로 목숨을 잃는다. 반면 편도, 맹장, 손가락 같은 신체 기관은 없어도 생명에 큰 지장이 없다.

내 몸속 신체 기관들은 서로 협력을 한다. 하지만 경쟁을 하기도 한다. 신체 기관 중 가장 중요한 신경계가 신체 기관 전체를 컨트롤하는 것처럼 보인다. 하지만 신체 기관들이 신경계의 말을 듣지 않고 제멋대로 움직이는 경우도 있다.

국가도 마찬가지다. 국민 몇 명이 죽거나 이민을 오가도 국가의 정체성은 달라지지 않는다. 하지만 상당수의 국민이 한꺼번에 죽거나 반란을 일으키면 국가는 붕괴된다. 국가에는 여러 도시가 있다. 그중 몇몇 도시가 적국에 의해 점령당하거나 독립을 선언해도 국가는 존속한다. 하지만 도시 중에는 국가의 주요 정부 기관, 군 기지 등 핵심 시설이 위치한 곳이 있다. 이런 곳들이 적에게 점령되거나 파괴되면 국가는 기능을 잃는다.

도시끼리 보통 협력을 한다. 하지만 기업 유치나 혐오 시설 설치 등을 두고는 서로 치열하게 경쟁을 한다. 정부가 도시에 대해 통제권을 갖고 있는 것처럼 보인다. 하지만 때론 도시의 수장이 대통령의 지시를 거스르는 경우도 있다.

이제 신경계와 정부를 비교해 본다. 생존 활동을 하기 위해서는 신체 기관과 세포들 사이에 적절히 조율된 정보가 오고 가야 한다. 팔은 밥숟가락을 들려고 하는데, 발은 그 순간 점프하면 우리는 굶어 죽는다. 상대방에게 호의를 보이기 위해 웃는 표정을 지으려 하는데, 입은 욕을 하면 생명이 위험하다. 따라서 신체 전체에 일관되고 통일된 정책이 공유되어야 한다. 이렇게 정보를 소통하고 행동을 조율하는 것이 신경계가 하는 일이다. 신경계가 마비되거나 기능을 잃으면 우리는 바로 목숨을 잃는다.

정부가 국가와 국민들을 위해 하는 일도 신경계가 하는 일과 비슷하다. 정부는 국민들의 의견을 수렴하여 국가 정책을 수립한다. 그리고 그 정책을 다시 국민들에게 알린다. 국민들 간의 갈등이 발생하면 이를 조율하고 해결한다. 이를 통해 국가는 계속 존속한다. 그런데 정부가 갑자기 사라지거나 기능을 잃으면 바로 무정부 상태에 빠진다. 국가는 곧 붕괴된다. 이는 신경계가 사라진 신체와 마찬가지다.

이렇듯 신체와 국가는 서로 구조가 비슷하다. 신체는 생존이라는 목표를 달성하기 위해 '인간 형상으로 뭉친 세포와 신체 기관들의 이기적 집단들 중 운명을 같이하는 가장 큰 단위'이다. 국가도 존속이라는 목표를 달성하기 위해 모인 '인간들의 이기적인 집단들 중 흥망성쇠를 같이하는 가장 큰 단위'이다. 즉 규모만 다를 뿐, 국가는 인간이 자신의 신체를 모방해서 만든 것이다. 부분과 전체가 무한히 반복되는 기능적 '프랙털 구조'인 것이다. 박정희 대통령은 이 사실을 잘 알고 있었다. 그래서 1969년 전국체전 때 "체력은 곧 국력이다"라고 했다. 이 사실을 숫자로도 확인할 수 있다.

우리는 물건이나 서비스를 구입할 때, '그것이 생존에 기여하는 정도'가 '돈이 생존에 기여하는 정도'보다 같거나 높다고 생각해야 구매를 결정한다. 물건이나 서비스를 판매하는 사람은 반대로 생각하고 판매를 결정한다. 따라서 물건과 서비스가 생존에 기여하는 정도는 돈으로 정확하게 나타난다. 예를 들어 명품 핸드백은 평생의 협업 파트너를 찾게 해준다. 하지만 라면은 고작 여섯 시간 버틸 열량만 준다. 그래서 가격 차이가 크다. 의사는 생명을 유지시켜 준다. 하지만 편의점 알바는 물건값 계산하는 데 필요한 포도당 약간만 아껴준다. 그래서 소득 차이가 크다.

2020년 우리나라 정부 지출은 513조 원이고 명목 국내 총생산 GNP는 1,933조 원이다. 즉, 정부 지출은 GNP의 약 27%이다. 그런데 두뇌가 사용하는 에너지는 신체 전체가 사용하는 에너지의 약 25%이다. 비슷하다. 단, GNP 대비 정부 지출의 비율은 나라마다 다르다. 일반적으로 유럽 선진국들은 약 40%, 미국은 약 30%, 중국은 약 20%, 인도는 약 10% 수준이다. 이는 생존을 위해 지적노동을 하느냐 육체노동을 하느냐의 차이라고 볼 수 있다.

한 가지 더, 2020년 우리나라의 인구는 약 5,180만 명이다. 그중 공무원 수는 약 113만 명으로 2.2%이다. 이는 신체 전체의 무게에서 두뇌가 차지하는 비율과 비슷하다.

이제 의식과 정부 부처인 외교 통상부를 비교해 본다. '나'란 의식은 분명히 신경계에서 나온다. 우리는 잠을 자거나 머리에 큰 충격을 받으면 아무것도 의식하지 못한다. 두뇌 속 신경세포를 하나씩 죽여가다 보면 어느 순간 우리는 의식을 잃는다. 향정신성 의약품을 섭취해서 신경전달물질의 양을 조절해도 의식은 달라진다. 분명 '나'란 의식은 신경계의 일부다.

우리가 의식적인 행동을 할 때 두뇌의 특정 부위가 활성화된다. 따라서 의식을 담당하는 신경세포들이 별도로 존재한다는 걸 알 수 있다. 즉 '나'란 의식은 신경계 전체가 아닌, 의식을 담당하는 신경세포들과 관계가 있다. 이는 의식과 무의식의 영역이 분리되어 있다는 뜻이다.

이 또한 국가의 운영 체제와 비슷하다. 신경계는 정부에 해당한다. 정부에는 여러 부처가 있다. '나'란 의식은 그중 외교 통상부다. 외교 통상부는 대외적으로 그 나라를 대표한다. 그렇다고 외교 통상부가 그 나라 자체는 아니다.

외교 통상부에는 공무원들(=신경세포)이 배치되어 업무를 한다. 그들의 수가 많지는 않지만, 그들 역시 외교 업무에 능숙한 국민(=세포)이다. 그들은 국제 정세를 파악해서 국내에 알리고, 국가의 정책을 외국에 알린다. 때론 외국과 자원을 두고 경쟁을 하고, 때론 외국과 협업을 해서 필요한 자원을 들여온다. 때론 전쟁을 벌여야 한다고 제안하고 때론 협상을 해야 한다고 제안한다.

만약 외교 통상부 공무원들이 모두 죽거나 도망치면 외교 통상 업무는 마비된다. 외교 통상 업무를 수행하지 못하는 국가는 위기에 빠지게 되고 얼마 지나지 않아 망한다(=의식을 상실하면 죽는다). 외교 통상부의 공무원들 중 여럿이 한꺼번에 바뀌면 외교 통상 정책의 기조가 기존과 다소 달라진다(=향정신성 의약품이나 뇌 수술로 성격이 달라지기도 한다). 물론 그래도 국가의 존속 유지라는 목표는 전혀 바뀌지 않는다.

외교 통상부의 정책은 국민과 다른 정부 부처의 의견을 그대로 따

르는 경우가 많다. 하지만 때론 국민과 다른 정부 부처의 의견과 반대
되는 정책을 펴기도 한다. 왜냐하면 국민과 다른 정부 부처의 공무원
들은 나라 밖 국제 정세를 잘 모르기 때문이다.

　만약 외교 통상부의 공무원들이 국민 여론이 하자는 대로 이웃
국가와 단교하거나 전쟁을 벌였다가는 국가의 존속이 어려워질 수 있
다. 그래서 외교 통상부 공무원들은 필요할 때마다 과감히 자신의 전
문성을 믿고 외교 정책을 펼친다. 이때 외교 통상부는 국가로부터 분
리된 조직인 것처럼 보일 수도 있다. 하지만 그럼에도 불구하고 외교
통상부 공무원들도 엄연히 국민이고, 외교 통상부도 정부 부처 중 하
나이고, 존재 목적은 여전히 국가 존속이다. '나'란 의식이 신체와 별
도인 것 같지만 엄연히 신경계의 일부이듯.

　히어로영화 속 주인공에게는 정보와 무기를 제공해 주는 조력자가
있다. 배트맨의 집사 알프레드, 스파이더맨의 친구 네더리스, 킹스맨
의 동료 멀린…. 조력자들은 뛰어난 기술을 활용해 히어로를 돕는다.
히어로는 영화 내내 조력자의 조언을 그대로 따르며 사건을 해결한다.
하지만 영화 말미의 결정적인 장면에서는 조력자의 말을 따르지 않는
다. 스스로 판단한다. 조력자는 시시각각 변하는 현장 상황을 잘 모르
기 때문이다. 우리의 무의식은 조력자, '나'란 의식은 히어로다(결국 숨만
쉴 줄 알아도 '나'는 히어로인 셈이다). 간혹 히어로가 조력자의 조언을 안 따른
다고 서로의 관계가 깨지지는 않는다. 속편을 계속 찍어야 하니까….

　이제 명확히 구분해야 한다. '나'란 의식과 '나' 전체를. '나'란 의식
은 신경계의 일부에 불과하다. 전체의 '나'는 '나'란 의식에 무의식과

신체를 추가해야 한다. 하지만 우리는 계속 착각한다. '나'란 의식과 전체의 '나'를.

신경계는 의식의 영역과 무의식의 영역으로 이루어져 있다. 잘 살펴보면 우리의 신체가 하는 행동은 대부분 무의식의 영역에서 이루어진다. 하지만 외부 환경을 인식하고, 기억을 떠올리고, 감정을 표현하고, 행동을 결정할 때 우리는 의식의 영역에 있다. '나'는 무엇인지 고민하는 것도 역시 의식의 영역에 있다.

우리는 흔히 '나'란 의식을 무의식보다 우월한 존재로 여긴다. 이는 '나'란 의식이 때론 무의식을 억제하기 때문이다. 새벽에 알람이 울린다. 어제 늦게 잠들었기에 좀 더 누워 있고 싶은 욕망이 굴뚝 같다. 하지만 '나'란 의식은 어서 일어나서 출근을 하라고 한다. 그래야 회사에서 짤리지 않고 먹고살 수 있다고 일깨워 준다.

주식투자에 실패해서 전 재산을 잃었다. 지독한 절망감에 자신도 모르게 한강을 찾는다. 하지만 '나'란 의식은 과거에 더 힘들었던 상황을 극복했던 기억을 떠올린다. 그리고 잘 살 수 있다고 희망을 키운다. 이렇게 '나'란 의식은 무의식적으로 발생한 감정을 억누르고, 본능과 다른 행동도 하게 한다. 그래서 우리는 '나'라는 영혼이나 자유의지가 존재한다고 착각한다.

2007년 미국의 심리학자 앨리아 크럼(Alia Crum)과 엘렌 랭거(Ellen Langer)는 의식의 역할에 대한 실험을 했다. 한 호텔의 객실 청소부들은 하루 종일 힘든 청소노동을 했다. 하지만 이들은 업무가 너무 많아 적절한 운동을 하지 못한다고 불만이었다. 그들의 체중, 체지방, 혈압 등은

349
··
나는 무엇인가?

그냥 일반 사무직 직원들과 별반 차이가 없었다. 이 청소부들에게 객실에서의 청소가 운동으로서 어떤 효과가 있는지를 설명해 주었다. 그랬더니 체중과 체지방이 줄어들고 혈압도 내려갔다. 즉 그들의 의식이 신체에 변화를 일으킨 것이었다. 어떻게 이런 일이 일어날 수 있는 것일까?

우리의 의식은 신체에게 지금 청소하는 행위가 '건강에 도움이 되는 운동'이란 정보를 전달한다. 그럼 신체 속 세포들은 안심한다. 지금 하는 청소가 생존 가능성을 높여 주는 '수익성 높은 투자'라고 여기기 때문이다. 그래서 세포들은 보유한 에너지를 굳이 지키려고 하지 않는다. 오히려 에너지를 더 쓰려고 한다. 따라서 살이 빠진다.

그런데 우리의 의식이 청소하는 행위가 '노동'이란 정보를 전달하면 신체 속 세포들은 달리 반응한다. 노동은 에너지라는 생존 자원을 다른 생존 자원과 맞바꾸는 행위다. 따라서 세포들은 에너지 소모를 최소화하기 위한 '초절전 모드'가 된다. 그래야 수익성이 높아지기 때문이다. 이때 수익성을 더 높이라는 신호가 스트레스다. 이처럼 의식이 외부로부터 들어온 정보를 우리의 신경계 속에 어떤 색인을 달아 전달하느냐에 따라 결과는 달라진다.

외교 통상부가 우리나라를 방문한 외국인들이 '관광객'이라고 발표한다. 그럼 우리는 그들을 경계하지 않는다. 친절하게 길 안내하고 선물도 준다. 그런데 외교 통상부가 똑같은 외국인인데도 불구하고 '스파이'라고 발표한다. 그럼 우리는 문을 걸어 잠그고 물 한 잔 내주지 않는다. 이처럼 외교 통상부가 국민들에게 어떤 정보를 전달하느냐에 따라 국민들의 대응은 달라진다. 의식과 똑같은 역할을 하는 것이다.

그런데 이미 충분한 운동을 하고 있으면서도 운동 부족이라고 여기는 객실 청소부, 이들이 어리석어 보이는가? 이들의 무의식이 모자라 보이는가? 사실 그들은 어리석지도, 모자라지도 않다. 객실 청소부들은 꽤 효과적인 생존 전략 중 하나를 따르고 있을 뿐이다.

중요한 시험을 앞두고는 잠이 안 오게 마련이다. 이는 나의 무의식이 어리석어서 그런 것이 아니다. 잠을 줄여서라도 공부하는 것이 맘 편하게 자는 것보다 생존에 더 도움이 될 것이라는 무의식 속 계산이 있었기 때문이다(그렇지만 밤샌다고 꼭 시험을 잘 보는 것은 아니다). 객실 청소부들도 마찬가지다. 그들에게는 에너지를 가능한 한 적게 소모하면서 청소를 하는 것이 생존에 더 도움이 된다는 무의식 속 계산이 있었다. 이는 절대 잘못된 계산이 아니다. 만약 호텔이 붕괴되어 청소부들이 갇히면, 체내 지방이 많은 청소부가 더 오래 살아남아 구조될 가능성이 높다. 결국 '오류'가 아니라 '다름'일 뿐이다. 미래는 예측 불가능하다. 확률적으로만 예측 가능하다.

이제 우리는 물만 먹어도 살찐다는 와이프를 이해할 수 있다.

'나'란 의식도 신경계의 일부다. 하지만 무의식과는 별도의 조직이다. 그래서 의식은 신경계에서 일어나는 일을 다 알지 못한다. 때로는 의식의 결정과 무의식의 결정이 다르다. 서로 계산 방식이 다르기 때문이다. 그래서 우리는 마치 영혼이나 자유의지가 있는 것처럼 착각한다. 하지만 의식도 결국 두뇌라는 고깃덩어리에서 일어나는 물리적 현상일 뿐이다.

그런데 '나'란 의식은 왜 무의식을 제대로 인지하지 못할까? 무슨 장점이 있길래 수백만 년의 진화에도 불구하고 인간의 의식은 무의식과 분리되어 있을까?

첫째, 의식이 무의식을 인지하지 못하는 것이 생존에 더 유리하기 때문이다. 우리의 의식은 우리가 하는 행동의 진짜 이유와 목적을 인식하지 못한다. 그런데 당연히 인식하지 못해야 한다. 만약 내가 내 자신의 행동을 쉽게 분석한다면 다른 사람도 나를 쉽게 분석할 수 있다. 그럼 나의 생존 전략이 적나라하게 노출된다. 곧 죽음이다. 이를 피하는 방법이 있다. 나의 생존 전략을 절대 노출시키지 않으면 된다. 그러기 위해서는 자신의 생존 전략을 자신도 모르게 해야 한다. 적에게 작전 지도를 빼앗길까 봐 걱정된다면 작전 지도를 갖고 다니지 않으면 된다.

둘째, 의식과 무의식이 서로를 견제하도록 하여 좀 더 나은 선택을 하기 위해서다. 의식은 무의식의 '악마의 변호인(Devil's Advocate)'이 된다. 그리고 무의식은 의식의 '악마의 변호인(Devil's Advocate)'이 된다. 조선 시대에도 사간원, 사헌부, 홍문관을 두어 왕권을 견제했다. 이것이 조선이 600년이나 버틴 근간이다.

셋째, 의식과 무의식의 분업을 통해 에너지를 절약하기 위해서다. 의식이 모든 것을 파악하려면 우리의 두뇌와 대뇌피질은 지금보다 훨씬 비대해져야 한다. 그리고 그에 따라 더 많은 에너지가 필요하다. 그만큼의 에너지를 공급하려면 우리는 쉴 새 없이 고열량의 식사를 해야 한다. 그럼 사자가 어슬렁거리는 들판을 가로질러 가며, 악어가 우글거리는 강을 헤엄쳐 가며 쉴 새 없이 사냥을 해야 한다. 그리고 돌아오는 길에는 사냥 동료마저 해치워야 한다. 물론 내가 당할 수도 있다. 너무 위험하다. 그래서 에너지 소모를 줄이기 위한 의식과 무의식의 분업이 이루어졌다.

넷째, 때론 의식과 신체 기관 간의 정보교류를 차단하는 것이 오히려 생존에 유리하기 때문이다. 정부에서 어느 도시에 군 기지를 건설하려 한다. 그런데 그 도시에 사는 외교 통상부 공무원이 이 소식을 듣는다. 그는 전쟁 가능성이 높다는 것을 안다. 하지만 군 기지 건설로 자신의 집값이 떨어질까 우려하여 전쟁 가능성이 없다고 거짓 보고를 한다. 이로 인해 군 기지 건설이 무산되고, 훗날 적국과의 전쟁에서 질 수 있다. 따라서 때론 외교 통상부, 국민, 도시, 정부 간 정보를 적절히 차단하고 권한을 제한할 필요가 있다. 이를 통해 각자 최적의 판단을 하게 하는 것이 장기적인 국가 존속에 도움이 된다.

신경계의 대부분이 모여 있는 두뇌는 통증을 느끼지 못한다. 뇌 수술할 때 마취하는 것은 두개골을 절개할 때의 통증 때문이다. 두뇌를 절개한다고 통증을 느끼지는 않는다. 만약 두뇌가 통증을 느낀다면 신체의 모든 에너지와 자원이 두뇌에만 집중될지도 모른다. '나'는 적어도 내 몸속에서는 공평함을 갖고 있다. 세종시의 공무원들이 그렇듯.

과학기술의 발달에 따라 '나'란 존재에 대해 '유물론적 접근'을 하는 사람들이 많아졌다. 그럼에도 세상에는 영혼과 자유의지의 존재를 믿는 사람들이 아직 더 많다. 왜냐하면 영혼과 자유의지의 존재를 믿는 것이 생존에 더 도움이 된다고 무의식적으로 판단하기 때문이다.

깊은 산속에서 한 사람이 며칠째 기도를 하고 있다.

"신이시여, 저는 누구입니까? 어디서 왔고, 어디로 가고 있습니까? 제발 알려주십시오."

밤낮을 잊고 계속되는 그의 간절한 기도에 신은 감동을 받았다.

마침내 그의 앞에 나타났다.

"내 너를 기특히 여겨 네 질문에 대한 답을 주마. 자, 이 책을 받아 읽어 보거라."

그러자 그 사람은 인상을 팍 쓰면서 신을 째려보았다. 그리고 혼잣말을 했다.

"흥, 별 쓰잘데기 없는 책…."

그리고는 다시 엎드려 기도하기 시작했다.

"신이시여, 저는 누구입니까? 어디서 왔고, 어디로 가고 있습니까? 제발 알려주십시오."

민망해진 신은 방해해서 미안하다는 말을 남기고 사라져 버렸다. 얼마 후 그는 스마트폰을 꺼내 기도하는 모습을 동영상으로 찍었다. 그리고는 유튜브에 다음과 같은 해시태그와 함께 올렸다.

#100일기도#열반에이르다#깨달음얻다#순수영혼발견#사랑충만행복가득#마음비우기#자아발견#자신의내면을알아가는소중한시간#운명개조#좋아요구독알림설정#유료상담만가능#욕심버리는법에욕심내보세요#멤버쉽하면우선깨달음#후원계좌마음은행1234567890#예금주명 진짜 진짜 깨달은 사람

○ ○ ○

국가와 국민의 관계는 신체와 세포의 관계와 같다. 그래서 좀비영화에는 암세포에 대한 인간의 두려움이 투사되어 있다.

앞서 얘기했듯이 내 얘기는 틀려도 책임 못 진다.

354
나는 무엇인가?

30 의식과 무의식

"빨래 걷고, 집 안 걸레질 좀 해."

"에이 씨…." (물론 아주 작게 말했다.)

"뭐? 방금 뭐라고 했어?"

"어? 아냐, 나 아무 말도 안 했는데."

"생각 없이 말하지 마, 말하기 전에 한 번 더 생각해." (와이프와의 대화는 아니다.)

○ ○ ○

우리는 가끔 무의식적으로 행동한다. 그러다 위험에 빠지기도 한다. 만약 모든 행동을 의식하고 살아가면 훨씬 안전하지 않을까? 인간 정도라면 의식과 무의식이 하나로 통합되어야 하지 않을까? 무의식은 미숙하고 둔감한 것 같은데 왜 퇴화되지 않고 아직 남아 있는 것일까?

한참 과거로 거슬러 올라간다. 원핵생물에서 진핵생물이 생겨난 것은 원핵생물의 몸속으로 다른 원핵생물이 들어와 살기 시작하면서 비롯되었다고 한다. 즉 진핵생물의 세포들은 각기 다른 생물로부터 왔다. 그러니 각자의 특성에 따라 임무를 나누어 맡는 분업화에 적합했다.

그래서 어떤 세포는 세포막이 되고, 어떤 세포는 미토콘드리아가 되고, 어떤 세포는 핵이 되었다. 나아가 어떤 세포 집단은 운동을 담당하고, 어떤 세포 집단은 에너지를 저장하고, 어떤 세포 집단은 감각을 담당하게 되면서 신체 기관들의 역할이 구분되었다.

이렇게 이기적인 개체들이 뭉쳐서 하나의 집단이 되면 개체들 사이의 이해관계를 조율해 주는 무언가가 반드시 필요하다. 이해관계의 조율에 실패하면 그 집단은 바로 해체되고 집단 속 개체들도 소멸할 수밖에 없기 때문이다.

어떤 나무가 햇빛을 향해 가지를 높게 뻗는다면 나무 전체로는 광합성이 활발해진다. 하지만 그 가지에 달린 잎들은 자신들이 얻은 햇빛 에너지를 독차지하지 못한다. 다른 조직들과 나누어 가져야 한다. 게다가 자신들은 초식 동물의 시야에 더 많이 노출되어 물어 뜯겨나갈 리스크는 커진다.

따라서 바깥쪽 잎을 구성하는 세포들은 햇빛을 향해 가지를 뻗는 것을 반대할 수 있다. 만약 바깥쪽 잎들의 의견을 존중하여 가지를 뻗지 않겠다고 결정하면 나무는 햇빛이 부족해서 죽는다. 따라서 가지, 줄기, 뿌리, 안쪽 잎 등은 그 정도의 리스크는 감수하고 가지를 뻗어야 한다고 주장한다. 이때 한 국가의 정부처럼 서로 간의 이해관계를 조율하고 정책의 실행 여부를 신중하게 판단해 줄 무언가가 필요하다.

햇빛 방향으로 가지를 뻗겠다는 결정은 운에 맡길 수 없다. 한번 뻗은 가지는 다시 회수하는 것이 불가능하기 때문이다. 그래서 식물도 다양한 정보를 바탕으로 득실 계산을 수행한다. 그 결과 득이 실보다 많다고 확신할 때 비로소 가지를 뻗는다. 이때 주위 환경을 감각하고, 정보를 저장하고, 득실을 계산하고, 이해관계를 조율하고, 선택을 결정하는 기관이 바로 식물의 신경계이다(단 식물의 신경계는 동물처럼 한 곳에 집중되어 있지는 않다). 신경계가 자신의 역할을 제대로 해내지 못하면 식물은 말라 비틀어 죽는다.

신경계도 다른 신체 기관과 마찬가지로 생존을 목적으로 존재하는 신체 기관 중 하나다. 의식과 무의식은 신경계에서 일어나는 세포 간 상호작용의 결과물이다. 그 존재 목적은 서로 다르지 않다. 화학 공장으로 치면 신경계는 컨트롤룸이고, 의식은 수동 운전 모드이고, 무의식은 자동 운전 모드다. 항공기로 치면 신경계는 칵핏이고 의식은 수동 비행 모드이고, 무의식은 자동 비행 모드다.

항공기가 비행할 때, 위험하지 않은 구간에서는 반복적이고 단순한 조작만 요구된다. 그래서 '오토 파일럿'이라는 자동 비행 모드를 활성화시키고 조종사는 조종간을 잡지 않는다. 오토 파일럿은 미리 정해놓은 최적의 비행 코스를 정확히 따라간다. 그래서 연료 효율이 높다. 그뿐만 아니라 오토 파일럿이 비행을 담당하는 동안 조종사는 휴식을 취하여 심신의 피로를 줄일 수도 있다.

하지만 관제탑과의 교신에 따라 갑작스러운 항로 변경을 할 때는 오토 파일럿을 끈다. 오토 파일럿이 관제사와 대화하지는 못하기 때문이다. 또 민첩한 상황 판단이 요구되는 이착륙 시에도 오토 파일럿을 끈다. 오토 파일럿은 돌발 위험을 감지하지 못하기 때문이다. 오토 파일럿이 작동하지 않으면 조종사가 직접 조종간을 잡는다. 그런데 오토 파일럿이 컨트롤하는 상당 시간 동안 조종사는 충분히 쉬었다. 그래서 수동 조종 시에 훨씬 더 집중력을 높일 수 있다. 물론 조종사가 수동 조종을 하면 오토 파일럿이 컨트롤할 때보다 속도나 고도에 변화가 많다. 그래서 연비가 떨어진다. 하지만 이착륙과 같이 위험한 순간에는 연비 따위를 따지지 않는다.

단, 조종사가 수동 조종을 할 때에도 수동 조종에 우선하여 자동 작동하는 시스템이 있긴 하다. 한 예로 착륙 중 항공기의 속도가 너무 느려 실속 위기에 빠지면 알람이 울리며 실속 방지 시스템이 저절로 작동한다. 조종사가 문제점을 파악하고 대처하려면 너무 늦기 때문이다(이 또한 문제점이 있는데, 보잉737맥스 사고 사례를 참조하면 알 수 있다). 물론 실속 방지 시스템을 끄고 수동 조종으로 대처할 수도 있다. 하지만 그러기 위해서는 많은 훈련이 필요하다.

우리의 신경계도 항공기와 비슷하다. 일상적, 반복적이며 위험성이 없다고 판단되는 상황에서 우리의 의식은 잘 작동하지 않는다. 이럴 때는 무의식이 기존에 해오던 대로 일처리를 한다(평소 걸음걸이는 무의식이 담당한다). 무의식은 연료가 덜 소모되는 오토 파일럿 비행 모드와 같다(모두가 이것을 알기에 단순 반복 작업의 임금이 낮다). 하지만 위기 상황이 닥치면 우리의 의식이 앞으로 나선다(군대에서 처음 제식 훈련을 받을 때 의식이 앞으로 나선다. 의식은 걷는 법을 잘 모른다. 항상 무의식이 담당했기에…. 그래서 오른발과 오른손이 같이 나간다). **이때 의식은 무의식보다 에너지를 더 많이 소모한다.** 하지만 환경변화에 적응하려면 에너지 효율 따위는 잊어야 한다.

비행 거리의 대부분을 오토 파일럿이 담당하듯, 우리의 일상생활도 무의식 영역에서 이루어지는 것이 대부분이다. 흔히 의식을 바다에 떠 있는 빙산의 일각에 비유한다. 인간이 처리하는 일 중 10~20% 정도만 의식에 의해 처리된다는 뜻이다. 하지만 생존에 심각한 영향을 미치는 중요한 결정은 의식이 주로 처리한다. 대입 시험, 입사 면접, 소개팅, 음식 주문, 부동산 계약, 프러포즈, 부부싸움…. 이런 행동을 무의식적으로 했다는 사람은 한 번도 본 적이 없다.

조종사들은 오토 파일럿 덕분에 조종간을 직접 잡는 시간이 얼마 안 된다. 하지만 자신들이 처음부터 끝까지 비행기를 조종했다고 주장한다. 마찬가지로 우리의 의식은 무의식이 처리한 일들을 무시한다. 그리고 우리의 인생을 자신이 다 결정했다고 착각한다(컴퓨터 본체와 비교할 때 모니터가 하는 일은 적다. 하지만 우리는 모니터가 곧 컴퓨터라고 곧잘 착각한다).

항공기의 실속 방지 시스템은 우리에게도 있다. 아주 급박한 위기 상황이 발생하면 의식이 아니라 무의식이 잽싸게 일을 처리한다. 뜨거운 물체에 손이 닿으면 움츠리게 되고, 무언가 날아오는 것이 느껴지면 눈을 감게 되는 것이 대표적인 예다. 위기가 발생했는데 의식이 상황을 파악하고 대처하는 것을 기다리다가는 너무 늦기 때문이다. 하지만 많은 훈련을 하면 위기 상황에도 의식적인 대처가 가능하다. 프로 야구 선수들은 공이 날아와도 눈을 감지 않는다.

결국 우리의 신경계가 하는 일이 의식 영역과 무의식 영역으로 구분된 것은, 평상시와 위기 상황을 구분하여 효율적으로 대응하기 위해서다. 우리는 가급적 에너지 절감을 하려는 본능이 있다. 그래서 별다른 변화가 없다면 고비용의 의식이 아니라 저비용의 무의식 속에서 일을 처리하려고 한다. 그리고 무의식에게는 어차피 해야 할 일들, 예를 들어 소화, 호흡, 혈액 순환, 심장 박동, 감정, 날아오는 돌 피하기, 어른에게 인사하기 등을 맡게 한다. 일종의 연비 절약형 자율주행 모드다. 하지만 무언가 변화가 있어서 신중하게 대응해야 할 때, 예를 들어 물건 사기, 사람 만나기, 음식 맛보기, 시험 보기 등은 의식이 행동을 컨트롤한다. 자동차로 치면 액셀이나 브레이크를 밟아 속도에 변화가 생겼을 때 자율주행 모드가 풀리면서 사람이 운전대를 맡는 것과 비슷하다.

의식과 무의식으로 구분되어도 어차피 목표는 동일하다. 개체의 생존을 유지하는 것이 바로 공통된 목표다. 만약 어느 신체 기관에 문제가 생기면 몸 전체의 균형이 무너진다. 철저하게 분업화되어 있기에 작은 신체 기관의 문제라도 다른 신체 기관이 이를 완벽히 대체하지 못한다. 따라서 한 신체 기관의 문제는 곧 생존에 부정적인 요인이 된다. 의식과 무의식은 이런 문제도 함께 해결한다.

외부로부터 나쁜 세균이 침투하면 우리의 면역 체계가 자동으로 작동한다. 나쁜 세균의 번식을 막아야 한다는 것은 너무나도 당연한 일이기 때문이다. 먼저 무의식이 나서서 대응한다. 일단 백혈구를 호출하여 세균에 대항하게 한다. 이 과정에서 몸에 열이 나고 기운이 빠져 누워서 쉬게 된다. 그런데 시간이 지나도 세균을 진압하지 못하면 이제 비상사태가 선포된다.

이때부터는 의식이 나선다. 의식은 신체 외부의 자원까지 활용하는 전략을 펼친다. 바로 약국이나 병원을 찾는 것이다(이럴 때에 대비한 실손보험가입도 의식이 수행하는 전략 중 하나다). 무의식은 이런 대담한 전략까지는 생각해 낼 수가 없다. 마찬가지로 건강을 위해 다이어트를 해야 한다는 잔인한 결정도 무의식은 감히 생각해 내지 못한다. 이제 인간 세상은 무의식에게만 생존을 맡기기엔 너무 변화무쌍하고 위험하다.

이런 이유들로 우리는 의식이 무의식보다 우월하고, 신성하고, 이성적이라고 생각한다. 의식이 생존 문제를 꼬치꼬치 따지지 않을 만큼 고상하다고 생각한다. 하지만 그것은 의식과 무의식을 아직 완벽하게 이해하지 못하기 때문에 생기는 착각이다. 다시 말하지만 인간이 의식적 혹은 무의식적으로 처리하는 일들 중에 생존이란 목표로부터 벗어나는 일은 존재하지 않는다. 물론 훗날 생존에 부정적인 선택으로 밝혀지기도 하지만, 이는 의도된 것이 아니다. 그저 미래 예측의 불가능성에 기인해 발생하는 실패일 뿐이다.

물론 이는 다른 동물들도 전혀 다를 바 없다. 인간이 보기에 대부분의 동물들은 그저 본능에 따라 생존 활동을 하는 것처럼 보인다. 반면 인간인 나는 본능이나 생존과 상관없는 고상한 행동도 하는 것 같다. 그래서 다른 동물들과 달라도 한참 다르다고 생각한다.

하지만 우리의 행동들을 하나하나 샅샅이 따져보면 동물들의 생존 활동과 다를 바가 없다. 동물들은 하루 종일 먹이를 찾고, 천적을 피해 도망 다니고, 새끼를 보살피고, 다른 수컷이랑 한바탕 다투고, 암컷에게 구애를 한다. 인간도 똑같다. 다만 인간의 의식이 좀처럼 인간 중심주의에서 벗어나지 못하기 때문에 달라 보일 뿐이다('벗어나지 못한다'보다 '벗어나지 않는다'가 정확한 표현이다).

우리가 하는 행동 중에 생존과 상관없는 행동이 과연 하나라도 있었는지? 목적 없이 하는 행동이 과연 하나라도 있었는지? 과연 무의식의 영역에서도 마찬가지인지? 이제 일상 속의 몇 가지 행동들을 통해 이를 확인해 보려고 한다.

머리가 가려워 나도 모르게 손으로 긁었다.

두피의 감각세포가 평소에 없던 무언가를 느끼면 가려움이라는 신호를 신경계에게 보낸다. 그럼 무의식이 손에게 신호를 보내 손톱으로 가려운 부위를 긁게 한다. 이를 통해 혹시 있을지 모를 기생충이나 벌레를 제거하려 한다. 기생충이나 벌레는 영양분을 빼앗아 가고 세균을 옮겨서 생명을 위협한다. 따라서 가려움을 느낄 때는 어떤 상황인지 정확히 모르더라도 일단 긁는 것이 조금이라도 생존 확률을 높여준다. 어차피 에너지 소모도 크지 않다. 그러다 손톱에 뭔가 걸리는 것이 느껴지면 그때부터 의식이 담당한다.

심심할 때 혼자서 노래를 흥얼거렸다.

노래는 감정과 정보를 효과적으로 전달하는 수단이다. 그래서 협업을 하자고 다른 사람을 설득할 때나, 생존 자원을 빼앗기 위해 다른 사람을 기만할 때 써먹을 수 있는 주요한 도구다. 노래를 잘한다는 것은 결국 생존 자원을 획득하는 도구 하나를 확보하는 것이다. 인간은 사냥 도구만 장만해도 벌써 고기 굽는 냄새를 떠올리며 만족감을 느낀다. 따라서 노래를 잘해도 만족감이 생긴다.

또한 현대 사회에서는 노래 부르는 재능도 일종의 생존 자원이다. 꼭 가수가 아니더라도 장기자랑이나 회식 때 노래를 잘하면 인간관계를 형성하는 데 도움이 된다. 그래서 우리는 평소에 무의식적으로 노래 부르기를 연습한다. 게다가 유명 가수의 노래를 듣다 보면 공감 능력이 발휘되어 나도 인기가수가 된 것 같아 기분이 좋아진다.

일주일 전부터 매일 한 시간씩 영어 공부를 하기로 결심했는데, 오늘 포기해 버렸다.

영어 공부는 취업과 승진에 꼭 필요한 능력이다. 그래서 일주일 전에는 영어 공부를 할지 말지 갈등을 하다가 결국 공부를 하겠다는 선택을 했었다. 그런데 오늘은 영어 공부를 포기하겠다는 선택을 했다. 물론 누가 물어보면 더 급한 일이 생겼다는 둥, 수학 공부가 더 재미있다는 둥 이런저런 핑계를 댄다. 하지만 무의식의 계산 결과, 영어 공부를 포기하는 것이 생존에 더 이득이라고 판단한 것이다. 의식은 핑계만 댄다.

계산식은 아래와 같다. 일주일 전 영어 공부를 결심했을 때는 '영어 공부에 성공할 경우의 기댓값'이 살짝 플러스 값이었다.

영어 공부에 성공할 경우의 기댓값

= (영어 공부에 성공할 확률 × 성공 시의 예상수익) - 투입 비용(학원비, 교통비, 에너지, 기회비용 등)

그런데 일주일 동안 열심히 영어 공부를 해도 실력은 일주일 전과 비교해 나아진 게 없다고 느끼기 십상이다. 일주일 공부가 효과가 없었다면 '영어 공부에 성공할 확률'은 일주일 전보다 미세하게 낮아진다. 그런데 '성공 시의 예상수익'과 '투입 비용'은 전과 동일하다. 따라서 '영어 공부에 성공할 경우의 기댓값'은 아무래도 일주일 전보다 낮아진다. 원래 '영어 공부에 성공할 경우의 기댓값'이 약간의 플러스 값에 불과했으니 이제 마이너스 값으로 부호가 뒤바뀔 수도 있다. 즉 영어 공부를 포기하는 것이 더 이득이라는 계산 결과가 나오는 것이다. 우리는 이렇게 수학적으로 영어 공부를 포기한다(그렇다고 수학을 포기하지 않는 것은 아니다).

우리나라 국가 대표 축구팀의 경기를 보며 응원했다.

내가 속한 국가의 생존 자원이 늘어나면 그 구성원인 나의 몫도 덩달아 늘어날 확률이 높아진다. 그래서 대부분의 국민들은 정도의 차이는 있지만 애국심을 갖는다. 과거에는 이웃 집단을 공격하여 생존 자원을 빼앗아 나눠 가졌다. 이는 농경, 채집, 수렵과 별반 다르지 않은 생존 자원의 획득 방법 중 하나였다. 하지만 현대는 국가 간 분업화를 통한 교역이 활발하다. 따라서 국가 간 경쟁 못지않게 국가 간 협업이 중요하다. 과거처럼 주변의 여러 국가들을 무시한 채 한 나라와 전쟁을 치르는 것이 쉽지 않다.

대신 우리는 월드컵과 같은 국제 경기에서 모의 전쟁을 치른다. TV로 시합을 보며 두뇌 속의 거울 세포를 활성화시킨다. 이를 통해 우리나라 국가 대표팀에게 공감을 한다. 그래서 그들이 이기면 마치 내가 전쟁에 이겨 전리품을 얻는 기쁨을 느낀다. 옛날의 전쟁을 가상 체험하는 것이다.

이 외에도 국제 경기에서 이기면 국가 이미지와 인지도가 상승한다. 이를 통해 부수적인 경제 효과를 볼 수 있다. 이때도 내 몫이 커질 확률이 높아진다. 그래서 우리는 승전을 기원한다.

친구에게 생일 선물을 사줬다.

인간은 혼자 살 수 없다. 아니 혼자 살 수는 있지만 그리 오래 살지 못한다. 오래 살기 위해서는 적당한 협업 파트너가 필요하다. 물론 가족이라는 천부적 협업 파트너들이 있긴 하다. 하지만 그 수는 제한적이고 그들이 갖고 있는 재능도 한계가 있다. 그래서 가족이 아닌 사람들 중에서도 적절한 협업 파트너를 고른다. 우리는 그들을 친구라고 부른다.

친구들과 협업 관계를 수립하는 데 있어서 몇 가지 조건들이 있다. 협업을 위해 투자해야 할 에너지는 내가 더 많이 부담하겠다, 리스크도 내가 더 많이 감수하겠다, 공동으로 획득한 자원을 배분할 때도 내가 더 많이 양보하겠다…. 이런 기대감을 상대방에게 심어주어야 한다(물론 대부분 거짓 아니면 과장이다). 그래야 서로 친밀한 관계, 즉 우정이 생겨난다. 이때 가장 효과적인 방법은 내가 가진 생존 자원을 선뜻 내주는 것이다. 이를 통해 내가 더 많이 양보하는 협업 파트너라는 착각을 유발시킨다. 우리가 능력 있는 친구에게 술 사주고 밥 사주는 이유다.

누군가 공공질서를 지키지 않는 것을 보고 혼잣말로 욕을 했다.

사람들이 공공질서를 지키지 않는 이유는 대부분 자신의 에너지를 절약하기 위해서다. 하지만 나머지 집단 구성원들이 부담해야 하는 에너지와 리스크는 그만큼 늘어난다. 따라서 집단의 구성원인 나 또한 에너지 소모와 리스크 확대가 예상된다. 이런 상황을 우리의 무의식은 잘 알고 있다. 그래서 내 몫을 지키기 위해 법규를 어긴 자에게 질서를 지키라고 지적한다. 그런데 내가 욕하는 것을 상대방이 들으면 싸움이 벌어져 오히려 생존에 위협이 될 수 있다. 그래서 주변에 상대방이 없을 때 작은 목소리로 욕을 한다. 욕을 담은 파동은 거리의 제곱에 반비례하여 약해진다. 아무리 약해져도 상대방에게 도달하긴 도달한다. 다만 상대방이 듣지 못할 뿐. 그래도 기분은 후련해진다.

국가를 위해 싸우다가 희생한 군인들을 위해 애도했다.

다른 나라에 대항해 싸운 군인들은 다수의 국민들을 위해 큰 희생을 한 사람들이다. 그들의 희생 덕분에 국가라는 집단과 더불어 내 몫의 생존 자원이 지켜질 수 있었다. 앞으로도 용감한 군인들이 계속 나타나야 국가와 내 몫의 생존 자원이 유지될 수 있다. 그래서 우리는 군인들에게 희생의 대가를 지불하는 시스템을 갖춰야 한다고 생각한다. 그래야 젊은 사람들이 군인이란 직업을 선호하거나, 최소한 싫어하지는 않기 때문이다.

따지고 보면 죽은 군인들을 위한 애도와 예우는 이미 고인이 된 그들을 위한 것이 아니다. 미래에도 군인이 되고 싶어 하는 사람들이 계속 나오도록 하기 위함이다. 결국 나 자신을 위함이다.

밤에 자다가 꿈을 꾸었다.

아직까지 꿈을 꾸는 이유에 대해 명확하게 밝혀진 바는 없다. 여러 가지 가설만 있을 뿐이다. 어떤 사람은 꿈은 미래에 대한 신의 계시이므로 해몽을 하면 미래를 알 수 있다고 한다(그런데 이상하게도 유료 상담만 가능하다고 하니 그들에게 꿈은 분명한 목적이 있다). 정신 분석학자 프로이트는 꿈속에 분명한 의미가 담겨 있으며 해석을 할 수도 있다고 했다. 그리고 꿈은 소망을 충족하기 위해 존재한다고 주장했다. 반면 어떤 사람들은 '돼지잠에 개꿈'이라며 꿈에 아무런 의미를 부여하지 않는다.

하지만 꿈에도 목적이 있을 수밖에 없다. 꿈은 두뇌에서 소중한 에너지를 소모해 가면서 처리하는 일 중 하나다. 에너지를 쓰면서 아무 쓸모가 없다면 꿈은 이미 퇴화되어 사라졌어야 한다. 하지만 뭔가 쓸모가 있기에 수백만 년의 진화에도 불구하고 꿈은 사라지지 않고 계속 남아 있다. 인류 대부분이 꿈을 꾼다는 사실은 꿈을 꾸는 조상들이 꿈을 꾸지 않는 조상들보다 더 성공적으로 생존했다는 것을 입증한다.

인간의 잠은 뇌의 청소, 기억의 강화, 신체의 휴식 등을 위해 존재한다고 알려져 있다. 그런데 인간은 하루에 6~9시간 잠을 자지만 두뇌는 그렇게 긴 휴식이 필요하지 않다. 이는 우리가 잠자는 동안 렘수면을 5~7차례 겪는다는 사실을 통해 알 수 있다. 즉, 신체가 잠을 자는 동안 두뇌는 빈둥거릴 수 있는 여유시간이 생긴다. 그런데 부지런한 두뇌는 이런 여유시간을 헛되이 낭비하지 않는다. 렘수면을 하는 틈을 타서 꿈을 꾼다.

꿈은 내가 기억하는 정보에 근간을 둔다. 나와 상관없는 정보가 나오는 꿈은 없다. 그래서 어린이나 여자들은 군대 가는 꿈을 꾸지 않고, 중학생은 회사에서 해고되는 꿈을 꾸지 않는다(이건 내가 집에서 직접 확인한 사실이다). 우리는 꿈속에 나오는 사람들이 누구인지는 인식한다. 하지만 그들의 얼굴이나 형체는 뚜렷하지 않다. 실제 우리의 기억정보가 그런 방식으로 저장되기 때문이다. 또 우리는 잠을 자는 동안 새로운 시각정보와 청각정보를 받아들이지 못한다. 즉, 꿈은 신이나 다른 사람이 전달해 주는 '새로운 정보'가 아니다. 온전히 자신이 갖고 있던 '기존정보'의 조합이다. 단, 유일하게 후각만은 자는 동안에도 새로운 정보를 받아들인다. 아마 자다가도 떡을 얻어먹기 위해서 그럴 것이다. 즉, 잠이나 꿈도 당장 생존만큼 중요하지는 않단 뜻이다.

꿈속에는 항상 선택 상황이 나온다. 소변이 마려운데 근처에 화장실이 없다. 참을 것이냐, 그냥 길가에 일을 볼 것이냐 선택해야 하는 상황이다. 참자니 몸이 힘들고, 아무 데나 일을 보자니 공중 질서를 어기는 것이라 갈등이 생긴다.

바닥에 돈이 떨어져 있다. 줍고 싶은데 주변에 지켜보는 사람이 있다. 주울 것이냐, 그냥 지나갈 것이냐 선택해야 하는 상황이다. 실익을 생각하면 줍고 싶은 마음이 굴뚝 같다. 하지만 옆에 지켜보는 사람이 경찰에 신고할까 봐 걱정된다. 이러지도 저러지도 못한다.

외국에 놀러 왔다가 급한 회사 일이 생겨 집으로 돌아가야 한다. 그런데 평소 30만 원 하던 항공권이 70만 원으로 올랐다. 비싸더라도 오늘 표를 사서 가야 할지, 며칠 뒤에 좀 더 싼 표를 사서 가야 할지 선택해야 한다. 회사 일이 중요한지, 내 돈 40만 원이 중요한지 갈등이다.

이처럼 꿈속에서는 꼭 선택 상황이 나온다. 그리고 우리의 신경계는 꿈속에서도 어떤 선택이 생존에 도움이 되는지 계산을 한다. 한마디로 '선택의 시뮬레이션'을 하는 셈이다. 이 시뮬레이션은 현실과 너무나도 똑같다(이불에 오줌을 쌀 정도다). 그래서 꿈을 꾸면서 이것이 꿈이라는 것을 인식하지 못한다. 그래야 진짜 훈련이 되니까…. 우리는 꿈을 통해 자신에게 부족한 영역의 판단력을 키운다. 그래서 똑같은 꿈을 반복해서 꾸기도 한다. 우리는 꿈을 통해 현실에서 비슷한 상황이 닥쳤을 때 조금이라도 더 나은 선택을 하려고 한다. 이는 마치 인공지능의 강화 학습과 비슷하다.

아기들은 잠자는 시간 중 50%가 꿈을 꾸는 렘수면이다. 반면 어른은 20%가 렘수면이다. 아기들은 인생 경험이 적다. 그래서 '선택의 시뮬레이션'으로 연습을 많이 해야 한다. 연습이 부족하면 인생이 서투르다. 아이들의 수면 부족이 지능 지수에도 영향을 주는 이유다.

내가 자주 꾸는 꿈이 있다. 학교 갈 때 준비물을 놓고 가서 몇 번을 다시 집으로 돌아오는 꿈이다. 이 꿈은 준비물을 잘 챙기라고 꾸는 거다. 이 꿈 덕분인지 가족 여행을 갈 때마다 여권부터 휴지까지 모든 짐은 내가 챙긴다.

이처럼 우리가 취하는 모든 행동에는 의도가 있다. 그리고 그 행동을 하는 것이 생존 유지에 도움이 될 것이라는 신경계의 계산 결과가 있었다. 만약 '나는 그런 의도를 갖고 행동하지 않았다'라고 말한다면 좀 더 곰곰이 생각해 봐야 한다. '나는 그런 의도를 갖고 행동하지 않았다'라고 말하는 것이 왜 생존에 도움이 되는지를….

인간에게 당장의 생존이 걸린 경쟁은 예전보다 감소한 것처럼 보인다. 하지만 생존에 필요한 자원을 두고 벌이는 경쟁은 더욱 치열해졌다. 그래서 우리는 의식과 무의식 영역을 적절히 오가며 때론 에너지를 아끼고, 때론 에너지를 팍팍 쓰며 살아간다. 그렇게 살아온 인간과 인간 집단만 살아남아 있다.

　누구는 의식의 영역에 머물며 에너지를 팍팍 쓰면서 살라고 한다(악착같이 일해라, 쉬지 말고 공부해라, 아침형 인간이 되라, 일벌레가 되어라, 책을 읽어라, 외국어는 기본이다, 나는 할 수 있디, 성격을 개조하라, 안 되면 되게 하라…). 누구는 무의식의 영역에 머물며 에너지를 아끼며 살라고 한다(명상을 해라, 마음의 소리를 들어라, 자연인이 되어라, 본능에 충실해라, 욕심을 버려라, 무소유의 삶을 살아라, 인생 별거 아니다. 하고 싶은 대로 살자, 행복은 성적순이 아니다, 안빈낙도의 삶을 추구하자…). 의식 속에서 지친 사람은 무의식의 영역이, 무의식 속에서 굶주린 사람은 의식의 영역이 좋아 보이기 마련이다. 그런데 둘 다 정답은 아니다. 정답은 그때그때 따르다. 어느 한쪽의 영역에서만 살려고 하면 살아남지 못하는 세상이다.

　우리의 모든 조상들은 평생 의식과 무의식 사이를 우왕좌왕하다가 사라졌다. 지금 지구상의 모든 인류들도 다 우왕좌왕하고 있다. 물론 나라고 예외는 아니다. 짜장면, 짬뽕도 매번 갈등하는 판국에 어찌 의식과 무의식의 영역을 적절히 구분해서 살 수 있겠는가? 따지고 보면 이 또한 우리가 미래를 정확하게 예측할 수 없기 때문에 생기는 일이다. 따라서 우리는 계속 우왕좌왕하며 살아갈 것이다. 안타까워할 일은 아니다. 그것도 생존 전략이니까.

　사람들은 배고픈 소크라테스로 살아야 할지, 배부른 돼지로 살아야 할지 고민이라고 한다. 나는 둘 중 하나로 살라고 권한다. 왜냐하면 나는 배고픈 소크라테스와 배부른 돼지에게는 이길 자신이 있기 때문이다. 심지어 둘이 같이 덤벼도 이길 자신이 있다(소크라테스, 너부터 해치우마). 하지만 때론 배고프고 때론 배부른 소크라테스와 돼지에게는 이길 자신이 없다. 그들은 예측 불가능하기 때문이다.

◦ ◦ ◦

스티븐 스필버그(Steve Allan Spielberg)는 말했다. "I don't dream at night, I dream at day, I dream all day; I'm dreaming for a living(나는 밤이 아니라 낮에 꿈을 꾼다. 항상 꿈을 갖고 산다. 꿈꾸는 것이 내 직업이니까)."

무슨 꿈을 말한 건지 잘 모르겠지만, 스필버그도 나처럼 꿈이 꽤 쓸모 있다고 생각했나 보다.

개의 세상

이 글이 씨가 되어 다음 생에 개로 태어나는 것은 아닌지 심히 염려된다.

○ ○ ○

우리는 인간이 만물의 영장이라고 믿는다. 영장(靈長)은 '영험한 우두머리'라는 뜻이다. 즉 인간이 이 지구를 완벽하게 장악하고 있으며, 마음만 먹으면 지구상의 다른 동물들을 언제든 멸종시킬 수 있는 우월적 지위를 갖고 있다고 굳게 믿는다. 그래서 다른 동물들에게 물어보지도 않고 스스로 영장이란 칭호를 부여했다.

대부분의 사람들은 지구상에 오직 인간만이 고도의 과학기술과 정신문명을 갖고 있다고 말한다. 심지어 의식과 감정 또한 인간만의 전유물이라고 한다. 최근 일부 과학자들은 다른 동물들도 의식과 감정이 있고, 자기들 나름의 언어로 소통한다고 주장한다. 하지만 사람들은 동물들이 의식과 감정을 갖고 있다 할지라도 극히 제한된 범위의 것이므로 인간과는 비교 대상이 되지 않는다고 생각한다. 심지어 소, 돼지, 닭과 같은 가축들은 애초에 인간의 먹잇감이 되는 것을 목적으로 생겨난 것이고, 식물은 흙이나 물과 마찬가지로 생명체의 축에도 끼지 못한다고 여기기도 한다.

과연 그럴까? 동물들도 인간이 자신들보다 우월한 존재라는 것을 인정할까? 인간이 지구의 지배자임을 겸허히 받아들이고 인간의 먹잇감이 되는 게 당연하다고 생각할까? 그들은 인간의 과학 문명을 부러워할까?

먼저 인간과 오랜 시간 함께 지내 서로에게 친숙한 개에 대해 생각해 본다. 개들은 약 3만 년 전부터 인간과 함께 살아오고 있다. 이제는 가축이 아니라 인간과 서로 도움을 주고받는 동반자의 반열에 올랐다. 그래서 다른 동물들과 달리 특별 대우를 받는다. '반려견'이란 칭호를 얻을 정도로(나도 와이프에게 아직 반려자 칭호를 못 얻었는데…). 하지만 인간들은 '반려견'이라고 부르면서도 속으로는 여전히 자신이 개를 길들여서 키우고 있다고 생각한다. 대표적인 인간중심주의 사례다.

인간은 자신이 먹이를 주기에 개가 자신을 주인으로 여기고 따른다고 생각한다. 하지만 개들은 먹이를 준다는 이유만으로 인간을 주인이라고 생각하지 않는다. 물론 자신들보다 우월적 존재라고도 생각하지 않는다. 웨이터가 음식을 갖고 온다고 우리가 그들을 주인이나 우월적 존재로 여기지 않는 것과 마찬가지다.

간혹 동물원의 호랑이가 먹이를 주는 조련사를 공격했다는 뉴스가 나온다. 자신에게 먹이를 주는 사람을 공격했다는 사실에 우리는 호랑이의 지능이 역시 낮다고 확신한다. 또 호랑이는 인간과 같은 이성이 없으니 맹수의 본성을 숨길 수 없는 것이라고도 생각한다. 하지만 지금 이 순간, 전 세계에는 호랑이나 사자를 애완동물로 키우며 같이 생활하는 사람들이 수천 명 있다. 사실 맹수가 조련사를 공격한 것은, 그 조련사가 자신의 생존에 있어서 그리 중요한 존재가 아니라고 판단했기 때문이다. 똑같이 음식을 갖다 주는 사람이라 할지라도, 그 사람이 엄마인지 아니면 식당 웨이터인지는 호랑이도 구분할 수 있다는 뜻이다.

　결론이다. 개들은 인간을 3만 년 전에 자신들이 길들인 하인이라고 생각한다. 지금부터 인간의 탈을 쓴 개가 되어 세상을 바라본다.

o　o　o

　언제부터인가 우리들은 들판을 뛰어다니며 사냥하는 것이 힘들고 귀찮아졌다. 수백만 년의 진화를 거친 완성형 동물인 우리들에게 그런 원시적인 생활 방식은 맞지 않았다. 그래서 3만 년 전, 충성심 높고, 잔재주 많고, 무엇보다 잘 속아 넘어가는 순진한 동물 하나를 길들여서 부려먹기로 했다. 바로 인간이다. 우리는 처음에 인간들을 '하인'이라고 불렀다. 그런데 두 글자나 되는 긴 이름으로 부르는 게 귀찮았다. 그래서 요새는 그냥 '멍!'이라고 줄여 부른다.

　우리는 인간들에게 가장 중요한 일, 즉 먹을 것을 구해오도록 시켰다. 충성심이 넘치는 인간 하인들은 목숨을 걸고 사냥을 하고, 뼈 빠지게 농사를 지어서 우리에게 먹을 것을 갖다 바쳤다. 심지어 같은 인간을 죽이거나, 이웃 나라를 침략해서라도 우리에게는 빼놓지 않고 먹을 것을 갖다 바쳤다.

굶을 일이 사라진 우리들은 그다음으로 무병장수를 원했다. 그래서 인간 하인들에게 그들이 먹는 천박한 음식이 아닌, 우리에게 특화된 음식을 개발하도록 시켰다. 또 우리의 의료복지를 위해 지능이 높은 인간 하인들 위주로 수의학 공부를 하고 병원을 세우도록 했다. 우리를 위해 일하는 수의사들은 여러모로 공이 많으니 가급적 다른 인간 하인들보다 많은 수입을 얻도록 배려했다.

우리는 허약한 인간 하인들과 달리 체온 유지 능력이 뛰어나다. 따라서 야외에서 생활해도 큰 불편은 없다. 하지만 털에 진흙이 묻거나, 발톱 사이에 때가 끼는 것은 너무 싫다. 그래서 인간 하인들로 하여금 우리를 위한 집을 짓도록 시켰다. 인간 하인들은 우리의 취향을 잘 몰라 고민이라며 높게도 지어보고 넓게도 지어보고 애를 썼다.

인간 하인들을 24시간 부리기 위해서는 아무래도 곁에 두고 생활하는 게 편리하다. 그래서 하인 4명 기준으로 면적은 33평쯤 돼야 한다고 지시했다. 그리고 주변의 다른 인간 하인들도 감시하기 좋게 조망도 좋아야 한다고 일러줬다. 우리도 나이 들면 계단 오르내리기 힘드니 엘리베이터쯤은 있어야 한다고 했다. 그랬더니 다들 우리를 편히 모시겠다는 일념하에 대출을 받아서라도 아파트를 마련한다.

가끔 집 안에 있다가 답답해지면 마을 행차를 준비하라고 인간 하인들에게 명령한다. 그런데 너무 좋게 얘기하다 보니 간혹 말을 안 들고 요령을 피우는 인간 하인들도 있다. 그래서 우리의 마을 행차를 아예 인간 하인 모두가 강제로 따라와야 한다는 법을 만들게 했다. 호주와 독일의 인간 하인들이 특히 이 지시를 잘 따른다(호주와 독일의 동물 복지 관련 법을 참조하길…).

우리가 마을 행차를 할 때, 인간 하인들이 우리를 놓치고 헤매기도 한다. 인간 하인들은 걸음이 느리고 후각이 둔하기에 어쩔 수 없이 생기는 일이다. 그래서 아예 손목줄을 만들게 했다. 이 줄을 인간 하인의 손목에 묶어두고 뒤에서 바짝 쫓아오도록 했다. 간혹 인간 하인들이 손목줄을 세게 당기는 경우가 있다. 이는 길을 잃어 우리에게 봉사할 영광스러운 기회를 놓칠까 봐 하는 본능적인 행동이다.

가끔 우리를 위협하는 정신 나간 인간 하인들도 있다. 이럴 때면 인간들을 다시 야생으로 돌려보내고 싶은 마음이 굴뚝같다. 하지만 뭐, 인간은 아직 진화가 더디고 지능도 낮아 어쩔 수 없다. 그래도 쓸모가 있으니 꾹 참고 데리고 살아야 한다. 대신 인간 하인들 사이에 '학대 방지법'이란 것을 만들도록 지시했다. 이 법으로 우리를 위협하거나 괴롭히는 얼빠진 인간 하인들이 있으면 인간 하인들끼리 알아서 혼내도록 조치했다. 예전에는 우리가 다른 집의 인간 하인을 물면 우리를 직접 찾아오기도 했었다. 이것도 인간 하인들끼리 알아서 해결하도록 확실하게 조치해 두었다.

우리도 가끔 스트레스를 받는다. 이럴 때 큰 목소리로 노래를 부른다. 그럼 옆집에 기거하는 인간 하인들이 찾아오기도 한다. 이들은 멍청하다 보니 우리의 노랫소리와 비명 소리를 구분하지 못한다. 그래서 비명 소리라고 착각해 우리를 돕겠다고 나서는 것이다. 가끔은 우리 집 인간 하인들이 우리를 괴롭힌다고 오해해서 서로 싸우려고 할 때도 있다. 그래도 우리가 몸소 나설 필요는 없다. 이 또한 인간 하인들끼리 어떻게든 알아서 해결한다.

우리가 집을 소유하게 되면서 집 안에 머무는 시간이 전보다 늘어났다. 그래서 실내 오락거리가 필요해졌다. 인간 하인들은 자기들이 똑똑해지면 우리에게 폐를 끼칠지 모른다며 스스로 멍청해지겠다고 TV를 만들었다. 인간 하인들은 이미 충분히 멍청한데도 한참 동안 TV를 보며 더 멍청해지려고 노력했다. 그런데 우리도 잠깐씩 TV를 보며 하인 체험을 해보는 것도 가히 나쁘지 않은듯했다. 그래서 저급한 인간 하인용 TV 채널 말고, 우리가 볼만한 고상한 개 전용 TV 채널을 만들도록 시켰다.

어쩌다 인간 하인이 실종되는 일이 있다. 그러면 간혹 곤혹스러운 일이 생기기도 한다. 인간 하인들은 대를 이어 충성하겠다며 아기 하인을 낳는다. 그런데 이때 인간 하인들이 정신 못 차리고 실종되는 일이 자주 발생한다. 그럴 때면 새 하인을 구해 처음부터 다시 길들이느라 신경 쓸 게 많아진다. 뭐, 아무리 길들여도 도저히 개선이 안 되면 원래 데리고 있던 인간 하인을 찾아가면 된다. 그런데 멀리서 불쑥 찾아가면 인간 하인들은 자신을 잊지 않고 찾아와 줘서 감사하다고 펑펑 운다. 그리고 남은 평생 극진히 모시겠다고 맹세를 하기도 한다. 이런 마음가짐은 가급적 널리 알리는 게 좋다. 그래서 TV와 신문을 통해 널리 전파한다.

일견 먹고 노는 것에만 신경을 쓰는 것 같지만 우리는 과학기술의 발전도 소홀히 하지 않았다. 20세기 초, 생리학 분야에서 '고전적 조건 형성'을 발견했다. 인간 하인이 종을 치고 식사를 갖다 바칠 때마다 침을 흘려준다. 이러길 몇 번 반복한다. 그럼 인간 하인은 종을 치고 나서 우리 입만 계속 쳐다보게 된다. 이 현상을 인간 하인 이름을 따서 '개의 파블로프'라고 부른다.

우주 탐사에서도 큰 성과가 있었다. 우리는 예로부터 밤하늘을 보며 우주를 무척 궁금해했다. 그래서 가끔 달을 보며 크게 소리쳤다. "인간 하인들아, 우주 구경을 하고 싶으니 어서 우주선을 만들어라!" 물론 인간 하인들이 말뜻을 이해할 수 있게 그냥 "멍멍"이라고 했다. 이윽고 1960년, 우리는 스푸트니크V 우주선을 타고 지구상 어떤 생물보다 먼저 우주여행을 했다. 뭐, 정작 우주에 가보니 별것 없었다. 그래서 두세 번 더 가본 후, 다음부터는 인간 하인들이나 가라고 했다.

인간 하인들이 우리의 대변처리까지 대신해 주는데, 이제 가축이 아니라 반려동물로 인정해 주자는 의견이 최근 들어 등장했다. 하지만 아무리 생각해 봐도 아직은 시기상조다. 한 50,000년 정도는 더 지나야 가능한 일이다.

하지만 세상의 모든 생물들은 공생 관계다. 받는 것이 있으면 주는 것도 있어야 한다는 것을 우리는 잘 알고 있다. 그래서 인간 하인들에게 수고에 대한 감사 표시를 수시로 전한다. 앞발 들기, 꼬리 흔들기, 뒹굴뒹굴 구르기…. 사실 이 정도의 감사 표시라 해도 인간 하인들에게는 너무 과분하다는 의견이 대세다.

때론 우리가 인간 하인들을 너무 잔인하게 부려먹는 것 아니냐는 소수 의견도 나온다. 그럴 때면 어린 인간 하인을 덜 놀라게 하거나, 인간 하인이 잠을 자는 밤에는 노래를 덜 부르자 정도로 뜻이 모아진다. 이 정도 배려만으로도 인간 하인들은 우리에게 감사를 표한다. 그들의 SNS를 보면 알 수 있다.

간혹 몇몇은 인간 하인들이 모는 자동차에 치여 비명횡사하기도 한다. 이는 인간 하인들의 운동 신경이 워낙 둔하다 보니 생기는 불의의 사고다. 어차피 우리를 위해 일하러 가다가 생기는 불상사이니 좀 봐줘야 한다는 의견이 대세다. 우리를 해쳤다고 엄벌에 처하면 처벌의 두려움 때문에 소극적으로 봉사할까 우려되기 때문이다.

야생성이 강해서 잘 길들여지지 않는 인간 하인들도 있다. 그런 인간 하인은 급소를 물어 그 자리에서 바로 죽여야 한다는 의견도 있다. 하지만 인간 하인들은 우리와 달리 번식 능력이 형편없다. 한 번에 겨우 1~2마리밖에 낳지 못한다. 함부로 인간 하인을 물어 죽이면 개체 수가 부족해진다. 그래서 우리는 인내심을 갖고 좀 더 길들여 보기로 했다. 하지만 50,000년 뒤에도 말 안 들으면 가차 없이 물어 죽일 것이다.

요즘 우리의 가장 큰 고민거리는 바로 영원한 라이벌, 고양이들이다. 이것들이 자꾸 우리 인간 하인들을 빼내고 있다는 소식이 들린다. 고양이들은 우리만큼 똑똑해서 인간 길들이기에 능하다. 그래서 우리보다 고양이를 위해 봉사하는 게 더 큰 영예가 될 것이라며 인간 하인들을 꼬시고 있다. 그 일환으로 인간을 '하인' 대신 '집사'라고 불러준다는데, 이 정도에도 인간들이 아주 환장을 한다고. 우리는 인간 하인들을 지키기 위한 회심의 전략을 세웠다. 바로 인간 하인들이 카메라를 들고 있을 때 꼬리 좀 더 흔들어 주기다. 이 정도면 충분하고도 남을 것이라고 생각된다.

○ ○ ○

위의 이야기들이 사실인지 아닌지 알 수가 없다. 개들과는 말이 통하지 않기 때문이다. 그런데 한 가지 확실한 것은, 언젠가 인간과 개들이 말이 통하는 순간 깜짝 놀랄 거란 사실이다.

인간이 지능이 있다는 점에 대해, 개들이. (이 글에 개 대신 다른 어떤 동물을 넣어도 말이 된다. 심지어 식물도 말이 된다.)

32 공생

　와이프와 결혼한 지 벌써 16년이 넘었다. 짧지 않은 세월이다. 그사이 우리는 서로 많이 변했다. 덜컥거리는 서랍도 10년 쓰다 보면 매끄럽게 열린다. 마찰로 인해 걸리적거리던 부분이 닳아 없어지기 때문이다. 우리 부부도 어떤 부분은 내가 양보하고, 어떤 부분은 와이프가 양보하면서 공생해 왔다. 서로에게 영향을 주면서 함께 삶의 방식을 진화시킨 것이다. 생존을 위한 마음의 공진화다.

○ ○ ○

　인간을 포함한 세상의 모든 생물들은 개체의 생존을 위해 살아가는 이기적인 존재들이다. 이들은 에너지는 가급적 덜 쓰고, 리스크는 가능한 한 피하고, 생존 자원은 최대한 더 많이 차지하려고 노력한다.

이를 위해 다른 개체들과 경쟁을 한다. 하지만 혼자서는 집단을 이길 수 없다. 그래서 어쩔 수 없이 협업도 한다.

협업의 대상은 보통 같은 종이다. 하지만 지구에는 수많은 종들이 살고 있다. 나의 천적은 여러 종이고, 나의 먹잇감도 여러 종이다. 천적의 천적은 내 편이고, 먹잇감의 천적은 내 적이다. 그래서 종 사이에 경쟁과 동시에 협업 관계가 생겨난다. 이 관계가 점점 복잡해지면서 이제 우리는 셀 수 없이 많은 다른 생물들과 협업과 경쟁의 관계, 즉 공생 관계를 갖고 있다. 이제 지구상에 인류 혼자서는 살 수 없게 되었다.

인간은 산소를 흡수하고 이산화탄소를 내뿜는다. 식물은 이산화탄소를 흡수하고 산소를 내어준다. 이 산소를 인간이 다시 흡수하여 생명을 유지한다. 이처럼 같은 지구에 산다는 이유만으로도 생물들은 서로의 생존에 필수적인 존재다.

우리는 소, 돼지, 닭과 같은 가축을 키우고 잡아먹는다. 시대와 문화권에 따라 다르지만, 인간은 지능이 낮고, 감정과 영혼도 없는 가축을 죽이는 것에 죄책감 따위는 느낄 필요가 없다고 생각한다. 심지어 가축은 인간의 먹이가 되기 위해서 만들어진 존재라고 여기기도 한다. 하지만 최근에는 동물에게도 감정과 지능이 있으니 동물권을 인정해야 한다고 주장하는 사람들도 나타났다. 동물을 잡아먹는 것에 죄책감을 느껴 채식주의자로 돌아서는 사람들도 꽤 있다.

과연 가축들의 눈에 보이는 인간은 어떤 존재일까? 언제든지 자신들을 잡아먹을 수 있는 우월한 존재일까? 자신들의 동료가 어딘가로 끌려가는 것을 보고 인간을 두려워할까?

아마 가축들은 인간을 자신들보다 우월한 존재라고 인식하지 않을 것이다. 이는 가축들의 지능이 낮아서가 아니다. 인간이 '인간중심주의'에서 벗어나기 어렵듯, 가축도 '가축중심주의'에서 벗어나기 어렵기 때문이다. 인간은 날씨 변화와 자연재해를 환경이라고 인식한다. 바이러스, 박테리아도 생물이라기보다는 환경에 가깝게 인식한다. 아마 가축들도 인간을 환경의 일부로 인식할 것이다. 지능이 어느 정도 있는 가축들이라면 오히려 자신들이 인간을 길들였다고 생각할 가능성도 있다.

소는 전 세계적으로 약 10억 마리가 사육되고 있다. 이는 과거에 소가 야생 동물이었을 때보다 훨씬 많은 수다. 아프리카에 아직 수백만 마리의 야생 소 떼가 살고 있다지만 그 수는 사육되는 소에 비하면 1%에도 못 미친다. 만약 소가 인간을 피해 야생 동물로 남기로 했다면 절대 지금과 같은 개체 수에 도달하지 못했다.

일반적으로 야생의 동물들은 먹잇감이 줄어들거나 생존이 위태로운 상황이 되면 출산을 늦추거나 아예 임신을 하지 않는다. 자신들이 처한 환경에 맞춰 적절한 개체 수를 유지하기 위해서다. 만약 야생의 소가 인간에게 잡혀서 극도로 불안한 상태였다면 출산을 멈추었을 것이다. 그럼 지금처럼 10억 마리에 이르지 못했다.

인간은 소가 필요했다. 그래서 야생 소에게 미끼를 던졌다. 우선 소가 번식할 만한 환경, 즉 충분한 먹이와 안전한 우리를 제공했다. 그래야 소가 계속 번식을 하기 때문이다. 야생의 소들은 한시도 쉴 틈 없이 먹이를 찾아 들판을 돌아다녀야 한다. 풀밭을 발견해도 다른 초식 동물이나 다른 소들, 심지어 자신의 새끼하고도 먹이 경쟁을 벌여야 한다. 또 사자나 하이에나의 공격이 언제 있을지 모르기 때문에 단일 초도 맘 편히 쉬기 어렵다.

그런데 인간은 소의 거주지를 제한하는 대신 충분한 먹이를 제공해 주고 다른 육식 동물로부터 보호해 줬다. 어린 송아지가 죽지 않고 어른 소가 될 때까지 극진한 보살핌을 제공했다. 심지어 날이 더워지면 에어컨을 우리에 달아주고, 비타민도 먹일 정도다. 정작 인간은 돈 아까워 병원에 못 가면서도 수의사는 철마다 불러 예방 주사를 놔줄 정도다.

하지만 세상에는 공짜가 없는 법, 인간은 대신 몇 가지를 소들에게 요구한다. 수레를 끌어달라는 것, 잉여의 젖을 제공해 달라는 것, 많은 새끼를 낳아달라는 것 그리고 어느 정도 살았으면 주어진 수명보다 좀 일찍 죽어달라는 것.

소들은 이런 제안을 두고 계산을 했다. 야생에서 살 때 생존을 위해 소모하는 에너지와 예상수명, 그리고 인간과 함께 살 때 절약되는 에너지와 예상수명을 비교해 본 것이다. 그 결과 소들은 인간과 함께 사는 것에 단점도 있지만 그것을 상쇄할 만한 장점이 있다고 판단했다. 즉 괜찮은 거래라고 판단을 내린 것이다. 그래서 소들은 인간을 뿔로 받거나, 우리를 부수고 탈출하거나, 출산을 피하지 않았다.

육우는 보통 3살 정도에 도살된다. 반면 야생 소의 수명은 20년 정도라고 알려져 있다. 하지만 여기서 20년은 최대치이지 평균치가 아니다. 야생 동물의 평균 수명은 정확히 알려져 있지 않다. 사자의 수명이 25년 정도라고 하는데 장수하는 사자 근처의 소들은 단명하게 마련이다. 인간들도 소 사냥을 즐겨하므로 야생 환경에서는 일찍 죽는 소들이 많다. 그래서 평균 수명은 20년보다 훨씬 짧다.

기원전 7000년경, 이런저런 사정을 감안하여 소들은 인간 옆에서의 안락한 삶을 선택했다. 이는 그리 어리석은 판단은 아니었을 것이다. 인간 중에도 소처럼 짧고 굵게 사는 것을 택하는 사람들이 많으니까.

소가 가축화된 이후 인간은 계속해서 소의 품종을 개량했다. 좀 더 많은 젖과 좀 더 맛있는 고기를 더 빨리 얻기 위해서다. 그런데 우리는 인간이 소를 개량했다고 말한다. 하지만 소들은 자신들이 인간과 타협하여 양보한 부분이라고 생각한다. 소들은 양보의 대가로 구제역 백신이나 영양가 높은 사료를 얻어냈다고 여긴다. 그래서 꽤 성공적인 거래였다고 자평하고 있을 것이다.

이렇듯 소는 인간과 협업하여 공존하는 방법을 택했다. 반면, 많은 야생 동물들은 인간과의 협업을 거부했다. 덕분에 멸종의 위기를 겪는 종들도 더러 있다. 대표적으로 호랑이나 사자 같은 맹수들은 인간과 경쟁만 할 뿐, 협업이나 타협을 전혀 하려 하지 않았다. 사실 인간에게 호랑이나 사자는 사냥하기는 어려우면서, 가죽 외에는 별로 쓸만한 게 없다. 따라서 타협이 이루어지기 쉽지 않다. 하지만 소, 돼지, 닭과 같은 가축은 일찌감치 인간이 가진 잠재력을 파악하고 타협을 선택했다. 즉 자신들의 살을 내어주고 뼈를 얻는 전략을 취한 것이다.

인간이 재배하는 식물은 어떨까? 식물들도 생존을 위해 협업과 경쟁을 한다. 그런데 사람들은 식물들이 식물뿐 아니라 동물과도 협업과 경쟁을 한다는 사실을 잘 모른다. 예를 들어 충매화는 자신의 꽃

가루를 널리 퍼뜨리기 위해 곤충이나 쥐 같은 동물을 이용한다. 그리고 식충 식물은 개미, 곤충, 작은 포유류까지 포획하여 영양분을 얻어내는 데 사용한다. 또 어떤 식물들은 곤충들이 좋아하는 화학 물질을 합성해 유익한 곤충을 끌어들인다. 그리고 이들을 천적 곤충이 접근하지 못하게 막는 보디가드로 이용한다.

이처럼 식물들도 동물 중에서 자신들에게 도움이 될만한 협업 파트너를 선택한다. 그중에는 인간을 협업 파트너로 선택한 식물들도 있다. 대표적인 식물들이 바로 우리가 주식으로 이용하는 쌀, 밀, 옥수수, 콩과 같은 작물들이다. 이들은 인간에게 대항하지 않는다. 오히려 인간을 적극적으로 활용해서 번성한다.

곡물은 원래 특정 지역에만 자라던 야생 잡초였다. 하지만 이들은 인간이 자신들을 가끔씩 뜯어먹는 것에 주목했다. 그래서 인간이 좋아하는 영양분과 맛을 갖도록 화학 물질을 합성하고, 인간이 싫어하는 독성 물질을 만들지 않도록 자신을 변형시켰다. 또 일종의 마약 성분을 합성하여 인간들이 자신들에게 중독되도록 했다.

한 예로, 밀에 들어 있는 글루텐 성분은 우리 몸속에서 폴리펩티드 혼합물로 분해된다. 이 성분은 뇌 속에 침투하여 모르핀과 비슷하게 환각 작용을 일으킨다. 이렇게 밀은 인간들을 자신에게 중독시켰다. 그래서 자신들을 더 많이 경작하도록 유도했다.

10,000년 전 벼와 밀은 그저 그런 풀이었다. 하지만 그들은 인간과의 협업 관계를 수립했다. 그리고 지구 전체로 퍼져나갔다. 야생으로 남아 있었다면 꿈도 못 꿀 서식지 확대다. 이들은 인간들로 하여금 자신들에게 생존 자원을 충분히 공급하도록 했다. 즉, 물, 햇빛, 비료, 농

약 등을 적시에 공급하게 한 것이다. 그뿐 아니라 인간들로 하여금 다른 해충으로부터 자신들을 보호하게 했다. 또 다른 식물이 자신의 옆에 몰래 자라나는 것도 막도록 했다.

그런데 세상에 공짜는 없는 법. 추수철이 되면 벼와 밀은 인간에게 가능한 한 많은 씨앗과 함께 자신의 목숨을 내줘야 했다. 벼와 밀은 원래 1년생 식물이다. 그래서 자신의 최대 수명보다 몇 주 정도 일찍 죽어야 했다. 그런데 평생을 아무 걱정 없이 편안히 살았으니 별로 억울할 것 없다고 생각할 것이다. 어차피 죽을 텐데 굳이 왜 씨앗을 품었을까 의문이 들기도 한다. 하지만 쭉정이로 뽑히지 않고 인간의 보살핌을 계속 받기 위한 조건 중 하나일 것이다.

인간은 자신의 기술과 노력으로 식물의 품종을 개량했다고 말한다. 하지만 식물들은 절대 그렇게 생각하지 않는다. 자신들이 환경에 적응했다고 생각한다. 즉 인간도 식물에게는 적응해야 할 외부 환경인 셈이다. 그래서 벼가 사람의 손을 떠나 야생에서 자라면 다시 까락이 생겨난다. 그리고 흰색이었던 쌀이 야생 벼와 동일한 붉은색으로 변해 버린다(와이프가 사람 만날 일 없으면 화장을 안 하는 것과 비슷하다).

최근 대체육이 보급되고 있다. 대체육이 소고기와 똑같은 맛과 저렴한 가격을 달성하는 순간, 이 세상의 에버딘 앵거스, 헤어 포드, 쇼트 폰 같은 육우들은 바로 멸종한다. 어느 목장주도 더 이상 돈이 안 되는 그들에게 안락한 우리와 신선한 목초를 제공하지 않을 것이기 때문이다. 인간은 소의 생명을 위해 대체육을 만든다고 한다. 하지만 가장 떨고 있는 것은 정작 소들일지도 모른다(차를 운전하는 인간의 편의를 위해 무인 자율주행차를 만든다고 한다. 하지만 정작 택시 기사들은 생계를 위협받는다).

소들 입장에서 대체육의 등장은 무척이나 억울해야 할 일이다. 인간은 소들이 얌전히 말을 잘 들으면 먹이와 우리를 제공하기로 약속했다. 그런데 이제 단백질을 더 싸게 구할 방법이 생겼다는 이유만으로 만년의 약속을 파기하려는 것이다. 가축화된 소들은 이제 대뇌피질의 크기까지 줄어들었다. 그래서 다시 야생으로 돌아갈 수 없는데도 말이다.

인간은 이 우주에서 혼자서는 생존할 수 없다. 다른 생물들이 없으면 인간은 곧 멸종한다. 그것은 다른 생물들도 마찬가지다. 이제 인간이 없으면 생존하지 못하는 종들도 많다(대표적으로 은행나무가 있다). 서로 간에 밀접하고 평등한 공생 관계가 형성되었기 때문이다.

외계인들이 지구를 바라본다. 그들은 인간이 지구의 주인이라고 말하지 않을 것이다. 인간과 다른 생물들이 공생하고 있을 뿐이라고 말할 것이다(하지만 그들도 외계인중심주의에 빠져 있을 확률이 아주 높다). 그리고 그들이 작성하는 지구 생물의 공생 관계 리스트에는 무생물도 포함될 것이다.

o   o   o

와이프 없이 나 혼자서 살 수 있을까? 아마 제 수명대로 못 살 것이다. 와이프도 마찬가지다. 내가 없으면 제 수명대로 못 산다.

제발 그렇게 생각해 주길 바랄 뿐이다.

33 생물과 생명

"도대체 생명이란 무엇일까? 생명이 깃들어 있는 생물이란 또 무엇일까?"

이런 질문을 와이프에게 했더니, "피곤해서 내 생명이 위험한 상태라 좀 쉬어야 해, 그러니 쓸데없는 소리 하지 마"라며 화를 낸다. 음, 지켜야 할 생명이 있다고 하는 걸 보면 와이프는 생물이고, 살기 위해 피하는 나도 생물임에 틀림없다.

○　○　○

생물이란 생명을 갖고 있는 물체다. 생명은 조직적이고, 성장하고, 번식하고, 진화하는 특성을 말한다. 이런 특성을 갖고 있는 생물은 스스로 생활 현상을 유지한다. 그리고 생물은 다시 동물, 식물, 미생물로

나눌 수 있다. 여기까지가 교과서적인 생물과 생명의 정의다. 확실히 애매모호하다.

내가 어떤 존재인지 알기 위해서라도 우선 생명의 정의를 정확히 내릴 수 있어야 한다. 하지만 앞서 언급한 정의에는 무척이나 허점이 많다. 그래서 20세기에 들어서 슈뢰딩거(Erwin Schrödinger) 같은 물리학자들도 생명의 정의에 나섰다. 이들은 주로 '엔트로피'라는 열역학적 개념에 양자역학까지 이용해 생명 현상을 설명하려고 했다. 솔직히 이것도 이해하기 어렵다.

그런데 기존의 모든 생명의 정의가 틀릴 수 있다. 생물과 무생물의 특징을 동시에 갖추고 있는 존재들이 많기 때문이다. 2020년, 공포의 대상이 된 코로나 바이러스는 아직도 생물인지 무생물인지 과학자들은 결론을 내리지 못하고 있다. 바이러스는 생물과 무생물의 특징을 모두 갖고 있기 때문이다.

생물학이 지금보다 더 발달하면 구분할 수 있을까? 아마 바이러스의 생물 여부는 영원히 결론 내지 못할 가능성이 높다. 왜냐하면 생물과 무생물의 경계는 애초부터 불명확하기 때문이다. 즉 생물과 무생물 사이에는 우리가 생각하는 것 같은 경계선이 없을 수 있다. 이 말은 생명이란 것이 우리가 생각하는 것만큼 그다지 대단한 특권이 아닐 수도 있다는 의미다.

우리는 무지개가 일곱 가지 색상을 갖고 있다고 말한다. 그런데 문화권과 시대에 따라 무지개의 색상을 다 다르게 구분한다. 과거 우리나라와 유럽은 무지개가 다섯 가지 색상으로 이루어져 있다고 했다.

지금도 미국에서는 여섯 가지 색상으로 구분하고 있다. 심지어 아프리카 어느 지역에서는 단 두 가지 색상만으로 인식한다고 한다.

생물과 무생물의 구분도 따지고 보면 인간이 처한 상황에 따라 편의상 나누는 것일지도 모른다. 그러니 애매모호할 수밖에. 다만 우리는 생물이자, 동물이며, 그중 호모 사피엔스다. 그래서 우리와 어느 정도 닮았으면 생물, 거의 안 닮았으면 무생물이라고 구분할 뿐이다. 따라서 만약 인간이 아닌 다른 존재, 예를 들어 외계인이 지구에 와서 생물과 무생물을 구분한다면 그 기준은 분명 다를 것이다.

어떤 아이가 장난감 블록을 쌓는다. 블록으로 사람도 만들고, 사자도 만들고, 나무도 만들고, 집도 만들고, 바위도 만든다. 자기 눈에는 정말 그럴싸하게 보여 엄마에게 자랑한다. 하지만 엄마에겐 그냥 다 똑같은 블록 덩어리다. 그래서 "많이도 쌓았네, 잘 정리해라"고 말한다. 우리는 그저 아이의 눈으로만 세상을 보고 있는 것일지도 모른다.

이는 우주 생명체를 찾으려는 시도를 살펴봐도 알 수 있다. 우주를 향해 전파를 쏘아 보낸다. 우주 탐사선을 가까운 행성과 행성의 위성으로 보낸다. 화성에 탐사선을 착륙시켜 토양 속에 물이나 유기물이 있는지 확인한다. 그런데 외계의 생명체가 지구의 생명체와 비슷한 생화학적 구성을 하고 있을 거라고 생각하는 것은 큰 착각일지 모른다. 애초에 다른 행성들은 지구와 환경이 다르다. 그러니 지구의 생명체들과는 완전히 다른 존재 방식을 갖고 있을 수도 있다(인간 장 속의 세균들이 어느 정도 지능이 생긴 후, 다른 생명체를 찾겠다고 나섰을 때의 모습을 상상해 본다).

이처럼 생명과 생물에 대해 우리는 깊은 선입관에 빠져 있는 것일지도 모른다. 마치 천동설을 믿던 시대의 사람들처럼… 생물이 무생물보다 우월한 존재라는 선입관, 생물과 무생물을 명확히 구분할 수 있다는 선입관, 생명이 무언가 엄청나고 대단한 현상이라는 선입관, 외계인이 있다면 인간과 비슷할 것이라는 선입관, 외계 생물체의 크기가 지구의 생물체와 비슷할 것이라는 선입관….

역사를 되돌아보면 과학기술의 발달은 인간의 선입관을 조금씩 허물었다. 그 덕에 인종 사이의 간격은 점점 가까워졌다. 한때 '인간'이라고 부르는 범주는 몇몇 지역의 특정 종교를 믿는 인종에만 국한된 적이 있었다. 그러다 19세기에 들어서고 나서야 비로소 호모 사피엔스 전체를 인간이라고 부르기 시작했다.

이제 과학기술은 인간과 인간 사이의 간격뿐 아니라 인간과 동물, 식물과 동물, 생물과 무생물의 간격도 점차 좁히고 있다. 그리고 먼 미래의 언젠가는 인간과 무생물 사이의 벽도 사라지게 할 것이다. 즉 인간중심주의가 사라질 날이 올지도 모른다.

재미있게도 고대 인류는 생물과 무생물을 지금처럼 명확하게 구분하지 않았다. 아마 다른 생물이나 무생물과의 공생 관계가 지금보다 더 확연한 환경 속에서 살았기 때문일 것이다. 그들은 산, 강, 바위, 천둥 이런 자연물과 자연 현상에도 생명이 있다고 믿었다. 이는 생명의 개념이 시대에 따라 얼마든지 달라질 수 있다는 것을 말해주는 증거다.

따지고 보면 우리 인간에게 무엇과도 바꿀 수 없을 만큼 소중하다는 생명, 이것은 어느 정도 규칙성 있는 생화학적 현상에 인간이 편의상 이름 붙인 개념에 불과할지도 모른다. 마치 사랑, 행복, 애국심과 비슷하게….

먼 외계에 고도의 문명을 갖고 있는 외계인들이 살고 있다. 그들 중 탐험가들이 지구를 방문해서 인간, 동물, 식물, 흙, 물, 광석 등 수만 가지 샘플을 채취해 돌아갔다. 그리고 탐험 결과를 보고하는 자리.

"자네들이 지구에서 가져온 것들 중에 뭐 특별히 보고할 만한 게 있는가?"

"원자와 미립자 단위까지 분석해 봤는데 뭐, 다 비슷비슷한 것뿐입니다. 가만히 있는 것과 꼬물거리는 것 정도의 차이밖에 없네요."

또 다른 외계에 덩치가 은하계의 수억 배만큼 큰 외계인들이 살고 있다. 그들이 지구가 속한 은하계를 망원경으로 조사하고 결과를 보고하는 자리.

"그래, 저 은하계에 살아 있는 것이 보이는가?"

"생명의 흔적을 전혀 발견하지 못했습니다."

그런데 우리는 생명이 무엇인지 정확히 모르면서도 생명은 어떻게든 지켜야 한다고 말한다. 왜 이처럼 생명에 신성한 의미를 부여하는 것일까? 왜 인간의 생명을 그 무엇보다 무한한 가치를 지닌 것으로 여기는 것일까?

국가의 존속을 위해서는 국민들의 애국심이 필수적이다. 이런 애국심을 자극하기 위해 정부는 일종의 국뽕 마케팅을 한다. 국민들에게 당신들은 지금 세계에서 가장 위대한 국가에 살고 있다고 선전한다. 다른 국가보다 조금 더 우월한 분야가 있으면 과장해서 국민들에게 알린다. 이를 통해 애국심을 고취한다. 애국심이 없는 국민들은 더 살기 좋은 국가로 이민을 떠나려 한다. 국민 모두가 떠나버리면 국가는 망한다. 즉 애국심은 국가의 지속 가능성을 높여주는 필수 도구다.

인간도 마찬가지다. 존재 유지라는 목적을 달성하기 위해서는 인간들이 생명을 귀하게 여겨야 한다. 생명이 뭔지 몰라도 일단 대단히 존엄하고, 신성하고, 영험한 것으로 받아들여야 한다. 그러기 위해서는 인간이 생명을 과학적으로 이해해서는 안 된다. 생명이 무엇인지 몰라야 한다. 그래야 인간은 생명을 지키기 위해 노력한다. 인간이 생명을 설명 가능한 물리적 현상으로 이해하는 순간, 생명의 가치는 무한에서 유한으로 떨어지게 된다. 그러면 상업적인 인조 생명 제조나 인간 복제도 윤리적 문제 없이 이루어진다.

그때가 되면 돈 많은 사람들은 살인하고 나서도 최신형 복제 인간으로 보상하면 되지 않냐고 떵떵거린다. 살인죄를 형사 재판이 아니라 민사 재판에서 다루게 된다. 이렇게 생명이 경시되는 상황이 되면 인간은 일찍 죽을 가능성이 커진다.

그래서 우리는 생명은 존귀하게 여긴다. 그리고 생명을 존귀하게 여기지 않는 이를 비난한다. 그래야 나란 존재가 오랫동안 생존할 가능성이 높아지기 때문이다. 인간들이 애써서 생물과 무생물을 구분하고, 인간과 동물 사이에는 넘을 수 없는 큰 차이가 있다고 주장하는 것도 우리의 무의식이 행하는 국뽕 마케팅인 셈이다.

생명을 얘기하다 보면 인공 지능 로봇에 대한 이야기로 귀결된다. 영화 '스타워즈'에서는 등장인물들이 인공 지능 로봇인 R2D2와 C3PO를 마치 인간처럼 대한다. 이처럼 인공 지능 로봇에게도 인권에 상응하는 권리를 인정해 주는 시대가 올까? 인공 지능 로봇에게도 과연 생명이 존재할 수 있을까?

생명의 변천사를 돌아보면 충분히 가능한 일이다. 물건 취급받으며 노예로 지낸 수백 년의 시간이 지난 후, 아프리카 흑인들은 마침내 서구인과 동등한 생명을 지닌 인간으로 인정받았다. 인권 의식의 발전 여부를 떠나, 아프리카 흑인을 인간으로 인정하는 것이 흑인뿐 아니라 서구인들에게도 유리한 산업환경이 되었기 때문이다.

인공 지능이 발전하면 로봇도 감정을 느끼고 표현하는 '척'하는 기술이 부여될 것이다. 그때쯤 인간들은 인공 지능 로봇들이 자신에게 부정적인 대응을 하지 않는 것이 여러모로 생존에 유리하다고 느끼게 된다. 그럼 인공 지능 로봇을 인간과 동등한 생명체로 대우해 주자는 의견이 나오게 마련이다.

하지만 인공 지능 로봇에게는 생명이나 인권을 절대 인정해 줄 수 없다는 주장도 적지 않다. 사실 이런 이야기는 인공 지능 수준이 형편 없었던 10년 전만 해도 아예 토론의 대상이 될 수 없었다. 그런데 이제 심각하게 고민한다는 사실을 보면, 인공 지능 로봇에게 생명이나 인권을 부여해 줄 특이점(Singularity)이 멀지 않았다는 것을 알 수 있다. 다음과 같은 일이 벌어지는 날이 바로 그날이다.

인사팀에서 올해 정기 인사를 발표했다. 인사 공고에는 인공 지능 로봇 'Sales Genius v3.2'가 영업팀장으로 승진한다고 적혀 있었다. 이를 보고 영업팀 직원들이 사장님을 찾아가 거세게 항의를 했다.

"아니, 어떻게 인공 지능 로봇이 영업팀장을 할 수 있습니까? 저희가 저 기계만도 못 하단 말씀이십니까?"

"여러분이 인공 지능 로봇만 못하다는 것이 절대 아닙니다. 당장 회사 사정이 어려워서 어쩔 수 없이 내린 일시적 조치이니 다들 이해해 주길 바랍니다." 직원들이 나가자 사장님은 어딘가로 전화를 걸었다.

"Layoff King v4.2, 할 일이 많이 생겼으니 바로 오기 바랍니다."

∘　∘　∘

생명은 사장님이 붙여주는 '이달의 모범 사원' 배지다. 매출 향상에 필요하면 전 사원에게 붙여줄 수도 있고, 기분 나쁘면 다 떼어버릴 수도 있다.

34 라플라스의 악마

결혼하고 10년쯤 지났을 때였나? 어느 날 비밀이라며 와이프가 들려준 이야기가 있었다(비밀이라면서 얘기하고, 말 못 할 사정이라면서 말하는 것은 언제나 미스터리다). 나와의 결혼 이야기가 오가던 즈음에 장모님과 와이프가 단골 철학원에 가서 점을 봤단다. 그런데 그 점쟁이가 지금 사귀는 남자는 인간쓰레기에 망나니라며 절대 결혼하면 안 된다고 했다고. 그리고 만약 결혼하면 크게 후회를 할 것이라는 경고도 했단다. 그래도 나랑 몇 달 사귀어 보니 그 정도 망나니는 아니라고 생각했던 건지, 아니면 와이프가 31살이라 쓰레기를 감수하기로 한 건지는 모르겠지만⋯. 어쨌건 우린 결혼했다.

본론에 앞서, 나는 미래가 결정되어 있지 않다고 믿는 '비결정론자'이다(굳이 세분한다면 확률론적 결정론자다). 그리고 기본적인 요소를 알면 세상을 이해할 수 있다고 주장하는 '환원론자'이며, 우주에는 하나의 궁극적인 원리가 있을 것이라고 믿는 '일원론자'이자, 신이란 인간의 과학이 아직 도달하지 못한 무지의 영역일 뿐이라고 생각하는 '무신론자'이다. 그리고 결정적으로 이런 생각들이 세상 사는 데 하등 도움이 안 된다고 생각하는 '실용주의자'다.

∘ ∘ ∘

왜 사람들은 자신의 의지와 판단을 믿지 못하고 점쟁이를 찾아가는 것일까? 왜 시간이 지나면 저절로 알게 될 자신의 미래를 미리 알고 싶어 할까? 이성적으로는 미래를 내다본다는 것이 불가능하다는 걸 알면서도 왜 굳이 점쟁이를 찾는 것일까? 돈이 부족한 게 걱정이라 왔다면서 왜 복채는 망설임 없이 달라는 대로 건네는 것일까?

이상한 일이다. 우리가 정말 미래를 알면 미래를 바꿀 수 있다. 그런데 점쟁이가 말하는 미래는 자신이 미래를 발설하지 않았을 경우다. 점쟁이가 말을 내뱉는 순간 미래는 다시 예측 불가능하게 바뀌어버린다(말을 안 하고 속으로 생각만 하더라도 점쟁이의 두뇌 속 입자들의 위치에 이미 물리적 변화가 생겨버린다). 따라서 점쟁이가 말한 미래는 실현되지 않는다. 그러면 점쟁이는 미래를 맞추지 못한다.

점쟁이가 미래를 말해줘도 미래에 일어날 일을 절대 바꿀 수 없다면 내가 어찌하든 미래는 그대로다. 그러니 미리 알아도 실질적으로 도움되는 것이 전혀 없다. 기쁜 일이라면 미리 알아 김새는 거고, 슬픈 일이라면 쓸데없이 일찍부터 기운만 빠진다. 이러든 저러든 어차피 똑같은 미래가 다가온다. 다만 달라지는 점이 하나 있는데, 점쟁이에게 건넨 복채만큼 내 은행 잔고가 줄어 있다.

그럼에도 불구하고 인간은 미래를 내다보는 일에 대해 일종의 로망을 품고 있다. 월드컵 때 문어가 우승 국가를 맞췄다, 노스트라다무스가 9.11테러를 미리 예언했다, 점쟁이가 누가 대통령이 될지 맞췄다…. 조금만 생각해 보면 아무것도 아닌 일들이 대단한 예지 능력인 것처럼 회자된다. 이를 통해 미래는 알 수 없지만 인간의 본성이 원하는 바는 알 수 있다.

월드컵 때마다 동물들이 승리팀을 맞추는 이벤트가 열린다. 이런 이벤트는 꽤 인기가 있어 전 세계 수십, 수백 곳에서 동시에 벌어진다. 확률적으로 이벤트에 참가한 동물들의 절반쯤은 어느 팀이 이길지 맞추게 마련이다. 물론 한 게임 맞췄다고 예지력이 있다고 여겨지지는 않는다. 그런데 전 세계 128곳에서 이런 이벤트가 열리면, 그중 한 곳의 동물은 7게임 연속으로 승패를 맞추게 되어 있다. 만약 1,024곳에서 이벤트가 열리면 10게임 연속으로 승패를 맞추는 영험한 동물도 볼 수 있는 것이다.

중학교 수학의 '확률과 경우의 수' 단원만 공부해도 이런 원리를 알 수 있다. 하지만 대부분의 사람들은 이런 일을 정말로 신기해한다. 그래서 이런 뉴스를 클릭하고, 친구에게 얘기하고, SNS에 올린다. 기자들은 이런 모습을 보고 조회 수 높이겠다고 자꾸 기사화한다. 물론 나는 고작 3게임 연속으로 승패를 맞추는 것조차 버겁다. 내가 로또 1등 번호를 맞추는 것은 더더욱 어렵다. 하지만 로또 1등은 매주 10명 가까이 나온다. 로또 발매 이후 지금까지 누적 1등 당첨자는 수천 명에 달한다. 814만 분의 1만큼이나 낮은 확률인데도 말이다. 아마 농협 은행 본점에서 로또 1등 당첨금을 지급하는 은행원은 일이 너무 많다고 불만이 많을 것이다. 결국 우리는 승리팀을 맞춘 동물을 통해 미래를 보는 것이 아니다. 그저 미래를 알고 싶어 하는 인간의 본성을 볼 뿐이다.

노스트라다무스의 예언은 대부분 함축적인 시다. 물론 대부분의 사람들은 그가 쓴 원본을 읽어본 적은 없다. 물론 읽는다 해도 이게 예언서인지 일기인지 구별 못 한다. 그저 예언이 실현되었다고 주장하는 블로그나 유튜브만 보기 때문에 노스트라다무스를 대단한 예언가로 착각할 뿐이다. 그가 쓴 시는 모두 '가깝지 않은 곳에서 평범하지 않은 일이 생길 것이다' 정도다. 그래서 어떤 사건에도 다 연결시킬 수 있다. 마치 타이거 밤 같다(타이거 밤은 이럴 때 효과가 있다고 알려져 있다. 염좌, 타박상, 근육통, 관절통, 신경통, 염증, 벌레 물린 곳, 모기 기피, 코막힘, 두통, 멀미, 땀 냄새, 더위 먹었을 때, 입덧, 여드름…). 그래서 노스트라다무스의 예언보다 그 예언이 맞다고 주장하는 사람들이 갖고 있는 의도에 더 큰 관심을 가져야 한다.

대통령 선거가 끝나면 점쟁이들은 자신이 차기 대통령을 예언해서 맞췄다는 광고성 기사를 신문이나 잡지에 올린다. 그런데 유력한 대통령 후보자는 언제나 손에 꼽을 정도다. 그래서 그 점쟁이뿐 아니라 전 국민의 20~50% 정도는 맞춘다. 심지어 자기가 점찍은 사람들이 다 대통령이 되었다는 사람만 해도 내 주변에 수두룩하다. 대통령 맞추기는 예언이라고 할 수도 없다.

회비를 내면 대박 날 주식종목을 찍어준다는 주식정보 제공업체

400
라플라스의 악마

는 거의 야바위꾼이다. 일주일 안에 수익 날 종목이라며 128명에게 각기 다른 128개의 종목을 추천한다. 확률적으로 이중 절반인 64개 종목은 오르고 64개 종목은 떨어질 것이다. 그러면 오른 종목을 추천받았던 64명에게 다시 64개의 종목을 추천한다. 그다음 주에 32개 종목은 오르고 32개 종목은 떨어질 것이다. 오른 종목을 추천받은 32명에게 다시 32개의 종목을 추천한다. 이 중 16개 종목은 올라갈 것이다. 그럼 그 종목을 추천받은 16명에게 다시 16개의 종목을 추천한다. 이렇게 계속하다 보면 마지막 1명에게는 무려 7주 연속으로 상승 종목만 추천하는 셈이 된다. 아마 그 마지막 1명에게는 사기꾼이 마치 미래를 내다보는 신처럼 보일 것이다. 사기꾼은 이렇게 큰 믿음을 심어 준 후, 대박 기회가 있으니 대출을 받아서라도 큰돈을 투자하라고 권한다(비슷한 원리로 사기꾼이 주식계좌를 128개 만들면 7주 연속 수익을 떳떳하게 인증할 수 있다).

이때 의심을 해야 한다. 하지만 인간의 선택 시스템은 철저하게 자신이 보유한 정보에 근거를 둔다. 그래서 사기꾼이 제안한 대박 투자 기회에서 돈을 딸 확률을 127/128, 즉 99.2% 정도로 높게 본다. 안타깝게도 일의 자리에서 반올림하여 '100%'로 보는 사람도 수두룩하다.

사이비 종교 교주, 불법 피라미드 업자, 폰지 사기꾼 등은 이런 인간의 선택 시스템을 경험적으로 잘 알고 이용한다. 이들이 128명이 아니라 수만 명을 상대로 이와 같은 사기를 벌이면 최후의 1명에게는 전 재산뿐 아니라 목숨을 바치게 할 수도 있다. 사기꾼이 구속되었을 때 경찰서 앞에서 왜 생사람 잡냐며 데모하는 추종자들이 존재하는 이유다.

세계에서 가장 용한 점쟁이가 되고 싶으면 광고만 열심히 하면 된다. 일단 돈을 좀 써서 여기저기 광고를 한다. 그러면 손님 100명 정도는 찾아올 것이다. 물론 손님이 무슨 일로 찾아왔는지 알지 못한다. 그래도 일단 젊은 여자가 찾아오면 남자 문제로, 나이 든 여자가 찾아오면 남편이나 자식 문제로 온 거 다 안다고 선수를 친다. 못해도 100명 중 10명은 어찌 맞췄냐며 신통해할 것이다.

그 10명에게 앞으로 가족 중에 누군가는 아플 거다(성인들은 성인병으로 항상 아프다), 회사에서 스트레스받는 일이 생길 거나(스트레스 안 받는 사람은 바로 짤린다), 생각지도 못하게 돈이 빠져나갈 거다(나에게 거의 매주 발생하는 일이다), 물을 조심해야 한다(우리 몸의 70%가 물인데… 먹는 물인지, 빗물인지, 변기 물인지는 얘기 안 한다). 남자가 속을 썩일 거다…(속을 안 썩이면 남자가 아니다), 귀인을 만나게 될 거다(나에겐 택배 기사도 귀인이다). 이런 식으로 대충 둘러대면 못해도 1명에게는 비슷한 사례가 생기게 마련이다. 고장난 시계도 하루에 2번은 정확히 맞는 것처럼.

그 1명은 점쟁이가 아주 용하다고 입소문을 낼 것이다. 그 입소문의 영향으로 여러 명이 점쟁이를 찾아올 것이고, 그럼 그중 1명에게 다시 용한 점쟁이가 될 것이고… 이렇게 몇 번 반복하면 미래를 내다보는 용한 점쟁이로 자리 잡을 수 있다(이 계획대로 되면 진짜 미래를 내다보는 셈이 된다).

점쟁이가 미래를 내다볼 수 없다는 증거는 여럿 있다. 그중 하나가 1999년 10월 26일 자 인천의 한 지역신문에 실린 기사다. '인천 숭의동의 박 모 씨가 법당과 무속인 점집만 골라서 금품을 훔치다가 붙잡혔다. 박 모 씨는 숭의동 ○○산 백○도사 집 등 점집과 철학원만 골라 10여 차례 금품을 훔쳤다. 그런데 박 씨의 절도 행각을 무속인 박 씨가 점괘로 잡았다.'(PPL이 좀 들어가 있다.)

인간 모두가 점쟁이 말에 휘둘릴 만큼 바보는 아니다. 점집을 자주 찾는 사람들에게 물어보면 점쟁이가 미래를 예측할 수 없다는 것을 이미 잘 알고 있다고 한다. 그래도 그냥 기분이 좋아지고 마음이 편해지니까 찾는다고 한다. 그런데 부모, 친구, 배우자의 말보다 점쟁이의 예언에 마음이 편해지는 이유는 무엇일까?

우리가 선택을 하기 위해서는 보유한 정보를 바탕으로 선택의 기댓값을 계산해야 한다. 그런데 미래의 일에 100%란 확률은 존재하지 않는다. 평범한 사람들도 열심히 노력하면 100억 원을 벌 수 있다는 희망을 품는다. 그런데 그런 말을 하면서도 스스로 생각하기에 100억 원대 부자가 될 확률은 기껏 1/100 정도라고 여길 것이다. 여기에 부자가 되었을 시 얻는 수익 100억 원을 곱하면 기댓값은 1억 원밖에 안 된다.

그런데 용하다고 소문난 점쟁이가 내가 미래에 틀림없이 100억 원대 부자가 될 것이라고 장담한다. 이때 100%의 확률에 부자가 되었을 때의 수익 100억 원을 곱하면 기댓값은 100억 원이 된다. 뭐, 점쟁이가 그다지 용하지 않은 것 같아 그의 말의 10%만 믿어도 기댓값은 10억 원이다. 이렇게 점쟁이 얘기를 듣는 것만으로도 우리의 무의식은 100억 원대, 10억 원대 부자가 된 순간을 상상한다. 100억 원, 10억 원에 상응하는 기쁨을 일시적이나마 느끼는 것이다. 이런 수학적 판단이 우리의 무의식 속에서 일어난다. 그래서 정말 귀신같이 맞춘다는 용한 점쟁이에게는 그 기쁨을 맛보려는 손님들이 꼬인다.

재벌이 된다는 거창한 예언이 아니더라도, 우리의 신경계는 점쟁이의 말을 들으며 쉴 새 없이 계산을 한다. 내년에 결혼한다, 올해 안에 취직한다, 사업이 대박 난다…. 자신이 별다른 노력을 안 해도 저절로 소원이 이루어질 것이란 정보가 우리에게 전달된다. 원래 결혼을 하기 위해서는 여러 이성을 만나고, 꼬시고, 퇴짜 맞아야 한다. 그런데 이런 고생을 할 필요가 없다는 말은 사탕을 손에 쥐여주는 것과 똑같은 기쁨을 불러일으킨다.

취직을 하기 위해서는 공부도 하고, 면접도 준비하고, 수십 차례의 실패도 감수해야 한다. 그런데 점쟁이의 예언은 그런 노고가 전혀 필요 없다고 한다. 이는 마치 공돈을 주운 것과 똑같은 기쁨을 준다. 앞으로 내리막길이 10km 이어지니 자전거 페달에서 발을 떼도 된다는 얘기처럼 기쁘다(단, 이런 기쁨은 유효기간이 짧다. 다음 날 출근하거나 등교하면 바로 사라진다).

이처럼 인간은 누구나 스타크래프트의 'Show me the money' 같은 치트키를 원한다. 인간 사이의 경쟁이 심해서 원하는 만큼의 생존 자원 획득이 쉽지 않기 때문이다. 그래서 손쉽게 생존 자원을 얻을 수 있는 기회가 있다면 모두 관심을 보인다. 로또, 도박, 범죄, 만병통치약, 면죄부, 사이비 종교, 초능력, 투명인간 등이 모두 같은 계열이다.

점쟁이의 예언이 물리학의 영역에 들어오면 타임머신이 된다. 타임머신의 실현 가능성에 대해 물리학자들 사이에서도 의견이 여전히 갈린다. 하지만 비교적 최근에 나오는 논문일수록 실현 가능성이 아주 낮긴 하지만 '0%'는 아니라는 견해가 많다.

천재 물리학자 스티븐 호킹(Stephen William Hawking)은 2009년 타임머신의 존재 여부에 대해 재미있는 실험을 했다. 한 방송사와 함께 미래에서 타임머신을 타고 온 시간여행자를 초대하는 'Welcome Time Travellers' 파티를 연 것이다. 이 파티의 장소와 시간을 TV 방송을 통해 사전에 널리 알렸다. 그리고 미래에 타임머신이 개발된다면 누군가 파티장에 나타날 것이라고 기대했다.

그런데 파티장에는 결국 아무도 안 나타났다. 스티븐 호킹은 이에 대해 미래로의 시간여행만 가능하거나, 과거로 올 수는 있어도 과거의 역사를 바꿀 수는 없거나, 다중 우주가 존재하기 때문이라고 생각했다(하지만 인간에게만 알린 것이 가장 큰 실수일지도 모른다). 결국 그도 과학기술이 발달하고 몇 가지 우주의 비밀이 풀리면 시간여행이 가능할 것이라고 봤다. 물론 그때까지 인간이 핵전쟁을 일으키지 않고, 기후 변화를 심화시키지 않고, 지구의 영장으로 생존을 유지할 수 있는가는 별개의 문제다.

타임머신이 있으면 무엇을 할 것이냐고 사람들에게 물어보면 흔히로또 1등 당첨 번호를 보겠다고 답한다. 또 미래의 배우자가 누구인지 확인하겠다거나, 수능 시험지를 먼저 보겠다는 대답도 나온다. 이렇게 미래 예측을 원하는 마음은 공돈이 생겼으면 좋겠다는 공짜 심리다. 즉, 타임머신에 대한 관심에도 인간의 보편적인 욕망이 표출되는 것이다. 바로 가장 쉽게, 가장 많은 생존 자원을 확보하고 싶다는 욕망.

최근 물리학은 다중 세계와 평행 우주의 가능성을 얘기한다. 라면을 먹을까, 김밥을 먹을까 고민하다가 라면을 먹었다. 그 순간 라면을 먹은 내가 존재하는 우주도 있고, 김밥을 먹은 내가 존재하는 우주도 있다. 즉 현재의 나와 다른 선택을 한 내가 무수히 많은 우주 속에 각각 존재한다는 이론이다. 물리학자들이 이와 관련된 강연을 하면 졸던 청중들도 다들 눈을 번쩍 뜬다. 그들 머릿속엔 '어딘가에서 나도 빌 게이츠처럼 부자로 살고 있다는 거군' '어딘가에서 첫사랑 그녀와 결혼해 알콩달콩 잘 살고 있다는 거군' '수능 시험에서 만점을 받은 나도 있다는 거군'. 공짜를 바라는 인간 심리를 충실히 반영한 달콤한 물리학인 셈이다.

점쟁이의 말대로 미래가 실현될 거라고 믿는 사람들 대부분은 물리학의 역사를 잘 모를 확률이 높다. 그래서 그들이 라플라스(Pierre-Simon, marquis de Laplace)처럼 뉴턴의 '결정론적 세계관'을 따르고 있다는 걸 잘 알지 못한다. 프랑스의 수학자였던 라플라스는 1814년 출간한 "확률에 대한 철학적 시론"이란 에세이에서, 우주에 있는 모든 원자의 정확한 위치와 운동량을 알고 있는 존재가 있다면 뉴턴의 운동법칙을 이용해 과거와 현재의 모든 현상을 설명할 수 있다고 했다. 심지어 미래까지 예언할 수 있다고 했다. 더 나아가 우리의 의식도 따지고 보면 입자들의 물리적 현상이므로 인간의 행동 또한 예측이 가능하다고 했다. 이 모든 것을 아는 가상의 존재를 우리는 '라플라스의 악마'라고 부른다.

하지만 20세기 초 하이젠베르크는 라플라스의 악마로 대표되는 뉴턴의 결정론적 세계관을 무너뜨렸다. '불확정성 원리'에 의해 모든 것의 정확한 위치와 운동량을 동시에 아는 것이 불가능하다는 것을 밝힌 것이다.

우리 한반도의 선조들은 단군 신화에서 알 수 있듯이 샤머니즘과 토테미즘을 믿었다. 마을마다 1명씩은 꼭 있던 샤먼은 초자연적 존재와 소통하며 미래를 예언하는 존재였다. 그런데 우리 선조들은 하이젠베르크처럼 학문적으로 증명을 못 했을 뿐, 아무리 용한 샤먼이라도 미래 예측이 불가능하다는 것을 잘 알고 있었다. 그것은 우리의 인사말과 생활상을 보면 알 수 있다.

사람들은 누군가를 만나면 '식사하셨어요?'라고 인사한다. 그리고 헤어질 때는 '언제 식사 한번 합시다'라며 꼭 먹는 얘기로 끝낸다. 그리고 식사시간에는 주위 사람들에게 '많이 드세요'라고 한다. 부모는 자식들이 식사를 마치고 숟가락을 내려놓을 때 '한 숟가락 더'라며 밥을 더 퍼준다. 오래간만에 집에 온 자식들에게는 '저녁 한 끼 더 먹고 가라'며 붙잡는다. 먼 길 떠나는 자식에게는 먹거리를 싸주거나 뭐 좀 사 먹으라며 돈을 쥐여준다. 이렇게 식사와 관련된 인사말은 훈민정음처럼 정부가 공표한 것이 아니다. 지구상에 최초의 생명체 집단이 생겼을 때부터 끊임없이 이어져 내려온 관습이다.

이 관습은 미래가 예측 불가능하기 때문에 생겨났다. 1995년 삼풍백화점 붕괴 사고나 2010년 칠레 광산 사고처럼 예측 불가능한 사건이 생겨도 생존 확률을 최대한 높이기 위해서다. 생존 확률을 높이려면 체내에 충분한 에너지를 비축하고 있어야 한다. 밥을 먹고 나서 비상 상황이 생기느냐, 밥 먹으러 가다가 비상 상황이 생기느냐에 따라 생존이 갈릴 수도 있기 때문이다. 그래서 부모는 자식에게 한 숟가락이라도 더 먹이려 하고, 자식의 살이 조금만 빠져도 걱정한다.

또한 과거 수억 년간 같은 집단 구성원의 식사 여부는 중요한 정보였다. 그가 식사를 했다는 것은 근처 어딘가에 내가 먹을 것도 존재한다는 것을 의미한다. 또 그가 배부르다면 남은 음식을 얻을 수도 있다. 그가 굶고 있다면 내 음식을 빌려주어 집단의 개체 수를 유지해야 한다.

이런 연유로 우리에겐 아직 '식사하셨어요?'라는 인사법이 남아 있다. 하지만 이 인사법이 품고 있는 의미는 현재에도 여전히 유효하다. '식사하셨어요?'를 지금의 언어로 번역하련 '모아놓은 돈이 있고, 실손보험에 가입되어 있고, 아프면 돌봐줄 사람이 있고, 직장은 탄탄하고, 아이들은 공부 잘하나요?'다. 즉 '미래에 어떤 비상사태가 발생해도 생존할 수 있는 대비가 되어 있냐?'고 묻는 것이다. 참고로 이웃 나라 중국의 인사말도 '吃饭了吗?', '식사하셨어요?'다. 한반도만 미래가 불확실했던 것은 아니었다.

아프리카의 누우 떼 수만 마리가 들판에 무리 지어 있다. 물웅덩이가 바로 옆에 있는데 그곳에는 배고픈 사자 한 무리가 호시탐탐 누우들을 노리고 있다. 누우들은 사자 무리가 있으니 목이 말라도 참는다. 그런데 시간이 지나자 탈수로 쓰러질 정도가 되었다. 결국 갈증을 참지 못한 누우 한 마리가 사자고 뭐고 일단 목부터 축이겠다고 물웅덩이로 다가간다. 당연히 이 누우는 사자들의 공격을 받고 잡아먹힌다. 이 광경을 본 누우들은 그제서야 마음 놓고 물을 마시러 간다. 사자들은 배가 부르면 더 이상 사냥을 하지 않기 때문이다. 사자한테 물어 뜯겨 죽어가던 누우는 후회한다. 지난번 물을 마실 때 한 모금 더 마셨더라면, 어제 천천히 걸어서 땀을 흘리지 않았더라면…. 누우 떼의 인사말이 '물 마셨어요?'였더라면, 그 누우는 좀 더 살았을지도 모른다.

○ ○ ○

점쟁이가 본 적도 없는 나를 쓰레기 취급한 이유에 대해 와이프에게 설명해 줬다. 그 점쟁이는 손님이 현재 사귀는 사람이 어떠냐고 물어보면 모두 망나니라고 말한다. 그래서 결혼을 못 하게 한다. 그래야 자신의 용함을 언제나 유지할 수 있다. 괜히 천생연분이라고 했다가 나중에 이혼이라도 하면 밥벌이가 위협받는다.

이에 덧붙여 하이젠베르크의 '불확정성의 원리'에 따라 그 어떤 점쟁이라도 미래 예측이 불가능하다고 설명해 줬다. 와이프는 나같이 멀쩡한 사람을 쓰레기라고 한 그 엉터리 점집에 처가 식구 모두 다시는 안 간다고 했다. 난 아주 작게 말했다.

"너무 성급하게 판단 내리지 말고… 내년까지는 지켜봐."

35 우주의 도망자들

　빅뱅 이론에 따르면, 이 우주는 137억 년 전 아무것도 아닌 한 점이 폭발하면서 생겨난 것이다. 믿기 힘든 이야기이지만, 지난 수십 년간 빅뱅 이론을 뒷받침하는 과학적 증거들이 차례로 등장했다. 그래서 이제 교과서에 실려도 될 만큼 진리에 가깝다고 여겨질 정도다(종교인들뿐 아니라 과학자들 중 일부는 여전히 빅뱅 이론을 부정한다). 이 빅뱅 이론을 그저 천체물리학의 한 챕터로만 여기면 안 된다. 왜냐하면 우리의 마음이 어떻게 생겨났는지도 설명해 줄지 모르기에….

○　○　○

　137억 년 전, 빅뱅과 함께 기본 입자들이 탄생했다. 곧이어 수소, 헬륨과 같은 원자가 출현했다. 더 무거운 원자들은 나중에 별의 탄생과 죽음의 과정에서 생겨났다. 이렇게 만들어진 원자들로부터 나중에 우리가 만들어졌다.

원자 단위에서 우리를 살펴보면 사실 별것 아니다. 수소, 탄소, 질소, 수소를 기본으로 하고 좀 무거운 원자들인 나트륨, 아연, 철, 칼슘을 소량 섞는다. 여기에 기타 미량의 원소들을 첨가하면 원자 덩어리인 우리가 만들어진다.

뜨거운 물에 코코아 가루를 타면 시간이 지날수록 물속으로 퍼져나간다. 이것은 자연스러운 현상이다. 그런데 물속에 풀어진 코코아 가루가 한 덩어리로 뭉쳐지는 것은 부자연스러운 현상이다. 영화 필름을 거꾸로 돌리는 것과 같기에 우리는 이런 광경을 한 번도 본 적이 없다.

이와 마찬가지로 원자 덩어리인 우리가 태어나고 유지되는 것도 역시 부자연스러운 현상이다. 오히려 우리가 죽어서 몸속의 원자들이 우주 곳곳에 고루 흩어지는 것이야말로 자연스러운 현상이다. 하지만 코코아 덩어리 같은 존재인 우리는 반대로 말한다. 태어나는 게 자연스럽고, 죽는 게 부자연스럽다고. 코코아를 타는 존재는 제대로 말한다. 우리가 태어나는 것이 부자연스럽고, 죽는 것이 자연스럽다고.

우리 주위를 둘러보면 우리만 부자연스러운 것 같지는 않다. 와이프, 아이들, 친구들, 모르는 인간들, 동물, 식물…. 우리와 똑같이 부자연스러운 존재들이다. 좀 더 둘러보면 흙, 물, 바위, 지구, 태양, 별도 역시 부자연스러운 존재들이다. 어차피 인간, 생물, 지구 그리고 우주의 모든 존재들은 빅뱅의 산물과 별들의 파편이 코코아 덩어리처럼 뭉쳐진 것들이다. 그러니 부자연스러운 게 오히려 당연하다.

우리가 어떤 존재인지는 여전히 잘 모른다. 하지만 하나는 확실하다. 바로 생존하기 위해 쉼 없이 노력하고 있다는 사실. 부자연스러움을 유지하기 위해 무진장 애쓰고 있다는 사실.

밥을 먹고, 잠을 자고, 회사에서 일하고, 학교에서 공부하고, 아프면 병원 가고, 살찌면 운동하는 것도 결국 이 부자연스러움을 조금이라도 더 오래 유지하기 위함이다. 우리뿐 아니라 주변의 모든 부자연스러운 존재들도 똑같은 목적을 갖고 최선을 다한다.

너무 궁금해서 참을 수가 없다. 그래서 다른 존재들에게 지금 무엇을 하고 있냐고 묻는다. 존재를 유지하기 위해 있는 힘껏 자연스러움으로부터 도망 다니고 있다고 한다.

자연스러움에게 잡히면 어떻게 되느냐고 묻는다. 무자비한 자연스러움은 손에 잡히는 부자연스러움들을 모두 자연스럽게 만들어 버린다고 한다.

자연스러워지면 이 우주는 어떻게 되느냐고 묻는다. 빅뱅 이전처럼 완벽하게 균일한 우주로 되돌아가고, 시공간도 입자도 모두 없어져 버린다고 한다.

무서운 자연스러움으로부터 어떻게 도망치고 있냐고 묻는다. 누구는 시간으로 도망치고 있고, 누구는 공간으로 도망치고 있고, 누구는 시간과 공간으로 도망치고 있다고 한다.

들리는 소문에 의하면, 어떤 존재는 진작 자연스러움에게 잡혔고, 어떤 존재는 아직 한 번도 잡힌 적이 없고, 어떤 존재는 거의 잡혔다가 간신히 탈출했고, 어떤 존재는 엄청 빨라 쏙쏙 잘 도망 다니고, 어떤 존재는 어마어마하게 덩치가 커서 쉽사리 잡히지 않고, 어떤 존재는 소인수분해를 해야 열리는 도어락을 달아놓고 문 뒤에 숨어 있다고 한다.

결국 우리는 자연스러움이라는 이름의 소멸에게 잡히지 않으려고 우주 속을 이리저리 도망 다니는 존재들이다. 시간과 공간 속에서 뛰고, 넘고, 자빠지고, 일어서고, 자빠뜨리고, 일으켜 세워주고, 업어주고, 꺼안고, 부축해 주고, 내팽개치고…. 그러다 언젠가 자연스러움에게 잡힐 것을 뻔히 알면서도.

하지만 내일 일은 아무도 알 수 없다며 각자의 길로 열심히 달린다.

화이팅! 우주의 도망자들이여. 행운이 그대들과 함께하길.

우주의
도망자들

인간중심주의를 벗어난 무신론자가
세상을 바라보는 이상한 방법 35

초판 1쇄 발행 2022. 1. 3.

지은이 스핀드로
펴낸이 김병호
편집진행 한가연 ┃ **디자인** 양헌경

펴낸곳 주식회사 바른북스
등록 2019년 4월 3일 제2019-000040호
주소 서울시 성동구 연무장5길 9-16, 301호 (성수동2가, 블루스톤타워)
대표전화 070-7857-9719 **경영지원** 02-3409-9719 **팩스** 070-7610-9820
이메일 barunbooks21@naver.com **원고투고** barunbooks21@naver.com
홈페이지 www.barunbooks.com **공식 블로그** blog.naver.com/barunbooks7
공식 포스트 post.naver.com/barunbooks7 **페이스북** facebook.com/barunbooks7

· 책값은 뒤표지에 있습니다.   **ISBN** 979-11-6545-594-1 03810

바른북스는 여러분의 다양한 아이디어와 원고 투고를 설레는 마음으로 기다리고 있습니다.